Beverley Kendall a vécu sur deux continents, dans trois pays différents, deux provinces et quatre États. Elle a désormais délaissé sa vie de nomade pour s'installer en Géorgie avec son fils. Elle s'intéresse de près à l'art, mais sa passion reste l'écriture. Elle a toujours apprécié la romance et souhaite que toutes ses lectrices trouvent le bonheur tel qu'il est décrit dans les livres. Beverley adore l'esprit anglais, Londres, et tout ce qui a trait à cette période où les dames portaient des robes aussi somptueuses que malcommodes, et c'est pour ces raisons qu'elle a choisi de se spécialiser dans la romance historique.

Du même auteur, chez Milady :

Les Séducteurs :
1. *Duel ardent*
2. *Désir ardent*
3. *Scandale ardent*

Ce livre est également disponible
au format numérique

www.milady.fr

Beverley Kendall

Désir ardent

Les Séducteurs – 2

Traduit de l'anglais (États-Unis) par Emmanuelle Ghez

Milady Romance

Milady est un label des éditions Bragelonne

Titre original : *A Taste of Desire*
Copyright © 2011 by Beverley Kendall

Publié avec l'accord de Kensington Publishing Corp.
Tous droits réservés.

© Bragelonne 2014, pour la présente traduction

ISBN : 978-2-8112-1149-3

Bragelonne – Milady
60-62, rue d'Hauteville – 75010 Paris

E-mail : info@milady.fr
Site Internet : www.milady.fr

À ma mère, qui a toujours été là pour moi,
et qui est toujours là pour moi.

Remerciements

À Mary-Cannon et Anastasia, comme toujours, vos critiques me sont précieuses pour la construction de mon histoire et le soin apporté à mon manuscrit. À Barb, la meilleure lectrice critique dont on puisse rêver. Et surtout à mon fils Ryan, qui s'est endormi suffisamment tôt pour me permettre d'écrire ce livre. Je t'aime, mon chéri.

Chapitre premier

Londres, 1856

Tandis que Thomas, le vicomte Armstrong, digérait les paroles de Harold Bertram, il se redressa sur son siège, les mains plaquées sur les accoudoirs arrondis du fauteuil. Bien que le marquis eût émis sa demande avec toute la gravité d'un ecclésiastique présidant une cérémonie funèbre, Thomas *pria* pour l'avoir mal compris.

— Que voudriez-vous que je fasse ?

Thomas eut beau prononcer ces mots d'un ton calme et posé, le son de sa voix fendit l'air comme la détonation d'un fusil.

Le marquis lâcha un rire forcé puis jeta un regard furtif aux portes du bureau avant de poser de nouveau les yeux sur lui.

— Je vous demande, répondit-il, de prendre ma fille sous votre protection pendant mon séjour en Amérique.

C'était la deuxième requête impossible à satisfaire que Thomas recevait en l'espace de deux jours, et celle-ci était plus pénible encore que la première.

La veille, un membre de la Chambre des lords lui avait fait le genre de proposition propre à conduire n'importe quel honnête homme sur les sentiers de la perdition. Il pensait avoir entendu là la pire des aberrations.

Il s'était trompé.

Ce dont Harry lui parlait n'avait trait ni à la politique ni à des pots-de-vin de mille livres. C'était cent fois pire.

— Ce serait, disons… jusqu'au nouvel an, à moins que je ne parvienne à conclure les négociations plus rapidement.

Harold Bertram, le marquis de Bradford, ou Harry, comme il préférait que ses amis proches l'appellent, n'avait rien d'un idiot, même s'il était tentant d'en douter à cet instant précis. Doté d'un esprit redoutablement affûté dans le domaine des affaires et de la finance, il était capable de s'exprimer — quand son intelligence ne lui faisait pas défaut — avec l'éloquence d'un orateur hors pair, sans précédent depuis César et Henley. Toutefois, sa fille de dix-neuf ans était capable d'éprouver les nerfs du plus aguerri des soldats. Thomas lui-même pouvait l'attester.

Thomas regarda sans ciller le marquis — muré dans son silence — avant de hausser les sourcils. Harry avait certainement perdu la tête. Sans doute à cause de son effrontée de fille.

— Si c'est une plaisanterie, sachez qu'elle n'a rien d'amusant, répliqua Thomas, qui commençait à reprendre ses esprits. Je veux dire, nous parlons bien de lady Amelia, n'est-ce pas ? À moins que vous n'ayez une autre fille qui ne serait pas une pimbêche irrévérencieuse ?

Un raclement de gorge gêné puis un long et profond soupir de lassitude précédèrent la réponse du marquis.

— Seigneur, que vais-je donc faire d'elle ? Si je l'emmène avec moi, je n'aurai ni le temps ni l'énergie nécessaires pour l'empêcher de commettre ses habituelles incartades, en particulier dans un pays que je connais mal. Actuellement, vous êtes la seule personne de confiance à laquelle j'ose m'adresser à ce sujet. Si ce voyage n'était pas d'une telle importance, et si j'avais la possibilité de réorganiser mon emploi du temps, alors peut-être…, ajouta Harry avec un regard implorant.

Ces mots mirent à rude épreuve la conscience de Thomas, comme une pique dont la sensation ne dura toutefois pas plus que quelques secondes. Un voyage en Amérique pour affaires ne lui semblait guère comparable au fait de jouer les chaperons réprobateurs auprès de la fille récalcitrante de Harry.

Thomas se pencha en avant et planta ses ongles dans le velours des accoudoirs.

— Si vous me demandiez de vous remplacer à la guillotine ou à la corde, j'y verrai un moindre fardeau.

Les nobles traits de Harry se crispèrent dans un froncement de sourcils et sa moustache tressaillit légèrement.

— Je vais être franc avec vous. Cette… Ma fille semble plus déterminée que jamais à m'envoyer prématurément dans la tombe. Elle s'est une fois de plus compromise avec un vaurien. Si mon valet n'avait pas été aussi consciencieux, cet incapable de Clayborough serait mon gendre à l'heure qu'il est.

Il avait craché ce nom comme s'il s'agissait du mot le plus obscène qui puisse sortir de sa bouche.

— Harry, commença Thomas dans un interminable soupir tout en se renfonçant dans son fauteuil. Peut-être serait-il préférable de la laisser épouser qui elle désire. Ne serait-ce pas plus simple que de la pourchasser à travers la campagne anglaise ? Elle est en âge de se marier.

Qu'un pauvre idiot la prenne pour femme. Thomas était certain que l'élu demanderait réparation après seulement quelques mois de mariage, une fois reconnue la mauvaise affaire.

Un bruit sourd retentit dans la pièce. Harry venait de frapper du poing le dessus verni de son bureau en acajou.

— Non ! Jamais je n'accepterai d'avoir ce bon à rien pour gendre. Seigneur, je sais pertinemment que ma fille est loin d'être facile, mais mon devoir de père est de la protéger contre ce genre d'individus. Sa pauvre mère se retournerait dans sa tombe si elle apprenait ce qu'il était advenu de sa fille unique, ajouta-t-il d'une voix plus posée.

Lorsque Harry fit allusion à sa défunte épouse, son regard s'assombrit, révélant une profonde tristesse.

Thomas eut honte de sa cruelle suggestion : permettre sciemment à la fille de son ami d'épouser un joueur et un coureur de dot. Mais, dieu du ciel, sur l'ignoble liste des femmes méritant ce genre de destin, lady Amelia Bertram figurait en bonne place.

Il aurait fallu que Thomas frôle la démence pour envisager une seule seconde de satisfaire la demande de Harry ; il ne pouvait en aucun cas revenir sur sa décision. Cependant, l'ami en lui se sentit obligé de justifier son refus.

— Dites-moi donc : que voudriez-vous que je fasse avec elle pendant cette période ? Je suppose que vous ne me permettriez pas de la faire *travailler* ?

Il se fendit d'un sourire contrit à cette pensée. Elle n'en méritait pas moins. Thomas était persuadé qu'elle ne connaissait même pas le sens du mot « travail », et qu'elle serait incapable de s'adonner à une tâche plus ardue que celle consistant à pointer en l'air son nez insolent.

Le visage de Harry s'illumina comme celui d'un enfant des rues apercevant une pièce d'or au milieu du trottoir dans une rue de East End.

— Voilà une chose à laquelle je n'avais pas pensé. C'est une idée brillante, quoique peu orthodoxe. Oui, c'est peut-être exactement ce dont elle a besoin pour mettre de l'eau dans son vin. Cette fois-ci, je suis bien décidé à lui donner une leçon. Mais attention, il ne peut s'agir de tâches ingrates, ajouta-t-il sur un ton plus solennel.

Ainsi Harry serait disposé à la mettre au travail. Thomas avait émis cette hypothèse par simple plaisanterie. L'idée était absurde. *Mais tellement pertinente…*, songea-t-il en souriant.

Au bout d'un moment, les yeux du marquis s'éclairèrent de nouveau.

— Peut-être pourrait-elle servir de compagne à vos sœurs ?

Thomas se rembrunit immédiatement. L'étincelle dans les yeux bleus de son ami laissait supposer de grands espoirs, et mieux valait les étouffer avant que la fille ne lui soit livrée devant sa porte avec malles et valises.

— Cet hiver, mes sœurs doivent accompagner ma mère en Amérique pour six semaines.

Et Londres serait plongée dans une profonde obscurité pendant trois jours s'il prévoyait, ne serait-ce qu'un instant, d'imposer lady Amelia à sa famille.

Thomas soupira une nouvelle fois en se passant une main dans les cheveux.

— Pour l'amour du ciel ! poursuivit-il. Vous nous avez vus ensemble. J'aurais moins de mal à apprivoiser un sanglier. Il lui faudra moins d'une heure pour venir à bout de ma patience. Je n'ose imaginer passer plusieurs jours, encore moins plusieurs semaines, en sa compagnie. Un chien de garde : voilà ce dont votre fille a besoin.

Harry pinça les lèvres.

— Vous pourriez peut-être lui trouver un gentleman convenable pour la distraire de ses activités… audacieuses, suggéra encore Thomas.

Il devait choisir ses mots avec précaution, car il ne s'adressait pas à n'importe qui. Harry et lui avaient beau être proches, le pauvre homme était tout de même le père de la fille.

Le marquis tira sur les attaches en laiton de son gilet bleu marine, comme si le vêtement était soudain devenu trop serré.

— Eh bien, je dois admettre que vous n'êtes pas à blâmer, étant donné les débuts peu prometteurs que vous avez connus avec elle.

Ah ! En comparaison, la bataille de Waterloo n'était qu'une simple prise de bec entre pays voisins.

— C'est un euphémisme, répliqua Thomas d'un ton sec.

Poussant son fauteuil en arrière, Harry se leva lentement. Thomas prit exemple sur lui et quitta promptement son siège. Les traits marqués par la résignation, le marquis lui tendit une main par-dessus son bureau jonché de stylos à plume, d'élégants encriers, de piles de papiers et de livres. Thomas accepta cette main avec une soudaine pointe de regret. Il ne regrettait pas son refus, mais plutôt le fait que la demande de son ami soit à ce point irrecevable. Dans un moment de faiblesse, peut-être. Mais avec toute sa tête, jamais.

— Je ne vous en veux pas, seulement j'avais espéré…, commença Harry avec un timide sourire. Il est fort regrettable qu'Amelia n'ait pas jeté son dévolu sur un homme tel que vous.

Thomas sonda son ami du regard tout en se libérant de sa poignée de main. Il connaissait Harry depuis six ans et avait conscience de l'affection sincère que l'homme lui portait. Mais, tout de même, Harry n'avait pu lui faire cette proposition dans l'espoir qu'Amelia et lui…?

Il essaya de chasser cette pensée avant qu'elle ne se forme pleinement dans son esprit pour s'y installer durablement. Malheureusement, les pensées ont une vie à elles. L'idée était plus qu'absurde. Cependant, selon toute vraisemblance, elle était à même de provoquer chez Harry un accès de jubilation – pour autant qu'il fût homme à s'adonner à de telles émotions. En mariant sa fille à Thomas, le marquis gagnerait non seulement un gendre qu'il admirait et respectait, mais, surtout, trouverait en lui quelqu'un de suffisamment autoritaire pour refréner le caractère indiscipliné d'Amelia.

Thomas s'esclaffa d'un rire sombre et caverneux.

— Voilà une union qui serait promise aux feux de l'enfer.

Un sourire désabusé déforma la bouche de Harry.

— Oui, sans doute.

Les deux hommes se dirigèrent en silence vers la sortie. Quand ils s'arrêtèrent devant la porte, Harry assena deux tapes franches dans le dos de son ami.

— Il me reste deux mois avant mon départ. Si vous veniez à changer d'avis, faites-le-moi savoir.

Thomas admirait la ténacité de l'homme, mais il rejoindrait plus volontiers un navire de prisonniers en route pour la Nouvelle-Galles du Sud.

Amelia savait que son père était en colère.

Il ne lui avait pas adressé un seul mot depuis que l'affreux Mr Ingles l'avait arrachée, presque littéralement, de la voiture, à tout juste deux milles de la ville. La circulation sur Piccadilly et Regent Street était d'une telle densité que lord Clayborough et elle auraient eu plus de chances d'atteindre Gretna Green à pied.

Trente minutes plus tard, son père l'avait convoquée dans son bureau. Encore révoltée de se voir consignée dans sa chambre pendant trois jours, elle lambina longuement avant d'amorcer l'interminable descente de l'escalier la menant à son géniteur courroucé.

Arrivée devant le bureau, elle poussa la porte d'un geste désinvolte ; celle-ci vint se heurter à un corps, debout de l'autre côté.

Elle entendit une exclamation et un grognement grave et masculin – un mélange de surprise et de douleur. D'instinct, elle recula d'un pas, la main encore sur la poignée. Seigneur, qu'est-ce que son père manigançait… ?

Avant même qu'elle ne puisse compléter sa pensée, l'imposante silhouette de lord Armstrong, se frottant la tempe droite de ses longs doigts, apparut dans son champ de vision. Il la scruta de ses yeux vert émeraude encadrés de cils fournis, plantant sur elle un regard destiné uniquement à plonger dans l'embarras la personne observée.

L'embarras n'était pas dans la nature d'Amelia. Pourtant, à la vue du protégé de son père, elle sentit une étrange vibration s'emparer de son cœur et son pouls s'accélérer. À chacune de leurs rencontres, le vicomte aux cheveux dorés provoquait en elle la même réaction, et elle ne pouvait qu'en faire la déplaisante constatation. Elle le toisa subrepticement. Certes, il émanait de lui une élégance et une virilité brutes, des qualités dont elle reconnaissait à contrecœur qu'elles pouvaient plaire à une femme peu avertie – ce que, Dieu merci, elle n'était pas.

— Excusez-moi.

Amelia parla d'une voix douce et polie. Ouvrant la porte en grand pour laisser passer sa volumineuse robe bleue à volants, gonflée par deux épaisseurs de jupons rigides, elle entra dans la pièce. L'éclatant soleil qui traversait les larges fenêtres perçant les murs du bureau la fit cligner des yeux.

Il flottait dans l'air un parfum frais et subtil de bergamote et de romarin. Le parfum d'Armstrong. Elle l'aurait reconnu les yeux fermés. Ce parfum lui était devenu détestable. Elle haïssait plus encore l'homme auquel cette odeur serait à jamais associée. Inspirant lentement et profondément, elle avança vers le tapis et s'arrêta à une distance respectable des deux hommes.

— Je ne m'attendais pas à trouver *quelqu'un* posté si près d'une porte fermée, ajouta-t-elle, craignant qu'il n'ait pris ses mots pour une véritable excuse.

Le visage de son père se figea ; il semblait au bord de l'apoplexie. Lord Armstrong afficha une mine sombre et l'examina en plissant les yeux. Amelia lui rendit son regard sans la moindre émotion. Il pouvait lui faire les gros yeux tant qu'il le voulait, cela lui était bien égal, tout comme le fait que son cœur tambourinait dans sa poitrine.

—Il est aussi de coutume de frapper avant d'ouvrir une porte *fermée*, répliqua spontanément le vicomte.

—Puis-je vous rappeler, monsieur, que c'est *moi* qui habite cette maison ?

Quel culot il avait. Voilà qu'il la réprimandait ! Se plantait-on ainsi derrière les portes ? Les gonds n'étaient pas de frivoles décorations. Ils avaient une *fonction*.

—Amelia est profondément désolée, se hâta d'intervenir son père.

Désolée, mon œil ! Cette satanée femme se tenait probablement derrière la porte, attendant la première occasion de lui fracasser le crâne. Elle en était bien capable.

Réprimant son irritation grandissante, il adopta un ton doucereux.

—Bien sûr, Harry, elle est certainement désolée.

—J'espère que je ne retarde pas votre sortie. Vous étiez sur le départ, n'est-ce pas ? s'enquit-elle d'un ton suave, un sourire ourlant ses lèvres.

S'il s'était agi d'une tout autre femme, Thomas se serait plu à rêver devant cette bouche, dont les lèvres pulpeuses, d'un rose profond, étaient propres à combler les fantasmes de n'importe quel homme.

De plus, si l'on se bornait à un jugement esthétique, comment ne pas admirer la silhouette stupéfiante de cette beauté brune, sublimée par une robe dont le bleu saphir reflétait à merveille la couleur de ses yeux, et dont le corsage ajusté révélait une peau délicieusement laiteuse ? Cependant, aussi prodigieuse fût-elle, jamais il ne voudrait de cette fille, même si elle venait à le supplier. Il ne verrait aucun inconvénient à assister à son humiliation. En fait, il s'en délecterait, pour le seul plaisir de la repousser.

—Euh… Thomas, merci pour votre visite. J'espère vous revoir avant mon départ.

Thomas salua Harry d'un bref signe de tête.

—Oui, moi aussi. Et, comme toujours, lady Amelia, ce fut un plaisir, ajouta-t-il à l'adresse de la jeune femme.

Il s'efforça de garder un air impassible en prononçant ces mots, car Judas lui-même n'aurait pu formuler plus scandaleux mensonge.

L'espace d'un instant, une étincelle s'alluma dans les yeux bleus de la fille, insufflant de la vie à cette beauté glaciale et parfaite, évoquant un feu en sommeil. S'il y avait accordé de l'importance – ce qui n'était absolument pas le cas – il aurait ressenti une cruelle satisfaction à voir cette tour de glace réduite en flaque sur le sol.

—Certes, répondit-elle. Mais, comme nous le savons tous deux, si je vous rendais la pareille, ce serait un mensonge éhonté.

La petite insolente !

Harry poussa un soupir à faire frémir les vitres et le sombre lambris des murs.

—Amelia…

Thomas leva la main droite pour prévenir la réprimande de son ami. Il fallait toujours qu'elle ait le dernier mot. Bonté divine, il aurait préféré plonger nu dans une cuve pleine de sangsues plutôt que passer une minute en sa compagnie, ce qui signifiait qu'il avait déjà passé au moins quatre minutes de trop en sa présence.

—Tout va bien, Harry. Je ne voudrais surtout pas que votre fille manque d'honnêteté envers moi.

—Je suis ravie que nous puissions nous accorder sur ce point, insista-t-elle d'un ton acide.

Incapable de lui adresser un mot de plus – du moins un mot courtois –, Thomas inclina légèrement la tête et lui lança un dernier regard. Bon sang, avec sa langue bien pendue, elle avait l'art de lui faire perdre son sang-froid. Et qu'avait-elle au juste à lui reprocher ? Devant lui, elle n'était pas seulement glaciale, comme le voulait sa réputation. Elle chevauchait un balai, coiffée du chapeau noir et pointu de rigueur, comme ses consœurs maléfiques.

Aux femmes, aux dames distinguées, aux mères de famille, à la population féminine dans son ensemble, il n'inspirait pas le mépris.

À lady Amelia, si.

Personne n'était insensible à son esprit et à son charme, pas même les enfants, disait-on.

Lady Amelia l'était, cela ne faisait aucun doute.

Agacé par la direction que prenaient ses pensées, comme si l'opinion de cette fille lui importait, Thomas se tourna vers Harry.

—Je vous laisse. Bonne journée, Harry… Lady Amelia.

Il sortit calmement.

Si Amelia était encline à verser des larmes, elle aurait pleuré de soulagement en voyant l'imposante carrure de lord Armstrong passer la porte. Elle aurait ensuite poussé des cris de joie en le voyant traverser à grandes enjambées le parquet ciré du couloir, avant de disparaître de sa vue.

Sale goujat arrogant.

— Ta grossièreté à l'égard de lord Armstrong est inadmissible, la réprimanda son père, la désapprobation gravée sur son front digne.

L'horloge de la cheminée ponctua le silence d'Amelia de coups réguliers. Quand il devint évident qu'il n'obtiendrait aucune réponse, Harold Bertram lâcha un soupir d'exaspération. Amelia connaissait toutes les nuances de ses soupirs.

Il se passa une main dans les cheveux et se dirigea vers une petite table ronde située dans le coin de la pièce, sur laquelle étaient posées des carafes en cristal renfermant le porto le plus onéreux d'Angleterre. Il se défit de son foulard en trois mouvements secs, le jeta sur le sofa, puis se servit un verre. Il était 10 heures du matin.

—Père, vous vouliez me parler?

Il se posta devant une des fenêtres et porta le verre à ses lèvres. Pendant quelques secondes, il contempla les azalées jaunes bordant le jardin. Elle n'apercevait que son profil. Il pivota lentement pour lui faire face, ne laissant transparaître aucune émotion dans ses yeux.

Tandis qu'Amelia l'observait, elle prit soudain conscience qu'elle n'avait jamais vraiment *regardé* son père depuis son arrivée mouvementée. Elle ne l'avait jamais vu dans cet état : gilet déboutonné, cheveux en bataille. Ainsi débarrassé de son foulard, son cou habituellement paré semblait nu et désarmé. On aurait pu qualifier son allure d'élégance négligée. Il apportait d'ordinaire un soin extrême à sa toilette, et son raffinement lui valait l'admiration des tailleurs de Savile Row. Cette anomalie était donc d'ordre à remplacer l'idylle sordide entre lady Grable et son valet en première page des journaux à scandales.

— Combien de fois devrai-je te rappeler de ne pas t'adresser à moi sur ce ton ? Il n'y a pas si longtemps, tu m'appelais encore papa.

Il semblait avoir prononcé cette dernière phrase pour lui-même. Peut-être une rêverie mélancolique ? Par instinct de conservation, Amelia rejeta vivement cette pensée avant qu'elle ne parvienne à pénétrer l'enceinte de son cœur. L'ancienne Amelia, celle qui autrefois se souciait des sentiments de son père, avait disparu depuis longtemps. Elle avait été heurtée de plein fouet par une frégate et réduite en pièces par ses hélices.

— On m'a dit que vous souhaitiez me parler, répéta-t-elle comme s'il n'avait rien dit.

—Assieds-toi, Amelia.

Il désigna d'un geste circulaire les fauteuils de cuir nouvellement garnis, les somptueuses chaises de brocart et un gros canapé moelleux situé près de la cheminée.

Amelia regarda rapidement autour d'elle avant de poser de nouveau les yeux sur lui.

—Je préfère rester debout.

Le visage de son père prit une teinte de betterave mûre et ses lèvres se mirent à trembler.

—Tes récentes frasques ne m'ont pas seulement causé d'inutiles moments d'inquiétude et de tension, elles m'ont aussi coûté très cher.

L'état de ses finances était sans doute ce qui le tourmentait le plus dans cette affaire, songea Amelia. Pourvu qu'elle ne lui coûte pas un sou de trop ! Il possédait suffisamment d'argent pour parer de bijoux la reine jusqu'à la fin de ses jours, et son seul but dans la vie était d'en amasser davantage. Pourtant, la moindre dépense supplémentaire dont sa fille unique serait la responsable était un souci. En revanche, elle était persuadée qu'il n'hésiterait pas une seconde à racler le fond de ses poches pour redresser les finances de Thomas Armstrong.

Le front baissé, il la regardait. Les rides entourant ses yeux et les sillons ornant les coins de sa bouche trahissaient ses quarante-sept ans.

—Tu ne me laisses guère le choix. Je ne vois plus qu'une seule façon de gérer ton cas.

Il parlait d'un ton dur et sévère.

L'année précédente, sa fugue amoureuse avec Mr Cromwell s'était soldée par une suspension de son argent de poche pendant six mois. Qu'allait-il faire cette fois-ci ? Lui couper les vivres pendant *neuf* mois ? Lui interdire de prendre part à la prochaine Saison ? Non, ce serait l'éloigner du cercle des beaux partis de la noblesse et réduire ses chances de céder enfin à un autre le fardeau que représentait sa fille.

—Suis-je consignée à vie dans ma chambre ?

Glacée par la dureté du regard de son père, elle étouffa la douleur qui pointait dans son cœur en feignant l'ennui par un haussement de sourcils blasé.

Front plissé, lèvres pincées, il ne bougeait pas. Sans doute s'imaginait-il en train de l'étrangler. Il reprit enfin la parole, d'un ton calme mais menaçant, annonciateur d'une tempête.

—Je ne crois pas, dit-il, que ces vauriens avec lesquels tu as eu le malheur de t'acoquiner auront l'idée de te chercher dans un couvent.

Chapitre 2

$\mathcal{A}$melia se sentit suffoquer. L'espace d'une seconde, elle crut qu'elle allait perdre connaissance et s'effondrer sur le somptueux tapis persan.

— Mais nous sommes affiliés à l'Église d'Angleterre.

— Et le moment est venu d'embrasser la religion catholique. Les nonnes, paraît-il, connaissent la bonne attitude à adopter pour se faire obéir.

Bonté divine, il avait l'air sérieux.

— Vous avez perdu la tête !

Harold Bertram lâcha un rire cynique et finit son porto. Il fit quelques pas nonchalants vers son bureau et y posa le verre vide.

— Oui, c'est bien possible. Cependant, tu as épuisé ma patience. Peut-être qu'en une année les sœurs réussiront là où j'ai échoué.

Une année ! Elle s'étouffa presque devant l'énormité de la sentence. Il ne pouvait pas être sérieux.

— Avez-vous oublié ce qui s'est passé la dernière fois que vous m'avez placée en quarantaine ? demanda Amelia, feignant le sang-froid.

Même le père négligent qu'il avait toujours été n'ignorait pas que le séjour en pensionnat de sa fille, sous l'autorité de créatures à la rigidité toute religieuse, s'était révélé calamiteux.

— Je pense qu'une période de calme et d'introspection est exactement ce dont tu as besoin. Il semblerait que seul le Seigneur tout-puissant soit en mesure de refréner tes instincts rebelles, et je lui confie volontiers cette mission.

Elle inspira profondément, dans le vain espoir de maîtriser la panique naissant au creux de son ventre.

— Et ma Saison ? Je devrais la manquer pour rester cloîtrée avec des nonnes excessivement pieuses ?

Elle déplorait amèrement l'insidieuse souffrance qui perçait dans sa propre voix et la soudaine moiteur de ses mains.

— Vois-tu une autre solution ? demanda son père d'un ton morose tandis qu'il contournait son bureau pour s'installer dans son fauteuil. (Les mains jointes comme en prière, il la regardait d'un air grave.) Je suis dans l'obligation de passer plusieurs mois en Amérique. Si je te laisse ici, j'aurai à peine passé la porte que tu seras déjà en vadrouille, de Cornwall à Northumberland avec Dieu sait qui, et je me retrouverai devant le fait accompli à mon retour. Qui sait quel malotru tu me présenteras comme étant ton époux…

— Pourquoi est-ce si important que mon futur mari reçoive votre approbation ? Cela ne vous suffirait-il pas de vous débarrasser de moi ?

Elle regretta l'émotion que sa voix trahissait. De la colère plus que du chagrin. Elle se moquait éperdument que son père ne veuille pas d'elle. Elle n'y attachait plus aucune importance. La mort de sa mère l'avait guérie de tels ressentiments.

Amelia marqua une pause, desserra les poings, puis reprit la parole en prenant soin de nuancer le ton de sa voix.

— Je ne suis pas une femme mûre. N'ai-je pas le droit de choisir l'homme qui, aux yeux de la loi, m'aura en sa possession pour le restant de mes jours ? Ne pourriez-vous pas m'accorder au moins cette concession ?

— Et te laisser épouser un homme tel que Clayborough ? répliqua son père sans le moindre effort pour cacher son dédain. Pour plonger peu à peu dans une vie de misère ? Vers qui crois-tu donc que ton époux se tournera à ce moment-là ? Vers moi, évidemment, ajouta-t-il après un bref silence. Même ce rapace de Clayborough sait que je ne permettrais jamais que la chair de ma chair vive dans de telles conditions. Peux-tu l'imaginer ? La fille d'un marquis habitant une maison délabrée pleine de tapis élimés et se déplaçant dans un véhicule d'un autre temps ? (Il fit une moue de dégoût.) J'ai pour toi de plus nobles ambitions.

Oui, bonté divine, que dirait la bonne société ? La gêne et la honte étaient intolérables pour un homme de l'envergure de son père. Mais, pour elle, mener une vie de misère respectable était bien préférable à l'enfermement dans un couvent. De plus, il devait savoir qu'elle ne s'abaisserait jamais à lui demander le moindre sou.

Bien que tentée de répliquer, Amelia s'abstint de toute réponse. Elle se contenta de poser sur son père un regard vide. Sortir de sa torpeur pour discuter avec lui de ses choix amoureux ne lui paraissait guère motivant.

— À deux reprises en un an, tu t'es enfuie pour te marier sans mon consentement. À deux reprises, j'ai dû mettre des hommes à tes trousses pour te ramener à la maison. Heureusement pour toi, grâce à mes efforts, les récits de tes escapades ne sont pas parvenus aux oreilles des curieux et des langues de vipères. Autrement, tout espoir de te trouver un parti décent serait à jamais perdu. Tu ne me laisses pas le choix. Le comprends-tu ?

Amelia savait que son père ne s'attendait pas à obtenir son adhésion. Autant demander à l'automne de ne plus colorer les feuilles des arbres. Toutefois, une spirale de peur s'enroula autour d'elle comme l'épais brouillard londonien et son cœur se mit à tambouriner dans sa poitrine. Jamais auparavant elle n'avait lu une telle intransigeance dans le regard de son père.

— Avez-vous oublié ce que ces femmes m'ont fait subir dans cette école quand j'étais enfant ? Vous moquez-vous totalement de mon sort ?

Amelia était incapable de flatteries. Elle n'en avait jamais eu besoin, maîtrisant à la perfection l'art de provoquer la culpabilité.

Harold Bertram recula au fond de son siège, songeur. Pendant quelques secondes, il la regarda, et elle se demanda si lui aussi se souvenait des coups qu'elle avait reçus et dont son corps avait longtemps porté les stigmates. Sa punition pour avoir tenté de fuir. De fuir des femmes qui considéraient le bâton comme le seul recours, quelle que fût l'offense. Quand le marquis avait eu vent de l'incident, il avait agi en père vertueux, pétri d'indignation, et l'avait retirée de l'école.

Elle était rentrée à la maison en pensant qu'il se souciait d'elle. Elle s'était leurrée. Une semaine après le retour de sa fille dans leur domaine de campagne, il était parti à Londres pour y demeurer presque une année. Elle avait treize ans. L'âge où elle avait eu le plus besoin de lui.

À son retour, il ne s'était pas enquis une seule fois de son bien-être, ne lui avait posé aucune question sur sa période de solitude. Il n'en avait cure, n'accordant d'intérêt qu'à cette satanée entreprise de construction de bateaux dans laquelle il se lançait. Et à ce maudit Thomas Armstrong, le grand et tout-puissant Thomas Armstrong, descendu du ciel tel l'ange Raphaël pour lui ravir la première place auprès de son père – à elle, sa chair et son sang – en devenant son associé.

— Étant donné la gravité de tes actes, admit-il après un long silence, je ne vois qu'une seule autre solution : travailler.

Amelia cligna deux fois des yeux et déglutit. *Travailler ?* Son cerveau mit un long moment à appréhender le mot dans toute sa signification, avant qu'il ne se pose tel un ignoble *haggis* sur un lit de pommes de terre et de navets.

— Vous voudriez que je travaille ? répondit-elle enfin, profondément offensée. Vous avez sans doute en tête quelque œuvre de bienfaisance ?

Bien entendu. C'était la seule explication possible.

Harold Bertram haussa les épaules d'un air blasé, comme si la nature du travail n'avait guère d'importance.

— Je pensais à des tâches d'ordre administratif. Comme de la comptabilité ou de la rédaction de courrier sous la dictée. Tu n'as rien à craindre, ma fille. Ce ne sera pas une offense à ton statut social.

Une offense à son statut social ? Allons bon, une personne de son statut social ne travaillait pas ! L'idée était proprement inconcevable. Elle n'irait pas au couvent, et il n'était pas non plus question qu'elle soit mise au travail comme une pauvre femme du peuple. Son père avait-il oublié qu'elle était une lady ?

— Père, c'est parfaitement ridicule. Suspendez mon argent de poche comme vous l'avez fait par le passé. Je ne pense pas qu'il soit nécessaire d'en arriver à ces extrémités pour me prouver l'étendue de votre courroux. Je n'ose imaginer le scandale que cela entraînerait si la société venait à apprendre que vous m'avez forcée à travailler.

La seule allusion au scandale était, d'ordinaire, de nature à renvoyer son père dans ses appartements avec une violente migraine.

— De plus, ajouta-t-elle, je ne possède aucune notion en matière de tâches administratives.

Et elle n'avait aucune envie d'acquérir ce genre de connaissance.

— Ce qui est ridicule, c'est ton comportement. Pas seulement tes deux dernières facéties en date, mais les nombreuses autres que tu as commises au fil des ans, déclara-t-il en la scrutant d'un œil sévère. Naturellement, je m'assurerai que la société n'ait pas vent de tout cela. Ce sera en dehors de la Saison. Tout le monde aura rejoint son domaine de campagne d'ici là. Je ne peux que remercier le ciel que, à l'inverse de la plupart des simples d'esprit qui peuplent notre monde, la nature t'ait dotée d'une intelligence solide, à défaut du sens de la mesure. Vois-tu, les femmes capables de manier les chiffres sont très rares. Ce sera l'occasion pour toi d'exploiter ce talent de façon productive.

Son père la trouvait intelligente ? Amelia réprima un rire peu distingué. Étrange. Lui qui la croyait incapable de discernement dans le choix d'un époux.

— Je regrette sincèrement que nous en arrivions là. Cependant, je peux te promettre une chose : tu seras libre de choisir entre l'une ou l'autre solution.

Choisir entre deux atroces punitions – l'une à peine moins détestable que l'autre. Pouvait-on vraiment parler de choix ? Mais Amelia était loin d'être idiote. Autant jouer à la secrétaire dans un sordide bureau du Wiltshire que passer ne serait-ce qu'une semaine en compagnie d'exécrables religieuses. Son père connaissait déjà son choix.

— Je n'irai pas au couvent, fulmina-t-elle, la mâchoire et les poings serrés.

La moue amusée de son père et son hochement de tête la rendirent furieuse. Elle détourna le regard pour ne plus voir son expression satisfaite.

Harold Bertram fit un geste de la main en direction de la porte.

— Tu peux disposer. Nous en avons terminé pour l'instant. Je t'informerai des modalités de ce « travail » une fois que j'aurai trouvé le poste adéquat et que la discrétion absolue de ton futur employeur me sera garantie.

Amelia quitta la pièce la tête haute, le dos bien droit, tandis que sa dignité gisait sur le sol derrière elle.

Arrivé chez lui vingt minutes plus tard, Thomas traversa le couloir en silence tout en quittant la prison de sa veste ajustée. Comme il était trop tôt pour commencer à boire, il avait ordonné à son valet de lui porter du café dans la bibliothèque.

Lorsqu'il s'effondra sur le canapé, il s'était déjà libéré de sa cravate et avait défait les trois boutons de sa chemise de lin, laissant sur son sillage le protocole vestimentaire de la bonne société, ici sur un somptueux fauteuil Utrecht, là sur une immense ottomane.

Penché en avant, avant-bras sur les cuisses, il jeta un regard mécontent au bureau situé à l'autre bout de la pièce. Un projet de loi, un tas de factures de Tattersall's et d'autres documents de la société Wendell Shipping reposaient là. Cependant, ce fléau d'Amelia Bertram rendait toute concentration impossible, aussi éminemment importantes que puissent être les tâches qui l'attendaient.

Exaspéré, il se leva. Il arpenta la pièce, d'un mur chargé de livres à l'autre, avant de s'autoriser enfin à y repenser… à penser au jour où la cause actuelle de son mécontentement lui avait été présentée. Ce souvenir s'imposa à lui avec une netteté parfaite, comme s'il datait de la veille… alors qu'il remontait à plus d'une année.

Thomas avait su immédiatement qui elle était lorsqu'elle avait franchi le seuil de la salle de bal au bras de son père. Harry Bertram l'avait prévenu que sa fille, Amelia, l'accompagnerait au bal de fin de Saison de lady Coverly.

Elle avait fière allure dans son étincelante robe dorée, sublimée par une silhouette élancée avec laquelle aucune des femmes de l'assemblée n'aurait pu rivaliser. Sa sombre crinière relevée en chignon laissait échapper quelques mèches soyeuses s'agitant autour de son visage. De là où il se trouvait, cependant, il n'avait pu discerner la couleur de ses yeux, seulement des sourcils finement dessinés, un nez fin et un visage ovale.

Harry croisa son regard au milieu de la foule et se dirigea spontanément vers lui. Thomas admira la démarche gracieuse de la jeune femme avec une appréciation toute masculine.

— Thomas, dit Harry en arrivant devant lui.

Le sourire aux lèvres, le marquis lui tendit la main droite.

— Ravi de vous voir, Harry.

Thomas échangea avec lui une ferme poignée de main avant de lui présenter sa sœur Missy, qui venait de le rejoindre.

— Et voici ma fille, Amelia, annonça Harry à son tour.

Il la fit avancer en la poussant du coude.

Missy exécuta une gracieuse révérence. Thomas s'inclina, puis se fendit d'un large sourire.

— Votre père, dit-il, ne tarit pas d'éloges à votre égard, mademoiselle Amelia. Je suis enchanté de faire enfin votre connaissance.

Lady Amelia gratifia la sœur de Thomas d'un sourire poli puis foudroya son père du regard. Harry devint écarlate. Comme une reine s'adressant à l'un de ses sujets, elle se tourna vers Thomas.

— Vraiment ? Et j'ai entendu dire que vous étiez considéré, au mieux, comme un libertin, au pire, comme un débaucheur de femmes et de jeunes filles innocentes. J'espère que vous n'avez pas l'intention d'exercer votre art ce soir.

Thomas entendit un soupir rentré et un petit rire étouffé. Il ne put qu'ouvrir de grands yeux médusés devant la beauté brune qui lui faisait face, tandis que son cerveau lui ordonnait de poursuivre son processus de respiration.

La jeune débutante le regardait avec dédain, toujours froide et placide. Cependant, il put lire dans ses yeux – d'un bleu d'une profondeur irréelle – la satisfaction qu'elle ressentait. De toute évidence, elle s'était délectée à lui assener ce coup de griffes.

— Amelia, je te prie de présenter tes excuses à lord Armstrong, sur-le-champ, ordonna sévèrement Harry Bertram.

Elle planta ses yeux dans ceux de Thomas.

— Je suis désolée, monsieur, que vous ayez ressenti le besoin de me mentir. Mon père serait incapable de parler de moi en termes élogieux, mais peut-être l'ignoriez-vous, et pensiez-vous votre mensonge parfaitement inoffensif. Quant à moi, je n'ai pas menti, et pour cela je vous présente mes excuses. Comme je l'ai découvert, toutes les vérités ne sont pas bonnes à dire dans cette société.

Missy poussa un petit cri strident et Harry se racla la gorge ostensiblement. Thomas n'osa bouger un muscle, craignant, s'il ouvrait la bouche, de neutraliser l'impérieuse pimbêche qui se tenait devant lui. Ou de lui infliger la cinglante raclée qu'elle méritait.

— Père, je crois m'être excusée. Y a-t-il d'autres gentlemen auxquels vous souhaiteriez me présenter ? demanda lady Amelia, le visage de marbre, la voix imperturbable.

Harry leva un regard implorant au plafond, comme s'il suppliait le ciel de le libérer de son propre enfant. Le visage cramoisi, il marmonna une excuse avant d'entraîner sa fille à l'écart.

La sorcière n'avait pas seulement mis Thomas hors de lui, elle l'avait tourné en ridicule, en lui rappelant sa liaison avec une autre beauté aristocratique du même âge.

À l'âge de vingt et un ans, il s'était laissé prendre dans les filets euphorisants du premier amour. Mais lady Louisa Pendergrass – telle qu'elle s'appelait avant son mariage avec le duc de Bedford – l'en avait vite guéri. Elle lui avait appris la traîtrise et la tromperie dont était capable la gente féminine, une leçon qu'il avait parfaitement assimilée et qu'il n'était pas près d'oublier.

Thomas tenta de chasser cette vieille idylle de son esprit. Le temps des erreurs était passé. Et cette histoire vieille de sept ans était bien révolue. Il médita alors sur la demande de Harry et sur son refus d'y accéder.

— Monsieur, votre café.

Thomas tourna brusquement la tête vers la porte. Absorbé dans ses pensées, il n'avait pas entendu Smith, son valet, entrer.

— Posez-le sur le bureau, je me servirai seul.

Avec une efficacité qui témoignait d'années de service, Smith obéit sur-le-champ et sortit, laissant son maître ruminer son sentiment grandissant de culpabilité.

Il avait une dette envers Harry. Ils avaient fait connaissance au cours d'un bal, alors que Thomas venait de finir ses études à Cambridge. Le marquis avait été une mine de renseignements sur les possibilités d'investissements et les opportunités à saisir. Grâce à lui, Thomas avait pu donner un nouveau souffle aux finances de sa famille en transformant une écurie de course et de chevaux de concours en haras fort rentable. De plus, les transactions de Harry avec

Derrick Wendel avaient incité Thomas et ses amis d'enfance, Alex Cartwright et James Rutherford, à investir dans ce qui était désormais la plus grande entreprise de construction de bateaux de toute l'Angleterre.

Seigneur, si Harry lui avait demandé n'importe quoi d'autre, il aurait accepté sans hésiter. Cependant, assumer la responsabilité de lady Amelia était inimaginable. Tout homme en pleine possession de sa raison devait éviter à tout prix ce genre de femmes. Ainsi, à moins que son bon sens ne lui fasse soudain tragiquement défaut et qu'il ne se retrouve bon pour l'asile de Bedlam, c'était précisément ce qu'il avait l'intention de faire.

Chapitre 3

*A*melia porta son éventail de soie fleuri à son visage et l'agita délicatement. Elle découvrit une salle de bal à la décoration sophistiquée, surmontée d'un dôme de verre. Toute de bleue et de blanc décorée, la pièce comptait deux gigantesques chandeliers de cristal se dressant au-dessus d'une foule d'au moins cinq cents personnes.

Elle sonda l'océan de visages peuplant le bal de lady Stanton à la recherche de Miss Crawford, censée lui apporter un rafraîchissement. Son chaperon était introuvable.

Après la démission brutale de son précédent chaperon, son père avait engagé Miss Melinda Crawford, une remplaçante hautement qualifiée. Tout allait pour le mieux jusqu'à ce qu'Amelia découvre que la nouvelle recrue informait son père de ses moindres faits et gestes, comme un brigadier rapportait les positions des troupes à ses généraux. Si la femme n'avait pas, une seule fois au cours de l'année, succombé à un sommeil profond, Amelia n'aurait jamais pu tenter sa fugue avec lord Clayborough – une entreprise finalement vouée à l'échec. Toutefois, même flanquée de cette désagréable créature, Amelia avait béni le ciel d'avoir une occasion de sortir, et se rendit à ce bal dans l'espoir d'échapper à l'ennui que lui procurait sa propre compagnie. Après quatre jours passés à contempler d'un œil morne les murs rose et gris de sa chambre, où les seuls livres qu'elle n'avait pas encore lus étaient d'arides essais de philosophie grecque, la perspective d'une soirée à l'extérieur était apparue tel un arc-en-ciel pointant à l'horizon au bout de quarante jours et quarante nuits de pluie ininterrompue.

Plusieurs jeunes hommes, tous dans leur habit du soir – cravate blanche et queue-de-pie –, rôdaient autour d'elle en la couvant du regard. Amelia détourna promptement les yeux du groupe, gênée par la flamme de convoitise brillant dans leurs pupilles.

— Lady Amelia.

La petite voix aiguë qui s'éleva derrière elle semblait hésitante, presque timide. Amelia se tourna et aperçut Miss Dawn Hawkins à quelques mètres, près du mur du fond, en compagnie de deux autres dames dont elle reconnaissait vaguement les visages mais dont les noms lui échappaient – pour autant qu'elle les eût déjà entendus.

Miss Hawkins était une charmante personne, et bien plus timorée que la plupart des jeunes filles en quête d'époux. Puisque Miss Crawford, vraisemblablement, s'était aventurée dans de lointaines contrées pour trouver à boire, Amelia pouvait bien s'adonner à quelque fade conversation féminine, au lieu de subir passivement les regards appréciateurs des jeunes mâles fraîchement arrivés sur le marché du mariage occupés à estimer sa valeur.

— Bonsoir, mademoiselle Hawkins, salua Amelia en avançant vers la jeune fille.

— Oh, je vous en prie, ne m'appelez pas ainsi ! C'est bien trop formel pour celles que je considère comme mes amies. Appelez-moi Dawn, répondit-elle en baissant les yeux.

Amelia sourit. Dawn avait des manières si naturelles. Un contraste rafraîchissant au milieu des sourires forcés et de l'hypocrisie générale.

— Dans ce cas, vous ne pouvez plus m'appeler lady Amelia.

Dawn rougit devant cette invitation. Elle se tourna et présenta Amelia aux deux dames qui se trouvaient à ses côtés : Miss Catherine Ashford et lady Jane Fordham.

— Nous parlions des gentlemen présents ce soir, et plus précisément de ceux avec lesquels nous aimerions danser. Non pas que tous seraient prêts à nous inviter, attention, ajouta Dawn, dont le sourire et la voix trahissaient sa modestie.

Amelia sentit son cœur se serrer en voyant les regards de commisération que les trois femmes échangèrent après ce commentaire – cette communication silencieuse témoignant d'un solide lien de confiance. Sa seule amie, Elizabeth, la comtesse de Creswell, qu'elle avait rencontrée durant sa première Saison, se trouvant actuellement dans le Kent, sur le point de mettre au monde son premier enfant, Amelia n'avait personne avec qui partager ce genre de secret.

Elle haussa les épaules pour chasser ce chagrin passager. Amelia était forcée d'acquiescer aux paroles de Dawn, même si elle aurait préféré pouvoir la contredire. Elle ne se rappelait pas avoir vu une seule fois la pauvre fille rejoindre la piste de danse. Petite et rondelette, Dawn avait des traits ordinaires. Aucune autre fille n'avait sympathisé avec Amelia depuis leurs débuts dans le monde, au printemps dernier.

Les amies de Dawn, plaquées contre les murs jaunes de la salle de bal comme si ceux-ci menaçaient de s'écrouler sans leur soutien, semblaient subir un destin similaire. Les malheureuses avaient sans doute peu à offrir en terme de dot, le désespoir de toute aspirante au mariage que la nature n'avait pas dotée de traits gracieux et d'une silhouette agréable.

— Naturellement, vous n'avez pas ce genre de problèmes ni d'inquiétudes, continua Dawn de sa voix haut perchée de petite fille.

Miss Ashford et lady Jane hochèrent vigoureusement la tête en signe d'approbation.

— Je participe assez peu à la danse dans ces fêtes, rétorqua Amelia avec un sourire qu'elle estima grimaçant.

La plupart des gens s'imaginaient que, avec son physique et sa fortune, elle ne manquait jamais d'attention masculine. Malheureusement, la majorité de ses prétendants était plus à même de remplir le rôle de gendre pour son père que de mari pour elle.

— Mais c'est parce que cela ne vous intéresse guère, et non par manque d'occasions, répliqua Dawn en la regardant avec un mélange d'envie et d'admiration.

— Dites-moi, avec lequel des dignes gentlemen présents ce soir auriez-vous aimé danser ? demanda Amelia avec un petit rire forcé, tout en fuyant, gênée, le regard de la jeune femme.

Miss Ashford balaya rapidement des yeux la salle bruyante, grouillante de fiers aristocrates, avant de porter une main gantée à sa bouche et de se pencher en avant.

— Je ne crois pas qu'il soit arrivé – du moins nous ne l'avons pas encore vu –, mais nous sommes toutes d'accord pour affirmer que lord Armstrong serait notre premier choix.

Amelia se retint d'écarquiller les yeux et s'efforça de ne pas prêter attention à l'accélération des battements de son cœur, tandis qu'une image bien trop nette de l'homme en question se dessinait dans son esprit.

— Par pitié, ne me dites pas que vous êtes en pâmoison devant des boucles d'or et des fossettes. N'avez-vous pas plus de bon sens ?

Amelia haussa les sourcils dans l'espoir de convaincre ses interlocutrices de son profond désaccord. D'après son père, elle avait appris cette mimique auprès de sa regrettée grand-mère, laquelle avait fait de l'expression du déplaisir une forme d'art.

Les trois femmes échangèrent un regard surpris, se demandant sans doute ce qu'Amelia avait à reprocher au jeune lord, fréquemment comparé au dieu grec Apollon. Un rapprochement avec Éros semblait à Amelia plus à propos, si l'on se fiait aux rumeurs.

— Êtes-vous sûr de parler du même lord Armstrong ? demanda Dawn en chuchotant le nom de l'homme avec la vénération que la noblesse et l'aristocratie réservaient à la famille royale.

— Le seul et l'unique, répondit Amelia en réprimant un pénible sourire.

— Eh bien, je le trouve extrêmement séduisant, affirma Miss Ashford, dont les traits anguleux s'adoucirent et les joues s'empourprèrent comme si le seul fait de penser à lui faisait chavirer son cœur.

— C'est un débauché. Voudriez-vous d'un homme qui s'imagine qu'il est de son devoir de coucher avec toutes les femmes de la capitale ? Je le trouve totalement dénué d'élégance, d'une insignifiance et d'une vulgarité sans nom.

Amelia revoyait parfaitement le sourire dont il l'avait gratifiée lors de leur première rencontre. Un sourire de séduction, qui se voulait envoûtant. Son cœur vibra. Oui, vraiment vulgaire et insignifiant.

Dawn appuya deux doigts gantés de blanc sur ses lèvres, tandis que lady Jane et Miss Ashford restèrent bouche bée.

— Vous devez plaisanter ? murmura lady Jane dans un souffle.

Plaisanterait-elle sur un sujet de cette nature ? L'homme était bel et bien un débauché. Alors peut-être ne considérait-il pas de son devoir de coucher avec *toutes* les femmes de la ville, mais qui ergoterait sur la petite vingtaine qui n'entrait pas dans cette affirmation ?

— Vous, chères amies, êtes bien trop gentilles pour vous laisser prendre au piège de ce coquin.

Oui, un coquin. Il était même pire que cela.

— Connaissez-vous bien le vicomte ? s'enquit Dawn en ouvrant de grands yeux curieux.

— Malheureusement, mon père et lui sont très liés, et j'ai dû subir malgré moi sa présence – bien que brièvement, Dieu merci – en diverses occasions.

La rencontre de la veille avait dépassé la portée habituelle de leurs échanges verbaux. Elle ne pouvait que prier pour que ce genre d'événements se raréfie à l'avenir.

— Comment pouvez-vous critiquer un gentleman qui traite la sœur de Mr Foxworth avec autant de dignité ? Depuis que Mr Fox… euh, je devrais dire l'officier Foxworth maintenant, je suppose. Depuis qu'il s'est engagé dans la Marine nationale, c'est lord Armstrong qui s'est chargé de l'escorter dans les événements mondains. Et si elle assiste à un bal, elle n'est pas reléguée aux murs comme d'autres. (Miss Ashford s'arrêta pour échanger un nouveau regard plaintif avec Dawn et lady Jane.) Je trouve admirable sa loyauté envers son ami. Sans lui, Miss Foxworth manquerait les bals de la Saison et passerait sa vie dans une ville reculée, dénuée de routes dignes de ce nom et de moyens de transport décents.

Amelia refusait de tempérer son opinion à la lumière de l'altruisme du jeune homme envers Miss Foxworth ou de son apparent dévouement à l'égard de son ami. Toutefois, cela expliquait pour quelle raison la vieille fille de trente et un ans avait pour escorte l'un des plus beaux partis de la ville. Voir ces deux êtres ensemble rendait à toutes les fleurs sans éclat et bientôt fanées l'espoir que leurs princes charmants à elles n'étaient pas loin.

—Cette pauvre femme, dit Amelia, est éperdument amoureuse. Cela se voit comme le nez au milieu de la figure.

Lorsqu'Amelia les avait vus ensemble – à deux reprises –, Miss Foxworth levait sur lord Armstrong des yeux brillants d'admiration, tandis que deux taches roses rehaussaient son teint d'ordinaire cireux. S'il y avait au monde une femme prise au piège de son adoration pour un homme, c'était bien Camille Foxworth.

—Eh bien, amoureuse ou pas, je trouve gentil de la part de lord Armstrong de la traiter ainsi.

Apparemment, Miss Foxworth n'était pas la seule à s'être entichée du vicomte. Miss Ashford le défendait avec le zèle d'un avocat s'efforçant de convaincre les jurés du tribunal d'épargner le cou de son client.

—Oui, carillonna lady Jane. Il pourrait faire son choix parmi les dames les plus convoitées du beau monde.

Soudain, elle blêmit et lança un regard anxieux à Amelia.

—Du moins la majorité d'entre elles, se corrigea-t-elle.

Rigoureusement parlant, ce groupe tant vénéré, relativement restreint, la comptait parmi ses membres. Mais depuis sa première Saison, au cours de laquelle elle avait accumulé douze demandes en mariage, les propositions s'étaient faites plus rares. Cette Saison-là se terminerait avec à peine cinq demandes, toutes faites par de nouveaux venus sur le marché du mariage.

Depuis que lady Victoria Spencer, la fille cadette de la marquise de Cornwall, avait scandalisé la haute société en épousant sir George Clifton, Amelia s'était vu décerner le triste titre de « nouvelle fille de glace ». Cependant, si ses liaisons avec Mr Cromwell et lord Clayborough éclataient au grand jour, elle passerait de glaçon à femme de petite vertu en moins de temps qu'il n'en fallait à un voleur à la tire pour détrousser un riche passant dans les rues de St Giles.

— Et il n'est pas seulement gentil, intervint Dawn de sa voix de fillette, poursuivant ces interminables éloges. On prétend également que c'est un amant extraordinaire.

Les sourcils d'Amelia atteignirent des hauteurs insoupçonnées tandis qu'elle dévisageait la petite blonde dont les joues viraient à l'écarlate, au moment même où elle comparait Dawn Hawkins à une violette fanée. Les dames distinguées ne s'adonnaient pas à de tels discours. Amelia le pouvait, sans aucun doute, mais de toute façon, elle n'avait jamais cherché à s'intégrer parmi les dames de la noblesse, dont beaucoup n'étaient que des moutons dans un troupeau où les titres, les relations et la fortune régentaient tout.

— Sornettes. Sûrement une rumeur que lord Armstrong s'est appliqué à faire circuler.

Une fois de plus, trois paires d'yeux, chacune d'une nuance de brun différente, s'écarquillèrent et se tournèrent vers elle comme si elle venait de monter à la chaire pour déclarer devant tous les fidèles rassemblés pour la messe dominicale que Dieu n'existait pas. Blasphématoire !

— Les hommes tendent à avoir une haute opinion d'eux-mêmes dans ce domaine. Je suis absolument certaine que l'un n'est pas plus compétent que l'autre, même si ce sont invariablement les plus séduisants qui s'en vantent le plus.

Le vicomte était ce genre d'individu aux yeux d'Amelia.

Les femmes restèrent muettes. Chacune semblait digérer ce qu'elle venait d'entendre. Amelia n'était pas totalement novice en matière de relations intimes. Comment oublier le baiser humide que lord Finley lui avait infligé dans le jardin pendant le bal des Walsh ? Il avait cru qu'une femme dont le visage illustrait à la perfection l'expression « beauté du diable » ne pouvait que répondre favorablement à ses avances. Ses tibias avaient payé le prix fort pour cette présomption. Un physique agréable n'allait pas forcément de pair avec l'habileté chez un amant. Un jour, elles découvriraient peut-être cette vérité et gagneraient alors en sagesse. Ce jour-là, elle en était certaine, un pauvre gentleman tomberait de son piédestal.

— Dans ce cas, pourquoi tant de femmes se pressent-elles dans son lit ?

La question de lady Jane, dont le visage gagna trois teintes de rouge, sortit étouffée dans un mélange de réticence et de profonde curiosité.

À ce moment-là, la musique s'intensifia : piano, violon, couronne et violoncelle entamèrent un crescendo. Sa dernière rencontre avec lord Armstrong ayant alimenté son dégoût à son égard, elle ne permit pas que l'intrusion du bruit la force à s'arrêter ne serait-ce qu'un instant. Elle haussa la voix pour couvrir les notes finales.

— Pour la même raison pour laquelle vous accepteriez volontiers son invitation à danser. Son visage ne manque pas de charme et les femmes s'y laissent prendre. De plus, c'est un vicomte et l'un des partis les plus riches de toute l'Angleterre. Sur le papier, il s'agit d'une prise de choix. En réalité, il n'est rien d'autre qu'un débauché. Lord Armstrong est le genre d'homme trop imbu de lui-même pour se soucier du plaisir des autres, dans tous les domaines. Je parierais ma dot qu'il est bien loin de sa réputation en matière de prouesses sexuelles.

Bouche bée, les trois femmes posaient sur elle des yeux écarquillés. Elles regardèrent par-dessus son épaule nue tandis qu'une cacophonie d'exclamations féminines et de rires masculins tonitruants brisèrent le silence.

Un silence qui n'existait pas un instant plus tôt.

Amelia pivota rapidement sur ses souliers de cuir verni pour faire face au plus abominable des tableaux.

Des mères chapeautées et des débutantes parées pour la circonstance affichaient des mines horrifiées.

Les gentlemen dissimulaient leurs sourires sous des mains gantées de blanc immaculé.

Pas une seule note de musique ne vint fendre l'air pour atténuer des mots offerts en pâture au reproche public.

Bonté divine, quand la musique s'était-elle donc arrêtée ? Amelia regarda nerveusement autour d'elle. Et à quel moment les convives qui se trouvaient autour d'elle avaient-ils cessé de parler ? Elle ne put même pas soupirer de soulagement quand l'orchestre entama une valse, telle une cavalerie venant la délivrer quinze minutes trop tard pour empêcher le massacre. Jamais Amelia ne s'était sentie prise au dépourvu de la sorte auparavant. Il s'agissait bel et bien d'un flagrant délit. Elle était piégée. Totalement mortifiée.

Non, elle n'avait jamais connu cela.

Ensuite, pour achever totalement son humiliation, la foule devant elle se fendit en deux comme la mer Rouge devant le bâton de Moïse. Sous les murmures perçaient la satisfaction. Et la condamnation. Au milieu de cet océan de belles toilettes, cette mer de bijoux et de gilets noirs, s'avança à grandes enjambées la silhouette haute et imposante de celui-là même dont elle venait publiquement de remettre en question les prouesses.

Chapitre 4

Le meurtre avait beau être passible de pendaison, Thomas considérait que, dans certains cas, le crime en valait la peine. Cependant, jamais il n'aurait permis, par la faute de cette petite arrogante, que son orgueil de mâle ait raison de son sang-froid.

Il fendit la foule à grandes enjambées, les yeux rivés sur la source de son courroux, qui se tenait là, drapée dans une robe de bal couleur pêche, coiffée d'un chignon élaboré domptant sa masse de boucles brunes et soyeuses. Pétrifiée, le visage cramoisi, elle arborait un regard de biche aux abois. Quel dommage qu'une si éblouissante beauté puisse dissimuler un cœur de pierre et une langue de vipère.

La foule observait la scène, fascinée. Randolph, Smith et Granville firent peu d'efforts pour dissimuler leur amusement. Leurs insupportables gloussements piquaient les oreilles brûlantes de Thomas. De plus, aucun des convives présents ne fut dupé par les grossières quintes de toux d'Essex et de Cartwright.

Lady Camden, lady Dalton et la veuve Ramsey assistaient au spectacle, plongées dans un déni silencieux, les visages figés par le choc – elles qui n'étaient pas sans savoir que les prétendues insuffisances d'Armstrong pouvaient procurer d'intenses plaisirs.

Thomas s'imaginait qu'au moins la moitié des participants du bal attendaient là, avec une délectation salace, dans l'espoir d'assister à quelque alléchant mélodrame.

— Lady Amelia.

Il parvint à adopter un ton plutôt avenant et à s'incliner poliment devant elle, mais ses lèvres peinèrent à esquisser un sourire.

Les yeux bleu cobalt le regardaient fixement, et une telle aversion s'y lisait qu'il eut presque envie de rire. Presque, mais pas tout à fait. Elle déglutit, puis, comme un rideau qu'on tire, son visage se ferma.

— Bonsoir, lord Armstrong, répondit-elle froidement.

Son délicat menton pointé en l'air, elle le gratifia d'une modeste révérence. Toutefois, le tremolo de sa voix trahissait sa nervosité… ou sa peur.

Elle avait toutes les raisons d'avoir peur. Il espérait qu'elle tremblait comme une feuille sous sa dentelle française.

— M'accorderiez-vous l'honneur d'une danse ? lui demanda-t-il d'une voix cordiale en lui tendant la main.

Un geste incongru pour un homme dont le seul désir véritable était de tordre le cou à cette fille, désir qui, dans son esprit, avait balayé tous les autres avec la puissance d'une tornade.

Il sentit le frisson de surprise parcourir les convives qui avaient pu entendre sa demande. Tels des spectateurs assistant à un combat de pugilistes, cette foule voulait du sang, même si aucun convive n'aurait osé l'admettre. Au fond d'eux, ils brûlaient d'assister à quelque chose de fracassant, qui vienne briser la monotonie de leur sinistre semaine.

L'air était chargé de tension, tandis que la grappe de beau monde retenait son souffle dans l'attente de la réponse d'Amelia. Ils ne cherchèrent même pas à feindre l'indifférence devant la confrontation qui, Thomas en était persuadé, alimenterait bientôt toutes les conversations des salons et clubs de la ville.

Amelia crut qu'elle perdait la tête. Venait-il de l'inviter à danser ?

Son cœur venait tout juste de se remettre à battre. Ce satané lord se tenait tout près d'elle, lui imposant son parfum si reconnaissable. Pourquoi était-elle venue à ce maudit bal ? Comme elle regrettait à présent les quatre murs rassurants de sa chambre. À ce moment précis, elle aurait volontiers partagé la compagnie de Socrate, de Platon et d'Aristote. Elle aurait pu lire n'importe quoi.

Mais il était là, devant elle, le visage impassible, un monument de civilité. Oui, c'était davantage son style. L'écraser de gentillesse. La regarder rougir d'embarras. Offrir au monde un spectacle de compassion philanthropique. Et dès qu'ils se retrouveraient sur la piste de danse… Elle frissonna.

Elle imaginait bien le genre de châtiment qu'il avait en tête.

Cependant, s'il attendait d'elle des bredouillements de gêne ou de fausses excuses, il risquait d'être déçu. De toute évidence, il tentait de faire oublier l'incident en le recouvrant d'un voile de bienséance et de galanterie. Eh bien, elle en ferait autant. Même si son père l'en croyait incapable, elle savait se comporter en dame distinguée quand les circonstances l'exigeaient. Ce qui était le cas à cet instant précis.

— Bonsoir, lord Armstrong. Bien que cela me serait fort agréable…

Quelqu'un tira fermement sur le volant de tulle du haut de sa robe, l'empêchant d'achever son refus. Elle jeta un regard surpris sur sa gauche et découvrit son chaperon, plus raide encore que la robe de popeline brune au col serré recouvrant son corps osseux.

Formidable. La voilà de retour, maintenant. Si cette maudite femme avait fait son apparition quelques minutes plus tôt, Amelia serait en train de siroter un cocktail au lieu de tenir tête à cet indésirable dans une salle de bal pleine à craquer d'éminents membres de la haute société.

Miss Crawford lui lança un regard impitoyable qui disait : « Éconduisez-le et je vous ferai regretter d'être née », puis éclata d'un rire strident, pour couvrir le silence qui s'était emparé de leur public captivé.

— Elle en serait ravie, monsieur.

Le chaperon gloussa ces quelques mots à lord Armstrong, dont le sourire ressemblait fort à celui que Lucifer avait sans doute arboré en commettant les péchés qui lui avaient valu d'être mis au ban de la Terre.

Un murmure étouffé parcourut l'assistance.

— Qu'a-t-elle dit ? demanda une femme.

— A-t-elle ordonné à la fille Bertram de danser avec lui ? demanda un homme plus âgé à un autre, chauve et corpulent.

— Bougez de là, Henry. Je n'entends rien, ordonna l'hôtesse de la soirée, lady Stanton, à son époux.

Amelia jeta un regard alentour. De tous côtés, des yeux brillant d'une impatience presque diabolique étaient rivés sur elle. Elle comprit à leurs expressions qu'ils attendaient un refus de sa part. On aurait dit que ce début de scandale leur avait ouvert l'appétit, et que le « non » d'Amelia, loin de l'assouvir, l'aiguiserait davantage.

Quel autre choix avait-elle sinon d'accepter ? À ce moment-là, elle aurait fait n'importe quoi pour mettre fin à ce honteux fiasco avant qu'une personne – à savoir Miss Crawford ou peut-être même lord Armstrong – n'informe son père de son faux pas. Ce dernier n'hésiterait pas à la jeter dans le premier train pour quelque couvent perdu où elle passerait une année agenouillée, les mains serrées autour d'une croix, à réciter des Ave Maria et des Pater.

— J'en serais enchantée.

Elle donna raison à son chaperon, en priant pour que son aversion ne se lise pas sur son visage. Posant une main gantée sur le bras offert du lord, dont le contact inoffensif fit courir un frisson brûlant de la pointe de ses doigts à son épaule, elle le suivit.

Ils se frayèrent un interminable chemin au milieu des convives frémissants de curiosité qui s'empressèrent de les laisser passer. Qu'y avait-il de plus insupportable dans cette situation ? se demanda Amelia. Les regards insistants et les murmures, ou le fait de sentir le bras de cet homme autour de sa taille tandis qu'il guidait ses pas ? Une furieuse envie d'échapper à son contact l'envahit de façon inquiétante, car la moindre de ses terminaisons nerveuses était atteinte.

Son instinct lui ordonnait de prendre ses jambes à son cou. Toutefois, l'orgueil la tirait par les épaules, redressait son dos et faisait pointer son menton. Amelia se fichait éperdument que les gens la disent froide et insensible, mais jamais elle ne leur donnerait l'occasion de la traiter de lâche. Ainsi, au lieu de filer comme une flèche, elle posa ses mains sur les épaules du lord, sans prêter attention aux picotements naissant dans sa chair partout où un contact se produisit : ses mains, sa taille, le creux de son dos.

Étant donné sa carrure athlétique, elle avait imaginé lord Armstrong plus enclin aux activités masculines comme le rugby ou l'aviron. En réalité, il se révéla un danseur gracieux et élégant, la faisant tournoyer avec habileté sur la piste. Sans prononcer un seul mot, il baissa les yeux sur elle, des yeux verts mi-clos. Son regard ensommeillé ne parvint pas, cependant, à étouffer la flamme brillant au fond de ses pupilles noires, une flamme laissant deviner un

esprit en ébullition – conjecturant, manigançant…
préparant sa perte.

Soit, mais il ne lui faisait pas peur.

Amelia frissonna malgré elle et détourna nerveusement le regard pour échapper à la brûlure de ses
yeux. Était-ce elle ou bien la température de la salle de
bal avait grimpé de plusieurs degrés depuis le début
de leur valse ?

Quelques minutes et regrettables palpitations plus
tard, quand les dernières notes de la valse figèrent
tout mouvement, Amelia put à peine croire que son
calvaire était terminé. C'était donc tout, une seule
danse en guise de punition ? Elle ne recevrait ni
réprimande ni sanction pour sa conduite ?

Perplexe, elle le laissa l'escorter hors de la piste. Elle
n'osa lever les yeux vers lui de peur que son soulagement
ne soit flagrant. Piquer le lion endormi quand elle
pouvait s'enfuir aurait été le comble de la bêtise.

— Venez donc avec moi. Il serait dommage de ne
pas en profiter pour faire plus ample connaissance.

Prenant le coude d'Amelia dans le creux de sa
main, lord Armstrong la conduisit dans la direction
opposée à l'endroit où se trouvait Miss Crawford, seule
à côté d'une grande fougère en pot.

Amelia eut un mouvement de sursaut, retirant
instinctivement son bras.

— Non, merci…

— Peut-être avez-vous pris mes mots pour une
invitation ?

Il secoua la tête. Assaillie par le parfum de réprimande et d'autorité qui émanait du lord, tout en elle voulut se rebeller.

—En fait, c'était un ordre, précisa-t-il.

Il tenait fermement son bras tout en adoptant un ton désinvolte, et lui souriait, posant sur elle son implacable et intense regard vert.

—Vous ne pensiez tout de même pas que ce serait si facile? Je crains que vous n'ayez à subir ma présence un peu plus longtemps.

Amelia détestait plus que tout se laisser dominer. Pourtant, à peine eut-elle commencé à lutter qu'elle renonça. L'homme devait peser quarante kilos de plus qu'elle, et elle avait découvert pendant leur danse que sous sa veste de soirée à l'étoffe délicate se cachaient deux bras forts et musclés.

—Pourquoi donc? Je suis certaine que vous vous passeriez très bien de ma compagnie, dit-elle en tentant de garder un ton neutre.

Lord Armstrong se mit à rire.

—Voilà la première vérité que j'entends sortir de votre bouche ce soir, dit-il tandis qu'ils bravaient la foule pour atteindre la salle où l'on servait les rafraîchissements. J'essaie simplement d'épargner l'embarras à votre père. Je crois qu'il a subi suffisamment de contrariétés cette semaine, pas vous?

Il haussa un sourcil et planta sur elle un regard réprobateur, qui étouffa sur-le-champ toute intention de révolte chez Amelia.

Le visage en feu, elle sentit la honte embraser ses joues. Bien entendu, il savait. Était-ce vraiment une surprise ? À qui d'autre son père aurait-il pu se confier sur la fugue avortée d'Amelia avec lord Clayborough, sinon à l'homme qui avait ravi la place de sa fille dans son cœur et qu'il regrettait de ne pas avoir pour fils ? Elle imaginait fort bien ce que son père avait pu lui raconter d'autre. Une nouvelle bouffée de chaleur monta en elle. Maudit soit son père, et maudit soit cet odieux personnage.

Sans s'éloigner d'elle, il prit deux verres de punch sur le plateau d'un valet en livrée et en tendit un à Amelia.

— Tenez. Vous avez l'air d'en avoir besoin. Vous êtes toute rouge. Un peu de fraîcheur pour apaiser le feu de vos joues… et du reste.

Il baissa les yeux sur son décolleté, intensifiant la colère *et* le rougissement d'Amelia, consternée de réagir ainsi.

Elle déploya des efforts surhumains pour se retenir de lui jeter le contenu du verre au visage. Elle y parvint d'un cheveu, prenant une gorgée du tiède breuvage pour occuper sa bouche et empêcher d'autres regrettables paroles d'en sortir ce soir-là.

Lord Armstrong passa moins de temps à boire qu'à contempler la courbe de sa nuque. En deux gorgées, il avait fini son verre tandis qu'Amelia avait à peine touché le sien. L'arrogance de cet homme, sa promiscuité, sa simple présence, lui avaient coupé la soif.

—Ce n'est pas tous les jours qu'une femme se permet de dénigrer, au milieu d'un événement mondain, mes compétences masculines.

Il parlait avec une totale désinvolture, comme si le sujet de leur échange était la pluie et le beau temps.

Certaines auraient fait d'horribles grimaces de gêne après avoir prononcé des paroles aussi crues sur la virilité d'un homme. Amelia, dispensée de ce genre d'émotion, se cramponna plutôt à son verre comme si son existence tout entière dépendait de sa capacité à se retenir d'en verser le contenu sur la tête de son interlocuteur.

—Dites-moi donc : comment comptez-vous prouver que vous avez gagné votre pari ? poursuivit-il.

Stupéfaite, elle leva les yeux vers lui, oubliant un instant sa folle envie de le voir dégoulinant de punch trop sucré.

—Quel pari ? De quoi parlez-vous ?

Il posa sur elle des yeux ingénus, tout en battant outrageusement des cils.

—N'avez-vous pas parié votre dot à vos amies que ma réputation d'amant n'était pas méritée ? Au fait, que disent exactement les rumeurs à mon propos dans ce domaine ? s'enquit-il, les paupières mi-closes, caressant lentement sa silhouette du regard. Je pensais que vous souhaiteriez vérifier par vous-même mes capacités.

Il susurrait à peine, tout en la regardant de nouveau droit dans les yeux.

—Je ne voudrais pas que vous vous basiez uniquement sur des on-dit, ajouta-t-il.

Elle faillit suffoquer. Ce malotru tirait un plaisir évident à lui rendre la monnaie de sa pièce. Il s'en délectait même.

— Même pas si vous étiez…

— S'il vous plaît, ne dites pas « le dernier homme sur cette Terre », c'est tellement banal. Je pense qu'une femme dotée d'un esprit aussi vif que le vôtre peut trouver une réplique plus originale. Plus mordante.

Amelia bredouilla, et sa main commença à trembler ; elle faillit renverser son verre.

Se rapprochant d'elle au point que la jupe de la jeune fille effleura l'étoffe de son pantalon, il lui prit doucement le verre des mains.

— Vous semblez troublée.

Il marqua une pause, puis adopta une voix plus douce et plus grave. Il baissa le regard vers ses lèvres, avant de revenir vers ses yeux.

— Je devrais vous embrasser de force, ici, tout de suite. Mais peut-être est-ce votre désir…

Avant qu'elle ne puisse répondre à cette provocation, il pencha la tête en avant, et elle sentit son souffle chaud contre son oreille. L'espace d'un instant, elle craignit qu'il ne mette sa menace à exécution.

— Contrairement à ce que vous pensez, je suis un gentleman et je ne vous infligerai pas davantage de gêne ce soir en vous faisant ravaler vos paroles.

Ensuite vint le coup de grâce, sous la forme d'un léger, d'un très léger murmure.

— Nous garderons cela pour plus tard, car ce que je vous réserve n'est pas destiné au public.

Amelia eut la bouche sèche. Malgré l'inexplicable chaleur qui parcourut tout son corps pour s'installer dans son bas-ventre, elle frissonnait.

Ensuite, comme s'il ne venait pas de la menacer – de lui promettre – de faire de sa personne la nouvelle victime de sa dépravation, il se redressa de toute sa hauteur et la salua d'un signe de tête.

— Bonne soirée, lady Amelia, lança-t-il avant de s'éloigner d'un pas tranquille.

Chapitre 5

*T*homas avait quitté Amelia au moment précis où l'indignation avait remplacé la stupéfaction sur le visage de la jeune femme. Toutefois, il ne s'éloigna guère et put contempler à loisir l'ondulation gracieuse de ses hanches tandis qu'elle traversait la pièce, la tête bien droite, ne montrant aucun signe d'embarras ni de remords. Hautaine jusqu'au bout.

— Je vois que la progéniture de Harry s'est entichée de vous.

Il se retourna vers lord Alex Cartwright, l'auteur de cette remarque idiote qui se voulait drôle, et le gratifia d'un regard menaçant.

— Mal m'en a pris de vous laisser me traîner ici ce soir. C'est à croire que vous avez tout manigancé avec cette sale…

— Attention, un gentleman ne doit jamais médire d'une dame, le réprimanda Cartwright.

Les hommes tremblaient devant le regard noir de Thomas. Cartwright, lui, ne sourcilla pas ; pas une mèche de ses cheveux aile-de-corbeau ne bougea.

— J'adorerais que le mérite me revienne dans toute cette affaire, mais ce n'est malheureusement pas le cas. L'honneur de vous avoir infligé l'affront du siècle revient entièrement et uniquement à la belle lady Amelia.

Si Thomas avait été surpris les fesses à l'air en compagnie d'une femme de petite vertu occupée à titiller sa virilité endormie, son ami n'aurait pu se délecter davantage du spectacle. Conscient de cela, le vicomte se tut. Il dirigea de nouveau son regard vers lady Amelia. La jeune femme et son chaperon se frayaient un chemin vers la sortie. S'éclipser furtivement. C'était la moindre des choses.

—Alors, allez-vous me dire ce que vous avez fait à cette dame pour qu'elle remette en cause votre vigueur de mâle à la façon d'une maîtresse éconduite ? Quoique, maintenant que j'y pense, Missy m'a fait savoir, avant même votre premier petit tête-à-tête avec la belle, que vous la dévoriez des yeux comme un gourmand devant un banquet.

Thomas tourna lentement la tête vers Cartwright. Pendant quelques secondes, il fut tenté d'utiliser son poing pour effacer le sourire satisfait et narquois de son ami.

—Ma sœur était à ce moment-là follement éprise, ce qu'elle est toujours d'ailleurs. Pour elle, le moindre regard entre un homme et une femme révèle quelque romance cachée. Je ne peux poser les yeux sur une femme sans que cela soit mal interprété.

— Quoi qu'il en soit, si je me souviens bien, plusieurs semaines après l'incident, vous vous êtes consolé dans les bras d'une femme dont la ressemblance avec lady Amelia était plus que frappante. Je crois l'avoir mentionné une ou deux fois, ajouta Cartwright.

Il ponctua sa remarque d'un haussement de sourcils et regarda son ami avec autant d'innocence qu'un redoutable joueur de carte prêt à rafler la mise.

Thomas se racla la gorge avec agacement. Cartwright n'avait pas fait cette observation qu'une ou deux fois. Il lui en avait tellement rebattu les oreilles que Thomas avait été obligé de mettre fin à son arrangement avec la dame uniquement pour le faire taire. Plus de maîtresses aux cheveux couleur café et aux yeux bleu saphir.

— Les deux femmes n'ont strictement rien en commun, et faire un tel rapprochement est parfaitement stupide, même pour un homme à l'intelligence aussi limitée que la vôtre.

— Je suis peut-être bête comme un âne, objecta Cartwright avec aplomb, mais moi, au moins, je ne vois pas ma virilité raillée en public par les femmes de la bonne société.

— D'après ce que j'ai vu, seuls les hommes riaient. Méprisable bande de vauriens. Les femmes sont suffisamment intelligentes pour reconnaître un mensonge quand elles en entendent un, et suffisamment observatrices pour repérer une mégère. Dieu du ciel, tout le monde est au courant de sa réputation. Je suis certain que Cromwell et Clayborough se mordent encore les doigts de l'avoir accueillie dans leurs lits. Et d'ailleurs qui est-elle pour juger des performances d'un homme, sous les draps ou ailleurs ?

Cartwright grimaça. Thomas dévia le cours de la conversation.

— Hier, Harry m'a demandé d'accueillir sa fille dans le Devon pendant son séjour en Amérique. J'ai bien sûr décliné. Mais…, commença Thomas en promenant un regard songeur dans la salle.

— Mais ? reprit l'impatient Cartwright après quelques secondes de silence.

— Mais à présent je comprends mon erreur. Je dois cette faveur à Harry.

Une lueur d'amusement brilla dans les yeux gris argent de Cartwright.

— Et à sa fille ?

— Oh, lui, je lui dois bien plus.

— Alors, quel est votre plan ? La faire succomber à vos charmes ? Que Dieu vous protège si Harry venait à le découvrir. Il aura votre peau. Et ensuite il vous donnera une vigoureuse poignée de main et vous accueillera à bras ouverts dans la famille.

Thomas frissonna. La seule idée de se retrouver marier à lady Amelia confinait au cauchemar. En revanche, n'importe quel mâle digne de ce nom n'hésiterait pas à la rendre ivre de plaisir pour la laisser ensuite geignant et gémissant, en proie au délire, et à s'assurer que les membres les plus éminents de la société soient témoins du moindre détail sordide. Malheureusement, même si la punition était méritée, il n'était guère enclin à ce genre d'ignominie.

—Attirer cette sorcière dans mon lit ? Dieu m'en préserve ! J'ai l'intention de la punir, pas de la récompenser. Je peux vous assurer que sa sentence ne sera pas si agréable, ni si clémente.

Cartwright rejeta la tête en arrière et éclata de rire.

—Alors j'espère que vous me réserverez une place au premier rang pour assister à ce carnage, lança-t-il avant de reprendre une expression sérieuse. Au fait, je pensais que vous aimeriez savoir que lady Lou – pardon, je veux dire *Sa Grâce*, a été aperçue en ville récemment. Elle est rentrée de France, et depuis un certain temps, semble-t-il. Elle aurait cherché à avoir de vos nouvelles.

Thomas se figea sur place. Que diable lui voulait-elle ? Après tout ce qui s'était passé en eux, elle ne pouvait rien avoir à lui dire – du moins rien qu'il eût envie d'entendre.

—Qu'elle se renseigne, cracha Thomas.

—Elle devrait faire une apparition ce soir. J'ai entendu dire qu'elle aimait se distinguer par son retard, de façon à faire une entrée spectaculaire.

C'était tout ce que Thomas avait besoin d'entendre.

—Dans ce cas, je devrais me distinguer en quittant les lieux prématurément, dit-il en se dirigeant vers la porte.

—Vous n'allez tout de même pas prendre vos jambes à votre cou ? s'étonna Cartwright, amusé et quelque peu incrédule.

Thomas s'arrêta pour lancer un regard à son ami par-dessus son épaule.

— Un homme sage ne prend pas ses jambes à son cou, car cela encourage la poursuite. Ce qu'il fait, c'est éviter. J'évite.

L'écho du rire de Cartwright résonna aux oreilles de Thomas longtemps après qu'il eut quitté le bal.

Le jour suivant, tandis qu'Amelia subissait encore les effets néfastes d'une nuit agitée, Clemens interrompit son petit déjeuner. Son père la demandait dans son bureau, lui fit savoir le valet avant de s'incliner poliment et de s'éloigner dans un cliquetis de talons.

Bonté divine, ce n'était même pas encore la mi-journée, et Miss Crawford n'avait même pas encore pointé le nez hors de sa chambre. Il ne pouvait pas déjà être au courant de son impair.

Le cœur battant et l'appétit gâché – bien qu'elle en eût peu ce matin-là –, Amelia tamponna les coins de ses lèvres avec sa serviette, saisit ses jupes et se leva de table. Étant donné la nature précaire de ses finances, conséquence de sa récente tentative de fugue, à laquelle venait de s'ajouter son malheureux faux pas de la veille – terrible bourde concernant lord Armstrong et une salle pleine de leurs semblables –, elle jugea sage de ne pas faire attendre son père.

Tandis qu'elle descendait vers le vestibule, ses petits pas légers résonnant sur le parquet ciré, elle repensa à son abominable soirée, qui s'était terminée aussi abruptement que lord Armstrong avait pris congé d'elle.

Miss Crawford et elle étaient parvenues à effectuer une sortie hâtive mais digne. Amelia s'était efforcée d'éviter les regards des convives, dont les visages exprimaient une palette d'émotions allant du léger reproche à la délectation moqueuse. Ensuite, elle avait dû subir le trajet de retour en voiture, dans un silence oppressant, avant de s'écrouler dans son lit, à minuit passé, pour plonger dans un sommeil troublé, plein de rêves de ce satané lord, où il était question de menaces de baisers. Des rêves troublants.

Lissant son chignon relâché de ses mains tremblantes, Amelia inspira profondément avant de frapper deux coups timides à la porte en chêne. Cette fois-ci, elle attendit d'entendre la voix étouffée de son père l'invitant à entrer pour ouvrir lentement la porte.

Harold Bertram trônait dans son fauteuil club en cuir, une paire de lunettes de lecture posée sur le bout de son nez. À en juger par son apparence, la terre s'était remise à tourner normalement. L'aspect de son foulard laissait penser que de minutieux efforts avaient été nécessaires pour l'amidonner, le repasser et le nouer à la perfection, et ses vêtements sur mesure étaient, comme toujours, impeccables.

— Ah, Amelia, assieds-toi, je te prie. Nous devons avoir une discussion.

Il désigna les fauteuils qui lui faisaient face. Ce n'était pas vraiment les manières qu'on aurait pu attendre d'un père venant d'apprendre de scandaleuses nouvelles concernant sa fille. En réalité, un sourire de satisfaction illuminait son visage, le genre de sourire qu'il arborait d'ordinaire après une négociation fructueuse.

Amelia sentit le malaise s'insinuer en elle tandis qu'elle approchait de son bureau. Il paraissait trop heureux, trop affable, et ne montrait pas l'habituelle impatience dont il faisait preuve au cours de leurs échanges, constitués d'ordinaire de phrases expéditives, agrémentées, au mieux, d'un regard inquiet de son père, qui bien vite replongeait son nez dans ses livres de comptes. Si elle s'était trouvée mêlée à quelque affaire douteuse susceptible de nuire à son statut social, alors seulement méritait-elle toute son attention.

Amelia serra la mâchoire, redressa les épaules et prit place sur le fauteuil le plus proche de la porte. Elle s'occupa ensuite à arranger sa jupe de sorte que les volants bordés de dentelle soient disposés de façon parfaitement symétrique. Si son père l'avait convoquée pour l'informer qu'il avait accepté une demande de mariage en son nom, il s'exposait à la dispute de sa vie.

Harold Bertram dirigea son regard vers le fond de la pièce.

— Thomas, approchez-vous, je vous prie.

Amelia sursauta sur son siège et se contorsionna pour regarder derrière elle : debout devant un mur d'étagères en teck, un homme inspectait tranquillement la tranche d'un ouvrage à reliure de cuir.

Son cœur se mit à cogner dans sa poitrine à une cadence folle tandis que les sombres murs à corniches du bureau semblaient se refermer sur elle et la priver d'air. L'incarnation de son pire cauchemar tourna son regard vers elle, l'air parfaitement naturel et détaché. Était-il possible qu'elle n'ait pas senti sa présence en franchissant le seuil de cette pièce, alors que chaque recoin en était imprégné ?

— Bonjour, lady Amelia, lança-t-il avec une placidité suave.

— Lord Armstrong, parvint-elle à répondre.

Les lèvres serrées, elle exécuta un vague signe de tête dans sa direction avant de se renfoncer dans son fauteuil.

Elle n'avait pas cru qu'il le ferait. Cependant, il était là. La rosée du matin à peine dissipée par les premiers rayons, il avait accouru pour raconter à son père l'incident de la veille. Il était pire que les rombières avides de ragots de la bonne société, songea-t-elle, pestant intérieurement contre lui à renfort d'épithètes multiples.

Incapable de se résoudre à regarder son père, elle promena des yeux hagards autour d'elle. Malheureusement, malgré ses efforts démesurés pour concentrer son attention sur autre chose – n'importe quoi –, elle sentit lord Armstrong s'approcher d'elle. Il s'avançait avec une discrétion féline, mais son parfum trahissait sa proximité. Enfonçant son corps élancé dans le fauteuil contigu au sien, il déploya ses jambes recouvertes d'étoffe vert sapin.

— Je t'avais promis de t'informer dès que j'aurais trouvé pour toi une occupation appropriée pendant mon séjour en Amérique, commença son père.

Ses mots ordonnèrent son attention avec une rapidité stupéfiante. La terreur et l'incrédulité s'entremêlèrent en elle pour former un nœud dans son estomac.

— Et lord Armstrong a gentiment consenti à te prendre.

Elle faillit suffoquer en entendant ces mots ; elle plaqua ses mains blanches sur ses genoux, puis serra de ses doigts tremblants la soie bleu ciel de sa robe.

Me prendre ! Comme si elle était… un paquet à réceptionner. Elle étouffa la tempête d'émotions qui faisait rage au fond d'elle et regarda son père en s'efforçant de ne rien trahir de sa stupeur et de trouver un sens à la phrase absurde qu'elle venait d'entendre.

Voulait-il qu'elle reste à Londres pour travailler dans sa compagnie maritime ? L'idée était ridicule. Au-delà du ridicule même. Elle atteignait de vertigineux sommets de stupidité. N'était-elle pas censée rester à Westbury, à Fountain Crest ?

— Mais, père, vraiment, la compagnie Wendell ? Vous êtes sérieux ?

Le marquis éclata d'un rire franc qui secoua joyeusement ses épaules.

— Dieu du ciel ! Penses-tu sincèrement que je t'enverrais sur les docks ?

Ne trouvant rien de particulièrement amusant à cette situation, Amelia fronça les sourcils.

— Mais cela n'a aucun sens. Lord Armstrong n'est impliqué dans aucune autre compagnie, à ma connaissance ?

Elle destina cette question à son père, occultant le fait que le vicomte se trouvait à quelques mètres d'elle et pouvait répondre par lui-même.

— Il se trouve que je dirige une ferme d'élevage de chevaux fort lucrative.

Pff… Il est donc question d'élevage. J'aurais dû m'en douter. Elle se fit cette observation caustique tout en tournant la tête vers le vicomte pour croiser son regard vert insipide.

— À Westbury ?

L'implacable froideur de sa voix ne suffit pas à dissimuler l'émotion qui s'emparait d'elle et prenait le pas sur son dédain, à savoir l'épouvante la plus totale.

Harold Bertram tambourina sur son bureau du bout des doigts.

— Je crois que tu as mal compris.

Amelia reporta son regard furieux sur lui.

— Qu'ai-je mal compris, père ? répliqua-t-elle, chaque mot plus tranchant que le précédent.

Le vicomte s'éclaircit la gorge pour attirer l'attention d'Amelia. Comme une spectatrice assistant à un match de tennis, la jeune femme les regardait à tour de rôle, tournant la tête vers l'un puis vers l'autre.

— Ce que votre père essaie de vous dire, lady Amelia, c'est que mon haras est situé dans le Devon et que vous y résiderez. Vous logerez dans mon domaine de campagne, avec moi.

Chapitre 6

*A*melia se leva d'un bond dans un froufrou de soie, manquant de trébucher sous son encombrante crinoline.

— Je… je ne peux pas vivre avec lui dans sa maison, protesta-t-elle, luttant pour reprendre son souffle et brider la panique qui se cabrait en elle comme un cheval fou. Père, ce ne serait pas convenable. Pensez à ma réputation.

— Je doute que nous en arrivions à de telles considérations, dit le vicomte, dont l'amusement fut trahi par l'apparition de deux fossettes au milieu de ses joues taillées au burin.

Amelia le haïssait à un point qu'elle n'aurait pas cru possible. Le sourire – ou plutôt le rictus narquois – du lord ne fit qu'exacerber ce mépris.

Harold Bertram bomba le torse sous son gilet à carreaux noirs et gris.

— N'aie aucune crainte, je ne permettrai nulle entorse aux convenances telles que notre bonne société les entend. Tu seras chaperonnée au sein du domaine de Thomas. Miss Crawford et Hélène t'accompagneront. De plus, durant une partie de ton séjour, lady Armstrong et ses deux filles seront sur place.

Le cerveau pétrifié par l'horreur, Amelia ne put ni enregistrer ni saisir les mots de son père. Elle ne savait qu'une seule chose, et sans l'ombre d'un doute : il était impossible qu'elle vive sous le même toit que cet homme, et cela n'arriverait pas.

— Père, il doit bien y avoir quelqu'un d'autre – n'importe qui – à qui vous pourriez faire appel pour m'infliger cette ridicule punition.

Jamais auparavant elle ne s'était abaissée à implorer l'indulgence de son père, mais les circonstances exigeaient une exception.

Comme un juge abaissant son marteau, son père secoua sèchement la tête pour signifier que sa décision était ferme et définitive. Amelia inspira profondément dans le but de reprendre son souffle, puis s'enfonça dans son fauteuil à dossier droit. Décochant un regard furieux à l'homme assis à côté d'elle, elle remarqua la lueur à peine masquée de satisfaction au fond de ses yeux. L'envie de saisir le presse-papiers en marbre posé sur le bureau de son père et de le fracasser sur le crâne du vicomte lui fit fermer les poings sur ses genoux et serrer les dents au point d'en altérer l'émail.

— Au bal de lady Stanton, vous saviez déjà tout cela, lança-t-elle dans un murmure enragé.

Alors même qu'elle subissait l'horreur de son contact et de sa détestable compagnie, il savourait déjà la perspective de la tenir bientôt sous son joug.

Son père les regarda l'un puis l'autre, le front plissé, l'air perplexe. Le vicomte ne sourcilla même pas en entendant l'accusation d'Amelia.

— Vous me prêtez trop de mérites. Personne n'avait encore détecté en moi des dons de voyance. Non, j'étais plus que ravi de saisir la bride que votre père me tendait.

— La bride ? La bride ! Me comparez-vous à un animal ? À un cheval ? s'indigna Amelia en plantant ses ongles dans les accoudoirs du fauteuil.

— Loin de moi cette idée, se hâta-t-il de répliquer. Je ne voulais pas vous offenser. Veuillez pardonner mon vocabulaire, ce genre de choses arrive lorsque l'on dirige un haras.

Il adressa au marquis un sourire plein d'auto-dérision. Ce dernier lui renvoya un visage rayonnant, comme si l'homme en face de lui était un sauveur, envoyé sur Terre pour restaurer l'ordre des choses.

— Sache que Thomas a dans un premier temps refusé ma demande, alors je lui suis reconnaissant d'avoir reconsidéré la question, dit-il.

Insinuait-il qu'Amelia lui devait, elle aussi, une infinie reconnaissance pour ce geste d'une loyauté admirable ?

Elle détourna le regard, refusant de poser les yeux sur l'ignoble individu, de deviner son petit sourire suffisant derrière son air faussement innocent. Non, sa langue n'avait pas fourché. Il n'avait pas l'intention de la mettre au travail, mais bien de la mettre à terre comme on le ferait d'une monture récalcitrante.

Jamais.

— Comme c'est aimable de sa part, dit-elle sur un ton sarcastique.

— Nous rentrerons à la maison dans trois jours, et le mois prochain tu partiras pour le Devon.

Quatre mois entiers avec l'homme qu'elle détestait le plus au monde. Son estomac se retourna à cette idée, tandis qu'Amelia restait assise, le dos bien droit, les lèvres pincées.

— Si tu n'as plus rien à dire, Amelia, tu peux disposer.

Par ces mots – toujours les mêmes –, son père la renvoya. À peine s'était-elle levée de son siège qu'il ne faisait déjà plus attention à elle.

Elle aurait voulu sortir vite, mais préféra tempérer la cadence de ses pas pour ne pas donner l'image d'une pauvre créature vaincue et apeurée. Au moment où elle posa la main sur la poignée de la porte, elle entendit sa voix, à *lui*, aussi douce et bienveillante que s'il proférait une déclaration de guerre.

— Lady Amelia, il me tarde de vous accueillir le mois prochain.

Elle chancela. Rassemblant toute la volonté possible, elle se retint de répliquer. Se lancer dans une joute verbale aurait été vain. Son instinct lui dictait d'économiser son énergie en vue d'autres batailles qu'elle ne pourrait éviter, de toute évidence, dans un futur proche.

— Elle n'est pas contente, conclut le perspicace Harry après la sortie de sa fille.

—C'est à cela que servent les punitions. Elles ne sont pas censées faire plaisir, répondit sèchement Thomas en haussant les épaules avec désinvolture.

—Oui, mais quand Amelia n'est pas contente, son entourage ne l'est pas non plus.

Thomas eut un sourire en coin.

—Il en est peut-être ainsi avec les autres. Cependant, je peux vous assurer que son déplaisir ne m'affectera point.

La dernière fois qu'une femme l'avait plongé dans le désarroi, il était tout juste majeur. Et le jour où une petite enfant gâtée à la langue de vipère l'empêcherait de dormir ne serait-ce qu'une minute, il renoncerait à son statut de vicomte.

—C'est la raison pour laquelle je me suis tourné vers vous. S'il y a une personne capable de la contrôler, c'est bien vous. Malheureusement, depuis la mort de sa mère, je lui ai accordé une trop grande liberté, alors que j'aurais dû la tenir d'une main ferme.

Les cloches de l'avertissement ne se contentèrent pas de sonner, elles créèrent une assourdissante cacophonie aux oreilles de Thomas.

—Harry, j'espère que vous n'interprétez pas mon retournement comme le signe d'un intérêt pour votre fille.

En tout cas, pas un sincère et honorable intérêt.

L'air grotesquement ravi du marquis ne laissait planer aucun doute sur ses arrière-pensées. Si Harry comptait sur une union, sa déception serait grande. Thomas avait seulement l'intention de donner à sa fille ce qu'elle méritait, rien de plus, et rien de moins non plus.

Harry émit un petit rire.

— N'ayez crainte. Je cherche simplement à récupérer une fille plus aimable.

Malgré l'affirmation de son ami, l'appréhension rongeait Thomas de l'intérieur. Il se secoua mentalement. Que pouvait faire Harry, à des kilomètres de distance ?

— Je suis persuadé qu'à votre retour, vous trouverez une autre personne, une meilleure personne, je l'espère.

— Je l'espère également. On pourrait croire qu'avec sa dot et sa beauté les beaux partis se bousculent à ma porte. En réalité, elle a achevé sa deuxième Saison avec seulement cinq demandes en mariage, toutes d'individus fades et insipides. La plupart sans une once de bon sens.

— Je ferai tout mon possible avec elle.

Aucune autre femme de sa connaissance ne méritait davantage ce qu'il réservait à la petite effrontée.

Dix minutes après avoir pris congé de Harry, Thomas descendit St James Street vers sa résidence de célibataire. Il lui faudrait informer sa mère qu'ils auraient une pensionnaire dans les prochains mois. Cependant, devait-il lui demander de libérer une chambre dans les quartiers des domestiques ou dans l'aile des invités ? Thomas sourit. Donner à quelqu'un une « bonne leçon » n'était pas une mince affaire.

« Vous logerez dans mon domaine de campagne, avec moi. »

Les oreilles encore bourdonnantes de cette sinistre sentence, Amelia avait fui le bureau pour retrouver sa chambre et réfléchir… à un plan. L'urgence de la situation avait mis son esprit en ébullition. Les projets concoctés pour elle par son père approchant à fond de train comme une voiture à quatre chevaux à l'essieu brisé, et promettant des conséquences d'ampleur cataclysmique, elle n'avait pas une minute à perdre. Elle devait trouver une échappatoire.

Elle écrivit immédiatement à lord Clayborough et ordonna que sa lettre soit remise de toute urgence. Peut-être avait-il eu la malchance de descendre d'un baron sans le sou du Derbyshire, mais il compensait sa situation précaire par une indéniable présence d'esprit. Peu d'hommes auraient osé contrarier son père. Lui l'avait fait ; sans succès, certes, mais l'audace de son acte prouvait sa force de caractère. Une force bien supérieure à celle d'un lord Armstrong, n'en déplaise à tous ceux qui le portaient aux nues.

Ainsi, à 10 h 30 le lendemain matin, Amelia, en compagnie d'Hélène et de Charles, le premier valet, attendit lord Clayborough du côté sud-ouest de Hyde Park.

L'homme avait répondu à sa missive une heure plus tard : il suggérait un rendez-vous dans le parc, près du grand orme situé entre Rotten Row et la rivière. Elle attendit là pendant trente minutes sans un signe de lui ni de son véhicule.

La main en visière pour se protéger de l'aveuglant soleil d'août, Amelia scruta une fois de plus les environs. Il était impossible qu'elle n'ait pas reconnu sa longue silhouette dégingandée. À cette période de l'année, les grandes foules qui d'ordinaire se massaient sur les centaines d'hectares de luxuriante verdure et d'arbres majestueux s'étaient retirées dans leurs domaines de campagne. Seule une poignée d'hommes et de femmes pratiquaient leur promenade de santé sur les chemins bien entretenus de Hyde Park. Malheureusement, le baron n'en faisait pas partie.

Elle jeta un nouveau coup d'œil à la montre qu'elle tenait dans la main : sa dernière vérification datait d'à peine une minute. Elle referma le clapet avec une moue d'exaspération.

— Partons, Hélène, dit-elle en désignant d'une main gantée leur véhicule.

Il n'était pas question qu'elle attende une minute de plus dans cette chaleur. Tandis que les deux femmes se dirigeaient vers la portière, un bruit de sabots avertit Amelia de l'approche d'une voiture. Elle se retourna et repéra le véhicule gris et bleu de lord Clayborough qui montait la colline.

La voiture s'était à peine arrêtée derrière celle d'Amelia que le baron en jaillit. Son chevalier à elle, dans son armure de pierre ponce et de laine brune, et son équipage à la peinture écaillée nécessitant une sérieuse révision. Soit. Mais un chevalier sans le sou valait mieux qu'un riche lord sans moralité.

Il se précipita vers elle. Amelia imputa sa respiration haletante et le rouge de ses joues à la nervosité plutôt qu'à l'épuisement. Ce n'était pas comme s'il avait parcouru tout ce chemin à pied.

— Bonjour, lady Amelia. Veuillez excuser mon retard, mais un de mes chevaux a perdu son fer au milieu de Piccadilly, causant un certain remue-ménage. Vous ne m'attendiez pas depuis trop longtemps, j'espère ?

Il esquissa un léger sourire, qui vint adoucir les contours anguleux de son visage, le faisant paraître plus jeune que ses vingt-neuf ans.

Devant cette moue dépitée, Amelia laissa tomber la pique qu'elle s'apprêtait à lui lancer. Après tout, il n'était pas responsable des caprices de la circulation londonienne.

— Bonjour, lord Clayborough. Cela ne fait rien, dit-elle avec grâce. Venez, marchons vers le pont. (Elle se tourna vers Charles, son palefrenier pour la matinée.) Nous ne tarderons pas.

De son siège de cocher, le fidèle Charles lui fit un signe de tête. Amelia s'était prise d'amitié pour le jeune garçon aux cheveux blonds et au visage rubicond alors qu'il était encore un enfant travaillant aux écuries. Elle avait gagné son éternelle gratitude en défendant son intérêt auprès de son père. Charles avait rapidement gravi les échelons pour devenir valet de pied ; la maigre consolation que son père avait trouvée pour compenser l'oubli cruel de l'anniversaire de sa fille, passé dans une totale indifférence.

Tandis qu'Hélène marchait derrière eux – à une distance suffisante pour ne pas les entendre –, Amelia et lord Clayborough empruntèrent le sentier menant à la rivière.

Ils marchèrent en silence pendant plusieurs secondes avant qu'elle lève les yeux vers lui par-dessous le bord étroit de son bonnet.

— Mon père m'envoie dans le Devon.

Elle fit son annonce de façon abrupte et dramatique dans l'espoir de le tirer d'un seul coup de sa perpétuelle bonhomie.

Il haussa les sourcils et écarquilla les yeux.

— Dans le Devon ? Quelles relations avez-vous là-bas ?

Soit, c'était toujours mieux qu'un sourire mièvre accompagné de mots rassurants.

— Aucune. Mon père projette, en guise de punition, de me mettre au travail.

Les yeux de lord Clayborough s'arrondirent davantage. Il ralentit, puis accéléra pour rattraper Amelia, qui marchait d'un pas vif et régulier.

— Au travail ? répéta-t-il en grimaçant comme si ces mots avaient un goût amer. Vous n'êtes pas sérieuse.

D'abord lady Jane, et maintenant lui ? Ressemblait-elle au bouffon du roi ?

— Je vous assure. Je ne plaisante pas. Pour la durée de son voyage, à partir du mois prochain.

Cette fois, lorsqu'il ralentit puis s'arrêta, Amelia en fit autant et se tourna vers lui.

— Ma tendre lady Amelia, je ne peux que vous présenter mes excuses les plus sincères.

— Ce n'est pas vraiment votre faute, le rassura Amelia d'un revers de la main. Mon père se montre, comme à son habitude, excessif. Et cette… cette punition est inhumaine. À la lumière de ces événements, il est impératif que nous nous mariions sur-le-champ.

Relevant son chapeau brun d'un doigt ganté, il fronça les sourcils.

— Mais… et votre père ? Et votre chaperon… ?

Amelia vit de minuscules gouttes de sueur perler sur le front du jeune homme, là où son chapeau s'était trouvé. Le moment était sans doute mal choisi pour se préoccuper des sentiments de son père. À peine quelques jours plus tôt, il n'avait montré aucun scrupule à le contrarier. Et de toute façon que pouvait faire son père contre lui ? Il n'allait pas le dépouiller, ni le déposséder de son titre ou de son héritage.

— Miss Crawford est repartie dans le Yorkshire tôt ce matin. Elle a reçu une lettre hier soir l'informant que sa mère était souffrante.

C'était certes une douloureuse épreuve pour son chaperon, mais l'absence de cette dernière avait grandement facilité la rencontre d'Amelia avec lord Clayborough ce matin-là.

— J'espère que ce n'est pas grave, dit-il, l'air inquiet.

Amelia se remit en route, et lord Clayborough se hâta pour marcher à ses côtés.

— Je ne crois pas. Elle devrait rentrer la semaine prochaine. Revenons-en à notre mariage.

— Bien.

— Nous avons jusqu'à la fin de l'année, étant donné la nouvelle loi écossaise.

Une rafale de vent fit gonfler sa robe. Des deux mains, Amelia plaqua la mousseline rayée contre ses jambes en attendant l'accalmie.

— Dans ce cas, pourquoi nous presser ? Je veux dire, est-ce vraiment prudent après le fiasco de la semaine dernière ? demanda lord Clayborough d'une voix fébrile.

— Je rentre à la maison après-demain. Nous ne pouvons pas nous permettre d'attendre.

Amelia se demanda s'il l'avait entendue. Elle allait devoir travailler. Si ce n'était pas une urgence, elle ne voyait pas ce qui pouvait en être une.

Il ôta son chapeau, puis sortit un mouchoir de la poche de son gilet et se tapota le front.

— Ne pensez-vous pas qu'il serait plus judicieux de le faire *après* son voyage en Amérique ? Je ne voudrais pour rien au monde revivre l'angoisse de ces derniers jours.

Prenant ses hésitations pour un signe intolérable de faiblesse, Amelia inclina la tête et planta sur lui un regard lourd de reproche.

— Eh bien, vous devrez faire en sorte qu'il ne l'apprenne qu'*après* la cérémonie.

Il laissa échapper un profond soupir, tandis qu'il replaçait son mouchoir dans sa poche et son chapeau sur sa tête.

— Si seulement les choses étaient si simples…

Lord Clayborough était l'antithèse de son père sur bien des points, et notamment ceux qui importaient le plus à Amelia. Il ferait un merveilleux mari, attentif et en même temps peu exigeant. Il n'ambitionnait pas d'amasser la fortune de Crésus, et son attitude laissait penser qu'il serait un père aimant et attentionné.

Depuis qu'ils avaient fait connaissance, il ne l'avait que très rarement contrariée. Qu'il choisisse de le faire à ce moment-là, quand elle avait plus que jamais besoin de lui, lui sembla profondément déplacé.

— Nous devrons simplement nous montrer plus prudents. Une fois que j'aurai quitté Londres, il sera beaucoup plus difficile de nous enfuir.

— Mais faire une autre tentative aussi rapidement ne serait pas seulement imprudent, ce serait pure folie.

Il lui chuchota ces mots avec fébrilité, en lançant des regards furtifs autour de lui.

S'il craignait d'être entendu, il pouvait être rassuré. La Serpentine coulait à grand bruit, empêchant le vent de porter le son de leur voix, et la poignée de dames en balade était bien trop loin d'eux pour saisir leur conversation.

Soudain, un éclair de génie la traversa.

— Je lui dirai que vous m'avez compromise.

À ses mots, le visage pâle de lord Clayborough se déforma comme s'il venait de pénétrer dans la salle de l'horreur du musée de Madame Tussaud.

— Seigneur, voulez-vous vous retrouver veuve à peine mariée ? (Sa pomme d'Adam montait et descendait avec affolement.) À moins que votre père ne se contente d'ordonner à l'un de ses sbires de me transformer en eunuque.

Le marquis de Bradford n'aurait jamais eu recours à des solutions aussi mesquines ou illégales que le meurtre ou la mutilation. Cependant, sachant le mépris que son père entretenait à l'égard de lord Clayborough et des individus de son espèce – les hommes aux poches trouées –, il réagirait, selon toute vraisemblance, en envoyant sa fille au couvent… à vie. Ce n'était pas comme si elle était son héritier. Si elle était née garçon…

Le chemin que prenait son esprit ne menant nulle part, Amelia concentra de nouveau ses pensées sur son souci actuel : la cause de la crispation nerveuse gravée sur le visage de son époux en devenir, dont les mèches noires trempées de sueur étaient plaquées sur le front.

Il ouvrit la bouche. Avant qu'il ne reprenne sa litanie visant à la dissuader de ses projets insensés, elle leva une main pour l'arrêter.

— Vous avez raison, bien sûr. Concernant le choix de son gendre, mon père n'acceptera ni menaces ni contrainte.

Comme ce serait merveilleux, pour une fois, qu'il s'en désintéresse, pensa-t-elle.

Le soulagement vint lisser les traits de lord Clayborough, rabaisser ses épaules, relâcher sa posture contractée, et rendre à ses joues leur couleur.

— Je suis ravi que nous soyons d'accord, dit-il avec un sourire tout de même gêné.

—Puisque nous ne pouvons nous marier tout de suite, vous devrez venir dans le Devon après le départ de mon père. À ce moment-là, je séjournerai dans le domaine de lord Armstrong.

Le baron manqua de trébucher.

—Armstrong ? Vous séjournerez dans le domaine de lord Armstrong ?

Amelia lui lança un regard perçant. La voix de son promis venait-elle de se briser en prononçant le nom du vicomte ? Non, il ne pouvait tout de même pas souffrir d'un sentiment aussi ridicule que la jalousie, car elle ne tolérerait jamais cela d'un homme. Cela traduisait un rapport de possession, et il n'était pas question qu'elle devienne la propriété de quiconque, pas même de son propre mari.

—Oui, à qui d'autre vous attendiez-vous ? Aux yeux de mon père, cet homme est inoffensif.

Lord Clayborough fronça les sourcils, se tint le menton d'une main et se frotta la joue.

—Mais Armstrong…

—Oh, je vous en supplie, ne parlons pas de cet odieux personnage. Ma situation est suffisamment horrible comme cela. Je suis bien consciente de la réputation du vicomte, mais mon père ne semble pas lui en tenir rigueur. On accorde aux hommes des libertés qui sont refusées aux femmes.

Comme s'il craignait que l'amertume teintant les mots d'Amelia ne se retourne contre lui, lord Clayborough afficha un visage plus serein et laissa retomber sa main.

— Venez, repartons. Je ne voudrais pas que votre père envoie ses hommes pour vous ramener de force à la maison si nous restons trop longtemps, ironisa-t-il.

Sa main hésitait sous le coude droit d'Amelia tandis qu'ils rebroussaient chemin pour retrouver leurs véhicules respectifs.

— Je vous contacterai quand mon père sera parti et quand je serai installée dans le Devon. D'ici là, j'aurai trouvé une stratégie raisonnable.

Amelia le regarda du coin de l'œil. Il acquiesça d'un signe de tête lent et mesuré.

— Avez-vous pensé à ce qui arriverait si votre père décidait de vous priver de votre dot une fois que nous serons mariés ? demanda-t-il avec une curieuse insouciance dans la voix, étant donné l'importance de la réponse.

— Mon père serait rongé par la culpabilité s'il laissait son enfant unique vivre dans une pauvreté respectable. C'est ainsi qu'il qualifie votre malheureuse situation, dit-elle sèchement.

Un son aigu s'échappa des lèvres de lord Clayborough – un rire forcé ? Amelia savait bien qu'il n'aimait guère parler de ses difficultés financières. Elle ne pouvait que comprendre sa gêne, car, en effet, quel homme possédant un tant soit peu d'amour-propre supporterait l'évocation publique de ce que bon nombre de ses pairs considéraient comme une criante faiblesse ?

Si un gentleman était incapable de subvenir aux besoins de sa femme et de ses enfants comme il sied à un membre de l'aristocratie, alors il n'était guère estimable. Un homme dans cette situation peu enviable ne pouvait qu'espérer faire un riche mariage, et Amelia savait que, en l'épousant, il ferait une belle affaire. Lord Clayborough, toutefois, ne souhaitait pas l'épouser uniquement pour les ressources qu'elle apporterait à leur union. Il comprenait le besoin d'Amelia de conserver son indépendance. Il savait que leur mariage ne serait pas gouverné par la passion, mais basé sur le respect et la camaraderie. Le mariage idéal, à n'en pas douter.

Arrivés à leurs voitures, ils échangèrent quelques mots pour se mettre d'accord sur la suite des événements : il attendrait son message lui communiquant son arrivée dans le Devon. Ensuite, il lui serra délicatement la main et l'aida à rejoindre le somptueux intérieur bordeaux du coupé. Lorsque Charles secoua les rênes pour mettre en mouvement les alezans assortis, lord Clayborough avait déjà disparu dans son véhicule vétuste. Il n'y eut ni regards languissants ni larmes aux yeux, à la grande satisfaction d'Amelia.

Chapitre 7

Thomas trouvait le salon de sa maîtresse excessivement féminin – même pour un logement de femme –, encombré d'une quantité de babioles à faire blêmir et plonger dans un silence consterné tout nouveau visiteur découvrant cet ostentatoire étalage de goût – ou de manque de goût. Des rideaux de velours clinquants à la pléthore de figurines et de bronzes perchés sur le chiffonnier, en passant par les tabourets et la boîte à couture jonchant le sol, il était difficile de se mouvoir dans ce petit espace. Enfin, un papier peint criard composé de fleurs rouges, vertes et or apportait la touche finale à cette indicible agression visuelle.

Heureusement, ses sens n'eurent pas à subir longtemps cette offense. Quelques instants à peine après son arrivée, Miss Grace Howell fit son apparition. C'était une charmante blonde aux yeux noisette, petite et voluptueuse. Ce soir-là, elle portait une robe de mousseline vert d'eau dévoilant ses épaules et invitant à plonger dans un affolant décolleté.

— Hum, Armstrong, vous êtes beau à croquer, murmura-t-elle d'une voix douce et chaude.

Elle se passa une main sur la nuque, puis attira Thomas à elle pour l'embrasser. Leur dernière rencontre remontait à quinze jours et, à la façon dont elle fourra sa langue dans sa bouche et l'enroula autour de la sienne, l'entraînant dans un long et passionné accouplement buccal, il était évident qu'elle serait insatiable ce soir-là.

Thomas s'abandonna avec délice à ses lèvres, mais lorsque les mains de sa maîtresse s'aventurèrent vers l'avant de son pantalon pour découvrir le point culminant de son excitation, il l'arrêta, doucement mais fermement, en ramenant ses mains baladeuses sur les côtés, interrompant à contrecœur leur baiser.

— Pas question que nous soyons surpris par un de vos domestiques en train de faire l'amour dans le salon, murmura-t-il d'une voix rauque.

Grace lui décocha un sourire fripon et battit des cils, les yeux débordant de désir.

— Dans ce cas, mon chéri, que faisons-nous encore dans cette pièce ?

Elle lui prit la main et pivota sensuellement et le guida vers l'étroit couloir, puis à l'étage supérieur.

Thomas apprécia l'ondulation de ses hanches généreuses. Arrivés dans la chambre, ils se dirigèrent directement vers le lit à baldaquin. Grace se jeta sur le matelas, puis l'attira d'un coup sec afin qu'il se retrouve au-dessus d'elle.

Leurs bouches se joignirent, ouvertes et affamées, entremêlant leurs langues avides. En un rien de temps, leurs vêtements se retrouvèrent éparpillés sur le tapis.

Thomas avait vu juste : Grace était insatiable. Elle lui saisit les fesses et gémit violemment lorsqu'il s'insinua en elle.

Pour Thomas aussi, ces deux semaines avaient été longues. Il pinça les pointes dures de ses tétons, arrachant quelques gémissements aux lèvres de sa maîtresse, tête en arrière, abandonnée contre le drap du lit, tandis qu'il la comblait de vigoureux va-et-vient. Quand elle atteignit l'extase, les murs retentirent de son cri strident, tandis que son corps à l'abandon frémissait tout entier sous celui de son amant. Alors qu'elle tremblait encore, il se libéra à son tour, avec un grognement rauque, les dents serrées.

Usé et repu, Thomas se détacha du corps indolent de Grace et s'allongea sur le dos, haletant, pour savourer la volupté de sa délivrance. Du coin de l'œil, il la vit se tourner lentement vers lui sur le côté et sentit sa main languide glisser sur son torse. Elle était d'humeur câline, tandis que lui, à présent rassasié, aspirait à retrouver son propre lit, seul.

La voix de lady Amelia se mit soudain à résonner dans sa tête, avec ce ton cinglant qui était le sien, annonçant sur la place publique qu'il était trop égocentrique pour se soucier du plaisir des autres. Alors, ces mots vibrant avec force dans son esprit, au lieu de bondir sur ses pieds, de se rhabiller à la hâte et de s'éclipser comme il avait coutume de le faire, il consentit aux caresses de sa maîtresse.

— Restez-vous pour la nuit ? ronronna-t-elle avec délectation.

— Je ne peux pas. Je pars pour le Devon dès demain, dit-il, tournant la tête vers elle pour la regarder dans les yeux. C'est l'autre raison de ma venue. Je voulais vous l'annoncer.

Au moment précis où la main de Grace s'immobilisa au-dessus de son nombril, Thomas sut qu'il avait commis une erreur. Elle se redressa brusquement, faisant rebondir ses seins plantureux.

— Vous partez pour le Devon ?

Au son aigu de la voix de Grace, Thomas réprima une grimace. Il aurait dû se contenter de lui faire parvenir une note à son arrivée.

Il se redressa pour s'asseoir et se passa une main dans les cheveux.

— Lorsque nous avons commencé à nous fréquenter, je vous ai dit que je me rendais dans mon domaine à cette période de l'année pour m'occuper de mes intérêts financiers.

Cependant, ce rappel fut vain. Pendant plusieurs minutes, Thomas écouta d'une oreille distraite les lamentations de Grace. Elle lui reprochait la rareté de ses visites ces derniers mois. Il la négligeait, se plaignit-elle, se comportant en épouse délaissée plus qu'en maîtresse. Il ne comprenait pas ses revendications. Il l'avait installée dans une maison coquette, dans un quartier en vogue. Tous les mois, il lui versait de quoi subvenir à son bien-être, et lui avait ouvert des comptes à son nom dans les plus belles boutiques de la ville. Il la couvrait de bijoux et l'emmenait dans les plus fabuleuses réceptions qu'on puisse imaginer.

Que voulait-elle de plus, hormis davantage de son temps, ce qu'il n'avait pas l'intention de lui offrir et qu'elle n'avait pas le droit d'exiger de lui ?

— Préférez-vous que j'espace mes visites ou que je les suspende complètement ?

Il posa cette question d'une voix lasse, révélatrice de son impatience, et lui lança un regard sous-entendant qu'il était à deux doigts de mettre fin à leur arrangement.

Grace cessa instantanément ses jacasseries plaintives et afficha un air contrit. L'avertissement de Thomas avait porté ses fruits. Elle apaisa son courroux à grand renfort de caresses, saisissant son membre pour éveiller de nouveau son désir.

Thomas arrêta le mouvement de sa main et la colla à ses lèvres pour l'embrasser. Il n'était plus d'humeur à la bagatelle. De plus, Amelia Bertram assaillait de nouveau ses pensées.

Lord Clayborough avait peut-être gagné l'affection de la belle, mais Thomas doutait sincèrement que le baron ait attisé en elle la moindre flamme de passion. Faire saigner une pierre aurait été une tâche plus aisée. Comment lui, homme à l'impatience caractérisée et à l'orgueil démesuré, allait-il s'y prendre pour accomplir un tel exploit ? Comment allait-il s'y prendre pour qu'elle veuille de lui – mieux, pour qu'elle le désire à en mourir, qu'elle soit avide de ses mains, de ses baisers, de lui, l'incarnation même de son ardent mépris ? Saurait-il se montrer convaincant dans le rôle de l'amoureux transi ?

À cet instant précis, la réponse était sans appel : non. S'il souhaitait mettre son plan à exécution dans sa totalité, il lui faudrait affûter ses armes.

— En dehors de mon titre, de ma fortune et de mon apparence, que trouvez-vous attirant chez moi ?

Toutes les qualités que l'effrontée avait dédaignées d'un mouvement hautain du menton. Il avait forcément plus à offrir que ces choses-là, non ?

Les yeux noisette de Grace se mirent à scruter son profil. Il recula pour observer son expression et fronça les sourcils.

Thomas reçut son silence de plein fouet. Il lâcha un rire sec.

— Comme la plupart de ces vertus me sont acquises malgré moi, je tâcherai de ne pas me sentir insulté par la rapidité de votre réponse.

— Non, ce n'est pas ça, mon chéri, c'est juste que je trouve cette question bizarre, dit-elle dans un sourire qui révéla de petites rides au coin de ses yeux. Ne me dites pas que vous doutez de vos charmes ?

— Vous n'avez toujours pas répondu à ma question.

Elle reprit la main qu'il serrait entre ses doigts et s'amusa à tirer les poils de son torse.

— Vous représentez un défi, et les femmes aiment les défis. Les femmes rêvent secrètement d'avoir à leurs pieds un homme tel que vous, déclara-t-elle en déposant un baiser sur son torse avant d'y frotter sa joue comme un chat en manque d'affection. Et les femmes adorent être conquises. En particulier par un homme qui sait exactement comment les combler de plaisir, ajouta-t-elle en le gratifiant d'un deuxième baiser. Vous, mon cher ami, êtes un expert en ce domaine. De plus, vous êtes très généreux. Aucun de mes précédents protecteurs ne se souciait de choses comme les anniversaires et les vacances.

Thomas savait qu'elle faisait référence au pendentif en rubis qu'il lui avait offert pour son anniversaire plusieurs semaines plus tôt.

— Vous pouvez être si attentionné quand vous le voulez, ajouta-t-elle.

Et si indélicat aussi. Mais ce reproche serait passé sous silence, du moins ce soir-là.

Cependant, ces qualités suffiraient-elles à faire fondre une reine de glace comme Amelia Bertram ? Il n'avait jamais essayé de séduire une femme, car il n'avait jamais eu besoin de le faire. En Angleterre, les hommes jeunes, riches et passablement séduisants – ce à quoi il pouvait au moins prétendre – de la haute société étaient pris d'assaut, tels des fûts de pièces d'or renversés par mégarde au beau milieu du marché de Covent Garden. Il n'avait jamais imaginé se retrouver un jour à devoir exercer toute la puissance de son charme sur une femme du caractère de lady Amelia.

— Pourquoi me posez-vous cette question ? l'interrogea Grace en faisant glisser sa main le long de son torse.

— Peut-être parce que je me demande si c'est uniquement mon argent qui vous retient.

Cette fois, il laissa la main de Grace se refermer autour de son membre en éveil et lui prodiguer de longues et fermes caresses. Sous les doigts experts de sa maîtresse, il succomba, dans une accélération de plaisir.

Grace se laissa glisser sur le corps de Thomas, le prit dans sa bouche et enroula avidement sa langue autour de son extrémité sensible. Quelques secondes plus tard, elle leva la tête et planta un regard fiévreux dans ses yeux. Ses lèvres formèrent un sourire enjôleur, tandis que sa main s'affairait à le combler.

— Voilà ce qui me retient.

Elle ouvrit la bouche et s'empara de lui, pleinement. Avec un grognement sourd, Thomas rejeta la tête en arrière. Toute pensée cohérente avait quitté son esprit.

Chapitre 8

*A*melia aurait vendu son âme au diable pour empêcher son départ de Westbury, si elle n'avait craint le feu éternel de la damnation, même si, en réalité, le fait de vivre sous le même toit que le vicomte représentait déjà une forme d'enfer sur Terre.

Cependant, aucune prière ni supplication n'aurait pu venir à bout des résolutions de son père qui se montrait inflexible. Le mois suivant le retour d'Amelia à leur domaine de campagne, il la renvoya de Fountain Crest comme on le ferait d'un hôte resté trop longtemps : avec un certain empressement doublé d'un profond soulagement.

Un essieu brisé interrompit leur voyage vers le Devon. En conséquence, Amelia, Hélène et George – le valet de confiance de son père – manquèrent leur train à Torbay et prirent une journée de retard. Un contretemps qui contraria fortement George, mais un répit que la jeune femme accueillit avec joie. Le lendemain, à l'heure du déjeuner, Amelia était arrivée à destination. Chaque mille la rapprochant de sa prison et de son geôlier avait davantage affaibli son moral. Par chance, ce fut sa mère, et non lui, qui les accueillit sous le plafond voûté du grand vestibule de Stoneridge Hall.

Le père d'Amelia, qui avait fait la connaissance de la vicomtesse plusieurs années plus tôt, l'avait décrite comme une des femmes les plus élégantes de sa connaissance. Après de si singuliers éloges, Amelia s'attendait à découvrir une femme d'une beauté sans pareille. En cela, son attente ne fut pas déçue.

D'une taille supérieure à la moyenne, Amelia était habituée à baisser les yeux sur la plupart des femmes et à s'adresser aux hommes – du moins un grand nombre des gentlemen de sa connaissance – sans avoir à lever la tête. La vicomtesse, cependant, mince silhouette drapée dans une robe bordeaux de laine fine, la dépassait de quelques centimètres. Son teint velouté et sans défaut avait, malgré les années, magnifiquement résisté aux rides et à l'affadissement qui avaient causé bien des dégâts sur la plupart des beautés en déclin de la haute société.

— Lady Amelia, soyez la bienvenue. Comme je suis soulagée que vous soyez arrivée saine et sauve. Votre père nous a écrit pour nous informer de votre retard. J'espère que le trajet s'est mieux passé ce matin.

Désarmée par le sourire irradiant de bonté et de sincérité de son hôtesse, Amelia sentit son cœur fondre. Cette épreuve aurait été moins difficile à vivre si la vicomtesse avait révélé la même arrogance et le même caractère exécrable que son fils. Malheureusement, son attitude, le ton de sa voix, la chaleur qui émanait de ses yeux verts indiquaient tout à fait le contraire.

Amelia lui fit une rigide révérence, trouvant plus sage de ne pas se prendre d'affection pour cette femme, étant donné sa progéniture.

— Bonjour, lady Armstrong. Oui, je dois admettre que les conditions de voyage se sont nettement améliorées ce matin.

— Merveilleux. Vous nous avez beaucoup inquiétés. Thomas était…

Une fraction de seconde avant que lady Armstrong interrompe sa phrase pour jeter un coup d'œil par-dessus son épaule, l'air devint lourd. Avant même de le voir apparaître au fond du long vestibule, Amelia l'avait senti. Comme quelque créature malveillante, sa présence imprégnait les lieux, mettant la jeune femme sur le qui-vive.

— Ah, Thomas, te voilà. Tu arrives à point nommé. Lady Amelia vient à peine d'arriver.

Il était clair, à l'expression attendrie de la vicomtesse, qu'elle aimait son fils, de cet amour aveugle et inconditionnel que seule une mère peut ressentir.

J'avais cet amour autrefois. Aux premiers picotements de douleur, Amelia refoula sans ménagement toute pensée la ramenant à sa mère. Raviver ses souvenirs revenait à plonger dans un puits de souffrance.

— Je vois cela, dit-il d'une voix traînante.

Il les rejoignit à grandes enjambées nonchalantes, en plastronnant comme le maître des lieux qu'il était. Vêtu d'un costume de cavalier brun foncé, crinière au vent, il semblait rentrer d'une excursion. Il s'arrêta devant elle et s'inclina. Une démonstration de galanterie tout à fait injustifiée, mais qu'il exécuta, selon Amelia, uniquement pour le spectacle.

— Bienvenue à Stoneridge Hall, lady Amelia.

— Lord Armstrong.

Amelia ne lui accorda qu'un bref signe de tête et parvint à garder un ton neutre, trouvant peu judicieux de laisser transparaître sa détestation du vicomte devant les membres de sa famille et le personnel de la maison.

Aux yeux de sa mère, et à ceux d'Hélène et de George, qui rôdaient discrètement derrière elle, le sourire du lord semblait peut-être bienveillant à son égard, mais Amelia n'était pas dupe. Son regard vert brillait d'une lueur moqueuse, et son expression laissait deviner une satisfaction sournoise.

— J'espère que votre voyage s'est déroulé sans incident aujourd'hui.

Consciente que lady Armstrong observait leur échange avec un intérêt certain, comme le révélait son regard attentif, Amelia inclina poliment la tête.

— Merveilleux, il est donc temps de vous installer. Mère, dit-il en se tournant vers la vicomtesse, quelle chambre avez-vous préparée pour lady Amelia ?

— La chambre bleue, mon chéri.

D'un ton brusque, il ordonna aux valets, qui venaient de porter une des plus grosses malles d'Amelia dans l'entrée, de monter ses affaires à l'étage, dans la pièce en question.

—Et votre chaperon… Il s'agit de Miss Crawford, je crois ? demanda-t-il en jetant un regard furtif vers Hélène et George.

—Malheureusement, Miss Crawford a dû rentrer dans le Yorkshire. Sa mère est souffrante.

Et le père d'Amelia, le marquis de Bradford, un homme dont le sens de la bienséance n'avait d'égal que celui des dames patronnesses du couvent d'Almack, n'avait montré aucun scrupule à envoyer sa fille dans la résidence d'un débauché notoire sans chaperon.

Lord Armstrong leva un sourcil.

—Vraiment ? Votre père a omis de préciser cela dans son message. Dois-je donc présumer que cette personne est votre nouveau chaperon ? demanda-t-il en tournant un regard dubitatif vers Hélène.

Vu le jeune âge de sa bonne, celle-ci aurait été peu crédible pour remplir cette fonction, mais il était évident que des présentations s'imposaient. Amelia fit signe à Hélène et à George d'approcher.

—Non, monsieur, il s'agit de ma femme de chambre, Hélène, et du valet de chambre de mon père, Mr Smith, qui nous a servi d'escorte ; il va repartir sans tarder.

Mère et fils saluèrent aimablement les domestiques. Hélène et George répondirent, respectivement, par une révérence excessive et un salut forcé.

—Mère, pourquoi ne pas demander à une domestique de montrer son logement à la femme de chambre d'Amelia et à un des valets de montrer à Mr Smith où celui-ci peut se rafraîchir avant de repartir. J'ai besoin de m'entretenir avec lady Amelia de quelques sujets importants concernant son père.

Tandis que l'estomac d'Amelia se tordait d'angoisse à ces mots, la vicomtesse partait déjà répondre aux désirs de son fils.

— Venez, allons dans le bureau.

Sur ces paroles, il se mit en route comme s'il attendait qu'elle trotte sagement à ses côtés. Amelia le suivit, mais d'un pas modéré, s'obstinant à garder une certaine distance.

Tandis qu'ils longeaient le large couloir l'un derrière l'autre, Amelia n'ayant nul autre point de mire que le dos du lord, elle regarda autour d'elle. Les murs tapissés de soie étaient ornés d'immenses portraits réalisés à la peinture à l'huile. Sur le mur d'en face se trouvaient une collection d'objets de verre et de candélabres en cuivre d'un grand raffinement. Elle trouva ce décor élégant, sans excès, à l'image de la vicomtesse.

Quelques années après la mort de son épouse, son père avait repensé la décoration de Fountain Crest du sol au plafond. La moindre trace de sa mère avait été emportée, mise au rebut, au même titre que les vieux meubles et les lourds rideaux.

Lord Armstrong s'arrêta devant une porte à double battant qui ne pouvait être que l'entrée du bureau.

— Après vous, dit-il avec un revers de la main et un signe de tête.

Amelia déglutit et chassa les douloureuses pensées maternelles qui envahissaient son esprit. Elle le précéda dans une pièce aussi large que longue.

— Je vous en prie, mettez-vous à l'aise, dit-il.

Il traversa la pièce à grands pas et lui désigna du regard les fauteuils situés en face de l'immense bureau en acajou.

— Après être restée assise deux jours de suite, je préfère rester debout.

À mesure que défilaient les minutes, Amelia était de plus en plus convaincue que, en face de Thomas Armstrong, toutes ses facultés lui seraient nécessaires. S'asseoir aurait constitué un début de capitulation.

Thomas réprima un sourire. Ce refus ne le surprenait pas le moins du monde, mais il se plaisait à tester ses limites.

— Dans ce cas, j'espère que vous ne voyez pas d'inconvénient à ce que je m'assoie. Contrairement à vous, je suis resté debout presque toute la journée.

Il prit place derrière son bureau. Elle l'observait de ses yeux bleus sibériens.

Beaucoup trop de femmes avaient tendance à jacasser jusqu'à l'indigestion. Avec celle-ci, c'était une tout autre affaire.

— J'espère que votre logement vous satisfera, poursuivit-il.

— Votre intérêt pour mon confort est… touchant. Cependant, il est totalement injustifié.

Toujours ce sarcasme mordant, songea Thomas. Peut-être se révélerait-elle aussi amusante qu'elle était exaspérante.

— Le moment me semble bien choisi pour élaborer les détails des tâches qui vous seront assignées, et qui, je dois ajouter, ont reçu l'approbation de votre père.

— Je n'en doute pas, marmonna-t-elle à voix basse.

Thomas saisit chaque mot.

— Dites-moi, monsieur, vous avez parlé d'«élaborer les détails». Je pensais que ma punition avait déjà été gravée dans le marbre. Ai-je mon mot à dire à ce sujet ?

Il émit un léger ricanement. Ce mélange de noblesse et de manières revêches était tellement rafraîchissant.

— Touché. J'aurais dû dire : «discuter de mes attentes vous concernant». Mais avant d'en arriver à ce point, j'aimerais que nous mettions de côté nos vieux différends. Dans ce but, j'espère que vous accepterez de m'appeler Thomas, ou Armstrong, si vous préférez. Étant donné les circonstances, je crois qu'il serait absurde que nous fassions des cérémonies. De même, je suis sûr que vous me permettrez de vous appeler Amelia.

— Je ne peux vous empêcher de vous adresser à moi comme vous l'entendez, mais étant donné les *circonstances*, je préfère que nos échanges restent les plus formels possibles, répliqua-t-elle froidement.

Thomas lui souhaita d'attraper un torticolis à force de lever le menton aussi haut.

— Je peux m'adresser à vous comme je l'entends ? Dans ce cas, je choisirai quelque chose d'adapté, si vous êtes d'accord.

Il savoura la flamme de colère qui brillait dans les yeux de la jeune femme, d'un bleu si profond qu'il pouvait à peine distinguer ses pupilles.

— Plusieurs noms me viennent à l'esprit. Cependant, il y en a un qui surpasse tous les autres. Que diriez-vous de « Princesse » ?

Elle se figea dans une posture menaçante et lui décocha un regard si violent qu'il fut surpris que sa jugulaire soit intacte. Puis elle inspira, attirant son attention sur sa poitrine qui se soulevait et s'abaissait.

Une soudaine excitation s'empara de lui, d'une telle force que les coutures de son pantalon menacèrent de craquer. Ses seins n'étaient ni trop gros ni ridiculement petits ; ils étaient juste de taille à tenir dans la main. Il replia les doigts. Oui, et ils devaient être fermes.

Dieu du ciel, qu'avait-il ? Il n'appréciait même pas cette fille. Depuis quand son appétit sexuel lui faisait-il perdre tout discernement ? Il avait tout de même partagé la compagnie de femmes plus agréables, avec des seins d'une égale perfection, sans être incommodé par une érection intempestive.

Contrarié de réagir ainsi, il adopta un ton plus vif.

— Je vous attendrai dans ce bureau tous les matins à 8 heures précises. Je vous assignerai différentes tâches, et j'attends de vous que vous les accomplissiez sans la moindre objection.

Elle serra la mâchoire.

— Quant à vos repas, vous les prendrez avec ma famille.

Elle écarquilla les yeux de surprise, et sans doute également de déplaisir.

— Je suis censée travailler pour vous *et* prendre mes repas avec vous ? Cela se fait-il ?

Posant les coudes sur le bureau, Thomas pencha la tête sur le côté, un petit sourire aux lèvres.

— Non, mais je n'ai pas d'autre membre de l'aristocratie à mon… service.

— Eh bien, je préfère prendre mes repas dans ma chambre, objecta-t-elle, comme si elle avait le choix.

— Préférez-vous les prendre dans les quartiers des domestiques ou la salle de l'intendance avec votre femme de chambre ? Et puisque vous souhaitez suivre le strict protocole, je peux aussi demander à ce qu'une autre chambre vous soit attribuée.

Si elle tenait vraiment à être traitée comme une domestique, il n'hésiterait pas à la satisfaire.

Les yeux d'Amelia s'enflammèrent brièvement. L'espace d'un instant, Thomas crut qu'elle avait l'intention de répondre. Elle ne dit rien et ne bougea pas d'un millimètre.

— C'est bien ce que je pensais, dit-il, satisfait. Mettons une chose au clair avant de commencer. Je ne suis pas votre père. Ne comptez pas sur la même indulgence de ma part, car je ne tolérerai pas le moindre écart de conduite. Sous ma protection, vous vous comporterez de façon exemplaire. Est-ce compris ?

S'ensuivit un lourd silence, comme une insulte cinglante lancée avant que n'éclatent les hostilités. Thomas ne savait pas s'il recevrait son adhésion ou un poignard dans le cœur. Ensuite, comme si un marionnettiste contrôlait ses gestes, la tête d'Amelia fut prise d'un soubresaut, sorte de «oui» silencieux.

Ah, doux et divin acquiescement. Un spectacle absolument splendide, quoiqu'un peu douloureux. Il sourit et s'appuya contre le dossier de son siège.

—Dans ce cas, je ne vois aucune raison pour laquelle cette expérience ne serait pas au moins supportable.

—Ce sera tout?

Sa voix était froide, mais le rouge qui embrasait ses joues trahissait un feu intérieur. Les flammes de sa colère étaient de taille à rivaliser avec le grand incendie de Londres. Plus que jamais, à présent, il était convaincu que la façade de glace d'Amelia était mince et fragile, et que le dégel du printemps était proche. Son érection durcit de plus belle à cette pensée et il envisagea sérieusement de la mettre dans son lit. Pour de bon.

Thomas continua de l'observer, promenant ses yeux le long de sa silhouette gracile. Son regard ne fut pas sans effet sur elle. Amelia se mit à tripoter nerveusement les plis de sa robe. Il aimait la voir fébrile, la voir essayer désespérément de ne pas baisser les yeux la première. Finalement vaincue, elle céda, le visage écarlate.

—Oui, ce sera tout, répondit-il, se tournant pour sonner la cloche à côté de son bureau. Laissez-moi appeler…

Il se retourna juste à temps pour distinguer le flottement d'une jupe à carreaux bruns disparaissant dans l'embrasure de la porte, laissant sur son sillage un délicat parfum fleuri.

Chapitre 9

*A*melia avait pris ses jambes à son cou pour fuir l'horrible pensionnat, mais elle n'avait jamais couru pour échapper à *quelqu'un* en particulier. Le cochon de la ferme voisine ne comptait pas, bien sûr, car c'était un animal, et une fillette de douze ans ne pouvait qu'être effrayée par une bête de cette taille.

Elle avait fui Thomas Armstrong. Et aussi vite que ses jambes le lui permettaient.

Trouver un domestique pour lui indiquer sa chambre avait été l'étape la plus facile de sa course folle. À présent en sécurité dans une pièce aux nombreuses nuances de bleu, Amelia s'écroula contre la porte, le cœur battant.

En l'espace d'une seconde, elle était passée de l'indicible colère à une fébrilité incontrôlable. Il avait suffi qu'il la scrute de ses yeux verts où pétillait une intensité nouvelle. Son regard n'avait plus exprimé le mépris, l'agacement ou la cruelle jubilation auxquels il l'avait habituée. Ce qui en avait émané était quelque chose d'infiniment plus dangereux, capable de la troubler au point de lui faire perdre ses moyens.

Ce qu'elle avait laissé dans ce bureau, c'était son calme, purement et simplement.

Amelia secoua la tête, si fort qu'une épaisse mèche de cheveux s'échappa de son chignon pour dégringoler dans son dos. Se détachant de la porte, elle se dirigea vers le lit à baldaquin d'acajou.

Le vicomte était peut-être capable de séduire toutes les femmes de Londres, mais ses charmes seraient sans effet sur elle. Elle en avait l'intime conviction. Pourtant, elle s'inquiétait d'avoir réagi ainsi en sa présence. Pendant plus d'un an, elle était parvenue à éviter autant que possible les contacts avec lui. Un effort réciproque. Les rares fois où ils s'étaient retrouvés dans la même salle de bal, ils avaient pris soin de se tenir à au moins une lieue de distance l'un de l'autre.

Toutefois, les circonstances étaient différentes à présent. Il n'était plus possible de s'éviter. Chaque minute passée en compagnie de cet homme n'avait fait que confirmer l'évidence : il ne s'agissait plus seulement de se dérober, mais de courir à perdre haleine dans la direction opposée.

Contournant les trois malles posées au pied du lit, Amelia se débarrassa de ses jupons et les jeta sur le sol avant de grimper sur le matelas.

Elle subissait le contrecoup de ces deux jours de voyage. Sa réaction s'expliquait par la fatigue, et non par la présence du lord. De toute évidence, elle avait besoin de repos. Peut-être qu'à son réveil cette sensation de vertige se serait estompée pour laisser place à son habituel sang-froid.

Après quatre heures de sommeil au milieu de l'après-midi, Amelia aurait dû se sentir fraîche comme une rose. Au lieu de quoi, elle se réveilla longtemps après le coucher du soleil, encore épuisée, la tête bourdonnante.

Elle inspecta la pièce en plissant les yeux, remarquant que ses malles se trouvaient à présent contre le mur, à côté de la grande armoire, et que ses affaires de toilette étaient disposées sur la coiffeuse. Hélène, en femme de chambre efficace, avait défait les bagages de sa maîtresse et rangé ses effets sans un bruit pendant son sommeil.

Amelia eut à peine le temps de se faire cette réflexion qu'on frappa à la porte. Hélène entra dans la chambre d'un air affairé.

— Ah, vous êtes réveillée, constata-t-elle en souriant.

S'avançant d'un pas décidé vers l'armoire, elle en ouvrit les deux portes et examina les différentes tenues de dîner d'Amelia, effleurant du bout des doigts une vaporeuse robe jaune pâle.

— Dois-je vous choisir une robe, mademoiselle?

Sentant son mal de tête se transformer en violente migraine, Amelia se décida en quelques secondes.

— Non, je voudrais que vous transmettiez mes plus sincères excuses à lord Armstrong et lui disiez que je ne suis pas en état de me joindre à la famille pour le dîner.

Puisque c'était la stricte vérité, il ne pourrait pas dire grand-chose ni faire quoi que ce soit.

Hélène tourna brusquement la tête vers sa maîtresse.

— Vous êtes souffrante, mademoiselle ?

— Inutile de prendre un air aussi inquiet. Ce n'est qu'une migraine, rien de plus. Une bonne nuit de sommeil devrait y remédier.

Hélène hocha la tête, laissa la robe de tulle à sa place et referma l'armoire.

— Comme vous voudrez, mademoiselle. Dois-je demander à vous faire porter un plateau ?

Ce fut à ce moment-là que son estomac fit entendre sa voix, assez inélégamment. Elle n'avait rien avalé depuis le déjeuner.

— Oui, s'il vous plaît. Apparemment, la faim contribue à mon mal de tête.

Les gargouillis accompagnant la réponse de sa maîtresse firent légèrement grimacer Hélène. Elle acquiesça d'un signe de tête et quitta la pièce, au moment même où retentissait la cloche du dîner.

Cinq minutes plus tard, on frappa de nouveau à la porte.

— Entrez, dit Amelia.

Elle se laissa glisser hors du lit, enfonçant ses pieds dans l'épais et moelleux tapis. Elle ne s'attendait pas à ce que son dîner lui soit porté aussi rapidement. Son estomac grogna son approbation.

La porte s'ouvrit, mais non sur une domestique chargée d'un plateau de victuailles. Le vicomte en personne se tenait dans l'encadrement de la porte, tel Apollon à l'aube de la guerre de Troie, mais sans l'arc ni la flèche. Il s'était changé pour revêtir une tenue plus formelle : veste ajustée, gilet et pantalon brun. Le foulard blanc noué autour de son cou contrastait de manière frappante avec la teinte dorée de sa peau. Une observation hors de propos, qu'elle se fit malgré elle.

— Vous m'avez l'air plutôt en forme, lança-t-il sans préambule.

Amelia se figea sur place. Il lui fallut un moment pour reprendre ses esprits, comprendre les insinuations du lord et répondre en conséquence.

— Votre sollicitude me bouleverse.

Sans la quitter des yeux, il entra. Elle crut que la pièce se refermait sur elle. Il poussa la porte d'un geste nonchalant et le bruit sec de fermeture retentit telle une assourdissante menace aux oreilles d'Amelia.

Elle sursauta, déglutit et ne put que le regarder, incrédule, pendant plusieurs secondes.

— Que faites-vous ? dit-elle, recouvrant l'usage de la parole pour exprimer son indignation.

— Est-ce une habitude chez vous d'envoyer vos domestiques transmettre vos mensonges ? demanda-t-il en s'approchant d'elle. Vous faites fausse route si vous imaginez que j'ai cru un seul mot de tout cela.

— Vous êtes dans ma chambre, monsieur, protesta-t-elle d'une voix qui se brisa à son approche. Peut-être êtes-vous habitué à traiter les femmes de cette façon, mais je suis une dame et je mérite davantage de respect que vos traînées. Je suis persuadée que votre mère n'approuverait pas votre attitude.

Lord Armstrong s'arrêta devant elle. Il était trop près, et Amelia brûlait d'envie de reculer pour rétablir une distance convenable. Toutefois, après sa récente fuite, son orgueil lui interdisait de battre en retraite une nouvelle fois.

— N'êtes-vous pas mal placée pour me donner des leçons de convenances ? demanda-t-il en levant un sourcil blond cendré. Ai-je omis de préciser que votre père m'a laissé libre de vous trouver un autre logement si cette euh… situation se révélait trop éprouvante pour moi ? Je crois que les sœurs d'un couvent bien reculé du Westmorland seraient ravies de vous accueillir. Il serait tellement dommage d'en arriver là…, conclut-il en secouant lentement la tête et en faisant claquer sa langue.

Elle avait oublié sa migraine, sans doute balayée par la colère qui la submergeait. Une colère dirigée à la fois contre son père et contre cet horrible individu qui se tenait devant elle. Le genre de colère qui pousse les hommes à partir à l'aube dans les champs, armés d'un pistolet, en compagnie de leur second. Amelia inspira profondément.

Le regard du lord glissa vers ses seins. Puis il releva la tête et planta ses yeux dans ceux d'Amelia.

— Je crois avoir été clair dans mon bureau concernant le lieu où vous devrez prendre vos repas.

Amelia ravala sa salive, sa rage interrompue par les gargouillis de son estomac. Un son inapproprié, presque intime.

Il était évident, au regard du vicomte, qu'il ne la croyait pas malade. Il fit un pas de plus vers elle. Se retenant de reculer, Amelia leva le menton pour le regarder droit dans les yeux. À une si faible distance, ses larges épaules lui bloquaient totalement le passage. Elle ne voyait plus la porte. Sa seule issue possible.

— Voulez-vous vraiment que nous commencions déjà à nous battre ? Le tout premier soir ?

Il pencha la tête, et son visage se trouva à quelques centimètres à peine de celui d'Amelia. Il parlait d'un ton grave et moqueur.

Pour la première fois depuis qu'elle avait posé les yeux sur lui, Amelia ressentit de la peur. Il représentait une menace. Elle était forcée de l'admettre à présent. Mais quel genre de menace ? Ce n'était pas encore tout à fait clair, et cette incertitude ne fit qu'accentuer son ressentiment.

— Dans ce cas, préférez-vous que je descende dîner souffrante ?

Dieu du ciel, que faisait-elle ? Cherchait-elle à obtenir sa compassion ? Il était évident que cet homme n'avait qu'un bloc de granit à la place du cœur.

— Si vous êtes souffrante, alors je suis le roi d'Angleterre.

— Dans ce cas, puis-je demander à Sa Majesté de bien vouloir sortir de ma chambre ?

— Princesse, mettons les choses au clair.

Amelia serra la mâchoire, et se mit à tordre le tissu de sa jupe. Visiblement, il prenait un malin plaisir à l'appeler ainsi, sachant à quel point elle tenait ce surnom en horreur.

—Ceci, poursuivit-il en désignant la pièce d'un geste de la main, et tout ce qui se trouve dans cette maison, m'appartient. Vous jouissez de mon hospitalité. De plus, je suis certain que ce n'est pas la première fois que vous vous trouvez dans une chambre seule avec un homme. Souvenez-vous : je suis au courant pour Cromwell et pour Clayborough, même si je parie que Cromwell n'était pas le premier.

Si Amelia ne craignait pas une riposte de la part du vicomte, elle l'aurait giflé – non, elle l'aurait martelé de coups de poings jusqu'à ce qu'il gise sur le sol. Personne n'avait jamais – pas une seule fois – dénigré son caractère d'une telle façon. Pensait-il que sa moralité de chat de gouttière était aussi répandue dans la société ?

—Tant que vous serez sous mon toit, vous obéirez à mes ordres. Me suis-je bien fait comprendre ?

Son expression, ses yeux, sa personne tout entière traduisaient son attente de la voir répondre par une vibrante tirade de provocation féminine. Elle refusa de lui donner cette satisfaction et s'abstint de répliquer à son affront.

— Oh, je comprends parfaitement, dit-elle doucement.

Lord Armstrong s'immobilisa et la regarda fixement, comme s'il était déçu par une si prompte capitulation – ou qu'il n'y croyait pas.

— Maintenant que vous en êtes assuré, je vous demande de partir, ajouta-t-elle. J'espère pouvoir au moins disposer de l'intimité qu'une chambre est censée offrir. Même à quelqu'un qui serait à votre service, si je puis me permettre.

Elle n'aurait pas été surprise de découvrir qu'il tenait ses domestiques emprisonnés dans leurs chambres. Cependant, combien de ses employés de sexe féminin parleraient d'« emprisonnement » ?

Se redressant avec une grâce languide, le vicomte recula de quelques pas, un sourire désinvolte aux lèvres.

— N'ayez crainte à ce sujet.

Soulagée de ne plus subir son excessive proximité, Amelia décida de faire fi de son regard entendu.

— Serai-je autorisée à manger ce soir, ou souhaitez-vous me voir mourir de faim ?

Les gargouillis de son estomac lui rappelaient sans cesse son état de manque.

— Je vais ordonner à une domestique de vous apporter quelque chose. Mais c'est la dernière fois. À partir de demain, je vous attendrai dans la salle à manger à l'heure du dîner.

Lui répondre comme elle le souhaitait aurait retardé son départ. Aussi Amelia garda-t-elle le silence.

Lord Armstrong se dirigea vers la porte d'un pas tranquille. Avant de sortir, il se retourna.

— Soyez dans mon bureau demain matin à 8 heures, lança-t-il d'un ton sec et inflexible. Si vous me faites attendre ne serait-ce qu'une minute, je viendrai vous chercher moi-même, que vous soyez présentable ou pas.

Il marqua un arrêt, puis, sans la moindre lueur d'amusement dans le regard, ajouta :

— À la réflexion, dormez sans rien cette nuit, vous aurez moins de mal à vous réveiller demain.

Sur ce, il la planta là, abasourdie au milieu de la pièce : pétrifiée, yeux écarquillés, bouche bée, complètement médusée par son effronterie. Cependant, les paroles du lord firent naître à son esprit une image qui la rendit rouge et brûlante, mais pour une tout autre raison.

Le dîner en famille fut relativement calme. Dévorées par la curiosité, les sœurs de Thomas assaillirent ce dernier de questions à propos de la nouvelle pensionnaire. À leurs interrogations, il répondit : « Vous n'aurez qu'à le lui demander vous-même quand vous la verrez demain. » Après cinq réponses de cet ordre, Emily et Sarah s'étaient retranchées dans le silence.

Ensuite, réfugié dans la solitude bénie de la bibliothèque, Thomas se dirigea vers le buffet et se servit un verre de porto.

Installé dans son fauteuil favori, il put enfin évaluer tranquillement la situation. Tout d'abord, Amelia Bertram. À en juger par le comportement de la jeune femme jusque-là, le défi de Thomas s'avérait bien plus difficile à relever que prévu.

Il prit une gorgée de porto. Son plan était très simple. La faire ravaler sa langue. Et il y parviendrait sans la mettre dans son lit. Un ou deux baisers seraient sans doute nécessaires, peut-être même une étreinte langoureuse, mais rien de plus. Juste de quoi la laisser brûlante de désir pour quelque chose qu'elle n'obtiendrait jamais – du moins pas de lui.

La logique voulait que, en homme intelligent, il l'envoie à Westmorland dès le lever du jour et délègue le fardeau aux bonnes sœurs. Cependant, son orgueil exigeait qu'il lui inflige lui-même son châtiment. Et si cela signifiait offrir une performance à faire pâlir les meilleurs acteurs du théâtre de St James, soit. Quoique, au vu des réactions de son corps en présence d'Amelia, l'aspect physique de cette mascarade ne nécessiterait guère de simulation de sa part. La fille était désirable, il pouvait au moins lui concéder cette qualité.

— Je te croyais déjà couché, lança une voix derrière lui.

Sa mère contourna son fauteuil, sa robe mauve flottant autour d'elle.

— Pas encore.

— Tant mieux, car j'aimerais te parler de lady Amelia, dit-elle en s'installant sur le canapé. As-tu l'intention de l'épouser ?

Thomas, qui venait de porter son verre à ses lèvres, avala son porto de travers et fut pris d'une incontrôlable quinte de toux. Il posa brusquement le verre sur la table à côté de lui.

La vicomtesse lui tapota la main avec sollicitude jusqu'à ce que sa toux se calme.

— Mon chéri, je ne voulais pas te choquer.

— Pourquoi diable pensez-vous cela ? rétorqua-t-il, un peu agacé.

— Honnêtement, mon chéri, c'est l'explication la plus sensée. Tu es célibataire, elle est belle et a tout d'une jeune femme distinguée. Que lord Bradford te demande de surveiller sa fille… Autant demander à un renard de surveiller un poulailler. Cela va à l'encontre de toute logique. La seule raison sensée pour avoir accepté cette mission serait que tu as l'intention de l'épouser.

— Eh bien, je suis navré de vous décevoir, mère, mais je n'ai pas l'intention d'épouser qui que ce soit dans un futur proche, et quand cela arrivera, je peux vous garantir que l'heureuse élue ne sera pas une femme de l'espèce d'Amelia Bertram.

La vicomtesse fronça les sourcils.

— Mais dis-moi au juste ce qui ne va pas chez elle.

Le piège avait été si brillamment tendu que Thomas ne s'en rendit compte qu'une fois la tête en bas en train de se tortiller au bout d'une corde. Il sourit à contrecœur. Comment ne pas admirer un esprit aussi rusé ?

— Vous auriez pu simplement me poser la question au lieu de prendre ces chemins détournés en faisant semblant de croire à un possible mariage.

Sa mère sourit ; elle n'était pas déconcertée pour un sou.

— Mais si je t'avais posé la question de but en blanc, tu te serais dérobé, comme chaque fois que je t'interroge sur les femmes de ta vie.

—Amelia Bertram ne fait pas partie des femmes de ma vie. C'est simplement la fille d'un ami. Vous rencontrerez la femme de ma vie quand j'aurai décidé de me marier.

Et il espérait qu'elle n'était pas trop impatiente.

—Alors, vas-tu me dire ce qui se passe entre vous ? lui demanda sa mère avec un flegme exagéré.

—Rien du tout, répondit Thomas en s'agitant sur son siège. D'ailleurs, je crois vous avoir déjà expliqué les difficultés que Harry Bertram connaît avec sa fille.

La vicomtesse, sourcils en pointes, lui lança le genre de regard qui l'avait maintes fois poussé à l'aveu lorsqu'il était enfant. Mais il n'était plus un enfant.

—En effet, alors pourquoi ai-je le sentiment que tu omets volontairement quelques détails pertinents ?

Thomas haussa les épaules, reprit son verre et but une gorgée prudente.

—Je l'ignore. Il n'y a rien d'autre à dire.

La vicomtesse, les yeux rivés sur son fils, affichait un air perplexe.

—Maintenant que je l'ai rencontrée, j'ai du mal à croire que son père n'aurait pu trouver quelqu'un de plus adapté pour s'occuper d'elle. J'étais au courant de sa grande beauté, mais j'ai été surprise de découvrir une jeune femme aussi… posée. Ce n'est pas vraiment le genre de personne qui demande une étroite surveillance.

Sa mère était trop diplomate pour employer le terme plus approprié de « hautaine ».

— Et qu'est-ce donc que cela : venir sans chaperon ? Tu sais bien que je ne peux pas, en conscience, vous laisser seuls tous les deux. Que diraient les gens ?

Croisant nonchalamment les jambes, Thomas s'enfonça dans son fauteuil.

— Oui, eh bien, c'est un imprévu. Mais ne craignez rien, je lui trouverai un autre chaperon avant votre départ.

Le problème n'était pas de trouver quelqu'un, mais de garder cette sainte une fois qu'elle aurait rencontré Amelia. Il ne se faisait pas d'illusion sur la difficulté de cette tâche. Comment Harry avait-il pu omettre ce détail ?

À son grand regret, ces paroles ne semblèrent pas rassurer sa mère comme il l'avait espéré.

— Je ferai savoir qu'Amelia est ici votre invitée, ajouta-t-il.

— Mais je dois partir dans un mois.

— Nous dirons qu'une triste catastrophe s'est abattue sur elle, l'empêchant de vous accompagner, vous et les filles, en Amérique. Une visite surprise dont son père ne s'était pas douté mais qui malheureusement ne se concrétisera jamais.

La vicomtesse le regardait, les yeux brillant d'une émotion qu'il ne parvint pas à interpréter. Elle tendit la main et lui caressa l'avant-bras.

— Visiblement, tu as pensé à tout. J'espère seulement que toute cette affaire n'aura pas de regrettables conséquences.

Thomas lâcha un petit rire.

— Vous vous faites trop de souci. Je ferai en sorte que rien de fâcheux ne vienne entacher la réputation d'Amelia en votre absence.

Si sa mère daignait jeter un œil aux journaux à scandales, elle apprendrait bien vite qu'une tache rouge existait déjà. Plus d'un mois s'était écoulé depuis le bal de lady Stanton, et le gratin de Londres savourait encore l'incident avec la même délectation qu'un amateur de vin dégustant un verre de bordeaux.

La vicomtesse hocha la tête avec satisfaction puis lissa ses jupes et se leva.

— Bien, dans ce cas, je peux aller me coucher.

— Bonne nuit, mère, dit Thomas en levant son verre vers elle.

Elle marcha jusqu'à la porte. Au moment de sortir, elle s'arrêta et se retourna.

— Tu as dit qu'elle avait perdu sa mère quand elle était enfant.

— Oui, répondit Thomas bien que ce ne fût pas une question.

Sa mère soupira.

— J'ai senti une certaine tristesse chez elle. Fais attention avec elle, d'accord ? Je tiens vraiment à ce qu'elle apprécie son séjour parmi nous.

Pris au dépourvu par cette remarque, Thomas ne sut que répondre. Sa conscience n'avait nullement besoin qu'on lui rappelle la mort d'un parent. Lui aussi avait perdu son père prématurément. Quant à cette supposée tristesse, il ne la voyait pas. Ce qu'il voyait, c'était une enfant gâtée, une jeune femme invivable qui ne se souciait de rien d'autre que d'elle-même.

— Rassurez-vous, mère, je traiterai lady Amelia avec toute la délicatesse et tout le respect qu'elle mérite.

Sa réponse sembla satisfaire la vicomtesse cette fois-ci, car elle le gratifia d'un chaleureux sourire avant de quitter la pièce.

Thomas resta assis à méditer les paroles de sa mère longtemps après le départ de celle-ci.

Chapitre 10

Le lendemain matin, tandis que le jour avait ravi sa place à la nuit grise et monotone depuis plusieurs heures déjà, Thomas vit la grande aiguille de l'horloge en bronze doré se déplacer d'un cran, entamant son deuxième tour du cadran. Il était 8 heures. Amelia était officiellement en retard.

L'indécision grondait en lui comme le tonnerre. Son instinct lui recommandait – non, lui ordonnait – de mettre sa menace à exécution, c'est-à-dire de monter dans sa chambre et de la tirer de force de son lit. Toutefois, il ne pensait pas posséder le sang-froid nécessaire pour se retenir de lui tordre le cou. Et puis, il y avait sa famille et les domestiques. Tout ce remue-ménage aurait fait jaser, sans aucun doute.

Il se dirigea vers son bureau et sonna la cloche en tirant d'un coup sec et impatient sur la cordelette à glands accrochée au mur. Au bout de quelques secondes, Johns, le second valet, répondit à l'appel du carillon et apparut à la porte du bureau.

— Oui, monsieur? dit-il avec la déférence de rigueur.

Thomas, dont l'intention première était de lui ordonner d'envoyer une des femmes de chambre à la recherche d'Amelia, se ravisa. Une telle insolence ne pouvait être que calculée. Elle était sans aucun doute pelotonnée au fond de son lit, piaffant d'impatience en se demandant ce qu'il allait faire.

— Je ne trouve pas le courrier d'hier.

Cette phrase absurde fut la première qui lui vint à l'esprit.

— Je crois qu'il se trouve sur votre bureau, monsieur, répondit Johns avec solennité.

Thomas fit mine de remuer les livres et papiers qui encombraient la table.

— Ah, oui, dit-il enfin. Les voici, sous ce désordre. Merci, ce sera tout.

Johns inclina rapidement la tête, tourna les talons et sortit.

Cette maudite fille. Voilà qu'elle le faisait passer pour un idiot aux yeux de son personnel. Tout en réfléchissant à la meilleure façon de s'occuper du sort d'Amelia, il se mit à parcourir la pile de lettres, dont la plupart, estima-t-il en un coup d'œil, n'exigeaient pas un traitement immédiat. Cependant, une des enveloppes, de couleur vert foncé, l'interpella au moment où il s'apprêtait à la replacer sur le tas avec les autres. L'écriture indiquait que l'expéditeur de ce courrier était une femme, mais il était incapable de l'identifier.

Curieux, il l'ouvrit et en sortit une feuille de papier. Les premiers mots lui sautèrent au visage : « Mon cher Thomas ». Ses yeux filèrent directement au pied de la lettre pour découvrir les salutations : «Avec toute mon affection, Louisa.»

Thomas se figea sur place, serrant la lettre dans sa main. Une lecture rapide lui apprit que « Sa Grâce » désirait renouer le contact avec lui. Elle avait, visiblement, abandonné la subtilité au profit d'une approche plus directe.

Saisissant l'enveloppe abandonnée sur son bureau, Thomas fit quelques pas jusqu'à la cheminée de pierre et la jeta, en même temps que la lettre, dans les flammes. Le feu eut tôt fait de réduire en cendres toute l'affaire. Une affaire morte et enterrée, jetée depuis longtemps aux oubliettes. Pour toujours.

Ses pensées retournèrent à son problème actuel. Qu'allait-il faire, au juste, pour répondre à l'affront d'Amelia ? Il n'était pas question qu'il laisse passer un tel étalage d'insubordination.

De toute évidence, la lutte dans laquelle ils étaient engagés exigeait de lui qu'il garde la tête froide. Ce qu'il ferait. Par conséquent, il attendrait. Il avait au moins le temps de son côté. Certes, Rome ne s'était pas faite en un jour, mais lui pariait qu'il était capable de mettre lady Amelia Bertram à genoux en à peine quatre mois.

— Mademoiselle ?

La voix de sa femme de chambre réveilla Amelia en sursaut. Affolée, le souffle court, la jeune femme ne comprit pas immédiatement ce qui lui arrivait. Puis, brusquement, tout lui revint.

La lumière – une lumière aveuglante – ruisselait à travers les fenêtres de la chambre. Elle posa un regard apeuré sur l'horloge posée sur la table de chevet. Son cœur remonta dans sa gorge.

Déjà 9 heures ! Elle poussa un cri perçant et poussa les couvertures en battant des bras et des jambes avant de bondir hors de son lit.

— Bonté divine, comment peut-il être aussi tard ?

Amelia se rappelait vaguement avoir entendu la femme de chambre entrer puis ouvrir les rideaux et s'occuper du feu, plus tôt dans la matinée. Elle avait alors eu l'intention de se lever, mais s'était accordé une quinzaine de minutes de sommeil supplémentaires. Comment avait-elle pu laisser ce laps de temps se transformer en deux heures ?

La guigne !

Dans sa précipitation, elle se prit l'orteil dans l'ourlet de sa chemise de nuit mais se redressa avant de dégringoler au sol.

— Qu'y a-t-il, mademoiselle ? Ça ne va pas ?

Hélène s'élança vers sa maîtresse chancelante pour la stabiliser.

— Je suis en retard, répondit sèchement Amelia.

La panique avait laissé place à l'irritation. Ce n'était pas ainsi qu'elle avait eu l'intention de démarrer son humiliante punition.

— Mais il est encore tôt.

La remarque de sa femme de chambre n'était pas dénuée de pertinence. À Londres, il était fort rare qu'Amelia ait besoin de se lever avant 10 heures.

Dans le tourbillon mondain de la Saison, il était inconcevable de se coucher avant 2 heures du matin.

— Je sais, je sais, mais je devais retrouver lord Armstrong à 8 heures. S'il vous plaît, Hélène, dépêchons-nous, je dois me laver et m'habiller au plus vite.

Fronçant les sourcils avec perplexité, Hélène lâcha le bras de sa maîtresse et se dirigea vers la salle de bains adjacente à la chambre.

— Non, je m'occuperai de mon bain moi-même, l'arrêta Amelia. Préparez simplement mes vêtements.

Hélène lui lança un regard intrigué puis rebroussa chemin et se précipita vers l'armoire.

Exactement quinze minutes et un bain glacé plus tard, Amelia fut prête, vêtue d'une robe de velours croisée et coiffée par Hélène d'un simple chignon bas – n'ayant guère le temps pour davantage qu'un coup de brosse et quelques épingles.

— Vous devrez me réveiller à 7 heures tous les matins, dit Amelia en glissant les pieds dans de confortables chaussures en chevreau.

Hélène, occupée à lisser le bas de la robe de sa maîtresse, leva la tête et la regarda d'un air étonné, les yeux ronds comme des soucoupes.

— Tous les matins, mademoiselle ?

Amelia hocha vivement la tête.

— Malheureusement, nous ne pourrons profiter du même luxe qu'à la maison. Mais vous n'aurez pas à vous soucier de ma toilette. Je m'en chargerai moi-même. Par contre, comme je n'aurai pas le temps

de prendre mon petit déjeuner en bas, à moins…
(Elle eut un léger frisson.).… de me lever à une heure
indécente, vous m'apporterez un plateau quand vous
viendrez. Rien d'extravagant. Juste de quoi tenir
jusqu'à l'heure du déjeuner.

—Et ce matin, voulez-vous que je vous apporte
quelque chose ? demanda Hélène.

En femme de chambre pleine de sollicitude, jamais
elle n'aurait laissé sa maîtresse sortir à jeun si elle
pouvait l'éviter.

—Non, ce matin, je n'ai pas d'appétit.

—Comme vous voudrez, mademoiselle.

Les mots d'Hélène flottaient derrière Amelia,
déjà sortie de la chambre, comme un imperceptible
murmure alors qu'elle se précipitait vers l'escalier.

En bas, Amelia ralentit le pas et se traîna péni-
blement dans le long vestibule dallé de marbre. Les
domestiques, affairés à leurs tâches, s'arrêtèrent un
instant, arborant des visages polis où pointait à
peine la curiosité. Lorsqu'elle passa devant eux, ils la
gratifièrent, tel un jeu de dominos tombant les uns
après les autres, du courtois signe de tête que son
rang exigeait.

Toutefois, sa position dans la maison – ni une
invitée ni tout à fait une employée – était comparable
à celle d'une reine forcée de travailler pour subvenir à
ses besoins, avec le soutien et les encouragements du
roi. En réalité, sa position était tout juste au-dessus
de celle de ses domestiques.

Pressant de nouveau le pas, elle prit le dernier virage avant de traverser une autre longue portion de vestibule. Elle passa devant la salle de billard, la bibliothèque, et une autre dizaine de domestiques avant d'atteindre enfin le bureau. Elle regarda la double porte à l'encadrement richement décoré avec un mélange de dégoût et d'inquiétude.

Était-il en colère ? Ou, plutôt, à quel point était-il en colère ? En tout cas, elle avait la conscience tranquille. Ce n'était pas comme si elle l'avait fait exprès. Une excuse qu'évidemment il ne croirait pas, si elle venait à s'y risquer. Mais cette punition était tellement injuste, tout comme son début expéditif ! La durée de son séjour laisserait largement de temps aux supplices et aux tourments. Mais les supplices et les tourments de qui ? Cela restait à préciser, car elle se jura qu'elle n'en subirait pas seule les conséquences.

Malgré toutes ses affirmations intérieures, son estomac se noua comme la corde d'un marin dans le froid arctique lorsqu'elle frappa deux coups secs à la porte – une politesse à laquelle elle se plia davantage pour annoncer son arrivée que pour demander la permission d'entrer.

Les épaules en arrière et le menton levé, Amelia inspira profondément avant de pénétrer dans la pièce, une excuse réticente au bord des lèvres. Le destinataire de cette excuse était assis derrière le bureau d'acajou, la tête penchée au-dessus d'un livre à la reliure de cuir bleu qu'elle identifia immédiatement comme étant un livre de comptes. Autour de lui, un fouillis de papiers recouvrait le moindre centimètre carré de la surface du bureau.

Elle avança de quelques pas hésitants et attendit qu'il la remarque. Seuls le froissement du papier et le tic-tac régulier de l'horloge perchée sur un support en verre troublaient le silence.

Un vrai gentleman se serait déjà levé de son fauteuil. Une bonne dizaine de secondes s'écoulèrent. Un homme digne de ce nom aurait au moins levé les yeux. Encore quelques secondes. Seule une brute épaisse ne ferait ni l'un ni l'autre.

Le vicomte ne fit ni l'un ni l'autre.

Elle fut tentée de s'éclaircir la gorge, mais son orgueil lui ordonna de s'abstenir, car cela aurait traduit un sentiment de désespoir. *Regardez-moi*. Une supplication. À vrai dire, cela ne la dérangeait guère qu'il ne fasse pas attention à elle. Ce qui la piquait au vif, c'était d'être là sur ses ordres.

À mesure qu'elle attendait, debout devant lui, elle sentit sa colonne se raidir, sa respiration s'accélérer. Une demi-minute s'était écoulée. Elle savait que son excuse ne se matérialiserait jamais. Après une minute complète d'attente, elle ne concevait plus d'exprimer des regrets, même sous la torture.

L'horloge sonna la demi-heure.

Bon, ça suffit! Elle se tourna et reprit le chemin de la sortie.

—Asseyez-vous, lança-t-il, sa voix tranchant l'air avec la précision d'une lame.

Amelia s'arrêta en mouvement, le pied droit à quelques centimètres de la porte. Pendant un instant lourd de sens, elle ne fit rien, l'esprit absorbé par les possibles conséquences d'une provocation éhontée. Elle décida finalement que la tempête qui s'ensuivrait inévitablement n'en valait pas la peine. Se retournant brusquement vers lui, elle le trouva dans la même position, la tête toujours plongée dans son livre, ses mèches blond doré étincelant sous les rayons du soleil.

— Je croyais simplement que vous n'aviez pas besoin de moi.

— Asseyez-vous, répéta-t-il d'un ton heurté, agitant négligemment la main vers la chaise qui lui faisait face.

Il n'avait pas encore levé les yeux.

Amelia se mordit la lèvre et serra les poings, s'efforçant de rester calme. Elle quitterait bientôt les lieux, songea-t-elle en s'avançant à contrecœur pour prendre place sur le siège qu'il lui désignait.

Le vicomte leva lentement la tête, et son regard était d'une prodigieuse intensité. Elle baissa furtivement les yeux sur sa tenue. Elle fut moins surprise de le découvrir en chemise que de constater que son col était ouvert, révélant partiellement les poils de son torse. Mais était-ce vraiment étonnant? De la part d'un coureur de jupons au cœur de pierre? Amelia releva promptement les yeux.

— J'espère que vous trouvez le logement à votre convenance.

Le vicomte recula dans son fauteuil pour évaluer son interlocutrice d'un œil nonchalant, s'attardant longuement sur ses seins.

—Je trouve votre regard offensant, monsieur.

Elle imputa la lente crispation de son ventre à la faim.

La réprimande d'Amelia n'interrompit nullement l'examen approfondi de sa personne auquel s'adonnait le vicomte. Il semblait au contraire s'en amuser, à en juger par le sourire illuminant son visage doré.

Lentement, il leva les yeux vers elle.

—Cela vous dérange? Je vous croyais habituée aux regards admiratifs des hommes.

Son ton plein de sous-entendus démentait l'innocence de ses yeux.

S'il croyait qu'un regard de sa part pouvait provoquer en elle autre chose que de l'indignation, il se berçait d'illusions. Les hommes la regardaient depuis des années. Elle avait l'habitude d'être inspectée comme un objet rare dont on estimerait le prix. Toutefois, elle savait pertinemment qu'il le faisait dans le seul but de la déstabiliser, car il la détestait autant qu'elle le haïssait.

—Monsieur, je vous demanderais de ne pas jouer à ce jeu. Au final, cela ne nous causera que du tourment.

Il leva un sourcil, sans cesser de sourire.

—Du tourment? Pourquoi devrions-nous être si bouleversés? Je n'ai fait que commenter votre beauté, et vous êtes consciente, j'en suis certain, qu'elle pourrait détourner un moine du droit chemin.

Une bouffée de chaleur empourpra le visage d'Amelia malgré ses efforts pour rester de marbre. Venant de n'importe quel autre homme, ce compliment aurait eu le goût rance du pain moisi. Mais, de la bouche du vicomte, il s'échappa telle une envolée poétique dont Tennyson lui-même aurait pu chanter les louanges.

— Cependant, ne croyez pas que j'ai des vues sur vous. Soyez sans crainte à ce sujet. Mes goûts m'ont toujours porté vers des femmes au sang chaud. La beauté extérieure, bien que plaisante à l'œil, ne suffit pas à retenir mon attention. Un naturel agréable est essentiel, et cette qualité, Princesse, vous fait cruellement défaut.

Sa poésie finissait sur une note discordante, la laissant immobile et muette. Soudain, la violence de l'affront fit bouillonner sa colère en fusion. Plus tard, elle regretterait sans aucun doute l'impudence de sa réplique, mais les mots s'échappèrent de ses lèvres de façon incontrôlable, dans un accès de fureur viscérale.

— Entendre cela d'un homme qui est incapable de garder son pantalon au-dessus des chevilles une minute de plus qu'il n'en faut au pasteur pour prononcer son sermon…

Le vicomte esquissa un lent sourire, incitant Amelia à pousser le vice encore plus loin.

— Alors, s'il vous plaît, monsieur, épargnez-moi le triste honneur d'être admirée par un homme qui, de toute évidence, est déjà passé sur toutes les traînées des maisons de débauche de Londres.

Une fois terminée sa tirade au vitriol, elle s'étonna de la perte manifeste de son calme. La promesse qu'elle s'était faite après qu'il eut quitté sa chambre la veille – celle de conserver devant lui un contrôle sans faille – avait été balayée sous l'effet d'une seule remarque cinglante.

Pourtant, ce flot de rancune ne fit qu'agrandir le sourire du vicomte, révélant deux rangées de dents étincelantes et parfaitement alignées. Serait-il aussi beau si cette ostentatoire blancheur venait à lui être arrachée ? Elle en doutait fortement.

— Dans ce cas, dit-il, je peux en déduire que vous ne risquez pas de me séduire avec vos charmes. De la même façon, vous êtes à l'abri de toute tentative lascive de ma part.

Le séduire ? Elle ? L'idée était inconcevable.

— Vous, monsieur, n'avez jamais été en danger dans ce sens, répliqua-t-elle avec mépris.

Le vicomte se pencha en avant et posa les coudes sur le bureau.

— Alors je sais que je ne vous offenserai pas en vous disant qu'il me serait égal que vos intentions soient telles, car vous ne pourriez jamais me tenter.

Ayant recouvré son calme, Amelia évalua en silence la situation, avec plus de clairvoyance.

Il mentait.

Ce qui ne signifiait pas qu'il l'appréciait, ni même qu'il la désirait. Il pouvait bien la trouver aussi glaciale que les eaux gelées de la Tamise au cœur de l'hiver, il ne la repousserait pas pour autant – pas plus qu'un ivrogne refuserait une bouteille de liqueur. Le débauché répréhensible qu'il était s'était donné pour mission de se vautrer dans la fornication jusqu'à plus soif, une tâche largement facilitée par le grand nombre de femmes prêtes à satisfaire son goût pour la dépravation. Toutes ses paroles n'étaient que fanfaronnade et bravade. Si Amelia avait été d'un naturel malveillant, elle aurait pu le faire mentir.

— Pouvons-nous à présent passer à un sujet plus plaisant, comme votre travail du jour ?

Il leva un sourcil comme s'il attendait sa permission pour poursuivre.

Malgré l'apparente désinvolture du vicomte, il était clair qu'il souhaitait donner à Amelia l'image d'un homme d'une grande retenue. La jeune femme n'était pas dupe. Toutefois, elle était déterminée à se conformer à lui, au moins sur ce point. Il aurait été malvenu de pester comme une poissonnière.

— Votre père m'a fait savoir que vous étiez douée pour les chiffres. Il pense que vous me seriez d'une aide précieuse si je vous confiais les comptes.

Ah oui, le seul domaine dans lequel son père la croyait prometteuse. Il était sidéré qu'une femme puisse accomplir une tâche aussi masculine sans épuiser son cerveau déficient. Que son « talent » soit lié à une discipline d'ordre financier ne la surprit guère.

— Malgré tout le crédit que je porte au jugement de votre père, il me semble parfaitement malvenu de mettre entre vos mains une telle responsabilité.

Malvenu ? La seule chose malvenue était…

— En revanche, je ne vois aucun inconvénient à vous laisser classer mes dossiers.

Aucun inconvénient ? Amelia serra les dents, refusant de répondre à ses insultes. Elle ne lui donnerait pas cette satisfaction. Elle s'imagina rassembler ses maudits dossiers, les jeter sur un tas de bois et allumer le plus grand brasier que le Devon eût jamais connu. Ah, oui, l'idée était tentante, rêva-t-elle, non sans un certain plaisir.

— Cela ne devrait pas trop m'éprouver, acquiesça-t-elle, contredisant ses pensées.

— Excellent.

Comme un lion bien reposé, il déplia ses grandes jambes, contourna son bureau et se dirigea vers le secrétaire situé à moins de dix mètres, près de deux imposantes fenêtres cintrées.

Pivotant sur sa chaise, Amelia observa ses mouvements. S'il avait eu la décence de porter une veste, elle n'aurait pas eu à subir la vision de son postérieur – une partie de l'anatomie masculine à laquelle elle prêtait d'ordinaire peu d'attention. Ses hanches étroites, ses fesses fermes et ses longues jambes musclées, moulées dans son pantalon noir, avantageaient indéniablement sa silhouette.

Amelia détourna rapidement le regard et secoua la tête comme pour chasser cette image de ses pensées avant qu'elle ne s'y loge, à moins que ce ne fût pour recouvrer ses esprits.

— Vous pouvez commencer avec ceux-ci.

Il poussa du pied un grand carton ouvert.

En s'efforçant de ne pas regarder de nouveau son séant, elle se leva et se dirigea vers le secrétaire pour inspecter l'intérieur de la caisse. Elle y découvrit un chaos total sous la forme d'une montagne de papiers en vrac, noirs d'encre, la plupart en état de décomposition avancée.

— Et que suis-je censée faire avec tout cela ? demanda-t-elle froidement.

L'homme était le diable incarné.

— Les classer, bien entendu, répondit-il après un silence.

— Ces papiers, ces documents, quels qu'ils soient, me semblent très mal conservés.

— Je vois que votre père avait raison. Vous êtes intelligente. Vous avez saisi mon besoin d'organisation en moins de temps qu'il n'en faut pour le dire.

Amelia se hérissa sous sa condescendance et pinça les lèvres pour s'empêcher de répliquer.

Avec la soudaineté d'une averse d'été, il adopta alors une attitude purement professionnelle. Il lui expliqua ce qu'il attendait d'elle et l'aiguilla sur la méthode à adopter.

La boîte – la première d'une grande série, l'informat-t-il – contenait des années de contrats pour des services relatifs à son haras. Il lui montra où et comment ils devaient être classés : dans un grand meuble à six tiroirs, équipés de séparations en métal. Il restait à sa disposition pour toute question. En entendant cela, elle éprouva un grand soulagement, car cela signifiait qu'il ne resterait pas avec elle. Le bureau avait beau être spacieux, elle aurait eu l'impression d'être enfermée dans un placard à balai si elle avait dû y passer toute une journée en sa compagnie.

— Je serai aux écuries en cas de besoin urgent.

Amelia leva brusquement les yeux vers lui. Bien que le ton de sa voix n'eût rien de suggestif, le choix de ses mots demandait interprétation. Toutefois, il se dirigeait déjà vers la porte et, quelques secondes plus tard, ses pas n'étaient plus qu'un faible écho retentissant derrière les portes du bureau.

Seule dans la pièce pour la première fois, Amelia soupira de soulagement et promena un regard distrait autour d'elle. Le style rococo dominait. Un canapé au dossier sinueux et un fauteuil de brocart lie-de-vin, placés dans un coin de la pièce, créaient un espace intime autour d'une cheminée en noyer noir. Quatre fenêtres cintrées, surmontées de rideaux à glands dorés, perçaient les murs nord et ouest à intervalles réguliers, offrant une généreuse lumière naturelle dans la journée. Des étagères encastrées occupaient la moitié des murs, leurs lignes nettes de bois sombre conférant une note masculine à la pièce.

Amelia contourna ce qu'elle pouvait à présent considérer comme *son* bureau et s'assit sur la chaise à dossier haut. Ramassant une poignée de papiers de la boîte, elle parcourut la première feuille, abîmée par le temps et tachée par de fréquentes manipulations. Elle ne parvint pas à déchiffrer le nom inscrit en haut du contrat. Pourquoi attendre un solennel feu de joie ? Elle avait bien envie de le jeter dans les flammes, là, tout de suite.

Amelia comprit que la journée serait longue et pénible, tout comme les semaines à venir. Le soir même, elle écrirait à lord Clayborough. Le lendemain, elle tenterait de se familiariser avec toutes les portes de sortie que comptait le labyrinthique Stoneridge Hall.

Si un purgatoire rempli de feuilles de papier maculées d'encre existait, Amelia pouvait affirmer sans se tromper qu'elle était prise au piège. Sa journée, au lieu de défiler comme d'habitude à un rythme régulier, progressa pesamment, impitoyablement, dans une monotonie rompue seulement par le déjeuner et un en-cas pris dans l'après-midi à son bureau. Quand 18 heures sonnèrent, elle avait subi chaque seconde de chaque minute de chaque heure, bercée jusqu'à l'inconscience, ou presque, par une tâche d'un ennui insondable.

La seule lumière de cette journée autrement lugubre fut l'absence de lord Arsmtrong, qui s'abstint de vérifier l'avancement de son travail.

Tandis qu'elle arrangeait son bureau, lord Armstrong fit irruption dans la pièce. Il s'était changé depuis le matin : foulard, gilet et veste apportaient un peu d'élégance à sa tenue. Soudain, une version habillée du *Discobole* de Myron surgit dans l'esprit d'Amelia. Le vicomte serait le même sous cette laine, cette soie et ce linon : élancé, nerveux, tout en muscles et peau dorée. Amelia s'admonesta d'avoir laissé libre cours à une telle pensée. Que lui arrivait-il ? La beauté physique ne l'avait jamais impressionnée – ne l'impressionnait toujours pas.

— Comment vous en êtes-vous sortie jusqu'ici ? demanda lord Armstrong en lui jetant un regard avant de se diriger vers son bureau.

— Comme il se doit, j'imagine, répliqua-t-elle sèchement, tout en se retournant pour arranger la dernière pile de documents. Je m'occuperai du reste demain matin.

Elle sortit un mouchoir du tiroir pour essuyer ses mains tachées d'encre.

Il avait ouvert son livre de comptes et commencé à le feuilleter. Aux mots d'Amelia, le froissement du papier s'arrêta et le silence envahit la pièce.

Étonnée, Amelia tourna la tête vers lui et croisa son regard. Le livre à la main, il ne bougeait plus.

— Demain ? Pourquoi finir demain alors que vous pouvez achever ce travail aujourd'hui ?

Amelia cilla rapidement et ouvrit des yeux ronds.

— Maintenant ?

— Oui. Cela vous pose-t-il un problème ?

Il referma le livre de comptes et le posa sur son bureau.

Cela lui posait-il problème ? Il était tard, ses mains et son dos lui faisaient mal, et elle avait passé presque toute la journée assise, au point que ses fesses étaient complètement engourdies. Quel idiot, évidemment que cela lui posait un problème.

—Cela peut sûrement attendre demain matin, non ? demanda-t-elle, laissant poindre son exaspération.

Il se pencha par-dessus son bureau, une main sur le torse.

—Ma chère Princesse, il y a encore le problème de ce matin à résoudre. Une heure et demie, pour être précis. Vous ne pensiez tout de même pas que j'avais oublié votre retard, si ?

Amelia serra son mouchoir de toutes ses forces, comme elle aurait voulu le faire du cou de cet homme.

—J'ai fait preuve de retenue ce matin, poursuivit-il d'une voix calme mais froide comme l'acier. Sachez néanmoins que ce sera la seule fois, si une telle chose venait à se reproduire. Je ne tolérerai aucun acte de désobéissance.

Oui, comment osait-elle contrecarrer ses ordres ? Une contrariété qui de toute évidence l'avait rongé toute la journée et hanterait ses cauchemars la nuit venue. Amelia lâcha le mouchoir sur le bureau.

—Depuis quand la grasse matinée est-elle passible de la peine capitale ? demanda-t-elle, s'efforçant de cacher le fait qu'elle était au bord de la crise de nerfs.

Il secoua la tête, l'air vaguement amusé.

—Les gros dormeurs mériteraient d'être pendus sur la place publique, plaisanta-t-il. Cependant, dans votre cas, si le crime ne mérite pas la peine de mort, il est suffisamment grave pour entraîner certaines conséquences.

Était-elle censée trembler de peur à présent ? Elle lutta pour se contrôler.

— Et pour le dîner de ce soir ? Dois-je me joindre à votre famille ou dois-je travailler ? Les deux choses ne sont pas compatibles.

Il planta sur elle un regard propre à déposséder une femme de son souffle, de sa raison et de son sens de la bienséance. Dans cet ordre.

— Princesse, répliqua-t-il d'une voix traînante. Si vous saviez toutes les choses que je peux obtenir…

Jamais le mot « chose » ne lui avait semblé si obscène. Si sale. Et, pour cette raison très précise, elle se retrouva sans voix. Aucune réplique tranchante et vengeresse ne lui vint à l'esprit. Elle en oublia même de s'indigner de la façon détestable avec laquelle il venait de s'adresser à elle.

Pourtant, si l'intention du vicomte était de la réduire au silence, il ne sembla pas se délecter de sa victoire.

— Le dîner ne commence pas avant 20 heures et, puisqu'il n'est que 18 heures, vous avez largement le temps de finir.

Il s'éloigna de son bureau et se redressa de toute sa hauteur.

— Si vous avez besoin de moi… (Il s'interrompit brièvement, comme pour imprégner ses mots d'un double sens.)… vous n'avez qu'à sonner Reeves. Il saura où me trouver.

Tandis qu'elle recouvrait ses esprits et son sang-froid et tentait de maîtriser son indignation, il sortit de la pièce avec un air parfaitement détaché, comme si tous ces sous-entendus lubriques n'existaient que dans l'imagination d'Amelia.

Elle se laissa retomber sur l'assise rembourrée de sa chaise. Elle était triplement furieuse.

Premièrement, Thomas Armstrong était un ignoble individu. Deuxièmement, il l'agaçait plus qu'aucun homme n'avait le droit ou le pouvoir de le faire. Et enfin – ce qui la tourmentait le plus –, elle était furieuse contre elle-même. Qu'il ait le pouvoir de la troubler, non seulement avec ses paroles ou son regard, mais aussi par sa seule présence, portait un coup violent à sa fierté. Et dire qu'elle s'était toujours crue immunisée contre ses charmes… La situation était d'autant plus humiliante que le vicomte, lui, semblait vivre leurs échanges dans l'indifférence la plus totale.

Un coup frappé à la porte l'arracha à sa séance d'auto-flagellation. Une jeune fille qui ne devait pas avoir plus de quinze ans entra et se dirigea vers elle avec empressement. Si la couleur de ses cheveux – une teinte plus claire que ceux du vicomte – ne trahissait pas son appartenance à la famille Armstrong, ses yeux verts en étaient une preuve évidente. De plus, elle ressemblait fort à la vicomtesse.

— Bonsoir, lady Amelia.

Elle dit cela de façon différée, comme si les bonnes manières lui étaient soudain revenues à l'esprit. Si la jeune miss Armstrong avait su qu'Amelia aurait préféré suer dans le désert que se trouver là, elle aurait peut-être gardé ses salutations pour une autre.

Elle s'arrêta près d'elle, un sourire espiègle sur le visage.

— Nous avions tant espéré vous rencontrer hier, ma sœur et moi. Je suis Sarah. Thomas ne nous a pas dit à quel point vous étiez jolie.

Amelia se demanda à laquelle de ses phrases elle devait répondre en premier.

— Euh, bonsoir, Sarah. Peut-être parce que votre frère ne le pense pas.

Sarah éclata de rire comme si elle venait d'entendre la plus désopilante des plaisanteries, et sa tresse se balança avec le mouvement de ses épaules.

— S'il y a une chose que mon frère sait reconnaître plus que n'importe qui, c'est une jolie femme, et je suis certaine qu'il vous trouve belle.

Amelia étouffa un rire. Cette miss Armstrong n'avait pas sa langue dans sa poche.

— Eh bien, dans ce cas, merci. Je prends cela comme un compliment, venant d'une beauté telle que vous.

La plupart des filles – des femmes – auraient répondu par une minauderie ou feint la modestie. Sarah se contenta de sourire, les yeux étincelants de joie. Elle tourna ensuite le regard vers les contrats rangés en pile nette devant Amelia.

— Qu'êtes-vous en train de faire ?

— Je classe ces documents, répondit Amelia en retournant à sa tâche. Et si je veux me joindre à vous pour le dîner, je ne dois pas lambiner.

— Comme c'est généreux de votre part d'avoir proposé votre aide à Thomas pour ses œuvres de bienfaisance.

Amelia toussota pour dissimuler un éclat de rire. Ainsi, c'était ce qu'il avait raconté à sa famille. Il l'avait dépeinte en âme charitable et non en fille indigne livrée par son père comme un colis indésirable.

— En effet, répliqua sèchement Amelia.

— Peut-être pourrais-je vous aider, proposa Sarah.

La jeune fille semblait si enthousiaste et sincère qu'Amelia regretta de devoir décliner sa proposition.

Le devait-elle, vraiment ? Amelia considéra les feuilles empilées sur le bureau et celles que contenait la boîte : elles représentaient deux heures de travail. Il lui faudrait passer directement au dîner, sans même avoir le temps de se changer.

— Personne n'a besoin de vous ? demanda Amelia en tournant la tête pour la regarder dans les yeux.

— Non, maman s'exerce au piano, et Emily est encore avec Miss Jasper pour sa leçon du jour.

— Et vous, vous n'avez pas de leçon ?

— J'ai déjà terminé. Emily déteste le français car sa prononciation est déplorable. Elle y passerait toute la nuit si Miss Jasper ne devait pas manger et dormir.

Amelia réprima un sourire et réfléchit. Pourquoi ne pas accepter son aide ? La jeune fille en avait visiblement très envie. Le vicomte n'avait pas précisé la façon dont Amelia devait terminer sa tâche, il avait seulement exigé qu'elle soit achevée. Et deux paires de mains accéléreraient sans aucun doute le processus.

Il en serait sûrement ravi. Amelia, en tout cas, en serait enchantée.

—Eh bien, si vous insistez, dit-elle en se levant de sa chaise. Venez, prenez ma place et je vais vous expliquer.

Chapitre 11

— *A*h, lady Amelia, comme je suis contente que vous soyez parmi nous! s'exclama lady Armstrong en voyant la jeune femme entrer dans la salle à manger à précisément 20 h 02 ce soir-là.

La vicomtesse, resplendissante dans une robe festonnée de velours, était accompagnée de deux femmes – quoique la plus jeune ne semblât guère en âge d'être appelée «femme».

— Bonsoir, lady Armstrong, répondit Amelia.

— Laissez-moi vous présenter ma chère amie, Mrs Eleanor Roland, et sa fille Dorothy. Eleanor, Dorothy, permettez-moi de vous présenter lady Amelia Bertram. Elle est notre hôte pendant le voyage de son père à l'étranger.

Mrs Roland était une femme grande et râblée, dont les cheveux bruns grisonnants souffraient d'un excès de pommade et le visage d'un excès de poudre – sans doute pour camoufler les zones grêlées de ses joues, de son front et de son menton. Malgré sa taille, elle donnait une impression de légèreté. Vêtue d'une robe de cocktail bleu nuit, elle avait opté pour une étoffe qui drapait sa silhouette, au lieu de vouloir comprimer son corps dans un vêtement sublimant les formes féminines, comme de nombreuses femmes de son gabarit avaient tendance à le faire.

La fille était l'antithèse de sa mère. Elle arborait une abondante masse de boucles rousses, dont on devinait que l'humidité était l'ennemi naturel. Petite et frêle, elle s'exprimait en monosyllabes, d'une voix à peine plus audible qu'un murmure.

— Lady Amelia, c'est un plaisir de faire votre connaissance, dit poliment Mrs Roland.

Toutefois, sa voix manquait de la chaleur suffisante pour que l'on puisse considérer son affirmation comme amicale. De toute façon, les femmes accueillaient rarement Amelia à bras ouverts.

— Tout le plaisir est pour moi, madame Roland, répondit la jeune femme en hochant la tête.

Mrs Roland semblait préoccupée, distraite. Amelia suivit le regard de la femme et croisa soudain celui du vicomte.

Depuis son entrée, elle avait fait tout son possible pour ne pas lui prêter attention, consciente qu'il se trouvait à quelques mètres d'elle à peine, devant le buffet en acajou, et l'observait, avec une telle intensité qu'elle avait l'impression qu'il voyait sa peau nue sous sa robe de soie et ses sous-vêtements de coton. Amelia détourna rapidement le regard.

— Et je crois que vous avez rencontré mes filles.

Lady Armstrong fit un geste en direction de ces dernières, postées à côté de leur frère, toutes deux vêtues de jolies robes ornées de dentelle.

—Oui, madame, tout à l'heure.

Amelia omit bien entendu de préciser en quelles circonstances elle avait fait la connaissance de la plus jeune. Quant à Emily, de trois ans plus âgée que sa sœur, Amelia l'avait croisée en regagnant sa chambre après avoir quitté le bureau. Bien que moins bavarde que la cadette, elle s'était montrée douce et chaleureuse. Et, comme son frère et sa sœur, elle avait hérité des yeux verts, des cheveux dorés et de la beauté de la vicomtesse.

Les présentations terminées, ils prirent place autour d'une longue table recouverte d'une nappe de lin blanc.

Amelia, à son grand regret, fut placée à la gauche du vicomte, qui s'assit en bout de table, avec la vicomtesse à sa droite. Elle aurait préféré se retrouver à l'extrémité opposée.

L'entrée des valets, porteurs de plateaux d'argent chargés de merveilles culinaires propres à satisfaire les palais les plus délicats, détourna son attention.

En quelques minutes, bols, assiettes et verres furent remplis. Les valets se postèrent au fond de la salle et tous les convives se concentrèrent sur l'entrée.

— Avez-vous apprécié la Saison ? demanda lord Armstrong à Miss Roland.

La jeune fille s'immobilisa, sa cuillère au bord des lèvres. Elle l'abaissa rapidement dans son bol de soupe de tortue.

—Raconte au lord comment s'est passée ta Saison, insista Mrs Roland d'un ton sec en devinant les hésitations de sa fille.

—Si j'étais plus jolie, je suis sûre que j'aurais attiré plus de prétendants… En tout cas, au moins un, lâcha Miss Roland dans un profond soupir. J'ai bien peur de décevoir maman.

Amelia faillit s'étouffer avec son vin. Dans l'aristocratie, l'honnêteté était aussi rare qu'une femme au tour de taille de quarante-cinq centimètres – sans corset – et considérée avec autant de scepticisme, d'envie ou de plaisir lubrique. Mais personne ne pouvait douter de la sincérité de Miss Roland. Pas en voyant ses petites épaules tombantes et l'expression triste de ses yeux noisette.

Un rapide regard autour de la table put témoigner de ce fait. Bien que Mrs Roland parût morte de honte, tous les membres de la famille Armstrong l'observaient comme s'ils venaient de voir un chiot se faire battre à coups de pieds.

Cependant, ce fut lord Armstrong qui galopa à son secours, sur son cheval blanc, dans sa rutilante armure de chevalier.

—Vous êtes bien plus que jolie. Et si les gentlemen de la haute société sont incapables de remarquer vos autres merveilleuses qualités, ils ne vous méritent pas.

Miss Roland leva les yeux de son assiette pour le regarder. S'il l'avait comparée à Aphrodite en personne, elle n'aurait pu avoir l'air plus sceptique.

— Je rêverais d'être assez jolie pour plaire à un gentleman.

En réponse, il posa ses couverts, tamponna les coins de sa bouche avec sa serviette et posa sur Miss Rowland un regard mesuré. Évidemment, en homme si imbu de sa personne, il attendait de son interlocutrice qu'elle prenne pour acquise chacune de ses paroles.

— Je ne suis pas du tout d'accord avec vous. J'ai connu mon lot de beautés ; des expériences à côté desquelles le service militaire est une partie de plaisir. Sans divulguer le nom d'une certaine jeune femme, je vais vous raconter ma rencontre avec elle l'année dernière.

Le cliquetis des couverts cognant contre la porcelaine s'arrêta. Tous les regards étaient rivés sur le vicomte, auquel il ne manquait que la couronne pour revendiquer sa position de noble prince. Amelia sentit sa nuque se hérisser à mesure que progressait son malaise.

— Elle était très belle. Je dirais presque aussi belle que…

Il marqua un arrêt, cherchant la bonne comparaison. Son regard croisa celui d'Amelia.

— … lady Amelia. D'une beauté à couper le souffle.

Tous les yeux se tournèrent vers l'intéressée qui plongea les siens dans son bol de vermicelles. À chaque seconde de silence, ses joues s'empourpraient un peu plus.

Amelia n'était pas assez naïve pour croire qu'il lui faisait un compliment. Dans ce spectacle grandiose dont il gratifiait son audience, elle était certaine qu'il se servirait d'elle pour concocter la moralité de son petit conte.

—Eh bien, cette jeune dame…

Il accentua le mot « dame » comme si le terme n'était pas vraiment adapté à la personne dont il parlait, elle, en l'occurrence.

—… et moi ne nous étions jamais rencontrés auparavant. Je ménagerai vos sensibilités en détaillant le contenu de ses paroles lors de ce premier échange. Disons seulement que c'est le genre de choses que l'on trouve dans les feuilles de chou à scandales. Des rumeurs absurdes, sans fondement, calomniant ma personne.

—Voulez-vous dire qu'il existe une femme sur cette Terre capable de résister à vos charmes ? s'enquit la vicomtesse, dont la lueur amusée au fond de ses yeux vint contredire le ton grave.

À la remarque de leur mère, Sarah et Emily, qui jusque-là tentaient d'étouffer leurs rires sous leurs serviettes de table, abandonnèrent tout effort de garder un visage impassible et se mirent à glousser sans réserve comme des petites filles. Mrs Roland se raidit sur son siège, rejetant ses épaules en arrière avec une moue indignée.

—Une attitude inacceptable ! s'exclama-t-elle. De nos jours, les jeunes filles manquent cruellement d'éducation. (Détournant son regard du vicomte, elle adressa un sourire resplendissant à sa fille.) Ma Dorothy, au contraire, est d'une courtoisie exemplaire. N'est-ce pas, ma chérie ?

— Mais à quoi cela me sert-il ? La courtoisie n'a jamais suffi pour trouver un mari. Les hommes préfèrent les jolies épouses, marmonna Miss Roland, le regard baissé.

La vicomtesse et Mrs Roland s'apprêtèrent à lui répondre, mais lord Armstrong les devança.

— Un homme intelligent recherche bien d'autres qualités chez une femme. Comme la gentillesse, l'humilité, la chaleur humaine et une bonne disposition d'esprit. Peu d'hommes désirent s'enchaîner pour la vie à une femme désagréable, aussi belle soit-elle.

Avec autant d'innocence qu'un bandit de grand chemin expliquant au juge qu'il n'avait arrêté la voiture, armé d'un pistolet et le visage masqué, c'était seulement pour faire un tour, il se tourna vers Amelia.

— N'êtes-vous pas de cet avis, lady Amelia ?

À quoi jouait-il donc ? Voulait-il la plonger dans l'embarras ? Ne savait-il pas que la personne visée devait y attacher de l'importance pour que cela fonctionne ? De plus, ce qu'elle avait affirmé n'était que la stricte vérité.

— Certainement, si la dame en question était véritablement désagréable. Quant à moi, n'ayant pas assisté à l'incident, je n'ai pas connaissance des circonstances dans lesquelles cette femme vous a insulté. Et comme vous avez omis de préciser la nature exacte de cette offense, il serait malvenu de ma part d'exprimer mon opinion.

— Je puis vous assurer que les paroles de cette femme étaient réellement insultantes.

Son regard la transperça comme un poignard.

— Eh bien, avant de condamner cette femme, il me faudrait entendre sa version des faits. Comme vous le savez, il y a toujours deux points de vue dans un conflit.

Amelia ponctua cette affirmation provocante par une cuillerée de soupe.

Le silence s'abattit sur la tablée. Amelia fit mine de ne pas remarquer les regards passant du vicomte à elle.

— Il est bon de savoir que vous, Thomas, un gentleman de bon goût et doué de discernement, appréciez des qualités plus subtiles et moins évidentes chez une femme, lui dit Mrs Rowland avec le sourire d'une femme fondant sur sa proie.

Alors tout fut clair. Vanter les manières délicieuses de sa fille, chanter les louanges du vicomte. Mrs Rowland convoitait lord Armstrong pour Dorothy. Autant marier le petit chaperon rouge au grand méchant loup.

Toutefois, Amelia sentit qu'il était de son devoir d'aider à la réalisation d'une si noble cause. En retournant la situation en sa faveur. Et contre son ennemi.

— Oui, lord Armstrong est vraiment remarquable. Je suis tout à fait certaine que lui aussi est à la recherche d'une femme dotée des qualités de Miss Roland.

158

Mais, attendez, si Miss Rowland est d'accord, je suppose qu'il n'aura pas à chercher bien loin.

Amelia lança aux principaux intéressés un regard empreint de candeur.

Le chandelier de cristal dressé au-dessus d'eux comptait bien quatre dizaines de bougies. Il y avait des lampes à gaz accrochées au mur et deux candélabres sur la table. Mais le sourire de Mrs Rowland illuminait davantage la pièce que tous ces éléments réunis. Les convives gardaient le silence.

— Je dois dire…

— Comme c'est aimable à vous d'offrir vos services, lady Amelia, intervint lord Armstrong avant que Mrs Roland ne puisse s'exprimer. Toutefois, je connais Dorothy depuis qu'elle est enfant, bébé même. Je la considère comme ma petite sœur, et je suis sûr que mon sentiment est réciproque.

La vicomtesse fit un léger sourire, visiblement soulagée que son fils ait su gérer avec tact cette délicate situation. Les deux sœurs échangèrent un regard qu'Amelia fut incapable de déchiffrer. Miss Roland acquiesça d'un signe de tête, tandis que sa pauvre mère, rendue muette par le refus – aimable mais sans équivoque – du vicomte d'envisager une union avec sa fille, restait immobile sur sa chaise.

Soudain, le remords s'empara d'Amelia. Sa tentative zélée pour embarrasser lord Armstrong avait fait d'innocentes victimes. Et puis zut. C'était lui qui avait démarré les hostilités avec son histoire de mégère à la beauté du diable. Et, à cause de cela, Mrs Roland affichait l'expression douloureuse des espoirs déçus et des rêves inaccessibles.

— Eh bien, à défaut du vicomte, c'est un gentleman bien plus chanceux qui aura le privilège de prendre Miss Roland pour femme, tenta de rattraper Amelia.

La fille, sans doute âgée d'à peine dix-sept ans, avait encore quelques années devant elle pour s'étoffer un peu. Les hommes commenceraient alors à s'intéresser à elle. Elle avait tout de même un joli teint et des traits réguliers. Elle ne serait jamais une beauté, mais elle n'avait absolument rien de repoussant. Avec une dot confortable, elle ne serait pas dédaignée en arrivant sur le marché matrimonial.

— Le pensez-vous vraiment ? demanda Miss Roland, une faible note d'espoir dans la voix.

— Je ne le dirais pas si je ne le pensais pas. Vous n'avez que dix-sept, dix-huit ans ? Seize ans peut-être ?

— Dix-sept.

— Je faisais peur à voir à cet âge.

Un pieux mensonge, mais Miss Roland ne le saurait jamais. Le vicomte le savait ; ses yeux l'indiquaient. Mais il ne dit rien, et se contenta de la regarder dans un silence contemplatif.

— Je n'y crois pas une seconde. Je croyais…, commença Sarah, interrompue par le regard désapprobateur de sa sœur.

— Tout le monde vous le dira. Vous n'avez qu'à demander.

Il n'y avait personne à qui demander, hormis quelques domestiques. Cloîtrée dans leur domaine de campagne, avec une seule et unique amie pour confidente, Amelia n'avait jamais été vue en société avant l'année précédente.

Miss Roland la regardait avec une sorte d'effroi mêlé d'admiration et de respect. Comme si elle avait peine à croire à une transformation aussi radicale.

— Et regardez-moi maintenant, j'ai terminé ma deuxième Saison sans aucun mariage en vue. (Ce qui était vrai, techniquement, si l'on interrogeait son père.) Vous êtes encore très jeune, vous avez de nombreuses années pour trouver un homme digne de votre affection.

— Oui, ma chérie, vous avez tout le temps, appuya sa mère, sortie de sa torpeur. Je suis certaine que l'année prochaine Thomas sera ravi de vous présenter à quelques-uns de ses amis. Je crois que lord Alex n'a pas encore trouvé chaussure à son pied. Et il est fort séduisant.

Le vicomte, qui venait de prendre une gorgée de vin, fut saisi d'une quinte de toux. Amelia sourit et se remit à manger.

Trois plats et une heure et demie plus tard, les femmes se levèrent pour aller prendre le thé dans le salon. Amelia déclina poliment l'invitation. En effet, la journée avait été longue, et il lui tardait de retrouver le calme de sa chambre.

— Lady Amelia, puis-je vous parler avant que vous partiez ? l'appela lord Armstrong tandis qu'elle s'apprêtait à quitter la salle à manger.

Amelia s'immobilisa ; un nœud se forma dans son ventre tandis que les femmes prenaient la direction du hall. À contrecœur, elle se retourna et le vit s'avancer vers elle et s'arrêter tout près. Trop près. Son parfum, d'une virilité provocante, l'assaillit. Elle ne bougea pas, ne dit pas un mot, mais son cœur, ce traître, tambourinait furieusement dans sa poitrine, pendant que le lord promenait ses yeux verts le long de son corps.

Perturbée par cette proximité mais répugnant à trahir ses sentiments, Amelia leva un sourcil, figeant son visage sous un masque de froideur et d'ennui.

— Cela ne peut-il pas attendre demain matin ?

— Non. Venez. Allons dans le bureau.

Sans plus d'explication, il se dirigea vers la porte. Quand il se rendit compte qu'elle n'avait pas bougé, il s'arrêta et lui lança un regard par-dessus son épaule.

— Faut-il que je vous envoie un bristol ? ajouta-t-il.

Les sarcasmes du vicomte étaient exactement ce dont elle avait besoin pour calmer ses sens en ébullition et son cœur aux abois. Le caractère exécrable de cet homme dépassait de loin ses charmes tant vantés.

— Bien, répondit-elle sèchement. Mais faites vite. J'aimerais profiter d'un sommeil réparateur. Je suis obligée de me lever affreusement tôt le matin, et le maître des lieux se montre intraitable sur la ponctualité.

Elle souleva ses trois étages de jupes et passa devant lui.

Amelia atteignit le bureau à grands pas furieux. Il la rejoignit un instant plus tard, un semblant de sourire aux lèvres. Nonchalamment, il se dirigea vers l'autre bout de la pièce, près de la cheminée, et s'arrêta devant le buffet pour se servir un verre.

Déterminée à garder son calme, Amelia attendit en silence, immobile et raide au bord du tapis persan. Il avala une gorgée généreuse de liqueur avant de se retourner et de la rejoindre à pas mesurés.

— Je suis revenu au bureau à 18 h 45 et vous étiez partie.

Il s'exprimait posément, sa voix dénuée de toute émotion.

C'était donc cela ? Il ne l'avait pas trouvée en rentrant ? Cet homme était impossible.

— Où voulez-vous en venir ?

Il serra la mâchoire.

— Dois-je en déduire que vous avez achevé votre travail en si peu de temps ?

— Vérifiez par vous-même si vous ne me croyez pas, déclara-t-elle en tournant la tête vers le meuble de rangement. Vous trouverez tous les documents classés. Et vous pouvez vérifiez la boîte. Elle est vide.

Lord Armstrong porta de nouveau son verre à ses lèvres, tête rejetée en arrière. Soit il avait très soif, soit il était en colère. Elle pencha pour la seconde hypothèse. Un doux sentiment de triomphe l'envahit.

Quand il abaissa son verre, il était vide. Peut-être avait-il soif après tout. Soucieuse de conserver son stoïcisme acharné, Amelia se retint de sourire.

—Vous étiez censée travailler pendant une heure et demie, lança-t-il en faisant tourner le verre dans sa main.

—La mission que vous m'aviez assignée était de venir à bout de mon travail. C'est ce que j'ai fait. Qu'attendiez-vous de moi une fois terminée ma tâche, que je reste assise à mon bureau et me tourne les pouces ?

Un éclat rire sans joie lui échappa.

—Il semblerait que j'aie grandement sous-estimé vos capacités et votre efficacité. Si je veux vous occuper pleinement, je devrais vous donner davantage de travail.

Le goût sucré et éphémère de la victoire se fit soudain amer dans la bouche d'Amelia.

Sans la quitter des yeux, il posa le verre vide sur une table. Pendant d'interminables secondes, il la considéra d'un air sombre. Ses yeux étaient pareils à deux émeraudes parfaites.

—Vous devrez vraiment apprendre à tempérer vos paroles. Votre bouche ne vous cause que des ennuis. Ne l'avez-vous pas compris, Princesse ?

Sous l'effet de son timbre voilé, de l'intensité sensuelle de son regard, Amelia déglutit. Lorsque les yeux du vicomte s'attardèrent sur ses lèvres, elle recula d'un pas, par réflexe. Il répliqua à ce mouvement en se rapprochant d'elle, plus encore qu'auparavant.

Il baissa légèrement la tête vers elle.

—C'est une dangereuse provocation pour un homme, murmura-t-il.

Sa voix était la séduction même, enrobée de velours. Elle baissa les yeux vers la bouche du vicomte, sur sa lèvre inférieure charnue. Elle déglutit de nouveau, puis, nerveusement, humecta sa lèvre supérieure en y passant la langue.

La suite arriva si rapidement qu'elle n'eut même pas le temps de cligner des yeux. Il la tira légèrement vers lui, et elle se retrouva dans ses bras. Rien ne put empêcher le contact de la soie couleur pêche et de la laine vert sauge, ni l'écrasement de ses seins contre son torse musculeux. Amelia se raidit, les battements de son cœur s'accélérant à mesure qu'il baissait lentement la tête vers elle.

Bouge. Crie. Allons, ne reste pas là comme une empotée. Mais la langueur qui s'empara de son corps la priva de tout pouvoir de résistance, tel un nageur emporté par un violent courant. Alors les lèvres du vicomte rencontrèrent celles d'Amelia, et elle fut submergée par un torrent de sensations.

Contrairement aux efforts tâtonnants de lord Finley, le vicomte n'essaya pas de s'engouffrer dans sa bouche avec brutalité ou ardeur passionnée. Non, il y parvint avec une infinie délicatesse, mordillant puis caressant sa lèvre inférieure jusqu'à ce qu'elle cède dans un minuscule souffle. Profitant de son abandon, il glissa les doigts dans la lourde chevelure d'Amelia et lui tint la tête des deux mains. Puis il l'embrassa pour de bon.

Sentant ses genoux se dérober, elle s'agrippa aux revers de soie de la veste du vicomte. Pendant un bref instant, elle émergea du brouillard de la passion, songeant à mettre fin à ces embrassades, ou du moins à opposer une résistance. La lente progression de sa langue la persuada du contraire, agissant comme une drogue sur ses sens et liquéfiant son cerveau. Amelia ouvrit plus grand la bouche. Elle en voulait davantage.

Il émit un lent grognement et se plia à son désir. Ses mains, désormais sur ses hanches, l'attirèrent plus près, jusqu'à ce qu'ils ne forment plus qu'un. Elle le sentit, raide et vibrant contre son bas-ventre, et ce contact intime provoqua en elle une vague de chaleur et une embarrassante humidité en son centre.

Elle avait déjà entendu des filles glousser et murmurer entre elles quand leurs chaperons avaient le dos tourné. Ces discussions portaient invariablement sur les hommes et les baisers, parfois même sur des caresses impudiques. *L'avaient-elles fait ? Le feraient-elles ? Comment était-ce ?* Amelia les écoutait et déplorait en silence leur naïveté. Son expérience, bien que limitée, l'avait laissée croire que les baisers n'avaient pas le pouvoir de l'ébranler, ni physiquement ni d'une quelconque façon. Jusqu'à ce jour.

Elle n'aurait pu se tromper davantage.

Elle enfonça les doigts dans la chevelure du lord, dans ses mèches dorées, épaisses et soyeuses. Ne sachant précisément ce qu'elle était censée faire de sa langue, si abasourdie par le torrent de plaisir qui déferlait dans son corps, elle aurait pu se contenter de recevoir ses attentions enflammées.

À présent, elle voulait participer. Elle tenta quelques timides explorations, puis se permit une incursion plus profonde dans sa bouche. Leurs deux langues s'entremêlèrent, et ce baiser assouvit une faim dont elle n'avait pas soupçonné l'existence.

Tout son être se consumait de désir. Elle serra les cuisses, échouant à atténuer la douleur, là où la brûlure était la plus forte. La main du vicomte glissa de sa hanche à sa poitrine, puis se posa sur son corsage, où sa paume épousa l'arrondi de son sein.

Ce geste la ramena brusquement à la réalité. Horrifiée, elle s'arracha à son étreinte, recula en vacillant. Une fois suffisamment loin, elle put reprendre le contrôle d'elle-même.

— Ne faites pas ça, dit-elle faiblement, le souffle court.

Libérés de leurs rassurantes épingles, ses cheveux tombaient en cascade sur ses épaules et dans son dos. L'incarnation même de « la dame qui proteste trop », pensa-t-elle.

En revanche, hormis une légère rougeur colorant ses joues, le vicomte ne semblait pas ému par leur étreinte. Sans doute avait-il l'habitude d'embrasser des femmes, mais aussi de faire beaucoup plus avec elles. Ce qu'ils venaient de partager était probablement aussi banal pour lui qu'un baiser amical sur la joue.

— Qui aurait cru qu'une telle chaleur se cachait sous cette façade de glace ? lança-t-il en arrangeant sa veste.

— Ne me touchez plus jamais, plus jamais ! s'écria-t-elle d'une voix stridente.

Lord Armstrong pouffa discrètement.

— En êtes-vous sûre ? De mon point de vue, vous sembliez prendre beaucoup de plaisir.

Goujat !

— Et vous, qu'avez-vous à dire ? Ce matin même, vous affirmiez être insensible à mes charmes, répliqua-t-elle dans une tentative désespérée pour effacer le sourire moqueur de son visage.

— Oh, c'est le cas ! lança-t-il d'une voix douce. Mais je crois avoir trouvé le moyen le plus efficace de traiter avec vous.

— Je ne vois pas les choses du même œil, ne vous en déplaise, décréta-t-elle sèchement.

Elle se souvenait de son érection effleurant son ventre. Comment osait-il lui faire croire qu'elle avait été la seule à ressentir quelque chose, la seule qui avait perdu la tête pendant ce brûlant moment d'égarement ?

Le vicomte rit de bon cœur et fit un geste vers l'avant de son pantalon.

— Vous parlez de cela ?

Choquée, Amelia détourna le regard mais ne put empêcher une nouvelle vague de chaleur d'embraser ses joues.

— Ce n'est pas vraiment ce qu'on appelle un baromètre du bon goût. Vous l'ignoriez peut-être ? Ces choses-là ont un cerveau bien à elles. Parfois, il suffit d'un visage agréable et d'une jolie silhouette. Il n'y a guère de sélection dans ce domaine.

Si Amelia avait été un homme, une brute épaisse, elle n'aurait pas hésité à le marteler de coups de poings. Mais, si elle avait été un homme, jamais elle ne se serait trouvée dans cette situation.

— Si vous refusez de garder vos mains à distance, je serai obligée de m'occuper personnellement de cette affaire. Et je puis vous garantir, monsieur, que vous aurez à en assumer les conséquences.

Son avertissement avait le poids d'un colibri, mais, à ce moment-là, elle s'en moquait.

— Et que comptez-vous faire, au juste ? Faire appel à votre père ? Si je vous compromettais, il nous marierait avant le début de l'hiver. Une perspective qui vous déplaît autant qu'à moi, j'en suis sûr.

Bien entendu, ce vaurien avait raison. Hormis le fait de voir tripler sa fortune, rien ne ferait plus plaisir à son père.

— Maintenant, je vois pourquoi mon père vous admire autant. Vous êtes exactement comme lui.

Thomas se raidit. Il était évident au ton de sa voix que ce n'était pas un compliment. La colère se mit à bouillonner en lui. L'affront était dirigé contre Harry, et non contre lui. Le pauvre homme n'avait-il pas suffisamment souffert à cause d'elle ?

— Je vous conseille de surveiller votre langage. Votre père est l'une des personnes les plus admirables que je connaisse.

Amelia rejeta la tête en arrière, les yeux écarquillés, comme si la véhémence de sa réponse la surprenait.

—Ce qui ne veut pas dire grand-chose, venant de vous. Mais, de mon point de vue, vous êtes parfaitement assortis. Vous n'accordez d'importance aux gens que s'ils contribuent à votre bénéfice personnel ou financier. Quel dommage que vous ne soyez pas le fils de mon père! La vie serait plus simple pour tout le monde si c'était le cas.

Thomas se crispa. Cette enfant gâtée osait le prendre de haut. Que connaissait-elle à l'argent, hormis les listes de dépenses qu'elle dressait? Elle n'avait jamais eu à regarder sa mère et ses sœurs dans les yeux et leur avouer qu'elles ne pourraient pas conserver leurs biens, et que leurs moyens étaient à peine suffisants pour subvenir à leurs besoins vitaux.

Si elle avait déjà eu des amis – ce dont il doutait fortement – et si ceux-ci s'étaient éloignés d'elle, c'était à cause de son caractère revêche, et non parce qu'un manque d'argent l'avait soudain rendue infréquentable. Le père d'Amelia avait sauvé la famille de Thomas de la ruine financière.

—Je compatis pour votre père. Dieu me préserve d'avoir un jour une fille comme vous.

Chacun de ses mots respirait le mépris.

Immobile, Amelia inspira silencieusement. Une émotion à peine perceptible traversa son visage.

—À son retour, je ne manquerai pas de lui faire part de votre sollicitude. D'un autre côté, puisque vous le voyez plus souvent que moi, sans doute pourrez-vous vous en charger directement.

Sur ces paroles, elle se tourna, souleva ses jupes et sortit calmement du bureau.

Thomas n'essaya pas de la retenir. Cette conversation aurait pu finir en guerre totale. Passant une main tremblotante dans ses cheveux, il s'assit sur son bureau. Une douleur sourde irradiait dans sa poitrine.

Chapitre 12

La longue horloge du hall sonnait huit coups stridents quand Amelia entra dans le bureau le lendemain. Elle lâcha un léger soupir en découvrant, par un rapide coup d'œil circulaire, qu'elle était seule.

— Je vois que vous êtes enfin parvenue à la ponctualité.

La voix traînante du vicomte s'éleva derrière elle, sans le moindre ressentiment, comme si le regrettable incident de la veille ne s'était jamais produit.

Plus seule.

Amelia se tourna et l'aperçut dans l'encadrement de la porte. Il semblait incroyablement serein – et diaboliquement beau. Jamais tweed brun et laine beige n'eurent silhouette plus fabuleusement masculine à couvrir. Elle sentit son cœur chavirer.

— À quoi vous attendiez-vous ? Je vous ai entendu flageller vos domestiques. Je préfère tenir mon dos à l'abri des coups de fouet, merci bien, répliqua-t-elle sèchement.

Elle s'assit à son bureau. S'il était disposé à poursuivre leurs échanges caustiques habituels, comme s'il n'y avait jamais eu de baiser, elle non plus ne s'en priverait pas.

—Oh, je ne vous fouetterais pas. Je vous donnerais la fessée.

Elle laissa échapper un petit cri de surprise et le foudroya du regard. Ses yeux trahissaient la plaisanterie, mais il semblait parfaitement capable de mettre à exécution ce type de châtiment.

—Vous, monsieur, êtes le plus…

—Oui, je sais : arrogant, horrible, etc. Inutile de finir. J'ai compris l'idée.

Trois jours plus tôt, cette interruption l'aurait hérissée, elle aurait bouillonné de colère et lancé une remarque enragée, voire insolente, à la face du vicomte. Ensuite, elle lui aurait administré le coup de grâce : une pique à côté de laquelle son attaque au bal aurait paru bien fade. Mais, ce jour-là, l'embarras embrasait ses joues jusqu'à la brûlure. Amelia ne pipa mot.

Il traversa la pièce et s'arrêta devant elle, jambes écartées. Amelia avait senti les battements de son cœur s'accélérer à son approche. À présent, ils martelaient sa poitrine à une vitesse sans précédent. Pourtant, elle eut la force de lui adresser un regard dédaigneux, sourcils dressés.

—Ma mère organise-t-elle une fête en votre honneur ? demanda-t-il.

Amelia aurait préféré ne pas comprendre, mais elle savait parfaitement à quoi il faisait allusion. Elle feignit malgré tout l'hébétude, par un regard vide.

— Votre coiffure. Votre robe. N'est-ce pas un peu trop sophistiqué pour tout cela ?

Il fit un mouvement de la tête, signifiant que « tout cela » faisait référence à l'étroitesse de son univers actuel : le bureau.

Et alors ? Soit, elle avait demandé à Hélène de lui dessiner quelques boucles.

« La beauté extérieure, bien que plaisante à l'œil, ne suffit pas à attirer mon attention. »

Et alors ? Soit, sa robe de soie parme ornée de rubans se prêtait davantage à un dîner huppé. Mais était-ce un crime de l'avoir portée ce jour-là ?

« Vous ne pourriez jamais me tenter. »

Elle avait beau s'en convaincre avec force, elle savait que son orgueil blessé n'échappait pas une seule seconde au vicomte, qui la raillait en silence.

« Dieu me préserve d'avoir un jour une fille comme vous. »

Il la laissa mijoter encore un instant dans sa sottise puis se tourna et se dirigea vers son bureau.

— Avant de commencer, j'aimerais du café.

Il lança sa phrase par-dessus son épaule avec nonchalance, laissant croire qu'une telle requête était parfaitement banale.

Amelia sursauta intérieurement. *Lui apporter du café ? A-t-il perdu la tête ?*

— Dans ce cas, je vous suggère de sonner un valet.

— Et pourquoi le ferais-je alors que vous êtes ici ? objecta-t-il, à présent carré dans son fauteuil.

— Pourquoi devrais-je vous porter du café alors que vous avez une armada de domestiques à votre service, dont le but précis est de satisfaire le moindre de vos caprices ?

Il avait à présent élevé sa revanche mesquine à un niveau dont lui-même aurait dû avoir honte.

Le vicomte ne répondit pas immédiatement. Il cherchait ostensiblement quelque chose sur son bureau.

— Mais je veux que vous le fassiez. Tous les matins, le secrétaire de Mr Wendel lui porte sa boisson matinale. C'est une pratique courante.

— Je n'ai que faire de ce qui se passe dans le bureau de Mr Wendel, persifla-t-elle.

Lord Armstrong la regarda droit dans les yeux.

— Vous avez raison. La seule chose qui doit vous importer à ce moment précis est de m'apporter mon café. Avec deux sucres et un nuage de lait. Amelia, ne vous méprenez pas, ce n'est pas une requête.

Il replongea les yeux dans le fouillis de son bureau, un geste de mépris efficace.

Amelia l'insulta silencieusement en anglais, en français et en italien – dont elle avait quelques notions apprises auprès d'une gouvernante italienne. Mince ! Elle n'avait d'autre choix que d'obéir à ses ordres. Il avait l'avantage sur elle. C'était sa maison, sa famille, son satané univers. Dans ce lieu, elle n'était rien d'autre qu'une employée de plus, déguisée en invitée. Emprisonnée pour son indépendance d'esprit, et son désir d'une vie bien à elle.

Malgré ses efforts pour ne pas regarder dans la direction d'Armstrong, elle sentit l'intensité de son regard lorsqu'elle se leva et se dirigea vers la porte, chaque pas entamant davantage sa fierté. Comme toujours, elle tenta de s'en sortir avec tout l'aplomb dont elle était capable.

Dans le vestibule, Amelia repéra immédiatement le majordome, un homme austère et corpulent, aux cheveux grisonnants, qui accueillit sa demande de café avec un obséquieux « Oui, madame ». Il fit venir un valet du salon et l'envoya en cuisine. La confusion s'installa lorsqu'elle insista pour apporter elle-même le café dans le bureau. Les deux hommes échangèrent un regard perplexe, puis, d'un signe de tête, le majordome autorisa le valet à tendre le plateau à Amelia.

Elle rejoignit le bureau en silence, comme elle en était sortie. Lord Armstrong interrompit son activité pour la regarder approcher, le visage fermé.

Si elle était vraiment la mégère que lui et son père s'imaginaient, il ne boirait pas son café, il en serait recouvert.

L'enchaînement d'événements qui s'ensuivit aurait pu faire croire que cette pensée était la preuve de la préméditation, et la scène répétée en vue d'une représentation digne du Théâtre royal : un tour de force méritant l'ovation du public. En essayant de trouver une place où poser le plateau, au milieu des papiers, des livres et de tout l'attirail d'écriture qui l'encombrait, un coin de ce même plateau s'inclina, envoyant valser la tasse comme un marin ivre au cœur d'une tempête. Tous les efforts d'Amelia ne purent empêcher ce qui se produisit ensuite : du café brûlant – conformément aux souhaits exprimés par le vicomte – se répandit sur les genoux de ce dernier.

Un grondement et une série de jurons s'ajoutèrent au carnage tandis qu'il bondissait sur ses pieds en renversant sa chaise sur le parquet. La tasse vide atterrit, miraculeusement intacte, sur le tapis, ne faisant qu'une victime humaine.

— Je… je suis affreusement désolée, s'étrangla Amelia, au comble de l'affolement.

— Espèce de petite morveuse, vous l'avez fait exprès ! hurla-t-il en extirpant de l'un des nombreux tiroirs du bureau un mouchoir blanc.

Elle le regarda, puis baissa les yeux sur son pantalon trempé et taché de café : une vision d'horreur.

— Je vous le jure, je ne voulais pas…

Amelia s'arrêta brutalement en prenant conscience de l'insulte qu'il venait de lui lancer. Elle se raidit et rejeta ses épaules en arrière.

Morveuse ?

Et dire qu'elle s'apprêtait à se répandre en excuses…

— Eh bien, si vous avez l'intention de vous comporter en brute, je retire mes excuses.

— Monsieur.

La voix essoufflée venait de la porte.

Amelia se retourna, découvrant un valet hésitant nerveusement sur le seuil du bureau.

— J'ai entendu…

Le valet s'interrompit en constatant la nature du désastre, et la cause du chapelet de jurons qui venait de résonner dans les couloirs.

— Je vous envoie quelqu'un sur-le-champ, dit le jeune homme avant de disparaître.

— Si un tel chaos ne régnait pas sur votre bureau, ce ne serait pas arrivé. Où étais-je censée le poser ? demanda Amelia en désignant du regard le plateau qu'elle tenait toujours dans les mains.

Lord Armstrong émit un grognement sourd.

— Vous auriez dû enlever cette satanée tasse du plateau, voilà ce que vous auriez dû faire.

Il tamponna une dernière fois la tache de son pantalon avec le mouchoir jadis blanc, puis jeta l'étoffe souillée sur le sol avec une moue dégoûtée.

— Monsieur, vous êtes ici en présence d'une dame, que vous le vouliez ou non. Je vous saurais gré de surveiller votre langage, le réprimanda-t-elle de sa voix la plus glaciale.

Il leva brusquement la tête, et soudain ses yeux verts brillèrent d'une intention prédatrice.

— Moi ? Ce serait à moi de surveiller mon langage ? demanda-t-il calmement.

Il contourna son bureau, s'approcha d'elle. Amelia recula d'un cran à chaque pas qu'il fit vers elle. Elle tenait le plateau devant elle, comme si de l'argent trempé pouvait suffire à le tenir à distance.

Leur petite chorégraphie – avancer, reculer – se poursuivit en silence jusqu'à ce qu'ils approchent de la bibliothèque. Amélia allait bientôt être piégée.

—Monsieur.

Le valet annonça son retour ; devant lui se trouvait une femme de petite taille qu'Amelia, en voyant son tablier taché, identifia rapidement comme l'aide de cuisine. Elle portait un seau dans une main et un chiffon dans l'autre.

Le valet désigna la jeune fille d'un geste.

—Anna va se charger de nettoyer.

Lord Armstrong s'était arrêté, et Amelia en profita pour poser le plateau sur son bureau et s'éloigner du vicomte, suffisamment loin pour que sa présence – outrageusement masculine et envahissante – cesse de la troubler.

—Non, dit-il sèchement.

Il avança à grands pas vers la bonne et la libéra de son seau.

Tous les regards se tournèrent vers lui ; chacun révélait un degré différent de perplexité. Avec une sollicitude dont il n'avait jamais fait preuve envers Amelia, le vicomte prit le chiffon des mains de la bonne et posa le seau sur le sol.

—Vous pouvez disposer. Je vais m'en occuper.

—Comme vous voudrez, monsieur.

Sur ce, la jeune fille fit une révérence et détala.

Le valet s'inclina à son tour et imita la bonne en s'éclipsant sans tarder.

Le bruit sec de la porte indiqua qu'ils étaient de nouveau seuls. Tous les deux. Le vicomte la regarda. Ce ne fut que lorsqu'il lui tendit le chiffon qu'elle comprit ses intentions.

Stupéfaite, Amelia ne put que secouer la tête sans ouvrir la bouche. Il ne pouvait pas être sérieux.

En réponse à son refus muet, il hocha lentement la tête pour la contredire.

—Oh, oui, vous allez le faire. Et une fois nettoyée la dernière goutte de café, vous frotterez le sol tout entier.

La situation aurait été désopilante, à se plier en quatre, à s'étrangler de rire, s'il n'avait pas été évident que le vicomte était sérieux – à deux doigts de la démence.

Amelia tendit la main, déploya ses doigts pour qu'il constate leur blancheur immaculée et leurs ongles manucurés, puis fit un geste en direction de sa robe, dont la couleur ne pouvait être définie que par les mots « rose saumon ».

—Si vous attendez de moi que je me mette à genoux pour exécuter la tâche ingrate d'une bonne, vous vous trompez cruellement.

Qu'allait-il faire ? La faire s'agenouiller de force ? Aussi odieux fût-il, il ne s'abaisserait pas à cela.

—Oh, non seulement est-ce ce que j'attends de vous, mais j'ai également l'intention de savourer ce spectacle.

Il jeta le chiffon dans l'eau et avança vers elle avec une démarche chaloupée.

Amelia tint bon, s'interdisant le moindre mouvement. Quand il fut à quelques centimètres d'elle, elle recula et tapa du pied.

—Si vous vous avisez de lever ne serait-ce qu'un doigt sur moi, je ferai tellement de bruit que tout le monde croira à un meurtre.

Le vicomte s'arrêta tranquillement devant elle, imperturbable. Comme pour tester la sincérité de sa menace, il lui caressa délicatement la joue du bout du doigt. Amelia sentit son estomac se retourner comme le jour où elle était tombée de cheval. Elle se rappelait clairement la terrifiante sensation de dégringolade qui avait précédé son contact violent avec le sol. Au moins, quand elle s'était retrouvée à terre, choquée mais indemne, la peur avait cessé. En revanche, dans ce cas, sa chute semblait ne jamais se terminer.

Les yeux écarquillés, elle le regardait, incapable de bouger, incapable de protester.

Il inclina la tête vers elle, de sorte qu'elle put sentir son souffle, son doux parfum citronné, sur son front.

—Ceci est mon doigt, murmura-t-il. À moins que je ne sois devenu sourd, je n'ai pas entendu vos cris.

Il fallut à Amelia quelques instants pour saisir ses mots, son cerveau s'étant momentanément mis en veille sous l'effet hypnotisant de sa voix de velours. Elle fit un bond en arrière, brisant leur contact brûlant tout en essayant de reprendre ses esprits.

Cette situation était franchement risible. Un jour, elle en trouverait peut-être le souvenir amusant.

—C'est parce que vous n'écoutez pas attentivement.

À remarque absurde, réponse absurde.

Lord Armstrong, nullement découragé, répliqua par un pas en avant. Quand Amelia tenta de reculer davantage, elle entra en collision avec le bord rigide du bureau.

Il allait l'embrasser, son intention se lisait clairement dans ses yeux. Un désir silencieux avait pris racine en elle, provoquant une folle accélération de son pouls et une vibration sourde entre ses cuisses. Elle regardait, pétrifiée, les lèvres du vicomte s'approcher des siennes. Non seulement allait-il l'embrasser, mais en plus elle allait le laisser faire… une fois encore.

Puis, en un éclair, il n'était plus là, son image se troubla. Le temps qu'elle retrouve un semblant de maîtrise, il était assis derrière son bureau, modèle de sérénité.

Alors elle l'entendit de nouveau. Le cognement. Le bruit qu'elle avait pris pour les battements frénétiques de son cœur venait de l'autre côté de la porte. Quelqu'un frappait. Le visage en feu, elle s'assit à sa place avec une brusquerie qui acheva de lui couper le souffle, puis posa les mains à plat sur le bureau en priant pour que cesse leur atroce tremblement.

Lord Armstrong ordonna laconiquement au visiteur impromptu d'entrer et se mit à nettoyer, à l'aide d'un mouchoir propre, et de façon ostensible, les taches de café sur son pantalon.

La porte s'ouvrit. Sarah entra, tout sourires, rayonnante. Si Amelia avait été encline aux grandes effusions, elle l'aurait serrée dans ses bras.

—Bonjour, Thomas, je me demandais si…

Sarah s'interrompit. Apercevant son frère, elle ouvrit des yeux ronds comme des soucoupes et demeura bouche bée. Puis elle gloussa comme une petite fille venant de faire une bêtise.

— Qu'est-il arrivé à ton pantalon ?

Le vicomte lui lança un regard noir et cessa son vain nettoyage.

— Je suis ravi de t'amuser, ce matin. Que veux-tu, morveuse ?

Comme le mot avait une sonorité différente lorsqu'il était adressé à sa sœur ! Un ton agacé, mais aussi profondément affectueux. Certainement pas le ton qu'il avait utilisé avec Amelia.

— Je, euh… je suis venue voir si je pouvais aider Amelia comme hier.

Amelia faillit pousser un gémissement. L'innocence de la jeunesse avait aussi ses inconvénients. Si seulement la fille avait appris à tenir sa langue. Amelia crut qu'un orage allait éclater juste au-dessus d'elle, et un éclair la frapper en pleine tête. La journée promettait de continuer sur ce registre.

— « Comme hier » ? Qu'entends-tu par là ? demanda le vicomte d'une voix faussement tranquille.

Il avait beau s'adresser à sa sœur, il ne quittait pas Amelia du regard.

Celle-ci déglutit bruyamment.

Sarah regarda son frère, puis Amelia, passant plusieurs fois de l'un à l'autre avant de répondre.

— Euh, j'ai aidé Amelia pour…

Elle s'arrêta à mi-chemin, voyant la tempête gronder dans les yeux de son frère.

—Ai-je fait quelque chose de mal ? demanda Sarah après un lourd silence.

—Non, vous n'avez rien fait de mal. Si quelqu'un…, commença Amelia.

—Amelia n'a plus besoin de ton aide, intervint gentiment le vicomte.

Sarah lança un regard à Amelia, comme si elle attendait qu'elle contredise son frère.

—Oui, Sarah, je peux me passer de votre aide aujourd'hui.

Sarah lâcha un soupir mélodramatique, le genre à transformer l'événement le plus insignifiant en péripétie romanesque.

—Bien, dans ce cas, je devrai me trouver une autre occupation puisque Miss Jasper est au fond de son lit avec la grippe. Mère me fait dire qu'elle espère que tu n'as pas l'intention de garder Amelia confinée dans le bureau toute la journée, ajouta-t-elle à l'adresse de son frère.

Amelia réprima un rire amer. Si seulement la vicomtesse connaissait toute l'histoire… Lord Armstrong marmonna une réponse inintelligible.

Sarah leur fit un joyeux signe de la main et sortit.

Le vicomte ne perdit pas de temps. Dès que la porte fut fermée, il s'avança vers Amelia. Debout devant elle, il avait l'avantage, et le savait. Cependant, elle ne risquait pas de le reconnaître en se levant, l'air intimidé et sur la défensive.

—Si vous vous servez encore une fois de ma sœur, je vous donnerai une fessée si violente que vous ne pourrez plus vous asseoir pendant plusieurs jours. À présent, je vous laisse deux choix : soit vous nettoyez vos saletés, soit vous partez rejoindre le personnel de l'arrière-cuisine. Que choisissez-vous ?

S'il avait commencé à mettre à exécution sa première menace, Amelia n'aurait pas été plus horrifiée.

— Comment ? Ce ne sont pas les deux choix que vous attentiez ? Que pensiez-vous, que j'allais vous embrasser de plus belle ? (Il scruta son expression, et ce qu'il y trouva lui fit hausser le ton.) Seigneur, c'était donc cela ? Vous vouliez un deuxième baiser ? Eh bien, il faudra revoir votre approche. Il existe des moyens bien plus simples d'obtenir ce que l'on veut, et asperger un homme de café n'en fait certainement pas partie. Cependant, puisque vous vous êtes donné tant de mal, il m'incombe de vous satisfaire.

De toutes les choses dont il l'avait déjà accusée, celle-ci était de loin la pire. Sans préciser que cela la fit apparaître pitoyable et pathétique. Avec sa fierté pour unique défense, Amelia bondit sur ses pieds et, dans un bruissement de soie, se dirigea vers son bureau. Elle saisit le chiffon au fond du seau rempli d'eau savonneuse et, avec toute la dignité possible dans une telle situation, entreprit de se mettre à genoux.

Mais ses genoux eurent à peine le temps d'effleurer le sol. Il la redressa subitement et l'enlaça. Le chiffon mouillé tomba de sa main tremblotante.

— Qu'est-ce…

Elle poussa un gémissement et se retint aux épaules du vicomte.

— Diable, vous êtes la plus bornée, la plus obstinée, la plus exaspérante des femmes…

Il couvrit sa bouche d'un baiser brûlant, enfonçant sa langue dans ses lèvres entrouvertes sans lui laisser le temps de protester. Sa citadelle rompue, elle s'abandonna, émerveillée, avide. Son esprit avait quitté son corps, lequel flottait sur une vague de plaisir s'intensifiant à chaque langoureux mouvement de sa langue. Puis il glissa les mains sur ses fesses, qu'il serra pour la rapprocher un peu plus, jusqu'à ce qu'elle devine son érection malgré la fâcheuse épaisseur de soie et de tissu de ses sous-vêtements. Amelia gémit et se colla davantage à lui.

Il lâcha ses lèvres, et elle émit un petit cri de protestation. Il s'attaqua à sa joue, puis à son menton, apposant sur chaque parcelle de peau un baiser soyeux. Elle pencha la tête en arrière en grognant doucement, et il en profita pour explorer la longue courbe de son cou. Elle enfonça les ongles dans la chevelure du vicomte, en sentit la douceur soyeuse entre ses doigts, le tira encore vers elle.

Elle ignorait que la zone située derrière ses oreilles était si sensible jusqu'à ce qu'il s'en approche ; son souffle était déjà une caresse en soi. Amelia absorba tout cela avec délice : ses gémissements de plaisir, la chaleur animale de son parfum, le lin amidonné de ses vêtements – et l'odeur du café.

La réalité reprit soudain possession d'elle avec une force écrasante. Son corps devint rigide, elle retira brusquement les mains des cheveux en bataille d'Armstrong et le repoussa violemment. Grognant, l'air dérouté, il fit un pas en arrière, laissant retomber ses mains.

Dieu du ciel, que faisait-elle ? Qu'avait-elle ? Un peu plus tôt, elle l'avait cru fou alors que, en réalité, c'était *elle* qui divaguait.

Pendant un long moment, aucun d'eux ne parla, seule la respiration haletante d'Amelia ponctua le silence. Si le vicomte avait été un tant soit peu troublé par ce baiser, son visage n'en laissait rien paraître.

— J'ai besoin de me changer, dit-il avant d'examiner la jupe d'Amelia. Et vous aussi.

Sur ces paroles, il quitta la pièce.

Amelia baissa les yeux sur sa robe. Au milieu de l'étoffe de soie, se trouvait, bien visible, une large tache de café.

Chapitre 13

Ce soir-là, dans sa chambre, à la lumière d'une chandelle, Amelia écrivit une lettre à lord Clayborough. Sa plume perça le papier par endroits, comme si ses mots ne suffisaient pas à traduire son sentiment d'urgence. Et son propre désespoir la dégoûtait.

Amelia fut aussi tentée d'écrire à Elizabeth, mais ne put se résoudre à l'affliger de ses malheurs alors que son amie, la comtesse de Creswell, comblée par la vie, s'apprêtait à mettre au monde son premier enfant.

Après avoir scellé la lettre et l'avoir posée sur sa table de chevet en attendant de la transmettre au valet pour qu'il la poste, Amelia se glissa sous ses draps et fit quelque chose qui n'était pas dans ses habitudes : elle se rongea les sangs. Elle avait toujours vu les tourments intérieurs comme un gaspillage d'émotion, fait de soupirs et d'inquiétude permanente, ne menant nulle part et n'arrangeant rien. Cependant, elle devait admettre que ses réactions physiques à Thomas Armstrong exigeaient qu'elle s'y attarde, et s'en alarme un tant soit peu.

Elle comprit qu'elle n'était plus maîtresse d'elle-même en sa compagnie – lorsqu'ils étaient seuls. Rien ne semblait pouvoir changer cela. Le baiser du matin avait apporté une confirmation catégorique de cette fatalité, et sa robe – dont la tache de café ne provoqua pas le moindre haussement de sourcils chez Hélène – le lui rappelait avec une impitoyable clarté. Elle ne valait guère mieux que les femmes qu'il mettait dans son lit. En réalité, elle était pire, car dans son cas, il n'y avait eu ni séduction, ni fleurs, ni mots doux, ni aucun geste d'affection. Non, il avait obtenu son abandon, alors que deux minutes plus tôt elle se serait délectée de le voir pendu ou écartelé. «Embarras» était un faible mot pour décrire ses sentiments.

Si seulement elle avait pu envoyer sa lettre à lord Clayborough par messager comme elle l'avait fait à Londres. Quelques mois auparavant, l'histoire d'un fermier qui avait trouvé deux sacs de lettres près de sa grange – des courriers vieux de deux ans – circulait en ville. Depuis lors, Amelia ne faisait pas pleinement confiance à la poste. Cependant, elle n'était pas chez elle, et ne pouvait disposer des domestiques à sa guise. De plus, comment parvenir à une telle manœuvre avec le vicomte dans les parages ?

Le lendemain matin, Amelia se trouvait à son bureau depuis quinze minutes quand Armstrong fit son entrée. Le souvenir du baiser de la veille était encore vif. La jeune femme garda les yeux baissés sur les papiers à classer, feignant une concentration qui l'avait totalement abandonnée dès l'instant où il avait franchi le seuil.

— Bonjour, Amelia.

À la façon dont elle réagit à son salut courtois – chaque mot venant titiller ses terminaisons nerveuses –, on aurait pu croire qu'une certaine intimité avait percé dans la voix du vicomte. Amelia lui jeta un bref regard et hocha rapidement la tête. Elle remarqua immédiatement deux détails de son apparence. Le premier, qu'elle aurait préféré de pas voir : ses fossettes le rendaient ridiculement séduisant. Le second : il portait des vêtements d'équitation, ce qui signifiait qu'il passerait la majeure partie de la journée aux écuries, et non dans le bureau avec elle. Une perspective fort rassurante.

— Laissez les contrats, dit-il en avançant vers elle d'un pas décidé. Nous partons faire du cheval ce matin.

Amelia leva vers lui des yeux ronds. Il lui rendit son regard, un doux sourire aux lèvres.

— Je préférerais m'abstenir, dit-elle sur un ton acide, ayant repris ses esprits.

Il émit un petit rire.

— Voyez cela comme faisant partie de vos tâches, même si je pensais qu'un peu d'air frais vous ferait du bien. Votre père m'a souvent parlé de vos talents de cavalière. Je m'étais dit que vous seriez ravie de reprendre les rênes.

Que son père ait quelque chose de gentil à dire sur elle était absurde. Le vicomte affabulait, une fois de plus.

— Monter à cheval avec vous, dans mon souvenir, ne figurait pas sur la liste des tâches que vous m'avez assignées à mon arrivée.

Il rit de nouveau, et ses fossettes se creusèrent un peu plus.

— Je crois avoir précisé qu'il y aurait des tâches annexes. Disons que celle-ci en est une.

Amelia regarda le travail qui l'attendait sur son bureau, puis les maudits tiroirs de rangement. Autant lui demander de choisir entre des fraises à la crème saupoudrées de chocolat et du mouton bouilli avec des pommes de terre. La question ne se posait pas.

— Je n'ai pas la tenue adéquate, dit-elle en désignant sans grande conviction sa robe à fleurs.

Le Thomas lucide et sensé aurait préféré ne pas avoir vu la lueur de désir brillant dans les yeux d'Amelia malgré elle. Ce détail ajoutait une dimension de vulnérabilité à son caractère autrement irritable.

— Cela vous aiderait-il à vous décider, ajouta-t-il calmement, si je vous disais que ce n'est pas une demande, mais un ordre de la vicomtesse en personne ?

« Thomas, mon chéri, pourquoi n'emmènerais-tu pas lady Amelia en promenade ? Cela me fend le cœur d'imaginer cette pauvre fille enfermée dans le bureau toute la journée. »

Amelia se leva avec la grâce d'une ballerine. Les encouragements de lady Armstrong, ajoutés au besoin de prendre l'air, furent vraisemblablement décisifs. Cette proposition ne se refusait pas.

— Bien, puisqu'il s'agit des directives de la vicomtesse, je monte me changer.

L'autre Thomas, celui qui avait un début d'érection en voyant l'innocente provocation de ses hanches et de ses jambes se mouvant dans une parfaite harmonie féminine alors qu'elle traversait la pièce et sortait, aurait pu en faire son déjeuner dans l'instant.

Seigneur, les ennuis commençaient.

Rien ne se passait comme prévu. Tandis que la réaction d'Amelia avait de loin dépassé ses attentes, la sienne avait été d'une violence dévastatrice.

Le remède à son dilemme était simple : ne plus embrasser cette femme, puisque chaque baiser le mettait dans tous ses états et ne laissait nul répit à ses tourments lorsqu'il se rappelait leurs étreintes.

Ne plus embrasser cette femme. Cette fois-ci, l'ordre résonna dans sa tête avec plus de force. Il n'aurait qu'à atteindre son but ultime sans plus d'intimité charnelle. Un nouvel objectif, auquel il tenterait au mieux de se tenir.

Cependant, quinze minutes plus tard, Thomas se mit à douter sérieusement de ses capacités de résistance. La tension menaçant l'étoffe de laine de ses hauts-de-chausses le força à rester assis derrière son bureau.

Elle entra dans la pièce, crinière brune et soyeuse, longues jambes, poitrine ferme. Sa tenue n'avait absolument rien de provocant. Une première couche de tissu, fendue à l'avant et à l'arrière, formait ce qui ressemblait à une jupe. De cette lourde étoffe bleu nuit dépassaient des hauts-de-chausses ajustés en cuir, dessinant des jambes plus fines que toutes celles ayant traversé les maisons closes d'Argyll. Jamais un homme n'avait autant envié une paire de hauts-de-chausses que le vicomte à ce moment précis.

À présent, il comprenait pourquoi les pantalons étaient interdits aux femmes en société. Il déglutit et tenta d'adopter une expression neutre, alors qu'un désir sauvage et primitif l'assaillait de toutes parts.

—Je suis prête, dit-elle en s'arrêtant sur le seuil.

—Oui, je vois cela.

Il parlait d'une voix tout juste audible, s'imaginant l'étendre sur son bureau, puis s'introduire en elle, la mener à l'extase suprême, la faire frémir de tout son être, avant d'atteindre lui-même la délivrance dans l'enceinte étroite et humide de son corps.

Thomas émergea de sa rêverie et croisa le regard impatient d'Amelia. Il se leva brutalement. Un coup d'œil furtif vers le bas le rassura : aucun renflement suspect ne troublait la ligne de ses vêtements, même si son désir était toujours latent, espérant une satisfaction prochaine.

—Aurez-vous besoin d'une selle de femme pour votre monture ? lui demanda-t-il en avançant à grands pas vers elle.

—Non, je monterai à califourchon.

Cette affirmation fit naître de nouvelles images lubriques à l'esprit du vicomte, qui la vit au-dessus de lui, ses longues jambes l'enfourchant dans un abandon lascif. Il n'osa laisser ses yeux s'aventurer plus bas que la nuque de la jeune femme.

—Pourquoi donc ?

Elle s'éclaircit la gorge avant de reprendre la parole.

—Ma mère trouvait que monter en amazone était dangereux.

—C'était une suffragette, n'est-ce pas ? la taquina-t-il.

Son choix était simple : soit prendre tout cela à la plaisanterie, soit la prendre tout court, et sur-le-champ.

—Non ! s'écria-t-elle avant de s'adoucir. Seulement une femme sensible.

Thomas détecta en elle un tourment secret et comprit que les mots d'Amelia révélaient quelque chose de plus profond qu'elle ne voudrait jamais l'admettre.

—Venez. Descendons à pied aux écuries. Elles ne sont pas très loin.

De plus, une marche dans l'air frais et mordant de cette matinée d'automne ferait des merveilles sur son infatigable libido. Du moins l'espérait-il.

Le chemin jusqu'aux écuries se passa en silence. Ils ne parlèrent pas du baiser, et le vicomte ne fit aucun commentaire sur la tenue d'Amelia. Ces deux sujets étaient exclus.

Quelques minutes plus tard, le palefrenier les laissa avec deux des plus beaux chevaux qu'elle eût jamais vus : une magnifique jument alezane et un pur-sang noir. À présent, le vicomte et elle allaient galoper ensemble à travers le parc, comme si leur baiser s'était à jamais perdu dans les annales de l'histoire, et comme si une femme paradant en hauts-de-chausses en cuir et montant à califourchon était un spectacle parfaitement banal.

Tandis que lord Armstrong caressait affectueusement la crinière du pur-sang, la jument frotta sa bouche contre la poche de sa veste, espérant peut-être y trouver quelque friandise.

— Voici Tornade, votre monture.

Amelia tendit la main et caressa doucement les poils bruns et soyeux au-dessus de la muselière.

— Elle est magnifique, dit-elle d'une voix calme et apaisante.

Le cheval émit un léger hennissement et frappa le sol de son sabot avant.

Lord Armstrong fixa les rênes du pur-sang sur un poteau de bois puis détacha celles de la jument.

— Tornade est haute de dix-huit mains. Vous aurez besoin d'aide pour monter.

— Je saurai me débrouiller toute seule.

Elle regarda alors l'étrier : elle n'avait pas l'habitude d'une telle hauteur.

— Ne soyez pas têtue. Je connais des hommes qui sont incapables d'y monter seuls.

— Eh bien, moi si, insista-t-elle en serrant les dents.

Elle lui prit les rênes des mains, leva une jambe et inséra son pied botté dans l'étrier. Malheureusement, elle ne trouva pas la force suffisante pour se hisser sur l'animal. Nullement découragée, elle réessaya, parvint à monter plus haut, mais pas suffisamment pour se propulser sur la selle.

Tornade resta parfaitement immobile tandis qu'Amelia faisait sa troisième tentative, vaine elle aussi. Elle jeta un regard furtif à lord Armstrong. Son visage était impassible, mais une petite flamme brillait dans ses yeux.

Il s'éclaircit la gorge quand Amelia retomba pour la dernière fois sur une jambe, l'autre encore perchée sur l'étrier.

— Me laisserez-vous vous aider ou avez-vous l'intention de perdre la matinée à tenter de prouver que vous êtes meilleure que la plupart des hommes ?

Amelia, essoufflée, lui lança un regard noir par-dessus son épaule puis hocha rageusement la tête.

— Mon cheval n'est pas aussi grand, marmonna-t-elle.

— Dans ce cas, dois-je vous trouver une monture d'une hauteur plus raisonnable ? dit-il en réprimant un sourire.

Pourquoi diable ne l'avait-il pas fait depuis le début ? Amelia grogna peu élégamment.

— Sans façon.

— Alors finissons-en.

L'aide du vicomte se caractérisa par le contact de ses mains avec toute la longueur de la jambe d'Amelia. Quand elle se retrouva enfin assise sur le cheval, des picotements brûlants parcouraient sa chair, et son calme était ébranlé.

— Qu'en dites-vous ?

Il l'observait tout en retirant ses mains – sans se presser – de sa jambe gainée de cuir. Mais elle était trop occupée à lutter contre le trouble qui avait pris possession de son corps pour chasser sa main baladeuse. Nerveuse, elle se dépêcha de tirer sa jupe sur sa jambe. Toutefois, en faisant ce mouvement, elle frappa du pied le flanc de l'animal, qui partit au galop tandis qu'elle tentait désespérément de prendre le contrôle des rênes.

Le temps qu'elle réussisse à immobiliser sa monture, lord Armstrong s'était hissé sur la sienne et avait rattrapé Amelia.

— Mais que diable faites-vous? (Il la foudroya du regard.) Voulez-vous vous tuer et blesser mon cheval en même temps?

Amelia intima un mouvement de rotation à la jument et se confronta au visage rouge de colère du lord.

— Inutile de hurler. Ma jambe a glissé, voilà tout.

— Le bon sens exige qu'on évite de balancer sa jambe en tous sens quand on est sur un cheval.

— Eh bien, si vous aviez retiré votre main de ma jambe, je n'aurais pas eu à la secouer.

Dès que cette remarque eut traversé ses lèvres, Amelia la regretta. Elle aurait tout fait pour la retirer. Elle venait de donner au vicomte assez de munitions pour armer une cavalerie tout entière. Et le sourire indolent qui remplaça la colère sur le visage d'Armstrong indiquait qu'il en avait bien conscience.

— Je m'en souviendrai la prochaine fois.

— Il n'y aura pas de prochaine fois, grogna-t-elle.

Le sourire du vicomte s'agrandit.

— Venez, commençons notre promenade, dit-il en faisant avancer sa monture.

Ce qui suivit fut sans aucun doute, jusqu'à ce jour, le point culminant de son séjour à Stoneridge Hall. Lord Armstrong lui fit traverser les paysages les plus pittoresques qu'elle eût jamais vus.

Contrairement à leurs précédents échanges, ils réussirent ce jour-là à dépasser la froide politesse pour s'aventurer avec prudence dans le royaume inconnu de la cordialité mutuelle. En guide zélé, le vicomte lui montra les différentes plantes poussant sur la propriété. Ils traversèrent une prairie, gravirent une vallée et longèrent un étang plein de poissons.

Les deux heures de promenade s'écoulèrent en un éclair. Le palefrenier les accueillit à leur retour aux écuries.

Ses débuts improbables avec sa monture encore à l'esprit, Amelia se dépêcha de mettre pied à terre avant que lord Armstrong ne lui propose son aide. La descente se révéla bien moins périlleuse que la montée. Au sourire chagrin du lord, il était clair qu'il comprenait les raisons de sa précipitation.

— Je vais les rentrer, monsieur, dit le jeune homme.

Lord Armstrong lui légua les rênes. Le palefrenier s'en empara, de ses mains tannées par le soleil, puis il conduisit les bêtes vers une grande bassine où elles purent se désaltérer.

— Venez. J'imagine que vous aimeriez faire un brin de toilette et déjeuner avant de reprendre votre travail.

Amelia comprit le spectacle qu'elle offrait. Malgré la fraîcheur de l'air, elle se sentait écarlate, en sueur, et des mèches de cheveux collaient à son front. Rien ne lui aurait fait plus plaisir qu'un long bain chaud.

Lui, bien entendu, était resplendissant. Ses mèches dorées étaient à peine ébouriffées, d'une façon qui ne faisait qu'accentuer la stupéfiante beauté de ses traits. La légère brillance de sa peau, loin d'être déplaisante à l'œil, soulignait cet éclat doré qui en faisait l'incarnation sur Terre d'un dieu grec. Elle trouva injuste qu'il soit toujours aussi séduisant après plusieurs heures de cheval alors qu'elle se sentait aussi attirante qu'une laitière en train de traire une vache.

Sur le chemin du retour, le vicomte lui fit prendre un léger détour pour lui montrer un orme qu'il avait lui-même planté dans son enfance.

— Laissez-moi vous montrer où j'ai gravé mes initiales.

Il lui prit la main et la conduisit vers l'arbre. Les feuilles mortes entourant le tronc épais et noueux craquèrent sous leurs bottes. Amelia évita de penser à la chaleur naissante dans le creux de sa main.

Sans la lâcher, il lui désigna du doigt la zone du tronc où on lisait clairement les initiales « TPA ».

— Que désigne le P ? demanda Amelia sans réfléchir.

Elle aurait voulu se frapper trois fois pour avoir montré au lord un semblant d'intérêt.

— Philip. C'est un nom de famille, dit-il.

Amelia savait, de son père, que le père du vicomte était mort alors que celui-ci venait d'atteindre la maturité. Armstrong avait donc hérité de son titre et des responsabilités qu'il impliquait depuis tout jeune homme. C'était une des choses que son père admirait le plus chez lui. Une des nombreuses choses, se rappela-t-elle, étouffant l'amertume qui se répandait insidieusement en elle.

— Nous avons tous deux perdu un parent alors que nous étions très jeunes, poursuivit-il en soutenant son regard.

Amelia déglutit. Elle ne put que hocher la tête tout en essayant discrètement de dégager son bras de la prise du vicomte. Elle préférait de loin les moments où ils se dédaignaient, ou encore ceux où ils s'envoyaient des piques acerbes. Quand il se montrait gentil avec elle, elle n'aimait pas le silence troublé qui s'emparait d'elle, ni la tension qui l'envahissait lorsqu'il était tout proche. À ce moment précis, il était bien trop près d'elle pour qu'elle puisse garder son sang-froid.

Amelia comprit qu'inspirer de l'antipathie à cet homme n'était pas la situation la plus terrifiante. Lui inspirer de la sympathie était bien pire.

Ayant repris possession de sa main, Amelia recula d'un pas sous les branches de l'arbre imposant, mais le vicomte la coupa dans son élan en sortant délicatement de sa botte de cuir un petit couteau.

— À vous, dit-il en lui tendant l'objet, le manche en métal tourné vers elle. Gravez vos initiales.

— Pourquoi diable ferais-je cela ? lança-t-elle, les yeux rivés sur la lame.

Le sourire étincelant du vicomte trancha avec sa peau dorée par le soleil, et Amelia sentit son ventre se contracter, comme lorsqu'il l'avait embrassée.

— Ne faites-vous jamais rien par simple plaisir gratuit ? N'aimeriez-vous pas savoir que quelque chose portera votre trace pour l'éternité ?

Elle vit le vert de ses yeux s'assombrir lorsqu'il les dirigea vers ses lèvres, déclenchant un déferlement de vaguelettes brûlantes dans tout son corps.

— Pas spécialement, répondit-elle, légèrement haletante.

— Dans ce cas, je le ferai pour vous.

Il ramena le couteau à lui, puis, avec une grande concentration, grava les initiales « ARB » sous les siennes. Ensuite, il glissa de nouveau le couteau dans sa botte.

— Comment savez-vous…

— Votre père. Il m'a beaucoup parlé de vous.

Soudain, une douleur inexplicable, amère, la submergea, au point de la vider de toute son énergie. À ce moment-là, Amelia se rappela, avec une clarté qui lui avait souvent fait défaut depuis son arrivée à Stoneridge Hall, non seulement les raisons, mais l'intensité de sa détestation pour Thomas Armstrong. Cette lucidité retrouvée réduisit à néant la trêve qu'ils venaient de vivre ce matin-là.

Rose était son deuxième prénom – le prénom de sa mère. Son père n'avait pas le droit de partager une information aussi personnelle avec le vicomte – surtout pas avec lui.

Sa colère lui redonna des forces.

— Oui, même s'il oublie tous mes anniversaires, n'a absolument aucune idée de la moindre chose qui compte à mes yeux, et m'a offerte sur un plateau à un homme que j'aimerais mieux piétiner qu'épouser, je lui suis profondément reconnaissante d'être parvenu à se rappeler mon nom dans sa totalité.

Le vicomte ouvrit de grands yeux ronds, comme s'il venait de tomber dans une embuscade. Lentement, les derniers vestiges d'amabilité s'effacèrent de son visage, et un masque de pierre vint le recouvrir.

— Vous épouser ?

N'importe quelle autre femme aurait vécu comme une insulte le ton dégoûté de sa voix quand il prononça ces deux mots.

— J'ignore quel âne bâté vous a mis en tête que je me servirais volontiers si vous m'étiez présentée sur un plateau, mais permettez-moi, avec un grand plaisir, de vous ôter vos illusions à ce sujet.

— Inutile d'être une lumière pour comprendre les manigances de mon père. Vous êtes le fils qu'il n'a jamais eu et, s'il ne peut revendiquer une parenté par le sang, il tentera coûte que coûte d'y parvenir par le mariage. Et si vous êtes incapable de voir cela, je peux vous dire tout de suite qui est l'âne bâté dans cette histoire.

Le vicomte sentit une veine palpiter sous sa tempe. Il serra les poings, bras tendus le long du corps.

—Il n'y a que vous pour me faire regretter d'avoir été gentil aujourd'hui.

—Ah! Vous ne faisiez pas preuve de gentillesse, vous ne faisiez que vous plier aux désirs de votre mère.

Deux petits éclairs verts s'allumèrent dans les yeux du vicomte.

—Oui, prendre les désirs de ma famille en considération, voilà une chose qui vous est étrangère. Estimez-vous chanceuse, petite effrontée ingrate. Au moins, votre père souhaiterait vous voir mariée à un gentleman qui ne gaspillera pas chaque penny de votre dot sur les tables de jeu. Si j'étais lui – et je remercie Dieu tous les jours de ne pas être à sa place –, je vous donnerais volontiers la corde pour vous pendre en vous laissant épouser ce bon à rien de Clayborough. Mais sachez-le bien : tout l'argent de la banque d'Angleterre ne suffirait pas à m'inciter à vous épouser, alors soyez tranquille sur ce point.

Amelia déglutit, se souvenant de la dernière fois où elle avait pleuré. C'était l'été de ses treize ans. Elle était au lit, souffrante, et attendait le retour de son père. Il n'était pas venu. Elle avait pleuré pendant cinq jours à cause de lui. Elle avait pleuré la mort de sa mère l'année précédente. Depuis, elle n'avait plus jamais versé une larme.

Comme elle aurait voulu redevenir cette petite fille capable de sangloter sans craindre de révéler la profondeur de sa peine, de sa blessure. Mais elle savait que c'était impossible. Pas dans ce lieu, pas avec lui, peut-être plus jamais.

Amelia récupéra un peu de son calme déclinant.

— Vous avez raison. Cette nuit, je suis assurée de dormir tranquille.

Sur ces mots, elle tourna les talons et reprit seule le chemin de la maison.

Chapitre 14

À la porte de la bibliothèque, Thomas fit ses adieux à sa visiteuse. Il adressa au valet la conduisant vers la sortie un bref signe de tête, puis retourna à son bureau et se laissa tomber dans son fauteuil de cuir à dossier haut. Il se passa une main lasse dans les cheveux et étudia les options qui s'offraient à lui avec la concentration d'un chirurgien muni de son scalpel.

Deux semaines et dix femmes parfaitement aimables plus tard, le bon chaperon pour Amelia continuait de lui échapper. Délibérément, il en était presque certain.

— J'en déduis que celle-ci ne fera pas l'affaire non plus ?

La voix de sa mère lui fit tourner la tête vers la porte. Elle s'avança dans un bruissement de soie et de satin.

— Pousseriez-vous une femme à la démission avant même qu'elle n'ait le temps de défaire ses valises ?

— Oh, tu es trop dur avec elle. Lady Amelia est une jeune femme charmante. Ce mois-ci, j'ai vu un grand changement s'opérer en elle. Et elle est merveilleuse avec les filles, alors je ne veux plus rien entendre de désobligeant à son encontre.

Oui, un mois entier s'était écoulé depuis son arrivée et elle s'était prise de sympathie pour tout le monde, y compris les domestiques. Excepté pour lui, bien sûr. Depuis leur dernier échange, qui avait clos leur sortie, un gouffre s'était creusé entre eux, un grand vide infranchissable. Et, honnêtement, il s'en réjouissait. Il préférait ne plus avoir affaire à elle, en tout cas le moins possible. Toutefois, sa mère étant visiblement devenue le plus ardent défenseur d'Amelia, Thomas trouva plus sage de garder son opinion pour lui.

— As-tu pensé à Miss Foxworth ? poursuivit la vicomtesse. Elle est d'un âge approprié et tout à fait respectable. Je suis certaine qu'elle acceptera si tu le lui demandes. Souviens-toi, nous partons dans trois jours à peine, tu n'as plus beaucoup de temps. Je refuse catégoriquement de vous laisser tous les deux ici sans chaperon digne de ce nom.

Ah, Camille ! Bien qu'effacée, elle était d'une loyauté sans faille et lui rendrait un fier service en venant s'occuper d'Amelia.

— Oui, vous avez sans doute raison. Elle pourrait convenir. Je lui envoie une lettre dès aujourd'hui, dit-il en se renfonçant dans son siège.

— Ainsi, peut-être pourras-tu nous accompagner à Londres, tes sœurs et moi, et escorter Camille sur le chemin du retour. C'est l'occasion d'un petit voyage.

— Et, dites-moi, que ferai-je d'Amelia ?

La laisser livrée à elle-même était inimaginable. Dieu seul savait quel chaos l'attendrait à son retour.

—J'ai une bonne raison de te faire cette suggestion. Lady Amelia viendrait avec nous, bien entendu. Honnêtement, Thomas, tu tiens cette pauvre fille enfermée dans ton bureau toute la journée. Et ne me fais pas croire qu'elle le désire. Une jeune femme a besoin de distractions. Je suis persuadée qu'elle serait ravie du changement.

Oui, et là résidait le problème. Elle en serait bien trop ravie. Mais sa mère avait peut-être raison. Un voyage à Londres lui permettrait d'aller voir Grace. Ce mois d'abstinence commençait à sérieusement éprouver ses nerfs.

—Comme vous voudrez, dit-il.

La vicomtesse regarda nerveusement en tous sens. À plusieurs reprises, elle se tourna vers lui, lèvres entrouvertes, comme sur le point de parler mais tardant à se décider. Elle se mit à tripoter le voile en tulle de sa robe.

Une fois de plus, ses yeux se posèrent sur lui. Elle souriait.

—Thomas, je me disais…

Ces mots, dans la bouche d'une femme, laissaient souvent présager le pire. Ajoutés à la gravité du ton de sa mère, ils provoquèrent chez lui une intense et soudaine appréhension. Thomas déglutit et lui fit signe de poursuivre en hochant brièvement la tête.

—Hier, lorsque je discutais avec Amelia…

Et voilà. Thomas pouvait ajouter un mot à la liste des termes les plus lourdement chargés de danger.

— … elle m'a demandé ce que je comptais faire de ma vie une fois que les filles seront parties. Je dois admettre, avec un certain embarras, que je n'ai su quoi lui répondre.

Thomas poussa un profond soupir.

— Mère…

— Non, mon chéri, j'y ai beaucoup réfléchi. Cela fait onze ans que ton père est mort, et je ne rajeunis pas.

— Une femme deux fois plus jeune que vous pourrait s'estimer chanceuse si elle avait votre beauté et votre grâce.

Le compliment était plus que sincère.

Les joues de la vicomtesse se teintèrent de rouge. Elle pivota et se dirigea vers une petite table sur laquelle était posé un cheval en ivoire sculpté qu'elle lui avait offert au dernier Noël. Elle prit la figurine dans ses mains et l'examina tout en lui parlant.

— Dans trois ans à peine, Sarah fera ses débuts dans le monde et, peu de temps après, je me retrouverai seule.

Elle le regardait fixement. Ses yeux exprimaient un sentiment nouveau qu'il ne lui connaissait pas : la solitude. À la mort de son père, il avait discerné dans le regard de sa mère de la tristesse, de la souffrance et de la peur. Mais cela, jamais. Elle avait alors des responsabilités : un domaine à gérer, trois jeunes filles à élever, et un fils sur le point de partir à Cambridge.

Thomas se leva promptement de sa chaise pour la rejoindre. Il passa son bras autour de ses épaules.

— Vous ne serez jamais seule, pas avec la ribambelle de petits-enfants que Missy vous donnera et que vous pourrez gâter, la rassura-t-il.

Il déposa un léger baiser sur sa tempe, puis se détacha lentement et recula d'un pas.

La vicomtesse lui adressa un faible sourire.

— Oui, mais s'occuper d'un petit-fils, cela revient presque au même. Non, mon chéri, il est grand temps que j'aie une vie à moi.

Thomas fronça les sourcils. Une vie à elle ? Que voulait-elle dire ? Multiplier les réunions mondaines et jouer d'interminables parties de whist ? Il fallut à son cerveau engourdi quelques secondes de plus pour décrypter les sous-entendus de sa mère.

— Oh, Thomas, ne prends pas cet air horrifié. Je ne t'ai tout de même pas annoncé mon désir de me lancer dans une carrière théâtrale.

— Non, non, ce n'est pas cela, se hâta-t-il de la rassurer.

C'était seulement que… Eh bien, c'était sa mère. Aucun homme sur Terre ne lui paraîtrait jamais à la hauteur.

— Si j'aborde ce sujet avec toi, c'est seulement parce que… Parce que je serai en Amérique pendant les deux prochains mois et que je croiserai sûrement Mr Wendel et lord Bradford.

En entendant le nom de Derrick Wendel, le président et principal actionnaire de la compagnie maritime Wendel, Thomas commença à comprendre l'embarras de sa mère. Les deux hommes avaient récemment voyagé en Amérique pour négocier l'achat d'une entreprise de sidérurgie ; une transaction, qui, si elle se concrétisait, réduirait leurs coûts d'exploitation de vingt pour cent.

La vicomtesse reposa le cheval en ivoire sur la table.

— Mr Wendel a proposé de m'accompagner en ville à une ou deux occasions.

Connaissant son ami, Thomas se dit que sa mère sous-estimait ses intentions. Wendel serait sans doute prêt à escorter sa mère autant de fois que son emploi du temps le lui permettrait. Depuis que Thomas les avait présentés l'année précédente, Wendel avait montré un intérêt démesuré pour la vicomtesse. Et qui pouvait l'en blâmer ? En plus de ses évidents attributs, sa mère était capable de désarmer un homme d'un simple sourire. Il en avait si souvent été témoin, même du vivant de son père.

— Eh bien, je connaissais son intérêt pour vous depuis un certain temps, mais j'ignorais qu'il était réciproque.

Sa mère rougit de plus belle. Elle détourna briè-vement le regard et resta silencieuse un instant.

— Je ne parlerais pas d'un intérêt, dit-elle enfin. Cependant, si c'était le cas, serait-ce un souci pour toi ?

— Pourquoi ? Parce que Wendel n'est pas du même milieu ?

La vicomtesse secoua la tête.

— Non, parce que c'est ton ami et associé. Et, bien sûr, je pense à ton père.

— Mère, j'ai beau aimer mon père de tout mon cœur et souffrir de son absence, je n'attends pas de vous que vous meniez une vie de nonne. (En réalité, il l'avait un peu espéré.) Et Derrick Wendel est un homme honnête. Un de ceux que j'admire le plus.

Un sourire de soulagement se dessina sur le visage de sa mère, rajeunissant de dix ans cette femme aux quarante-huit ans déjà resplendissants. Elle s'avança vers lui et posa sur sa joue un doux baiser dont le parfum de gardénia lui chatouilla le nez.

— Et il est aussi très séduisant, dit-elle.

Thomas émit un bref éclat de rire et serra tendrement les mains de sa mère dans les siennes.

La vicomtesse retira ses mains puis lissa les plis de sa robe vaporeuse, reprenant son rôle de maîtresse de maison – un rôle qu'elle incarnait à la perfection.

— Puisque l'affaire est entendue, je vais aller régler les derniers préparatifs. Et, s'il te plaît, écris à Miss Foxworth sans attendre. Il faut que lady Amelia ait un chaperon avant mon départ.

Une fois sa mère sortie, Thomas reprit place à son bureau, et ses pensées retournèrent – comme de plus en plus fréquemment ces derniers temps – à Amelia.

Il refusait d'admettre que la distance qui s'était installée entre eux le perturbait. S'ils n'avaient pas, ce jour-là, partagé de sombres secrets ni leurs pensées les plus intimes, il avait toutefois le sentiment qu'ils avaient atteint une sorte de trêve. Ensuite, elle avait gâché ce moment de grâce avec sa tornade d'insultes. De toute évidence, elle le considérait comme l'usurpateur de l'affection de son père. Comment en était-elle venue à cette ridicule conclusion ? Il l'ignorait. Le marquis semblait passer un temps considérable à se soucier du bien-être de sa fille. Depuis qu'ils se connaissaient, Harry lui rebattait les oreilles sur les solutions à trouver pour combattre l'indocilité d'Amelia, qui semblait résolue à détruire sa propre réputation. Le ressentiment de la jeune femme à son égard était aussi fondé que la croyance selon laquelle la Terre était le centre de l'univers.

Dieu du ciel, qu'attendait-elle de son père ? Qu'il exclue toute autre personne de sa vie pour qu'elle puisse disposer de son entière attention ? D'après ce qu'il avait vu, Harry ne refusait rien à sa fille. Ni le cheval dont le coût aurait pu faire vivre confortablement une personne pendant trois ans. Ni la voiture dont les fioritures étaient propres à impressionner la royauté. Ni la garde-robe dont Harry avait avoué qu'elle lui coûtait plus de mille cinq cents livres par an.

Tandis qu'il déplorait son incapacité à sortir cette maudite fille de ses pensées, il saisit la pile de lettres posées sur son bureau. Son regard tomba sur du vert. Thomas se figea et sa nervosité s'accentua. Il retira rapidement l'enveloppe en question du tas. Le sceau ducal doré scintillait sous la lumière de la lampe. Soudain, il n'était plus fébrile, il était dans une colère noire.

Maudite Louisa. Ne pouvait-elle pas laisser les choses comme elles étaient ? Une seule femme belle, égoïste et manipulatrice à la fois lui suffisait. Le simple fait de lui répondre pour lui dire d'aller au diable représentait plus de contact qu'il ne souhaitait.

Thomas ne prit pas la peine de lire la lettre – pas cette fois-ci – de peur d'aggraver son humeur. Comme son précédent courrier, celui-ci vécut ses derniers instants dans les flammes.

Amelia entendit le son si familier de ses pas approchant du bureau. Elle inspira profondément et se prépara mentalement à leur échange.

Son estomac se serra légèrement lorsqu'elle le vit. Soit, il était particulièrement mis en valeur ce matin, tout de bleu vêtu. Ce n'était pas le premier visage agréable sur lequel elle eût posé les yeux. Alors pourquoi réagissait-elle de façon si excessive, si fâcheusement viscérale ?

Il ne parla pas immédiatement mais croisa son regard et le soutint tout en avançant vers elle. Il se retrouva à quelques centimètres d'elle. Une vague de panique s'empara d'Amelia, qui fit de son mieux pour la contenir.

— Avez-vous autre chose à me demander ? Je dois encore finir les tâches d'hier, dit-elle avec cette hauteur qu'elle maîtrisait à la perfection.

— Vendredi matin, nous partons à Londres avec ma mère et mes sœurs.

Son front crispé et ses lèvres pincées indiquaient que la situation ne l'enchantait guère.

—*Nous* ? Dois-je vous accompagner ?

—Eh bien, je ne peux absolument pas vous laisser seule ici, marmonna-t-il d'un ton aussi sinistre que son humeur.

—Puisqu'il est évident que cette perspective n'est réjouissante ni pour vous ni pour moi, pourquoi devrais-je partir ? Que craignez-vous, au juste, que je fasse en votre absence ? Que je ne m'enfuie avec l'argenterie ?

C'était la conversation la plus longue qu'elle ait eue avec lui en un mois.

—Non. En revanche, cela ne m'étonnerait pas que vous fuguiez avec un des valets, lâcha-t-il.

Les joues d'Amelia s'embrasèrent sous l'effet de cette référence narquoise à Joseph Cromwell, dont le père possédait deux grandes usines de textile. Elle ne put réprimer la pique qui lui chatouillait les lèvres.

—Je pensais que vous saviez qu'à présent mon intérêt va vers les commerçants et les aristocrates ruinés. Et vous, monsieur, êtes mal placé pour faire des reproches aux membres de la classe ouvrière. Ne profitez-vous pas des services de femmes appartenant, disons, à un certain commerce ?

Il ricana doucement, décrispant ses traits.

—Pourquoi faire la timide, Princesse ? Vous m'avez déjà accusé d'être passé sur toutes les traînées de Londres. Mais je crois qu'il est temps pour moi de corriger votre erreur. N'en déplaise à vos a priori, je n'ai jamais fait appel aux services d'une courtisane.

Amelia eut peine à se retenir de rire.

— Pourquoi paierai-je pour quelque chose que je peux obtenir gratuitement ? ajouta-t-il.

— N'entretenez-vous pas une maîtresse ? Ne payez-vous pas bel et bien pour ses services ?

Le vicomte fronça les sourcils.

— J'espère que vous ne comparez pas une maîtresse avec une banale courtisane.

— Non, elle ne doit pas être banale, en effet. Les maîtresses, je suppose, ont de plus grandes ambitions et ne se réservent qu'à un seul homme à la fois. Mais je parie que le prix de toutes ces manières, de cette sophistication et de ce luxe est en effet élevé.

Lord Armstrong garda le silence pendant quelques secondes. Il se contenta de la regarder, l'air fermé.

— Bonté divine, vous semblez diablement renseignée sur les maîtresses. Pensez-vous vous lancer dans cette activité, vous aussi ?

Il cherchait évidemment à l'offenser. Amelia refusa de mordre à l'hameçon.

— Je suis peut-être jeune, mais je ne suis pas naïve. Si ces choses sont murmurées en société, elles ne sont pas pour autant secrètes.

Avec désinvolture, et comme s'ils se connaissaient depuis toujours, le vicomte poussa les documents jonchant le bureau d'Amelia et s'y assit, une jambe pendant à quelques centimètres du bras de la jeune femme, l'autre fermement plantée au sol.

— Et la seule chose plus coûteuse qu'une maîtresse est une épouse. Mais j'aurais pu vous avoir sans contrat de maîtresse ni demande en mariage, et vous n'êtes pas une femme de la rue, alors qu'êtes-vous donc?

Il parlait d'une voix basse, intime, rendant sa question encore plus insultante.

Amelia eut soudain du mal à respirer, l'indignation bouillonnait en elle. Un mouvement nerveux de sa main lui fit effleurer l'étoffe bleu marine du pantalon du vicomte. Elle voulut bondir de sa chaise. Mais l'orgueil la clouait sur place. Elle avait répondu à deux de ses baisers et, à présent, il la croyait à ses pieds.

— Ne vous flattez pas.

Il éclata d'un rire rauque, ce qui provoqua en elle une indésirable et soudaine prise de conscience.

— Princesse, je crois bien que vous essayez de me provoquer.

Il la regardait fixement, comme s'il avait découvert chacune de ses failles et avait l'intention de toutes les exploiter à son avantage. Soudain, Amelia eut peur, terriblement peur.

— Prouvez-le, murmura-t-il, les yeux brillants de défi.

— Je vous demande pardon? demanda Amelia en clignant plusieurs fois des yeux.

— Prouvez-moi que je ne suis pas capable d'éveiller votre désir. (Il ne put réprimer un éclat de rire.) Oh, je ne suis pas sûr de cela.

Alors, il posa la main sur la nuque d'Amelia, tira son visage à lui tout en baissant la tête.

Elle aurait pu facilement se libérer de sa prise, mettre fin à cette folie sur-le-champ, et éviter d'interminables récriminations. Mais elle n'en fit rien. Elle se contenta de le regarder se pencher, les yeux rivés sur elle. Jamais elle n'avait ressenti une telle chaleur. Jamais un homme ne l'avait autant hypnotisée.

Soudain, elle fut libre. Il avait retiré sa main. Il se leva, un sourire satisfait aux lèvres. Ces lèvres qu'elle avait tant désirées sur les siennes. Elle le regarda dans les yeux et y vit le reflet de son expression horrifiée.

—Vous voyez, je suis sûr que j'aurais pu vous avoir d'une centaine de façons différentes.

Thomas fourra ses mains dans ses poches. Elles tremblaient. Elles tremblaient du désir urgent de l'enlacer, de l'étendre sur le sol, de la prendre d'au moins une de ces façons – par-devant, par-derrière, sur le côté, peu importait pourvu qu'il assouvisse sa faim, ce besoin qui le dévorait vif depuis un mois.

Il se tourna pour cacher sa réaction – sa maudite érection.

—Pourquoi avez-vous fait cela? demanda-t-elle d'une voix enrouée.

Surpris par l'innocence de sa question, Thomas tourna la tête vers elle.

—Pour vous prouver quelque chose, répondit-il après un long silence.

Elle se leva de sa chaise et avança vers lui.

Thomas voulut fermer les yeux pour ne pas voir ses charmes mais savait qu'il ne pouvait se permettre de trahir la moindre faiblesse. Elle s'en servirait contre lui et le mènerait à sa perte.

— Et quoi donc, je vous prie ? demanda-t-elle d'une voix plus calme, plus posée.

Que pouvait-il répondre ? Pour prouver qu'il avait le pouvoir ? Étant donné les réactions incontrôlables de son corps, une comédie d'une telle teneur méritait d'être jouée sur scène.

Avant qu'il ne puisse trouver une réponse cohérente et audible, elle se pressa contre lui, ses mains fines autour de son cou attirant son visage vers le sien. Ses sens furent assaillis, envahis par le parfum délicat de sa féminité et le contact de sa peau douce. Douloureusement excité, Thomas n'eut ni la force ni l'envie de lutter contre elle – encore moins contre lui-même. Il saisit son visage dans ses mains et prit le contrôle du baiser avant que leurs lèvres se touchent.

Le désir et la faim anéantirent toute tentative de retenue. Un mois de déni, un mois de manque s'écoulèrent dans ce baiser. Elle blottit sa tête dans le creux de son épaule, et les mains de Thomas s'aventurèrent sur son décolleté. De la paume, il effleura la pointe de son sein puis referma les doigts sur son ferme arrondi.

Le téton se durcit sous le corsage de soie quand il le pinça. Elle eut un soubresaut, puis lâcha un gémissement étranglé.

Il brûlait d'envie de voir ses seins. Dans ses rêves, il s'imaginait en sucer la pointe rose. Thomas réprima un grognement. Seigneur, quand avait-il autant désiré une femme ? Sans doute jamais.

Elle lui rendit ses baisers avec une ferveur innocente, lèvres entrouvertes ; sa langue inexpérimentée était capable de mettre un homme à genoux.

— Mon Dieu, je vous veux.

De sa main libre, il colla les hanches d'Amelia aux siennes. Toutes ces couches de tissu formaient une fâcheuse entrave à ce qu'il désirait le plus.

Soudain, elle sortit de cette étreinte passionnée, aussi vite qu'elle s'y était jetée.

Pensivement, il tendit les mains vers elle, mais elle recula davantage, retournant à son bureau. Thomas lâcha un grognement sourd et douloureux.

Les lèvres encore imprégnées de ses baisers, les cheveux défaits – vague de soie chocolat dégringolant sur ses épaules –, elle posa des doigts tremblants sur sa bouche et le regarda, les yeux encore brûlants de passion.

— Qu'est-ce que cela voulait dire ? demanda-t-il, reconnaissant à peine sa propre voix.

Elle attendit quelques secondes avant de répondre. Sans doute n'aurait-elle pu le faire tout de suite, son cœur battant à tout rompre dans sa poitrine. Il lui fallait reprendre son souffle.

— Je vous ai embrassé parce que vous êtes un homme arrogant, présomptueux, qui croit pouvoir me tourner en ridicule parce qu'il a consacré sa vie à l'art de satisfaire les femmes. Eh bien, il faudrait que vous soyez un complet nigaud pour ne pas avoir atteint la perfection dans ce domaine. Félicitations, monsieur, vous n'êtes pas un *complet* nigaud.

Thomas savait qu'elle venait de l'insulter, mais il s'en fichait. Son corps devait se remettre du contact de cette femme. Ses mains brûlaient d'envie de la ramener vers lui, et de reprendre là où elles s'étaient arrêtées. Envahi de désir, il ne pensait plus qu'à une chose : fermer la porte à clé et prendre Amelia contre le mur, sur le sol, le bureau, le tapis, devant la cheminée. Se glisser dans sa chaleur humide. Aller et venir en elle jusqu'à ce qu'elle en oublie son nom et qu'il en perde ses qualités d'homme civilisé.

— Je comprends que ce que j'ai dit au bal a blessé votre orgueil, poursuivit-elle calmement. Mais, comme vous pouvez le voir, ma réaction prouve que j'ai eu tort. Voilà, je reconnais la supériorité de vos compétences sexuelles. Maintenant, pouvez-vous me laisser seule ?

Thomas eut peine à croire ce qu'il venait d'entendre. Ce n'était pas sous cette forme qu'il avait anticipé l'aveu d'Amelia. Le terrible apogée devait se produire avec plus d'humilité de la part de la jeune femme. Elle devait le supplier de mettre fin à ses tourments et de la prendre. Bien sûr, il l'aurait alors repoussée. Il n'avait jamais été écrit qu'elle devait admettre ses torts puis lui demander calmement de la laisser seule.

— Après cette confession, êtes-vous certaine que c'est ce que vous voulez ?

Amelia détourna le regard et se passa une main dans les cheveux.

— Oui.

Plus tard, il se dirait que la situation était préférable ainsi. Il se rendrait compte que ce jeu de séduction ne l'intéressait plus. Elle avait voulu qu'il se sente petit et mesquin. Continuer sur sa lancée aurait été lui donner raison. C'était donc terminé, le jeu prenait officiellement fin. Il devait à présent tenir le rôle qu'on lui avait assigné. Celui de tuteur et d'employeur. Ce qui voulait dire qu'il devait partir… sur-le-champ.

— Alors qu'il en soit ainsi, déclara-t-il avec solennité.

Elle tourna les yeux vers lui, comme si elle craignait qu'il ne mente.

— Je vous laisse à vos tâches, ajouta-t-il. Demain, prenez votre journée pour faire vos valises.

Il s'inclina et sortit.

À l'instant où le vic… euh… Thomas disparut, Amelia s'enfonça dans sa chaise et prit une longue bouffée d'air. Cet homme avait eu la langue dans sa bouche, les mains sur son sein, et des parcelles de lui connaissaient à présent des parcelles d'elle aussi intimement qu'elle-même se connaissait. Elle ne pouvait plus penser à lui en termes formels désormais.

Dieu du ciel, que lui avait-il pris de l'embrasser aussi fougueusement ? Lorsqu'il l'avait laissée, encore brûlante de désir, elle n'avait plus vu que son hypocrisie. Elle avait voulu lui prouver que la puissance de leur attirance ne venait pas seulement d'elle. Mais le savoir n'arrangeait pas la situation. En réalité, elle était bien pire à présent.

Comme il était différent de lord Clayborough… Le baron ne provoquait pas un millième du frisson que le vicomte éveillait en elle. Mais ce n'était rien d'autre que cela : une réaction charnelle à un homme séduisant – sublime. Ce qu'elle partageait avec lord Clayborough était plus profond. C'était pourquoi son absence de réponse aux trois lettres qu'elle lui avait adressées était si troublante. Alors qu'il s'était toujours montré si empressé avec elle, son comportement actuel semblait totalement incohérent. Quelque chose n'allait pas. Et, pour aggraver ses problèmes, voilà qu'elle devait voyager à Londres avec Thomas et sa famille.

Tandis qu'elle désespérait, pensant que la situation ne pouvait être pire, elle se rappela que lord Clayborough se trouvait à Londres. L'information lui revint dans un immense soulagement, pareil à celui que l'on ressent en décelant la terre ferme au milieu d'un sable mouvant, et non dans l'excitation vertigineuse qu'une femme éprouve à l'idée de revoir son bien-aimé. Mais ses sentiments étaient immatériels. La seule chose qui comptait, c'était que, au bout d'un mois, lord Clayborough et elle seraient enfin réunis. Le vicomte n'avait pas idée du cadeau qu'il venait de lui faire. Un cadeau dont elle avait l'intention de profiter au maximum.

Chapitre 15

Le voyage à Londres se déroula sans incident. Ils arrivèrent à la résidence de la vicomtesse, à Mayfair, à 14 heures précises. Une heure plus tard, alors que lady Armstrong et ses filles avaient quitté la maison depuis cinq minutes à peine, Amelia et le vicomte se disputaient déjà.

La jeune femme se tourna vers Thomas, posté à l'autre bout du salon. À présent, comme par un accord tacite, ils prenaient soin de se tenir à une distance considérable l'un de l'autre dès que les circonstances les obligeaient à se trouver dans la même pièce.

— Votre mère m'a invitée à me joindre à elle et vos sœurs. J'aimerais y aller.

— Votre père ne vous a pas confiée à moi pour que vous puissiez traîner en ville et profiter de ses plaisirs.

— Donc vous m'interdisez une sortie à Bond Street ? J'ai besoin de quelques affaires personnelles. Que dois-je faire ?

— Faites une liste, je chargerai quelqu'un de s'en occuper pour vous.

Amelia compta silencieusement jusqu'à cinq, se retenant de le frapper avec un des candélabres ornant le dessus de la cheminée.

— Je suis donc prisonnière de cette maison ?

— Eh bien, voyons voir. Vous êtes consignée dans cette maison jusqu'à dimanche, date de notre départ. Oui, je dirais que c'est une vision pertinente de la situation.

Il ne souriait pas. Sa mâchoire serrée et ses yeux de glace indiquaient que, sur ce point, il ne lui accorderait pas la moindre latitude. Comment allait-elle informer lord Clayborough de son arrivée en ville ? La tâche s'annonçait presque irréalisable.

— Si vous voulez bien préparer cette liste…

Lèvres pincées, visage bouillonnant de colère, Amelia le foudroya du regard. Sa colère n'était pas seulement dirigée contre l'obstination de cet homme, mais aussi contre la façon dont il la traitait. Lorsqu'il s'adressait à elle – fait rare ces derniers jours –, il le faisait d'un ton sec, et uniquement pour l'informer de ses tâches. Eût-elle paradé nue devant lui, il ne lui aurait prêté aucune attention. Elle avait beau se répéter que cette indifférence était tout ce qu'elle désirait de lui, ses pensées résonnaient parfois en elle comme l'écho vide d'une triste et ardente prière. Elle aurait aimé ne pas être touchée, mais, à son grand désespoir, elle devait bien admettre qu'elle l'était.

— Ne vous dérangez pas. Je me débrouillerai toute seule, lâcha-t-elle sèchement avant de tourner les talons et de quitter la pièce.

Le claquement de ses pas résonna bruyamment sur le parquet du vestibule. Lorsqu'elle pivota pour prendre l'escalier menant au premier étage, elle tourna les yeux, par réflexe, vers la porte du salon, et aperçut Thomas qui l'observait. Il inclina légèrement la tête, le regard calme, le visage impénétrable.

Amelia monta les marches à toute vitesse, son cœur battant au rythme de ses pas.

Contrairement à beaucoup de femmes accomplies de la haute société, Amelia n'avait pas l'oreille musicale ; elle était incapable de chanter une note juste ou de jouer du piano. De même, elle serait certainement morte d'ennui si elle avait dû s'adonner une fois de plus à la broderie. En revanche, elle aimait lire, avec une prédilection pour les romans. Il était donc logique qu'elle se réfugie dans la bibliothèque. Les œuvres des auteurs les plus prolifiques et les plus estimés ornaient les étagères de la vicomtesse. La pièce était un rêve de lecteur, et Amelia s'y trouva une heure plus tard.

Elle passa un doigt sur la tranche de *La Mégère apprivoisée*. Elle hésitait entre une comédie shakespearienne et une romance tragique comme *Jane Eyre*.

Un raclement de gorge sortit Amelia de sa rêverie. Elle tourna brusquement la tête vers la porte. Dans l'encadrement se trouvait le grand – très grand – valet, Johns.

— Je m'excuse, madame, mais monsieur requiert votre présence dans le petit salon.

Le pouls de la jeune femme s'accéléra, et elle ne put réprimer le frisson d'impatience qui la parcourut. Elle fit un bref signe de tête au valet.

— Veuillez lui dire que je descends dans un moment.

— Oui, madame.

Il s'inclina et sortit.

Thomas n'était pas sorti ? Elle le croyait parti depuis une heure. La vicomtesse lui avait dit qu'il séjournerait dans sa résidence de célibataire. Mais il était toujours là. Et il désirait la voir.

Amelia fut tentée de descendre sur-le-champ, mais un tel empressement l'aurait fait paraître trop soucieuse et trop impatiente de se plier à sa volonté.

Qu'il piétine un peu. Il ne pouvait pas toujours avoir ce qu'il voulait. Dix minutes semblaient une attente raisonnable.

Neuf minutes plus tard, elle passa le seuil du petit salon et s'arrêta brusquement à la vue de Camille Foxworth en pleine discussion avec Thomas.

Laissez-le, il est à moi. Peut-être était-ce la surprise de trouver cette femme dans ces lieux qui provoqua en elle une réaction si primitive. Elle inspira profondément, fit taire sa voix intérieure et s'avança.

— Ah, la voici, Camille, dit Thomas en se tournant vers elle.

Malgré la désinvolture du vicomte, Amelia sentit qu'elle venait d'interrompre une conversation privée, ce qui la rendit aussi belligérante qu'un enfant auquel on aurait arraché son jouet alors qu'il commençait tout juste à s'amuser avec.

Il souriait, pour la première fois depuis plusieurs jours, remarqua-t-elle avec rancœur. Apparemment, Miss Foxworth lui avait rendu sa bonhomie.

— Lady Amelia Bertram, permettez-moi de vous présenter Miss Camille Foxworth.

Amelia força ses membres et les muscles de son visage à se détendre. Lorsqu'elle fut capable de dépasser son dépit, une question lui vint à l'esprit. *Que fait-elle ici?* Puis une idée terrifiante la frappa, avec la même force que lord Stanley lui écrasant les orteils au cours d'une énergique polka – cet homme pesait au moins cent kilos. Thomas n'avait tout de même pas l'intention de…? Non, l'idée était grotesque.

Miss Foxworth lui sourit et lui adressa une élégante révérence.

— Bonjour, lady Amelia. Je crois que nous avons déjà été présentées. Au cours du bal des Randall, en début de Saison.

Réduisant les mondanités d'usage à leur strict minimum, Amelia lui répondit par un hochement de tête, sans rien trahir de ses émotions. Voyant son visage de marbre, Thomas lui lança un regard des plus désapprobateurs.

— Oui, je m'en souviens, dit-elle, enrobant sa voix d'une fine couche de glace.

Amelia ne prêta pas attention au deuxième regard de réprimande de Thomas.

— Miss Foxworth a accepté de vous servir de chaperon en l'absence de ma mère.

Les traits du vicomte s'adoucirent instantanément quand il se tourna vers Miss Foxworth – qui levait sur lui des yeux adorateurs, comme s'il était Dieu sur Terre.

Voyant ses horribles soupçons se confirmer, Amelia se tourna à son tour vers la femme. Elle toisa sa maigre silhouette, dans sa robe vieillotte de matrone, et croisa ses yeux, deux phares bleus éclairant son teint spectral. Une colère démesurée s'empara d'elle.

— Vraiment ? Miss Foxworth a sûrement des choses bien plus intéressantes à faire que d'assumer une telle mission.

Amelia marqua un arrêt, le temps d'endiguer l'amertume qui se répandait en elle. Ces efforts furent vains. Le désir – le besoin – de réduire cette femme à sa misérable et dérisoire existence se révéla irrésistible.

— Quoique je suppose qu'une célibataire sans aucune perspective de mariage a beaucoup de temps libre, ajouta-t-elle.

Quand le tout dernier mot vint conclure la plus abominable affirmation ayant jamais franchi ses lèvres, Amelia aurait tout donné pour retirer son insulte. Elle maudit la raison – quelle qu'elle fût – qui l'avait poussée à une si cruelle insolence. Malheureusement, cette vague de contrition déferla trop tard.

Thomas poussa un soupir sifflant, et Miss Foxworth se contenta de baisser les yeux, comme pour cacher les effets de ces paroles.

Amelia aurait voulu que le sol s'ouvre sous ses pieds et l'engloutisse. Miss Foxworth ne s'était jamais attaquée à elle personnellement. Son seul crime était son association avec le vicomte et l'apparente adoration qu'elle lui vouait. Et puisque Amelia parvenait à dépasser cela avec la vicomtesse et ses filles, elle ne pouvait même pas considérer cet attachement comme un crime.

— Comme vous pouvez le voir, lady Amelia ne connaît toujours pas les bonnes manières, dit Thomas en serrant les dents. (Il adressa un faible sourire désolé à la femme.) Si vous voulez bien nous excuser, Miss Foxworth, j'aimerais m'entretenir en privé avec lady Amelia. Je vous ferai appeler dès que j'aurai fini.

Miss Foxworth hocha lentement la tête, puis sortit en silence, en balayant le sol du regard. La porte fit écho à son départ dans un léger cliquetis.

Le beau visage de Thomas semblait taillé dans la pierre. Amelia n'eut pas le courage de le regarder dans les yeux, mais elle adopta malgré tout une attitude défensive.

— Je sais parfaitement ce que vous allez dire, alors épargnez-moi votre sermon. Je suis tout à fait consciente que ce que j'ai dit...

Il lui saisit brutalement le bras, sa prise était implacable. D'un coup sec, il l'approcha de son corps rigide. Il ne la dépassait que d'une quinzaine de centimètres mais semblait se dresser devant elle avec une autorité monumentale.

— N'insultez plus jamais mon invitée en ma présence, dit-il dans un murmure crissant.

Il était furieux. Il était rouge de colère. Il semblait prêt à l'étrangler.

Si elle n'avait pas été d'un tempérament solide, elle serait rentrée dans sa coquille, comme beaucoup d'hommes avaient dû le faire devant un courroux de cette ampleur. Elle grimaça en sentant la peur s'insinuer en elle.

Il desserra sa prise mais ne la relâcha pas. Amelia ne chercha pas à se libérer.

— Pourquoi diable l'avoir choisie elle plutôt qu'une autre ? Votre ego est-il démesuré au point que vous ayez besoin d'une personne pour ramper devant vous jour et nuit ?

Voilà, elle avait révélé le point crucial de son objection.

Thomas ne répondit pas immédiatement. Il recula et l'observa. Sa colère avait laissé place à quelque chose de plus énigmatique, de troublant.

— Que croyez-vous, au juste, que j'aie l'intention de faire avec elle ?

— Je me fiche bien de savoir ce que vous *ferez* avec elle. Simplement, je n'ai nulle envie d'être impliquée.

Il lâcha son bras et fit un pas en arrière. Amelia put enfin respirer. Elle trouvait désolant que son esprit s'embrouille et que toutes ses terminaisons nerveuses se mettent au garde-à-vous dès que le vicomte s'approchait d'elle.

Il continua de l'observer attentivement, ses longs cils blonds déployés en éventail au-dessus de ses pommettes.

— Bonté divine, je crois bien que vous êtes jalouse.

Il émana de ces mots, prononcés à mi-voix, une terrifiante vanité. Petruchio se délectant de l'obéissance de Catharina n'aurait pas eu l'air plus fier de lui.

Amelia fut prise d'un rire nerveux avant de retrouver l'usage de la parole.

— Vous ne pourriez vous tromper davantage. Mais je suis certaine que cette idée nourrit à merveille votre ego surdimensionné.

— Ah non ? C'est pourtant l'impression que vous donnez. (Il haussa les sourcils.) Qu'avez-vous contre Miss Foxworth ? En quoi cela vous dérange-t-il qu'elle rampe à mes pieds – comme vous le dites de façon si amusante ?

— Ce n'est pas ce qui me dérange dans cette situation. Je n'ai simplement pas envie d'être utilisée.

— Et, dites-moi, à quelles fins, au juste, êtes-vous utilisée ?

— Eh bien, pour, euh, pour…

Seigneur, voilà qu'elle bredouillait de nouveau.

Il la regarda comme s'il pouvait lire ses pensées et se réjouissait de ce qu'il y trouvait.

— Si vous avez peur qu'il y ait quelque chose entre Miss Foxworth et moi, vous pouvez être rassurée.

— Je m'en fiche…

Il n'eut que deux pas à faire pour se retrouver à quelques centimètres d'elle. Son parfum viril l'enveloppa dans une prison sensuelle. Il posa délicatement son index sur les lèvres d'Amelia pour la faire taire.

— Vous êtes peut-être la femme la plus agaçante que j'aie jamais rencontrée, mais il y a une chose que j'avais commencé à admirer chez vous : votre candeur. Ne gâchez pas tout maintenant, murmura-t-il.

Les yeux levés vers lui, Amelia ne savait pas ce qui la réduisait au silence, son audace ou son doigt sur ses lèvres.

— Maintenant, poursuivit-il, avec une décontraction à toute épreuve, si vous souhaitez piquer une crise de jalousie, trouvez une bonne raison. Par exemple, pensez à mon rendez-vous de ce soir.

— Une séance de débauche avec votre traînée de maîtresse, je présume.

Brusquement, elle recula d'un pas et lui tapa la main.

— Quelle importance cela peut-il vous faire, avec qui je couche, maîtresse ou autre ? demanda-t-il calmement.

Amelia se rendit compte qu'elle avait pensé tout haut. Une bouffée de chaleur parcourut tout son corps. Si seulement elle pouvait effacer cette stupide phrase.

— Je me fiche de savoir qui partage votre lit.

Thomas rejeta la tête en arrière et éclata d'un rire sec. Elle se retint de lui asséner la gifle du siècle.

— C'est ce que vous dites. Cependant, j'ai la nette impression que cela vous importe plus que vous ne voulez l'admettre, ou que vous n'oserez jamais l'admettre.

—Croyez ce que voulez.

Évitant son regard – la lueur narquoise au fond de ses yeux verts –, Amelia tourna les talons et quitta la pièce d'un pas raide. Le rire railleur du vicomte continua de résonner dans son dos.

Thomas balaya du regard le salon de Grace et se demanda une fois de plus ce qu'il faisait là.

La perspective de s'adonner aux plaisirs simples de la chair, sans complication, avait dominé ses pensées lorsqu'il avait quitté la maison. Depuis plus d'un mois, il n'avait que sa main pour soulager ses besoins primaires. Il aurait dû brûler d'impatience à l'idée d'une rencontre avec Grace. Ce n'était pas le cas. Et il ne tenait pas à en examiner la raison.

—Mon chéri, lança la voix chantante de sa maîtresse.

Thomas sursauta puis se tourna vers elle. Grace entra fièrement dans la pièce, mains tendues. Elle portait un peignoir soyeux sur une nuisette rose pâle tout aussi soyeuse, épousant ses formes généreuses. Avant qu'il ne puisse répondre, elle l'enlaça, tête rejetée en arrière, prête à recevoir un baiser.

Thomas déposa un baiser forcé sur ses lèvres maquillées de rouge puis se libéra rapidement de son étreinte et de son parfum outrageusement sucré. La joie s'effaça du visage de Grace, qui se fendit d'un sourire faussement radieux.

— Vous ne m'aviez pas dit que vous veniez en ville, lui reprocha-t-elle gentiment tout en lui caressant le bras.

Cette caresse échoua à éveiller son désir. À ce moment-là, Thomas sut ce qu'il devait faire, et ne put s'empêcher d'avoir un pincement au cœur.

Il lui prit la main et la conduisit jusqu'au canapé de chintz aux motifs floraux.

— Venez. J'ai à vous parler.

Grace obéit sans un mot, son vêtement tendu par la courbe harmonieuse de ses hanches et de ses cuisses. Un léger malaise pointait dans ses yeux noisette.

— Vous voulez me parler avant que nous allions dans la chambre ?

Une fois de plus, son sourire était forcé.

— Je ne suis pas venu dans ce but. Je suis venu vous dire que je mettais fin à notre arrangement, dit-il sur un ton terre à terre, tout en gardant sa main dans la sienne.

La force de la gifle le prit par surprise, provoquant une douleur cuisante dans sa joue. Il regretta de ne pas lui avoir tenu les deux mains.

— Espèce de vaurien.

La rage déforma les traits de Grace, son joli visage perdit soudain son attrait. Ses pupilles devinrent deux pointes noires et sa bouche écarlate sembla prête à pousser un cri strident de chat en colère.

Elle bondit sur ses pieds et se mit à le marteler de coups de poings, sur les épaules et les bras.

L'instinct de survie prit enfin le dessus et Thomas se leva pour attraper les petites mains de la jeune femme avant qu'elle ne parvienne à faire de véritables dégâts.

— Dieu du ciel, Grace, contrôlez-vous donc.

Il la tenait fermement tandis qu'elle se débattait pour se libérer.

— J'ai sacrifié une année pour vous. Une année au cours de laquelle j'aurais pu avoir n'importe quel gentleman de Londres. Ils me désiraient tous ! Savez-vous combien d'hommes m'ont proposé leur protection ? Des hommes que j'ai éconduits en vous attendant, et vous n'avez même pas pris la peine de me rendre visite en trois mois.

Brutalement, sans qu'il s'y prépare, elle cessa de lutter. Elle se laissa tomber mollement sur le canapé. Thomas la relâcha et s'assit rapidement de l'autre côté de la table basse, hors de portée de Grace.

Elle cacha son visage dans ses mains et tout son corps fut secoué de violents et bruyants sanglots.

Thomas pouvait tout endurer. Tout, sauf une femme désespérée et en larmes. Et cela faisait trois ans qu'il n'avait pas eu à subir une telle scène. Son choix s'était porté sur Grace car elle ne lui avait pas semblé encline aux crises de larmes. Son aplomb était ce qu'il recherchait chez une maîtresse. Avec elle, nulle hystérie. Sa mission était simple : soulager ses besoins charnels et sortir à son bras en cas de besoin. C'était du moins ce qu'il avait cru. Quatre mois après la conclusion de leur accord, elle avait dissipé cette première impression en commençant à se plaindre de la rareté de leurs rencontres. Depuis ce jour, Thomas savait que la durée de leur relation était limitée. De toute évidence, il aurait dû y mettre un terme plus tôt, pensa-t-il en frottant sa joue enflammée et en se tordant la mâchoire.

— Vous saviez depuis le début que ce genre d'arrangement est temporaire, dit-il.

Grace respirait lourdement. À ces mots, elle leva brusquement la tête, ôta les mains de son visage, laissant paraître deux yeux rouges et gonflés et des joues baignées de larmes.

— C'est à cause de cette femme, n'est-ce pas ? Elle a exigé que vous renonciez à moi ?

Les pensées de Thomas se dirigèrent immédiatement vers Amelia. Comment Grace pouvait-elle savoir ?

— Quelle femme ? demanda-t-il sèchement.

— La satanée duchesse de Bedford. Celle qui est venue ici il y a trois semaines. Oh, elle a prétendu s'être trompée de maison. Elle croyait soi-disant qu'une Mrs Franklin vivait ici. Mais j'ai eu beau l'assurer qu'aucune femme de ce nom n'habitait cette maison, elle n'est pas partie. Elle a commencé à me poser des questions sur vous. Est-ce que nous nous connaissions, vous et moi ? Elle m'a dit que vous aviez été proches. (Elle s'arrêta pour essuyer ses larmes.) Je ne suis pas sotte. Je sais pourquoi elle était là.

Affligé mais soucieux de ne pas trahir son inquiétude, Thomas garda son calme.

—Je ne suis pas lié à la duchesse et n'ai aucunement l'intention de la fréquenter.

Jamais, jamais plus.

—Vous mentez, l'accusa-t-elle avec amertume.

—Pourquoi diable vous mentirais-je ? Vous n'êtes pas ma femme. Je n'ai rien à cacher.

Les lettres étaient déjà enquiquinantes, mais, en rendant visite à sa maîtresse, la duchesse faisait preuve d'une témérité bien plus alarmante. Il mettrait fin à cette comédie sans tarder.

—Vous n'avez jamais eu avec elle de discussions à mon propos ? poursuivit Grace, toujours sceptique.

—Je n'ai plus aucun contact avec cette femme depuis plus de sept ans. J'étais tout juste un homme quand nous nous sommes rencontrés.

Une faible lueur d'espoir s'alluma dans les yeux encore humides de Grace.

—Alors pourquoi…

—Mais cela ne change rien entre nous. (Il poussa un soupir de lassitude.) Je ne vous ai fait aucune promesse, Grace. Vous vous comportez comme si vous attendiez plus. Je ne vous ai jamais proposé autre chose.

—Oui, j'étais là uniquement pour vous soulager quand vous étiez en manque, dit-elle, la voix étouffée par les larmes.

—C'est à cela que sert une maîtresse, répondit Thomas, regrettant de devoir se montrer aussi impitoyable.

—Je suis tombée amoureuse de vous.

Elle se leva lentement, tout en continuant d'essuyer les larmes qui coulaient sur son visage.

Thomas ferma brièvement les yeux. Ses craintes venaient d'être confirmées. Elle croyait l'aimer. Il se consola en se disant qu'il ne lui faudrait que quelques mois pour jeter son dévolu sur un autre.

Miss Grace Howell, malgré ses airs frivoles et son apparente invulnérabilité – auxquels il avait cru lors de leur première rencontre –, n'avait pas les qualités requises pour mener une vie de femme entretenue. Elle s'attachait trop facilement. Ce dont elle avait besoin, c'était un époux, et non d'un protecteur. Il aurait dû le comprendre dès le début. Cette prise de conscience arrivait un cœur brisé trop tard.

— Je suis désolé de l'entendre.

Il ne voyait pas quoi dire d'autre.

Au lieu de retourner à ses sanglots, elle reprit ses esprits et le foudroya du regard.

— Vous êtes encore plus insensible que le dit la rumeur. N'y a-t-il donc rien qui vous atteigne ? Hormis votre précieuse maman et vos chères petites sœurs ? N'y a-t-il pas une seule femme au monde qui trouve grâce à vos yeux ?

Une vision d'Amelia s'imposa à son esprit, dans une zone où elle s'attardait un peu trop ces derniers temps. Il la chassa énergiquement.

— Je m'assurerai qu'il y ait assez d'argent sur votre compte en banque pour vous permettre de vivre jusqu'à ce que vous trouviez une nouvelle situation.

Trois mois devaient suffire. Le comte de Chesterfield, qui attendait avec impatience qu'Armstrong se lasse de Grace – à en croire les dires de la jeune femme –, tomberait sur sa proie au bout de deux semaines.

—Gardez votre maudit argent.

S'il lui avait tendu une traite bancaire, il l'aurait vue la réduire en miettes et la piétiner sous ses pantoufles à rosettes. Et, dès qu'il aurait eu le dos tourné, elle se serait mise à quatre pattes et aurait ramassé les morceaux pour les recoller. La fierté et la colère provoqueraient la première réaction, le sens pratique et la logique la seconde.

—Je le déposerai sur votre compte. Faites-en ce que vous voulez.

D'ici là, sa colère se serait émoussée.

Thomas sortit de chez elle pour la dernière fois, avec les idées sombres. *Les femmes ne valent pas tout le souci qu'elles nous causent.*

Au lieu d'une soirée dans des draps de soie, Thomas se retrouva assis dans la petite bibliothèque de Cartwright, sur John's Street. Les deux hommes, un verre de porto à la main, étaient affalés dans des fauteuils de brocart, vert sombre pour l'un et bordeaux pour l'autre, devant une cheminée de marbre où crépitait un bon feu.

—Elle a bondi sur moi comme un chat. (Thomas lança un regard en coin à son ami. Toute cette histoire l'avait épuisé.) Ses griffures me laisseront des cicatrices, cela ne fait aucun doute.

Dans la voiture, un petit miroir lui avait déjà révélé un léger bleu près de la joue.

— Qui diable vous a dit de le faire en personne ? le fustigea Cartwright en étendant ses jambes sur l'ottomane en face de lui. Quelques fleurs et une note auraient dû suffire, éventuellement une petite babiole.

— Oui, enfin, ce n'était pas mon intention quand je suis parti de chez moi.

Après cette remarque, son ami fronça les sourcils avec perplexité et prit une gorgée de porto.

— Alors pourquoi l'avoir fait ? demanda-t-il en posant son verre sur la table en séquoia à côté de lui.

Oui, pourquoi ? Thomas avait beaucoup réfléchi à cette question après avoir pris congé de Grace. Il haussa les épaules, l'air désarmé.

— Je ne sais pas. Sans doute parce que je commençais à m'ennuyer avec elle et qu'elle devenait trop possessive. Trop exigeante.

— Oui, ces choses arrivent. Mais, dans votre cas, plus tôt que d'habitude. Depuis combien de temps la fréquentiez-vous ? Six mois ? Un an ?

— Quelle importance ? C'est de l'histoire ancienne à présent. Maintenant, mon souci le plus urgent à régler concerne cette satanée Louisa.

— Et qu'a donc fait notre blonde duchesse, cette fois-ci ? demanda Cartwright, pince-sans-rire, les yeux brillants de curiosité.

Thomas lui raconta ce que Grace lui avait révélé.

— Aller voir votre maîtresse, dans sa maison… C'est d'une audace folle. Et son mari qui n'est parti que depuis trois mois. Les années l'ont changée. Je ne l'aurais jamais crue capable d'un acte si téméraire quand nous l'avons rencontrée. Quoique, il y avait eu l'incident avec Rutherford…

Oui, l'incident.

Thomas avait été assez naïf pour croire Louisa quand elle lui avait dit qu'elle l'aimait et qu'elle l'épouserait, même sans le sou. À cette époque, en effet, son compte en banque était désespérément vide.

Sa beauté blonde et son innocence enjôleuse l'avaient totalement vampirisé. Mais ce voile d'innocence était brutalement tombé lorsqu'il l'avait surprise en train d'enlacer Rutherford au cours d'un bal où Thomas n'était pas censé se rendre. D'abord, il était resté immobile, sous le choc, caché derrière la haie du jardin. Puis il avait attendu, bouillonnant de colère, pour voir jusqu'où elle avait l'intention d'aller.

Même si Rutherford avait gentiment mais fermement repoussé les mains de Louisa de son cou et quitté les lieux peu de temps après, l'incident avait quelque peu égratigné leur amitié. Thomas avait affronté Rutherford le lendemain, mais le temps qu'il ravale sa fierté pour demander des comptes à Louisa, celle-ci était déjà fiancée au duc de Bedford.

La cruelle vérité avait alors jailli sous les yeux de Thomas. Lui, un jeune vicomte sans le sou, avec son titre pour seul attrait, une mère et des sœurs à entretenir, n'avait été qu'une diversion pour Louisa, qui attendait une demande en mariage d'une de ses deux victimes désignées. Peu lui importait que Thomas ait eu l'intention de l'épouser.

— Alors comment comptez-vous gérer la situation ? poursuivit Cartwright.

— Eh bien, je ferais mieux de parler à cette satanée duchesse, maintenant, vous ne croyez pas ? Elle ne me laisse guère le choix, et je suis certain que c'était là précisément son intention.

Thomas inclina la tête et passa une main lasse sur son visage.

— Alors vous devriez venir avec moi au bal de lady Forsham. Je sais de source sûre que Sa Grâce compte y faire une apparition.

Thomas leva la tête et lança un regard sceptique à Cartwright.

— Vous voulez que je l'affronte à un bal ? Je ne tiens pas à donner davantage de grain à moudre à ces maudites langues de vipère.

— Préférez-vous vous rendre chez elle ou, mieux, lui donner rendez-vous dans votre maison ? Je vous déconseille fortement le tête-à-tête.

Cartwright n'avait pas tort. Rien de bon ne pouvait découler d'un tête-à-tête. Et plus Thomas pensait à l'éventualité du bal, plus l'idée lui semblait envisageable. Louisa attachait bien trop d'importance à son statut social pour faire un esclandre lors d'un événement mondain d'une telle ampleur.

— Très bien, j'irai, mais ne vous imaginez pas que je resterai toute la soirée. J'ai beau trouver follement amusantes ce genre de petites sauteries, j'ai d'autres responsabilités à assumer. Comme garder un œil sur Amelia, que j'ai amenée en ville et pour qui j'ai dû engager un chaperon. Je suis presque sûr qu'elle essaiera de contacter Clayborough et, même si je ne doute pas que Camilla sera consciencieuse et prudente, je ne veux prendre aucun risque.

Cartwright éclata de rire.

— Vous voilà plongé jusqu'au cou dans la gestion des femmes difficiles ! Mais, franchement, Armstrong, Miss Foxworth pour chaperonner lady Amelia ? Avez-vous toute votre tête ? Si les choses vont si mal, peut-être puis-je vous aider. Cela ne me dérangerait pas de garder un œil sur elle à votre place.

Ses yeux brillaient d'une lueur joyeuse et ses sourcils noirs frétillaient.

Thomas ne trouvait rien d'amusant à cela mais esquissa tout de même un sourire forcé, malgré la violente protestation de ses muscles faciaux.

— Merci, mais je crois pouvoir m'en sortir.

Cartwright pencha la tête sur le côté et plissa les yeux.

— Et par vous en sortir, vous voulez dire… ?

Thomas abandonna sa posture décontractée pour se redresser sur son fauteuil.

— Que diable croyez-vous que je veuille dire ?

Cartwright leva une main comme pour feindre la reddition.

— Tout doux. Inutile de monter sur vos grands chevaux à cause d'une simple question, dit-il en riant. Aux dernières nouvelles, vous comptiez infliger à la belle Amelia sa… punition, de vos propres mains. Après tout, elle a remis en cause vos prouesses sexuelles. Je vous demande seulement comment les choses ont évolué en ce sens.

Thomas savait ce que son ami avait en tête. Il émit un rire forcé, guttural, se renfonça dans son fauteuil, puis gratifia Cartwright d'un sourire crispé avant de prendre une longue gorgée de porto.

— Je me suis rendu compte qu'elle n'en valait pas la peine, dit-il après avoir posé son verre.

Cartwright éclata d'un rire gras, les yeux pétillants.

— Les choses vont si mal que cela ? Eh bien, je suis certain que des dizaines de femmes seraient prêtes à recevoir la punition que vous réserviez à lady Amelia. Quoique, si vous recherchez une maîtresse qui ne s'attachera pas trop, une personne comme lady Amelia est exactement ce qu'il vous faut.

Une vague de chaleur embrasa le visage de Thomas. Soudain, il se ferma, espérant que Cartwright prendrait son rougissement pour du dégoût et non de la culpabilité.

— Je n'exige qu'une seule chose des femmes que je mets dans mon lit : du respect. Il est également préférable que j'aie quelque affection pour elles.

Cartwright finit son verre, puis se leva paresseusement et se dirigea vers son bureau pour s'en servir un autre. Il se tourna vers son ami et leva la carafe en verre dans sa direction. Thomas déclina la proposition d'un mouvement de tête.

— Quand rentrez-vous dans le Devon ? demanda Cartwright en revenant vers son fauteuil.

— Dimanche.

— Parfait. J'ai besoin d'une occupation pendant que le duc est en ville. Si je reste, il voudra me voir. J'aimerais mieux être enfermé à Newgate que de passer du temps avec mon père.

Normalement, Thomas n'aurait pas vu d'inconvénient à ce que son ami loge à Stoneridge Hall – il y venait souvent dormir depuis leur enfance –, mais cette fois-ci… cette perspective le gênait. Ne pouvait-il pas éviter le duc sans quitter la ville ? À croire que Londres n'était pas assez vaste pour contenir deux Cartwright.

— Cela ne pose pas de problème, si ? demanda son ami, troublé par le silence de Thomas.

Ce dernier secoua rapidement la tête.

— Non, pas du tout.

Cependant, quelque chose en lui réfuta la demande – avec force.

— Merveilleux. Cela me permettra de faire plus ample connaissance avec lady Amelia. Nous nous sommes rarement croisés et n'avons échangé jusqu'ici que de vagues politesses.

Cartwright semblait dans l'attente d'une réaction de son ami.

Mille protestations se préparaient à jaillir des lèvres de Thomas. Ce dernier n'en prononça aucune, ne bougea pas un cil.

— Je suis certain qu'elle sera ravie de cette compagnie.

Tout bien réfléchi, il prendrait bien un autre verre.

Chapitre 16

Il n'y avait pas à tergiverser. Amelia savait ce qu'elle avait à faire. Et le faire sans tarder lui permettrait d'éviter la gêne au dîner. Sans rien d'autre qu'un profond sentiment de regret pour ranimer son courage en berne, elle frappa à la porte de la chambre et attendit, craintive.

La porte s'ouvrit presque immédiatement. Camille Foxworth se tenait de l'autre côté et la regardait avec de grands yeux outrés, peut-être même horrifiés. Comment lui en vouloir? La pauvre femme s'imaginait sans doute qu'Amelia était venue la dépouiller de ses derniers lambeaux de dignité. Terminer le travail, en quelque sorte. C'était compréhensible. Elle avait subi l'insulte suprême.

— Lady Amelia, je… je…

— Pouvez-vous m'accorder un instant, Miss Foxworth?

— Oui, oui, bien sûr.

Troublée, nerveuse, elle se décala sur le côté pour laisser entrer Amelia.

La chambre était similaire à la sienne: même décoration, mêmes dimensions. Elle était tout aussi spacieuse, agréablement chauffée, ornée de meubles solides et élégants et d'un charmant lit à baldaquin. Apparemment, Miss Foxworth, tout comme elle, était traitée en invitée plus qu'en employée.

En silence, Miss Foxworth referma la porte et se tourna vers elle. Amelia déglutit.

— Je vous prie de m'excuser pour mon comportement de cet après-midi. J'ignore ce qui m'a conduite à prononcer des paroles aussi méchantes, aussi injustifiées. Ma grossièreté est inexcusable et hautement répréhensible.

Une fois terminée sa piètre tirade d'excuse et de contrition, Amelia put tout juste soutenir le regard de la femme. L'orgueil était plus difficile à ravaler que des fraises trempées dans le chocolat, et son goût était loin d'être aussi agréable au palais.

Pendant un instant, Miss Foxworth se tint immobile, l'air hébété, telle une personne venant de recevoir un coup violent à la tête. Puis elle se mit à parler rapidement en agitant les mains.

— Lady Amelia, vous n'avez pas à vous excuser. Croyez-moi, à mon âge et au vu de ma situation, j'ai entendu bien pire. Vous n'avez dit que la vérité.

Tant d'autodénigrement. Personne ne devrait être immunisé contre les insultes au point d'y être résigné. D'en faire si peu de cas. La honte traversa sa conscience comme un coup de poignard qu'Amelia ressentit au plus profond d'elle-même.

— Non, dit-elle catégoriquement. J'ai toutes les raisons de m'excuser. Ce que j'ai dit, mon attitude... C'est inqualifiable. J'ai vraiment honte de moi.

Miss Foxworth esquissa un sourire timide qui éclaira ses yeux bleus et mit en valeur de belles pommettes hautes qu'Amelia découvrit pour la première fois. Elle fut frappée de trouver soudain cette femme beaucoup moins quelconque qu'elle ne l'avait considérée au départ. Oui, son allure pouvait certainement être améliorée, et la première chose qu'Amelia suggérerait serait un changement de garde-robe, celle de Miss Foxworth semblant essentiellement constituée de couleurs claires n'aidant guère à rehausser son teint pâle.

— Vous avez de si jolis yeux et de si jolies pommettes.

Miss Foxworth tourna la tête comme pour rejeter le compliment, mais son visage avait pris la teinte d'un abricot mûr.

— S'il vous plaît, lady Amelia, il est inutile de...

— Je ne dis pas cela pour me rattraper. Croyez-moi, je ne suis pas aussi gentille, exagéra-t-elle, cherchant à tout prix l'apaisement.

— Je vous crois plus gentille que vous ne le dites.

— Je connais certaines personnes qui vous contrediraient, répondit Amelia avec un petit rire.

Après un silence poli et partagé, elle tourna les yeux vers le lit ; un journal était ouvert sur le dessus-de-lit à fleurs.

— Je vois que je vous ai interrompue, ajouta Amelia. Je devrais vous laisser retourner à votre lecture.

Miss Foxworth jeta un regard coupable au journal.

— Oh, ce n'est qu'une feuille de chou. Il paraît que, si l'on doit s'adonner au scandale, il vaut mieux le faire sur papier, à l'encre noire, et sans être impliqué personnellement.

Camille Foxworth avait donc le sens de l'humour. Une surprise, étant donné ce qu'Amelia avait vu d'elle et le peu qu'elle savait de cette femme. Cette découverte était toutefois bienvenue.

— Oui, je suppose que c'est la seule façon de trouver cela acceptable. J'espère que les scandales vous apportent une distraction satisfaisante.

— Rien de terriblement scandaleux pour le moment. Cependant, la ville est en effervescence à cause du bal de demain soir.

— Et de quel bal s'agit-il, dites-moi ?

Amelia posa cette question par simple curiosité. Après sa dernière apparition publique, elle n'était guère pressée de participer de nouveau à un événement de cet ordre.

— Le bal de lady Forsham.

Amelia s'immobilisa. Se pouvait-il que les astres s'alignent en sa faveur ? Non seulement son père et elle avaient reçu une invitation pour ce gala des mois auparavant, mais aussi lady Forsham était la tante de lord Clayborough, que celui-ci considérait comme une seconde mère. Il serait au bal, cela ne faisait aucun doute.

— Nous devrions y aller.

Amelia pria silencieusement pour trouver un moyen. Elle irait à ce bal, contre vents et marées, même si elle préférait ne pas avoir à lutter contre les éléments.

Après un silence significatif, Miss Foxworth sourit, comme si la prudence devait être préservée à tout prix.

— Mais bien sûr, vous devez être invitée. J'en parlerai à lord Armstrong à son retour. Il sera sûrement disposé à nous servir d'escorte.

— Lord Armstrong m'a déjà informée qu'il avait d'autres projets pour la soirée.

Avec sa maîtresse. Non pas qu'elle y accordait de l'importance. Elle s'en moquait éperdument. Mais si la pauvre femme était assez naïve pour s'enticher de lui, un avertissement de cette nature pourrait la sauver à long terme.

— Alors peut-être vaut-il mieux ne pas…

— Et si nous décidons d'y aller, je pourrai demander à ma femme de chambre de vous coiffer. Elle manie le fer à friser avec brio. Je pense que des boucles vous siéraient à merveille. Bien sûr, il vous faudra une robe. (Amelia baissa des yeux critiques sur la tenue de Miss Foxworth.) Je crois qu'une couleur plus vive s'accordera mieux à votre teint.

Une lueur d'excitation apparut dans les yeux de Miss Foxworth. Rien de tel que la flatterie pour raviver la vanité d'une femme. *Et un beau vicomte pour conduire une innocente au scandale.*

— J'ai une robe bleue qui sera divine sur vous. Je peux demander à Hélène de la raccourcir de quelques centimètres et d'ajuster le corsage, et elle vous ira à la perfection. Nous essaierons aussi le maquillage. Un peu de rose aux joues sera très flatteur. Qu'en pensez-vous ?

Amelia était prête à la submerger de toutes les possibilités qu'offrait une telle entreprise.

Dieu merci, ses efforts furent payants. Avec l'aide d'Amelia, Miss Foxworth s'aventura dans une transformation radicale, les yeux brillants d'une excitation enfantine. En un claquement de doigts, le fait de se rendre au bal sans escorte ni autorisation du vicomte cessa d'être un problème.

Les effluves de parfums et de cire rendaient l'air capiteux. Thomas avait subi de bien pires odeurs au cours de sa vie, mais, ce soir-là, il suffoquait presque au milieu de cet écœurant mélange. Ou peut-être sa sensibilité était-elle éprouvée par sa répulsion à se trouver là.

Le bal n'était ouvert que depuis quelques minutes lorsque lady Stanton, accompagnée de sa fille, avait bondi sur Cartwright et lui comme un gigantesque chat chapeauté prêt à sortir les griffes. Voyant l'expression de Thomas, elle s'était sagement rabattue sur son ami. *Lord Alex, auriez-vous l'amabilité de faire danser ma petite Georgiana ?* Cartwright avait accepté sans rechigner. Il se plaignait souvent – étant un fils cadet, etc. – d'être régulièrement traîné de force sur la piste. L'imbécile. Échapper aux griffes des mères socialement ambitieuses et acharnées n'était pas une tâche pour les faibles et certainement pas pour un homme qui s'efforçait de se comporter en gentleman en toutes circonstances – du moins en public. Cartwright n'était pas du tout le saint que l'on croyait.

Les larges colonnes cannelées entourant la salle de bal constituaient les seules lignes droites de ce lieu autrement circulaire. Thomas se tint près du pilier le plus proche de la porte et jeta un regard morne sur les convives. La joie ambiante ne déteignait pas sur lui. Il se trouvait là dans un but bien précis.

Thomas repéra son objectif une minute plus tard, lorsqu'une agitation se produisit près de l'entrée. Sa montre indiquait 10 heures. Un retard volontaire. Il n'avait guère besoin de voir Louisa pour comprendre qu'elle était la responsable de cette effervescence. Qui d'autre aurait pu faire se courber comme des petits soldats de bois les gentlemen, et conduire les femmes à de quasi-génuflexions provoquant la collision de leurs crinolines avec toute chose ou personne se trouvant à quelques mètres à la ronde ?

L'objet de leur vénération – perchée à une hauteur obscène sur un piédestal qu'elle seule s'était construit – glissa dans la pièce, car bien trop impériale pour adopter la démarche d'une simple mortelle.

Elle était encore belle, vêtue d'une robe de soie bleu ciel et de dentelle blanche, coiffée de boucles blondes renfermant dans leurs torsades une profusion de perles. Thomas n'en fut guère surpris. Louisa avait bien trop d'orgueil pour laisser le temps ternir la perfection divine de ses traits.

Leur dernière rencontre l'avait laissé dans un état de fébrilité extrême. Sa fierté était en miettes. Il constata avec satisfaction qu'il était capable de la regarder avec un détachement que seuls le temps et la distance permettaient.

Entourée de sa troupe de flagorneurs, Louisa accepta leurs attentions comme une reine résignée à sa propre domination. Depuis la masse de ses pairs serviles, elle jeta un regard vague autour d'elle, masquant son ennui sous un sourire. Thomas n'était plus dupe de ce sourire blanchâtre. Il se plaça dans sa ligne de mire. Il était temps qu'elle le repère.

Quelques minutes plus tard, elle ouvrit des yeux ronds, signifiant qu'elle l'avait remarqué. Mais son sourire ne s'effaça pas, et leur échange de regards fut bref. Elle poursuivit calmement ses saluts impériaux.

Immobile au milieu de la foule mouvante, Thomas était persuadé que ce n'était qu'une question de temps. Bientôt, elle effleura la main gantée de lady Forsham et, d'un mouvement du menton, le désigna de loin. Au bout de quelques secondes, les deux femmes se dirigèrent vers lui.

La vitesse à laquelle elle se sépara du groupe – grouillant d'éminentes personnalités telles que le comte de Radcliffe et la marquise de Stratford – ne procura à Thomas nulle satisfaction. Autrefois, un sentiment de triomphe et de revanche mêlés l'aurait saisi. À présent, il ne ressentait que de l'agacement à l'idée qu'elle ait réussi à le faire venir à sa rencontre.

Après plusieurs vaines tentatives d'abordage de la part d'autres convives, les deux femmes arrivèrent à ses côtés.

Lady Forsham tendit la main vers lui et effleura la manche de sa veste tout en lui adressant un sourire radieux.

— Lord Armstrong, Sa Grâce a demandé des présentations.

— Je ne crois pas que nous ayons besoin de présentations officielles. Sa Grâce et moi nous sommes rencontrées il y a de nombreuses années, n'est-ce pas ?

Louisa inclina tout juste le menton, un léger sourire aux lèvres tandis que le regard de lady Forsham passait de l'un à l'autre, jusqu'à ce qu'elle comprenne enfin les allusions d'Armstrong.

— Alors c'est formidable. Vous avez sûrement beaucoup de choses à vous dire.

Thomas crut qu'elle allait partir allégrement de son côté, mais il n'en fut rien. Elle resta clouée sur place, comme en attente de quelque chose. Un silence gêné s'ensuivit. Puis, comme si la comtesse s'était soudain rendu compte qu'ils n'étaient guère disposés à renouer des liens sous son regard avide, elle exécuta une petite révérence avant de tourner les talons pour disparaître dans la foule des invités.

Le silence qui suivit son départ fut aussi long et profond que les Andes. Louisa le combla judicieusement : elle se rapprocha de Thomas en faisant la moue.

— Cela aurait-il écorché votre ego de répondre à une de mes lettres au moins ? Vous, monsieur, êtes un démon. Me forcer ainsi à me lancer à votre poursuite… Ce comportement est d'ordinaire le privilège des gentlemen.

Thomas haussa un sourcil et recula d'un pas. Elle était si directe. Parfait, cela lui laissait le champ libre pour se montrer tout aussi franc.

— Je pensais que mon absence de réponse indiquait clairement mon manque d'intérêt. Si j'avais su que vous souhaitiez une justification écrite, je l'aurais fait séance tenante.

Une grimace grotesque déforma le visage de Louisa, comme sous l'effet d'un monumental affront. Quelle piètre comédienne ! Après le tragique épilogue de leur relation, il l'avait vue comme la reine – ou plutôt la duchesse – de la tromperie. À ce moment-là, la rage, le sentiment de trahison et d'humiliation l'avaient quitté. Il pouvait enfin la voir telle qu'elle était.

— Peut-être pourrions-nous trouver un endroit plus…, commença-t-elle en jetant un regard circulaire à la foule exubérante. Plus privé. Cet endroit est bien trop bruyant pour avoir une véritable conversation. J'ai beaucoup de choses à vous dire. Des choses que vous aimerez sûrement entendre.

Thomas regarda ostensiblement les colonnes et les plantes en pots qui les entouraient. Le lieu offrait toute l'intimité dont ils avaient besoin.

— Cet endroit me semble assez privé pour vous dire ce que j'ai à vous dire. (Il marqua un arrêt.) Je veux que vous arrêtiez.

Deux petites rides apparurent sur le front de Louisa, comme si les derniers mots de Thomas, prononcés entre les dents, l'avaient prise au dépourvu.

— Rendre visite à ma maîtresse était d'une bassesse inqualifiable, même venant de vous.

L'insulte jeta un voile d'ombre sur les yeux bruns de la duchesse.

— Je ne veux plus que vous m'écriviez.

Ses lèvres pincées formèrent une petite moue rouge.

— Je veux que vous cessiez d'enquêter sur mes déplacements. Je crois vous avoir bien fait comprendre que je n'avais aucun désir de reprendre notre relation.

Elle fronça délicatement le nez, comme si ses narines venaient d'être agressées par une odeur nauséabonde.

— Me suis-je bien fait comprendre ?

Une myriade d'émotions passa dans ses yeux, sur sa bouche, son menton, sa personne tout entière. Enfin, elle lui adressa un sourire frôlant l'exaspération.

— Je me demande, Thomas, pourquoi vous êtes aussi furieux contre moi après toutes ces années. Vos émotions sont si violentes. C'est à croire que vous avez encore des sentiments pour moi. Des sentiments peut-être aussi forts que ceux que j'ai pour vous. On m'a dit que vous étiez encore célibataire.

La seule chose plus stupéfiante que son arrogance était son culot. Comme si le statut de célibataire de Thomas avait quelque chose à voir avec elle. Le sens de la bienséance du vicomte – ajouté au groupe de débutantes jetant des regards intéressés dans sa direction – l'empêchait de lui infliger la punition qu'elle méritait, même si le sarcasme se lisait clairement sur son visage.

Comme un vent tournant brutalement, la fausse mélancolie se changea en glace dans les yeux de Louisa. Cependant, la bourrasque retomba tout aussi rapidement, bien que la jeune femme eût du mal à masquer totalement son dépit. Il en connaissait les signes : le menton en avant, sa façon d'inspirer, les narines légèrement dilatées. Le rejet n'avait rien d'aphrodisiaque.

— Je n'y peux rien si votre imagination débordante vous a conduite à prendre mon indifférence pour une sorte de désir refoulé. Je vous demanderai, cependant, de cesser de me poursuivre de vos assiduités. Immédiatement !

Ces derniers mots – un ordre grogné – ne souffraient aucune opposition.

Sur ce, Thomas s'inclina sèchement, tourna les talons et se dirigea vers la sortie. Il imaginait sa tête, ses yeux d'abord écarquillés d'incrédulité, puis s'étrécissant. Comment osait-il l'éconduire, elle, une duchesse, la fille d'un comte ? Il l'avait fait, lui, le vicomte sans le sou qui n'était plus sans le sou. Cependant, la fierté de Louisa ne lui permettait pas de courir après lui, pas en public. Après tout, elle représentait tout ce à quoi elle avait toujours aspiré. Une duchesse, reine de la noblesse.

Sa mission enfin accomplie, il pouvait quitter les lieux. Il devait juste informer Cartwright de son départ. Ils étaient venus ensemble, et Thomas pouvait au moins proposer à son ami de le ramener chez lui, si celui-ci était disposé à partir.

Thomas contourna la piste de danse, évitant un groupe de femmes visiblement prêtes à bondir sur le premier beau parti qui passerait. Balayant la salle du regard, il remarqua une silhouette féminine près des portes menant à la terrasse. Elle avait beau se trouver à une distance considérable et lui donner le dos, il était impossible, à moins d'être aveugle ou eunuque, de ne pas l'admirer. De plus, il y avait quelque chose de familier dans sa masse de boucles brunes et soyeuses relevées en chignon et dans la courbe gracieuse de ses épaules.

Elle tourna la tête. Découvrant son profil, il s'arrêta net.

Pas elle !

Quelqu'un heurta son dos.

— Excusez-moi, dit-il spontanément, ne gratifiant l'homme – Mr Wright – que d'un regard impatient et furibond.

Lorsqu'il se retourna vers la femme, les masses mouvantes occultaient sa vision.

Il entendit Mr Wright se confondre en excuses derrière lui, car c'était certainement sa faute. N'aurait-il pas dû prévoir que le vicomte s'arrêterait si abruptement devant lui ? Et s'il n'avait pas été si pressé et ne s'était pas trouvé sur les talons de lord Armstrong, la malheureuse collision n'aurait pas eu lieu.

Thomas se dirigea vers la terrasse, un vent de furie le poussant en avant tandis que les excuses mielleuses de Mr Wright continuaient de bourdonner dans son dos.

Trente minutes après leur arrivée au bal, Amelia regarda Mr Glenville escorter son chaperon sur la piste de danse. En constatant les résultats de ses efforts et de ceux d'Hélène, elle admit, avec plus d'humilité que de vanité, qu'elles avaient accompli un merveilleux travail de transformation.

De belles boucles encadraient harmonieusement le visage de Miss Foxworth, accentuant ses fossettes et réduisant la taille de son front, qu'Amelia, après un examen plus minutieux, avait trouvé légèrement trop grand. Elle portait une robe de taffetas bleue ornée de volants de dentelle, et le corset qu'Amelia lui avait choisi parvenait à créer un décolleté à partir d'une poitrine de taille modeste, bien que le terme de « modeste » fût peut-être, dans ce cas, excessivement généreux. Ses atouts enfin mis en valeur, Miss Foxworth était méconnaissable. Presque jolie, aurait-on pu dire.

Son chaperon étant à présent occupé, Amelia était libre de chercher lord Clayborough. Il se trouvait forcément quelque part dans la foule.

Il lui fallut cinq minutes, au cours desquelles elle refusa trois verres et quatre invitations à danser, pour le repérer. Il entrait dans la salle par la terrasse, un verre à la main. Vêtu d'une veste et d'un pantalon noirs, d'un gilet blanc et d'un foulard, il se déplaçait à grands pas décidés.

Elle était pratiquement collée à lui quand il la remarqua enfin. Il ne put cacher sa surprise et resta bouche bée pendant quelques secondes avant de recouvrer l'usage de la parole.

— Mais, lady Amelia, que faites-vous ici ? Je vous croyais dans le Devon.

Amelia ne lui répondit pas immédiatement. Elle l'entraîna d'abord dans un coin plus calme, près des portes de la terrasse.

— Pourquoi n'avez-vous répondu à aucune de mes lettres ? lui demanda-t-elle une fois à l'abri des oreilles indiscrètes.

Parmi les femmes présentes, bien trop se seraient délectées de son bannissement total de la société. Les remarques acides dont on l'avait gratifiée depuis son arrivée au bal lui avaient signifié que sa dernière participation à ce type de soirée était encore dans les mémoires.

Les yeux du baron s'arrondirent. Il semblait sincèrement surpris.

— Quelles lettres ? Je n'ai reçu aucune lettre de vous.

— Je vous ai envoyé trois lettres depuis mon arrivée dans le Devon. Cela fait un mois que j'attends votre réponse.

—Lady Amelia, je vous le jure, je n'en ai reçu aucune.

Le baron avait tendance à détourner les yeux lorsqu'il mentait – comme il l'avait fait en lui disant qu'il l'épouserait avec ou sans dot. Là, fait alarmant, son regard était franc et direct.

Amelia était trop irritée pour trouver du réconfort dans cette constatation.

—Ne pourrait-il pas vous incomber à *vous* d'essayer de *me* contacter ? Je vous ai dit que je vous écrirais après le départ de mon père. Comme vous le savez, il a quitté le pays depuis plus d'un mois.

Lord Clayborough ne trouva aucune réponse à cette question, car elle ne lui avait pas traversé l'esprit. Quand il aurait pu prendre l'initiative de lui écrire, il ne l'avait pas fait. Amelia espéra sincèrement que cela n'était pas de mauvais augure pour leur vie future. *Thomas, lui, aurait…* Elle interrompit sa pensée. La suite était insupportable.

—Eh bien, à l'avenir, il sera inutile d'attendre que je vous contacte. Vous savez précisément où je me trouve. Vous possédez votre propre moyen de transport, et les transports publics sont largement dans vos moyens.

En d'autres termes, vous pouvez me sauver de cet enfer sans une invitation écrite.

Il eut soudain l'air accablé.

—Oui, bien sûr, je pensais simplement que…

—Eh bien, à l'avenir, ne pensez pas.

Elle n'avait pas eu l'intention d'être aussi cassante, mais elle commençait à faire des comparaisons entre lord Clayborough et le vicomte, et le baron révélait des insuffisances, ce qui était fort contrariant. Une fois de plus, elle s'efforça d'étouffer ces pensées parasites.

— Mais puisque je suis en ville, ajouta-t-elle, tout cela est dérisoire.

— Pardonnez-moi, lady Amelia, mais lord Barnaby m'attend dans la salle de jeu. Si vous voulez bien me laisser un instant, je dois aller m'excuser de ne pas pouvoir participer.

Le baron la regardait comme s'il attendait sa permission pour prendre congé, ce qui ne fit qu'irriter Amelia davantage. Elle le gratifia finalement d'un hochement de tête agacé. Lord Clayborough s'inclina poliment et s'éloigna à grandes enjambées. Il fut vite englouti par la foule compacte.

Consciente des regards désapprobateurs de certaines dames patronnesses, Amelia se dirigea stoïquement vers la salle des rafraîchissements. Étroitement concentrée sur sa destination, qui se trouvait, par chance, à proximité de la salle de jeu, Amelia ne vit que trop tard la personne qui se ruait sur elle. La collision fut violente. Des mains viriles lui saisirent les avant-bras pour la stabiliser et restèrent là, longtemps après qu'elle eut recouvré l'équilibre.

— Veuillez m'exc…

Elle leva les yeux. Les mots se coincèrent dans sa gorge et son cœur se mit à battre la chamade. Amelia n'avait jamais vu d'émeraudes s'enflammer, mais, en découvrant les yeux verts fixés sur elle, elle sut exactement à quoi cela devait ressembler.

Chapitre 17

Thomas ne prononça pas un seul mot. Il se contenta de maintenir fermement le bras d'Amelia et commença à l'attirer vers la sortie comme une enfant désobéissante. Malheureusement, elle ne put rien faire pour l'en empêcher.

Soudain, lord Alex apparut aux côtés de son ami. Il évalua la situation d'un simple coup d'œil puis adopta le rôle d'émissaire.

— Armstrong, vous n'allez pas…

Sans ralentir le pas ni accorder le moindre regard à lord Alex, Thomas rejeta en bloc les efforts de son ami pour négocier la paix.

— Cela ne vous regarde pas. Je gère la situation comme bon me semble. (Il tourna la tête vers Amelia.) Où est Miss Foxworth ?

Ne prêtant pas attention au tremblement de ses jambes ni aux tiraillements de son ventre, Amelia déglutit.

— Elle danse, lui répondit-elle d'une petite voix.

— Avez-vous la moindre idée de ce que cette petite escapade va vous coûter ? Vous arrive-t-il seulement d'avoir peur ?

Rien de tonitruant ni de dramatique chez le vicomte. Il émit sa menace sur un ton calme mais non moins dangereux, le genre de ton qui vous fait espérer que la punition vous soit infligée au plus vite, et le plus discrètement possible.

Le bon sens d'Amelia lui dicta d'attendre d'avoir quitté la salle de bal avant d'essayer de se dégager. Malheureusement, le hall grouillait également de domestiques et de convives.

—Oh, pour l'amour du ciel, lâchez-moi. Vous me faites mal et, si vous ne faites pas attention, vous allez causer du scandale, dit-elle dans un murmure furieux.

Lui montrant qu'il l'avait entendue, il relâcha légèrement sa prise, de sorte que ses doigts ne s'enfonçaient plus dans sa chair.

—Cartwright, veuillez informer Miss Foxworth que lady Amelia est souffrante et que je la ramène à la maison. Quand elle sera prête à partir, veuillez l'escorter jusqu'à la résidence de ma mère.

Thomas contrôlait à peine le grondement de sa voix. Il baissa les yeux sur elle, des yeux qui n'étaient plus que deux fentes surmontant des pommettes écarlates.

Lord Alex le supplia d'un geste de la main.

—Armstrong…

—Diable, faites ce que je vous demande et épargnez-moi votre jugement.

Lord Alex semblait véritablement inquiet. Amelia regarda Thomas. Peut-être avait-elle vraiment quelque chose à craindre.

Lord Alex s'arrêta brutalement.

— Pour l'amour du ciel, c'est la fille de Harry, ne l'oubliez pas.

Il posa alors des yeux résignés sur Amelia, puis tourna les talons et regagna la salle de bal.

Thomas continua sa route vers la sortie, forçant Amelia à presser le pas, à trotter même. Le trot était l'apanage des chevaux, pas des dames.

Au bout de quelques minutes, ils étaient prêts à braver le froid, Amelia dans son épaisse cape de laine, le vicomte dans son grand manteau noir.

La fraîcheur nocturne piqua le visage de la jeune femme, créant de petits nuages de vapeur à chaque expiration. Thomas écarta sèchement le valet, puis tint le coude d'Amelia tandis qu'elle gravissait le marchepied de son véhicule. Lèvres serrées, corps tendu, elle lui lança un regard furieux par-dessus son épaule.

Près de la façade de style gothique, avec ses hauts pignons et ses fleurs de lys en métal, un mouvement attira son attention. Lord Clayborough les observait, à demi caché derrière une des épaisses colonnes en plâtre. Amelia hésita entre hurler de joie et trembler de peur. Elle n'avait jamais envisagé cette confrontation. La victoire penchait lourdement en faveur du vicomte.

Thomas se retourna et suivit la direction de son regard. Le baron s'était déjà retranché derrière le pilier. Humiliée, Amelia se tourna et laissa Thomas la conduire à l'intérieur de la voiture.

Lord Clayborough n'était pas intervenu. Il n'avait absolument rien fait. Il s'était contenté de la regarder, avec des yeux mornes et impuissants. Même si la cause était perdue d'avance, n'aurait-il pu tenter sa chance? N'était-elle pas digne de cet effort? Adieu, chevalier en armure argentée…

Cependant, Amelia refusa de s'abandonner à la désillusion. Sa fureur grondait comme la menace d'une violente tempête, une fureur de taille à tout détruire sur son passage. En premier lieu, Thomas Armstrong.

Elle s'assit et arracha son bras des mains de son bourreau.

— Espèce de misérable vaurien moralisateur.

Toute l'émotion qu'elle avait contenue lorsqu'il la tirait de force hors de la salle de bal était concentrée dans ces quelques mots.

— Ne posez plus jamais les mains sur moi.

Le vicomte tressaillit et la regarda d'un air perplexe. Il s'assit alors à côté d'elle, piégeant un morceau de sa robe au passage.

Amelia voulut se lever, bien décidée à s'asseoir sur le siège opposé – celui que le gentleman aurait dû prendre –, mais il l'en empêcha avec une rapidité reptilienne, la faisant se rasseoir d'un coup sec.

— Je suis à deux doigts de vous mettre sur mes genoux, dit-il doucement en illustrant ses mots d'un mouvement de la main, pouce et index presque joints. Faites un seul geste de plus et vous sentirez la paume de ma main.

Méprisable brute. La rage embrasant son visage, elle tira plusieurs fois violemment sur sa jupe pour la libérer, puis se colla à la froide portière en métal.

Thomas plissa les yeux.

— J'ignore comment vous vous êtes débrouillée, mais vous avez réussi, en l'espace d'une seule journée, à corrompre Camille. Et pour cela, vous paierez.

— Payer ! Payer pour quoi ? Je ne désirais rien d'autre qu'une soirée en compagnie d'un homme que j'apprécie vraiment. Est-ce un crime ?

Lord Armstrong éclata d'un rire strident.

— Qui ça ? Clayborough ? J'ai cru qu'il auditionnait pour le rôle d'un fantôme en le voyant essayer de se fondre dans le plâtre.

Elle leva brusquement la tête ; l'embarras enflamma ses joues. Lui aussi l'avait vu ? La honte s'empara d'elle une nouvelle fois.

— Comment ? Pensiez-vous que je n'avais pas vu ce lâche doublé d'un bon à rien ? Si c'est là l'idée que vous vous faites du caractère masculin, j'en conclus que vous n'êtes guère exigeante.

Amelia exécrait ses manières cavalières. Elle détestait ses sarcasmes. Elle haïssait plus encore le fait qu'il détecte une faille dans son choix de mari, et qu'une fois cette faille mise en évidence, toute tentative de défense en faveur de lord Clayborough ne soit aussi aberrante qu'une greffe de jambes sur un poisson. Toutefois, elle refusait de lui donner raison.

— Et que vouliez-vous qu'il fasse ? Qu'il déclenche un scandale et vous provoque en duel ?

Il la regarda dans les yeux et répliqua calmement.

—Pour la femme que j'ai l'intention d'épouser ? Oui, c'est ce que j'aurais fait.

Sa réponse lui coupa le souffle, la plongeant dans un silence consterné. Pour la femme qui parviendrait à gagner son cœur – si une telle femme existait –, il déplacerait ciel et terre ; elle n'en doutait pas. Être aimée d'un homme tel que lui… Cette pensée provoqua en elle une pointe d'envie. Comme une cuisinière chassant une souris de sa cuisine, un rouleau à pâtisserie à la main, elle balaya aussitôt ce sentiment de son esprit.

—Votre père ne permettra jamais que vous épousiez cette canaille, dit-il d'une voix grave qui vint briser le silence de la voiture. *Moi*, je ne le permettrai pas. Du moins, tant que vous serez sous ma protection.

—Je ne suis pas sous votre protection. Je suis votre prisonnière.

—Alors, étant votre geôlier, il semblerait que je doive vous assigner davantage de tâches pour vous maintenir occupée. Demain, vous serez sous les ordres de la cuisinière. Nous aurions bien besoin de mains supplémentaires en cuisine.

—Vous avez perdu la tête.

—Je vous assure que toutes mes facultés sont intactes et fonctionnent à merveille.

—Il en est hors de question, protesta-t-elle du fond de la gorge. Quand je dirai à mon père…

—Votre père ne fera rien une fois que je lui aurai tout raconté. Lui non plus n'approuverait pas que vous apparaissiez en public aussi vite après vous être donnée en spectacle au bal de lady Stanton.

Sans prendre le temps de réfléchir à l'imprudence et à la futilité de ses actes, Amelia se jeta sur lui.

Thomas, d'instinct, protégea son visage de ses mains. Deux femmes qui l'attaquaient en l'espace d'une journée ? Le monde était-il devenu fou ?

Après plusieurs coups inefficaces sur ses épaules et son torse, elle tenta un coup de poing oblique en pleine mâchoire. Il attrapa promptement ses mains fébriles avant qu'elle ne parvienne à faire de véritables dégâts.

— Pour l'amour du ciel, contrôlez-vous, espèce de tigresse, marmonna-t-il.

Sans violence, il prit les deux mains d'Amelia et les coinça derrière son dos, mettant fin à l'attaque.

Il la tenait dans une position telle qu'ils étaient à un souffle l'un de l'autre, son torse touchant presque sa poitrine. Et comme pour montrer à Thomas que son corps n'avait que faire de l'insolence et de la consternante révolte de cette femme, ses reins s'éveillèrent, et un renflement dur s'empara de son pantalon. Par réflexe, il la coucha sur le siège.

— Lâchez-moi.

Il sentait sa respiration irrégulière caresser ses joues, tandis qu'elle se tortillait sous lui, encourageant son excitation.

— Arrêtez de bouger.

Il avait parlé sur un ton sec, perdant tout contrôle au contact de sa chair douce et féminine.

Amelia s'immobilisa. Elle leva sur lui des yeux médusés, méfiants, comme si elle craignait qu'un seul souffle n'attire l'attention sur le tout harmonieux que formaient leurs deux corps, des épaules aux hanches.

—Là, je suis plus que tenté de lever vos jupes et de vous prendre. Donnez-moi une bonne raison de ne pas le faire.

Il baissa les yeux sur ses lèvres roses et pulpeuses et la faim ardente qui le tenaillait depuis plusieurs semaines menaça de le consumer tout entier. Il fallait qu'il goûte encore à cette bouche.

—Non, supplia-t-elle du fond de sa gorge.

—Pas convaincant, murmura-t-il.

Alors il baissa la tête et étouffa la faible protestation d'Amelia en pressant ses lèvres sur les siennes.

Un sang chaud et dense s'écoulait en lui, battant violemment entre ses cuisses, son érection était à son comble. Impatient, affamé, il plongea profondément dans sa bouche. Un frisson le parcourut quand sa langue toucha celle d'Amelia. Il tenta de tempérer son ardeur, mais il ne fallut qu'une délicieuse incursion dans la caverne de sa bouche pour qu'elle se joigne avidement, presque malgré elle, à ce sensuel jeu de langues.

Thomas lui lâcha les mains, défit les boutons de sa cape et la fit descendre sur ses épaules sans souffrir la moindre objection. Le vêtement s'étala sous le corps d'Amelia comme un autel, avec elle en guise d'offrande.

Traçant la courbe de ses hanches, remontant dans le creux de sa taille fine, il s'aventura sous ses seins. Elle laissa échapper un gémissement et enroula fermement ses bras autour de son cou.

La luxure avait pris possession de lui, et son esprit n'était plus que le véhicule de ses besoins physiques. Des miaulements s'échappèrent des lèvres d'Amelia quand il orienta sa tête de façon à avoir un accès plus profond et plus charnel à sa bouche.

Il remonta une main et saisit la courbe ferme de son sein, titillant du pouce son téton, qui pointa sous le corsage vert pâle de sa robe. Thomas ne voulait pas seulement sentir ses seins dans sa main, il voulait s'en délectait des yeux et les goûter de ses lèvres.

Un son guttural émergea de sa gorge tandis qu'il interrompit leur baiser pour regarder son visage enflammé dans la pénombre. Voyant ses lèvres gonflées et ses yeux clos, il s'attaqua aux boutons de nacre courant sur le devant de sa robe, les détacha avec dextérité pour révéler un corset de soie blanche à peine suffisant à contenir sa poitrine… et une peau lisse, ferme, laiteuse. Il était au comble de l'excitation.

Les yeux d'Amelia, obscurcis par le désir, s'ouvrirent lentement sur lui. En quelques secondes à peine, son expression de femme perdue dans les profondeurs de la passion s'effaça de son visage. Thomas déboutonnait sa robe au niveau de la taille quand elle écarquilla les yeux, horrifiée.

Mais que suis-je en train de faire ? Elle se mit à battre frénétiquement des mains.

—Arrêtez! Ne faites pas… Ne me touchez pas.

Thomas s'arrêta et la regarda d'un air confus, le désir en suspens. Pendant un instant, elle crut qu'il allait passer outre ses défenses affaiblies, étouffer toute protestation qu'elle pourrait émettre. Cependant, il ôta lentement ses mains de sa robe et décolla son corps musclé du sien.

Amelia se redressa immédiatement. En position assise, elle saisit les deux bords de sa cape et s'y enveloppa, dans une tentative désespérée pour se protéger. Elle n'était pas en état de se battre avec les boutons de sa robe, pas avec le regard brûlant de Thomas posé sur elle.

Passant sur le siège d'en face, Thomas l'observa en silence, un sourire narquois tordant à présent ses lèvres.

Par le passé, quand elle l'avait vu en public, il était d'ordinaire vêtu comme ce soir-là, de couleurs sombres accentuant son teint doré. Le masque du parfait gentleman. Si ses admirateurs le voyaient à présent, affalé contre le siège de cuir, jambes écartées, yeux tombants, cheveux en bataille, ils n'auraient plus aucun doute sur le débauché qu'il était.

—Cela n'est-il jamais fatiguant?

—Pardon?

—Vous me désirez. Vous l'avez déjà avoué. Alors pourquoi jouer les vierges effarouchées à chaque baiser? J'imagine que cela devient fatiguant à la longue. C'est lassant pour moi, en tout cas.

— Comédie ! Vous croyez que j'apprécie les détestables libertés que vous prenez avec moi ? s'écria-t-elle d'une voix de plus en plus stridente.

Il lâcha un rire sec.

— Détestables libertés, Princesse ? dit-il sur ce ton qu'elle détestait le plus. (Non pas qu'il ait déjà usé d'un ton qu'elle aimait.) Celui qui vous satisfera pleinement sera donc bien chanceux. Produisez-vous les mêmes halètements quand il vous embrasse ? (Il baissa les yeux sur ses seins.) Quand il touche vos tétons ?

— Je n'ai pas fait cela, dit-elle d'une voix rauque mais se souvenant avec honte de la vérité.

— Voulez-vous que je vous montre de nouveau comme il est facile de vous rendre humide ? lança-t-il d'une voix brûlante de provocation.

Amelia resserra sa cape autour d'elle, essayant vainement d'arrêter les tremblements de son corps.

— Ne posez plus jamais les mains sur moi.

Son commandement avait la sonorité d'une bataille perdue d'avance, celle d'une femme cherchant à garder un semblant de contrôle.

S'ensuivit un silence interminable, que Thomas rompit enfin. Il fit un geste désinvolte vers la fenêtre de son côté, dont le rideau était fermé.

— Nous sommes à l'arrêt depuis plus de cinq minutes déjà. Vous ne l'avez pas remarqué, car vous étiez, euh, occupée à autre chose. Oh, ne vous inquiétez pas, Johns n'ouvre la portière que lorsque le rideau est ouvert.

Tournant immédiatement la tête vers la fenêtre, elle ouvrit le rideau. La maison de briques rouges de la vicomtesse s'élevait derrière ses hautes grilles de fer forgé surmontées de pointes.

Sans un mot, Amelia ouvrit la portière et sortit maladroitement du véhicule. Dans sa précipitation, elle coinça l'ourlet de sa jupe dans le marchepied. Le fragile tissu se déchira quand elle tira furieusement dessus, mais cela lui importa peu. Elle aurait pu déchiqueter la moitié de sa garde-robe pour échapper à Thomas Armstrong et à toutes les maudites émotions qu'il provoquait en elle.

Chapitre 18

Le lendemain matin, Amelia découvrit avec surprise que leur groupe de voyage comptait un membre supplémentaire : un certain lord Alex Cartwright, lui aussi invité à Stoneridge Hall. Thomas s'était montré vague sur la durée de leur séjour, mais le temps – un jour, une semaine – était devenu immatériel. Quiconque ferait tampon entre elle et le vicomte était plus que bienvenu.

Miss Foxworth sembla sincèrement déçue qu'Amelia n'ait pu rester plus longtemps au bal, mais avoua, avec son habituelle modération, qu'elle avait passé un fort agréable moment. Lord Alex salua courtoisement Amelia tandis que Thomas la traita avec une indifférence délibérée, ce qui lui convenait très bien.

Ainsi, ils quittèrent Mayfair en nombre pour la gare de Paddington. Les femmes profitèrent du confortable véhicule de Thomas et les hommes les suivirent dans une voiture de louage. Grâce à la présence de lord Alex, la jeune femme se vit donc épargner un voyage en compagnie du vicomte.

Dans le train, les hommes discutèrent des dernières innovations en matière de construction navale et de l'intérêt à investir dans l'industrie sidérurgique, pendant qu'Amelia lisait un roman. Elle fit une brève pause pour déjeuner lorsque Thomas sortit des sandwichs, des biscuits, des fruits et de la limonade que la cuisinière de la vicomtesse leur avait préparés avant leur départ.

À Newton, ils prirent une correspondance pour la gare de Totnes, où Thomas loua deux véhicules. À 19 heures, après dix heures de voyage, ils arrivèrent enfin à Stoneridge Hall.

— Vous joindrez-vous à nous pour le dîner ?

Amelia s'arrêta au milieu de l'escalier et regarda Thomas par-dessus son épaule. Comme il ne lui avait adressé que quatre mots de toute la journée – *Bonjour* et *Avez-vous faim ?* –, sa question la surprit.

— Je pense rester dans ma chambre ce soir.

Le trajet l'avait exténuée, elle se sentait incommodée et n'avait guère d'appétit.

Le regard dans le vague, la mine indéchiffrable, Thomas lui fit un discret signe de tête.

— Vous reprendrez votre travail mardi. Profitez de la journée de demain pour vous reposer.

Une froide politesse. L'expression décrivait parfaitement son attitude envers elle. Pourtant, le fait qu'il suspende son travail suggérait autre chose. Elle trouva plus sage de ne pas s'y arrêter.

Amelia reprit vite le chemin de sa chambre, où il lui fallut encore trois heures pour trouver refuge dans le sommeil.

Cette marche matinale était une erreur. Amelia le comprit lorsqu'une deuxième vague de douleur lui tordit le ventre. L'état nauséeux qu'elle avait ressenti à son réveil – le même que la veille –, et qu'une tasse de chocolat n'avait pu apaiser, aurait dû l'alerter. Lorsque la fièvre avait commencé à la gagner, au lieu de se recoucher, elle avait décidé qu'une marche rapide dans l'air frais – voire glacial – du matin serait un bon remède. Elle s'était leurrée.

En fait, l'impatience de quitter la maison avant que les autres ne la rejoignent pour le petit déjeuner avait régi ces actes. De plus, elle détestait être malade. Elle détestait la vulnérabilité que cela impliquait. Des souvenirs de fièvres tenaillant son corps, de l'odeur de l'eau à la menthe, réveillaient en elle une vieille angoisse. Cependant, ignorer obstinément les symptômes n'arrangeait rien. Elle était bel et bien souffrante.

Tandis qu'Amelia faisait demi-tour vers la maison, elle aperçut lord Alex qui gravissait la colline devant elle. Elle le trouva extrêmement séduisant, dans ses vêtements d'équitation jaune et brun qui flattaient sa longue silhouette musclée.

S'arrêtant devant elle, il la salua d'un signe de tête et souleva son chapeau.

— Lady Amelia.

— Lord Alex, répondit-elle, soudain consciente qu'ils se trouvaient seuls tous les deux pour la première fois.

— Je ne m'attendais pas à vous trouver dehors aussi tôt. (Il regarda la tenue d'Amelia.) Je suppose que vous êtes en promenade ? ajouta-t-il poliment.

— Oui, l'enfermement devient lassant à la longue.

Même si l'on n'est pas en état de sortir.

Il lui adressa un léger sourire – ses lèvres étaient particulièrement charnues pour un homme.

— Étant donné mon amitié pour votre père, j'ai du mal à croire que nous nous connaissions si peu. J'espère réparer cette lacune pendant mon séjour.

Désarmée, à court de mots, Amelia ne put que le regarder d'un air hébété. Elle se ressaisit rapidement.

— Oui, c'est… étonnant.

— Mais je ne vois aucune raison pour ne pas faire plus ample connaissance à présent. J'espère que vous ne me tiendrez pas rigueur des manières cavalières d'Armstrong.

Dans son état de faiblesse – elle était véritablement à bout de forces – Amelia fut incapable de déterminer s'il jouait avec elle. Son beau visage semblait exprimer les bonnes manières et la sollicitude.

— Certainement pas.

— Parfait. Je suis ravi de l'entendre. J'étais persuadé que vous n'étiez pas encline à juger les gens sur leur entourage. (Il lui adressa un sourire indolent, extrêmement engageant.) Si l'on m'en donne l'occasion, je peux être charmant et adorable – du moins, c'est ce que l'on dit.

Amelia lâcha un petit rire malgré le froid perçant la laine épaisse de sa cape pour s'insinuer lentement dans sa chair. Avec ses yeux gris argent et sa fossette au menton, lord Alex était sûrement tout ce qu'il prétendait être, et même bien plus. Dieu merci, il n'affectait pas ses sens comme son ami.

Soudain, elle se tordit de douleur et crut suffoquer.

—Êtes-vous souffrante ? demanda-t-il brusquement.

Amelia ferma brièvement les yeux pour combattre le vertige qui menaçait de l'engloutir.

—Non, non. Je vais bien. Je dois manquer de sommeil.

La dernière chose dont elle avait besoin était sa compassion.

Lord Alex se posta immédiatement à côté d'elle, les traits tendus par l'inquiétude.

—Est-ce votre estomac ? Vous semblez au bord de l'évanouissement.

—Je… Je vais bien.

Elle se donna tort en attrapant la manche de lord Alex et en s'agrippant à son bras, solide et rassurant sous sa main gantée.

—Je ne sais pas ce qui m'arrive, murmura-t-elle tandis que sa tête se remettait à tournoyer.

Chancelante, elle ferma les yeux. Lord Alex retira un gant et posa sa main sur le front de la jeune femme.

—Bonté divine, vous êtes brûlante ! s'exclama-t-il d'une voix horrifiée.

— Je crois bien que je suis malade, dit-elle faiblement.

— Oh, vraiment ? demanda-t-il, légèrement sarcastique. Venez, rentrons à la maison.

La maison n'était qu'à cinq cents mètres de là, mais elle se mit à souffler à l'idée de parcourir cette distance à pied.

Elle avança en s'appuyant malgré elle de tout son poids sur le bras de lord Alex. Avec une rapidité qui la laissa stupéfaite, il la souleva du sol pour la porter dans ses bras, tout contre son torse.

— Non, dit-elle.

Une bien faible protestation, qu'un homme ayant un semblant de galanterie et la force de porter cinquante kilos ne pouvait que dédaigner.

— S'il vous plaît, reposez-moi. Je peux marcher toute seule.

Un autre spasme lui fit plonger la tête contre l'épaule de lord Alex. Tout son corps se contracta violemment de douleur.

— Vous n'avez même pas la force de soutenir votre tête et vous croyez que je vous laisserai marcher ? Ce qu'il vous faut, c'est votre lit et un médecin.

Amelia ferma les yeux et inspira l'air glacial. Elle n'avait jamais aimé les médecins. Hélène était capable de s'occuper d'elle. Mais ses protestations seraient vaines. Tout comme son ami, Cartwright était visiblement le genre d'homme auquel on ne pouvait rien refuser. Tous deux dégageaient une arrogance naturelle, mais pouvaient inspirer la bienveillance sans prononcer un seul mot.

Il ne fallut à lord Alex que quelques minutes pour couvrir la distance les séparant de la maison, à croire qu'Amelia ne pesait rien. Ils entrèrent par l'arrière et furent immédiatement enveloppés dans la chaleur du foyer.

— Vous pouvez me poser maintenant, murmura-t-elle en clignant des yeux.

— Je vous poserai quand…

— Que se passe-t-il ? s'éleva une voix ferme et calme.

Leurs têtes se tournèrent à l'unisson vers le vicomte. Il surgissait de la salle de billard, avec l'expression indignée d'un époux surprenant sa femme avec son amant.

— Faites venir un médecin. Lady Amelia est souffrante.

Devant l'ordre brusque de son ami, Thomas avança vers eux à grands pas décidés et se posta devant l'escalier.

Lord Alex fronça les sourcils.

— Poussez-vous, mon ami. Je la monte dans sa chambre.

Thomas baissa les yeux sur le visage blême d'Amelia. Elle battait des paupières, et ses longs cils noirs s'étalaient en éventail au-dessus de ses pommettes.

— Donnez-la-moi, ordonna-t-il, les bras déjà tendus.

Cartwright grimaça et la serra plus fort contre lui.

— Diable, je la tiens. Guidez-moi simplement jusqu'à sa chambre.

Quel culot! Comme s'il avait besoin de la permission de Cartwright. Amelia était à lui. *Chez* lui, se corrigea-t-il. Lui et lui seul était responsable d'elle.

— Je la prends.

Ses mots sortirent comme un grognement. Et puisque Cartwright semblait réticent à lui donner Amelia, Thomas la prit en l'extrayant habilement des bras de son ami.

Cartwright capitula sans ajouter un mot. Il observa Thomas d'un œil grave.

Évitant le regard de son ami, Armstrong s'engagea dans l'escalier avec Amelia dans les bras. Il gravit promptement les marches jusqu'au premier étage.

Il baissa de nouveau les yeux sur elle et croisa son regard.

— Il était inutile de faire l'ours. Lord Alex se comportait en gentleman. Quoi qu'il en soit, vous pouvez me poser maintenant. Je suis parfaitement capable de marcher sans assistance. Ce n'est rien d'autre qu'un mal de ventre et peut-être un peu de fièvre.

— Nous laisserons au médecin le soin d'en juger, dit-il d'un air sombre.

Dans sa chambre, il la déposa délicatement sur le lit. Quelques secondes plus tard, la femme de chambre d'Amelia entra précipitamment et le contourna pour examiner sa maîtresse.

— Oh, mon Dieu, que s'est-il passé? Monsieur dit que vous être souffrante. Qu'est-il arrivé à mademoiselle?

— Votre maîtresse se sent mal. Allez trouver Alfred et dites-lui d'envoyer un médecin.

— Monsieur a déjà fait appeler un médecin.

Par « monsieur », Thomas supposa qu'elle désignait Cartwright, qui, à son grand soulagement, n'était plus à proximité.

— Mademoiselle, c'est votre ventre ? Vous ne vous nourrissez pas correctement.

Amelia hocha lentement la tête.

— Et quelques vertiges, mais je suis sûre qu'un jour ou deux de repos y remédieront.

La femme de chambre lâcha un léger soupir avant de se diriger vers la salle de bains adjacente.

Thomas tourna brusquement la tête vers Amelia. Il passa mentalement en revue ses symptômes. Vertiges et maux de ventre ? Provoqués par… des nausées ? Soudain, la possible cause de sa maladie le fit souffrir à son tour de crampes d'estomac et de violents maux de tête.

— Êtes-vous enceinte ? lui demanda-t-il avec une brusquerie révélant tout le dégoût que cette idée lui inspirait.

Elle écarquilla les yeux.

— Bonté divine, vous imaginez toujours le pire me concernant, n'est-ce pas ?

Il avait retenu son souffle dans l'attente de sa réponse. Il expira et se libéra du nœud qu'il avait dans la gorge. Elle n'attendait pas d'enfant. Aucune femme ne pouvait feindre un tel affront. Pas même Amelia.

Thomas piétina en tous sens, évitant son regard.

— Ce n'est pas inconcevable étant donné votre passé.

Le regard de la jeune femme s'obscurcit, puis sa tête retomba brusquement sur son oreiller. Sa pâleur tranchait contre les draps bleu nuit.

— Partez, s'il vous plaît. Je ne veux pas de vous ici.

La femme de chambre revint, une serviette à la main.

— Si vous voulez bien m'excuser, monsieur.

Comme soucieuse de ne pas l'offenser, elle leva vers lui des yeux timides. Thomas se décala pour permettre à la domestique d'accéder à sa maîtresse.

Enceinte! Voyez-vous cela! L'étoffe humide et fraîche apaisa son front brûlant, mais le vicomte était vraiment impossible.

Hélène libéra de leurs épingles les cheveux d'Amelia, qui s'étalèrent autour de sa tête. Thomas suspendit ses déambulations pour la regarder.

— Monsieur, je vais m'occuper de mademoiselle, et demain, elle devrait être… fraîche comme le jour. C'est comme ça qu'on dit, non?

Thomas ne répondit pas, il observait toujours Amelia. L'intensité de son regard la fit cligner des yeux.

— Vous craignez que je ne sois pas en état de reprendre le travail demain? murmura-t-elle, s'efforçant d'atténuer la soudaine tension qui avait investi la chambre.

Les mots d'Amelia le firent sursauter, comme s'il sortait d'un état de torpeur.

— Ne soyez pas stupide. Pour qui me prenez-vous, un tyran ? demanda-t-il sèchement.

— Oh, ne prenez pas cet air maussade. Sortez, laissez-moi me reposer. Je n'y arrive pas, avec toutes vos gesticulations autour de moi. Et Hélène peut…

Un coup à la porte précéda l'entrée de lord Alex, accompagné d'un homme plus âgé, grand et élégant, à l'épaisse chevelure blanche, qui ne pouvait être qu'un médecin, au vu de la sacoche noire qu'il transportait. De plus, il émanait de lui une certaine autorité.

— Dr Lawson était en bas, il examinait une des domestiques qui semble présenter les mêmes symptômes que lady Amelia, annonça lord Alex.

Il ne s'adressa à personne en particulier, avançant dans la chambre comme si une instance supérieure lui avait donné le droit de s'y trouver.

La lèpre n'aurait pas reçu pire accueil que celui que Thomas accorda à son ami. Amelia remarqua sa mâchoire serrée et la froideur soudaine de son regard. Il adressa un bref et dédaigneux signe de tête à lord Alex.

— Bonjour, Thomas. Je présume qu'il s'agit de la malade ? commença le médecin.

Le ton informel de sa voix laissait deviner qu'il connaissait Thomas depuis de nombreuses années, probablement longtemps avant que ce dernier ait acquis son titre.

Il s'avança vers Amelia et la jaugea d'une manière toute médicale.

— Oui, docteur Lawson, c'est lady Amelia Bertram. Elle souffre de fièvre et se plaint de maux d'estomac.

— Hum. Bien, laissez-moi l'examiner. Ne vous inquiétez pas, ma chère, ce ne sera pas douloureux.

Il lui adressa un sourire rassurant, qui échoua à dissiper les inquiétudes d'Amelia. Les médecins avaient tendance à tout faire empirer avant de vous guérir. Quand ils ne vous tuaient pas tout de suite.

Thomas se tourna vers Cartwright, resté en retrait quelques mètres derrière.

— Je crois que le Dr Lawson maîtrise la situation.

En d'autres termes, *vous avez accompli votre bonne action du jour, maintenant fichez-moi le camp.*

Tout en sortant un instrument de sa sacoche, le médecin regarda les deux hommes par-dessus son épaule puis se racla discrètement la gorge.

— Euh, messieurs, si vous voulez bien me laisser un moment seul avec Amelia pour que je puisse l'examiner…

Comme le claquement d'un fouet, cette affirmation accentua la vigilance de Thomas. Il se tenait au chevet d'Amelia avec l'inquiétude d'un époux.

— Oui, bien sûr. Nous parlerons quand vous aurez terminé.

À contrecœur, Thomas suivit Cartwright hors de la pièce.

— Pouvez-vous me dire à quoi tout cela rime ? lui lança ce dernier dès qu'ils furent sur le palier.

—Ce n'est ni le moment ni l'endroit, répondit Thomas d'une voix heurtée. Si vous alliez plutôt vous laver pour vous débarrasser de cette puanteur de cheval?

Seul un léger frémissement des narines révéla le trouble de Cartwright. Ils se regardèrent dans les yeux pendant quelques secondes, puis lord Alex tourna brusquement les talons et s'éloigna, l'épais tapis de velours étouffant ses pas.

Thomas avait eu l'intention de descendre dans le hall pour attendre le Dr Lawson après le départ de Cartwright vers sa chambre, située dans l'aile opposée. Finalement, il préféra faire les cent pas devant la chambre d'Amelia.

Vingt minutes plus tard, la porte s'ouvrit sur le Dr Lawson. Il sursauta en voyant Thomas.

—De quoi souffre-t-elle?

—Oh, Thomas, j'allais justement descendre.

—De quoi souffre Amelia?

Le médecin ne manqua pas de remarquer le ton familier de la question, comme en témoigna son léger haussement de sourcils.

—Je ne vois rien que quelques jours de repos ne sauraient guérir. Je n'ai détecté aucune obstruction dans ses poumons, et son cœur est fort. Elle a quelques ganglions, que j'impute à la fièvre. (Dr Lawson transféra sa sacoche noire d'une main à l'autre.) Si sa température n'a pas baissé dans les deux prochains jours, rappelez-moi. Je n'ai jamais vu de réapparition de la scarlatine, mais des cas étranges se produisent parfois.

Les sourcils de Thomas firent un bond. *La scarlatine ?*

—Que voulez-vous dire, une réapparition ?

—Depuis sa crise à l'âge de treize ans. Ne vous l'a-t-elle pas dit ? Elle est fort chanceuse de ne pas avoir eu de séquelles. Dans cette seule année, j'ai perdu quatre patients de la fièvre.

La panique devait se deviner sur le visage de Thomas, car le Dr Lawson se hâta de compléter ses paroles.

—Rassurez-vous, ce n'est pas ce dont souffre la jeune femme. Elle est atteinte de grippe intestinale. Elle est ma dixième patiente en deux semaines à présenter ces symptômes. Comme je l'ai dit, dans deux, trois jours maximum, elle devrait être de nouveau sur pied.

Thomas tenta de se convaincre que son inquiétude était normale. C'était la fille de son ami et une relation – en quelque sorte. Il était obligé de se soucier de son bien-être.

Se soucier ? Une voix en lui le railla. Au cours des vingt minutes qui venaient de s'écouler, son anxiété avait atteint un degré tel qu'on aurait dit un époux attendant la naissance de son héritier.

—Nous veillerons au mieux sur lady Amelia.

Le Dr Lawson inclina la tête et toucha son foulard de la main – un geste sans doute inconscient.

— Je n'en doute pas. (Il sortit une montre de sa poche et y jeta un rapide coup d'œil.) Je dois partir. Appelez-moi immédiatement si son état s'aggrave. Bonne journée, Thomas.

Replaçant sa montre sans sa poche, il se dirigea vers l'escalier. Les bonnes manières obligèrent Thomas à l'escorter jusqu'à la porte. Sans s'arrêter de marcher ni se retourner, le Dr Lawson l'en empêcha.

— Je fréquente cette maison depuis plus de quarante ans, dit-il. Je pense pouvoir trouver la sortie. Je suis certain que vous aimeriez vérifier par vous-même que votre pensionnaire est à son aise.

Le Dr Lawson n'eut pas à le lui dire deux fois. Avant que le médecin ait posé le pied sur la première marche, Thomas se trouvait déjà devant la porte d'Amelia et la poussait du bout des doigts. Les charnières trahirent son entrée par un grincement.

La femme de chambre était assise à côté du lit. Elle tourna la tête en l'entendant entrer. Thomas s'avança, conscient du silence régnant dans la pièce et du regard de la bonne suivant ses mouvements. Il était chez lui, Amelia était sous sa protection, alors oui, il avait tous les droits d'être là, de veiller à son bien-être.

— Monsieur, mademoiselle est endormie, murmura la femme de chambre.

Thomas s'arrêta à côté du lit. Son cœur se serra à la vue d'Amelia, dont la tête reposait sur une profusion d'oreillers en plumes. Il observa l'éventail noir de ses longs cils effleurant ses joues fiévreuses. Les traits adoucis par le sommeil, elle était d'une insoutenable vulnérabilité. D'une insoutenable beauté.

—Oui, je vois, dit-il sans détourner les yeux de son visage. Le médecin lui a-t-il donné quelque chose contre la fièvre ? ajouta-t-il après une longue pause.

—Il a laissé du laudanum pour les maux de ventre.

La bonne continuait de le regarder fixement, l'air perplexe, comme en attente.

Il hocha lentement la tête. Il était venu s'assurer qu'elle était à son aise, et il constatait que c'était le cas. Il aurait fallu qu'il parte. Pourtant, ses pieds refusaient d'obéir à son ordre silencieux.

—Dans ce cas, je vous laisse veiller sur elle.

Il ne bougeait toujours pas, observant sa poitrine qui s'élevait et s'abaissait de façon presque imperceptible.

—Avertissez-moi immédiatement si son état s'aggrave, est-ce clair ?

La bonne répondit au ton dur de sa voix et à son regard sévère par deux vigoureux hochements de tête.

Thomas jeta un dernier regard à la silhouette endormie d'Amelia avant de quitter la chambre.

Chapitre 19

Thomas trouva Cartwright dans la bibliothèque, assis sur l'un des fauteuils, les avant-bras sur les cuisses. Il s'était changé – ne portait plus ses vêtements d'équitation – et l'humidité de ses cheveux indiquait qu'il avait suivi les conseils de son ami en prenant un bain.

Cartwright bondit sur ses pieds en voyant Thomas entrer.

— Comment va-t-elle ? Qu'a dit le médecin ?

Au lieu de lui répondre immédiatement, Thomas se dirigea vers le buffet et se versa un verre de rhum, au mépris de l'heure matinale. Dominé par des sentiments irrationnels, il n'avait guère apprécié de voir Amelia dans les bras de Cartwright ni son ami dans l'intimité de la chambre de la jeune femme. Il soupçonnait là une familiarité que la brièveté de leur fréquentation ne pouvait justifier.

Penchant la tête en arrière, Thomas vida son verre en une gorgée brûlante.

Cartwright contourna la table et s'avança vers le tapis. Après un moment d'attente silencieuse, il jeta un regard vers la porte.

— Suis-je autorisé à la voir ? Miss Foxworth a aussi exprimé une grande inquiétude. Je lui ai promis de la tenir informée de l'état d'Amelia.

Il la tiendrait informée ? Quel culot ! Thomas reposa son verre sur le buffet, avec une telle violence qu'il fut surprenant qu'il n'ait pas volé en éclats, comme son sang-froid était sur le point de le faire.

Cartwright haussa les sourcils et croisa les bras sur sa poitrine.

— Elle dort, répondit sèchement Thomas. D'après le Dr Lawson, ce n'est qu'une grippe intestinale qui devrait guérir en quelques jours.

— Je vois.

Cartwright prononça ces mots d'une voix traînante, comme s'il y voyait bien trop clair.

— Et je suppose, ajouta-t-il, que vous allez me dire ce qui ne va pas chez vous ? Vous agissez comme si j'avais eu l'intention d'enlever la fille. Reconnaissez que je ne suis point dénué de tact. Si tel était mon dessein, j'aurais au moins attendu que sa fièvre ait décliné.

— Je suis ravi que vous parveniez à plaisanter dans un moment comme celui-ci.

Ces derniers temps, Thomas ne partageait guère le sens de l'humour de son ami.

— Ai-je l'air de m'amuser ? Je vous assure, je suis parfaitement sérieux, dit Cartwright, dispensant son ami de son habituel sourire en coin.

Un sentiment étrange – que Thomas n'osait analyser – bouillonnait en lui, éclatant en surface sous la forme d'une colère noire.

— Ne vous occupez pas d'elle, c'est bien clair ? Le temps n'est pas à la plaisanterie avec Amelia. Elle est sous ma responsabilité, et je gère la situation.

— Je croyais que vous pouviez à peine la tolérer. Je m'étais dit que vous seriez soulagé d'être libéré de ce fardeau pendant un certain temps.

Une vague de jurons menaça de déferler hors de sa bouche, mais Thomas les ravala violemment.

— Allez au diable !

— N'y suis-je pas déjà ?

La réponse fulgurante de Cartwright, ajoutée à son rictus sarcastique, conduisit Thomas à balayer la pièce du regard à la recherche d'un objet contondant avec lequel assommer son ami. Il repéra la lourde carafe en cristal remplie de cognac. Quel dommage que sa mère tienne autant à cet objet. Il dut se contenter de compter en silence jusqu'à dix, le temps de maîtriser son calme vacillant.

— Je suis ravi que vous trouviez encore à rire dans cette situation.

— Je ne vois rien de drôle dans l'état de lady Amelia. Dans votre comportement, en revanche…

Cartwright parla d'une voix traînante, comme si tout développement était superflu, ses sous-entendus accablant suffisamment Thomas.

— Et vraiment, Armstrong, jouer l'homme des cavernes devant une fille que vous prétendez ne pas apprécier.

Thomas reçut l'argument de lord Alex comme un cadeau soigneusement emballé, avec un joli nœud autour. Il avait bien conscience de la contradiction flagrante entre ses paroles et ces actes récents.

— Indépendamment de mes sentiments à son égard, Amelia est une invitée dans ma maison ; elle est sous ma responsabilité.

— Bon sang, mon ami, vous me l'avez presque arrachée des bras. N'est-ce pas prendre votre rôle un peu trop à cœur ?

Quand Cartwright avait une idée fixe, il refusait d'abandonner, ce qui voulait dire que Thomas devait s'en charger à sa place.

— Je vais dans mon bureau. Je vous verrai au dîner.

Comme il n'était que 9 heures et que le dîner ne devait pas être servi avant 20 heures, le message de Thomas résonna avec une clarté assourdissante dans le silence qui suivit son départ.

Amelia ne comprit pas tout de suite ce qui l'avait réveillée. Sa chambre était plongée dans le noir et le silence. Elle avait chaud et froid en même temps. Au bout de quelques secondes, ses yeux s'adaptèrent à l'obscurité. Elle perçut la présence juste avant de percevoir un mouvement à ses côtés.

Elle tourna brusquement la tête en direction du bruit. Un cri de surprise s'échappa de ses lèvres sèches quand elle vit la silhouette assise sur la chaise. Pendant un instant, elle oscilla entre confusion et terreur. Puis elle le reconnut.

Thomas.

Sa tête reposait sur le coussin de brocart bordeaux, et sa respiration lourde et cadencée indiquait qu'il dormait.

Malgré son esprit enfiévré, la jeune femme tenta de rationaliser la présence du vicomte, mais ne saisit pas immédiatement l'énorme bouleversement que cela signifiait. Elle ne put que reposer sa tête sur l'oreiller et le regarder en silence, observer les traits de son visage dans la pénombre. Il y avait une certaine vulnérabilité dans son état de repos, qui lui donnait l'air plus jeune. Plus tendre même.

Au bout d'une minute à peine, il remua et leva lentement la tête. Avait-il senti qu'elle le regardait ? Soudain, il se redressa sur sa chaise, son corps devint nerveux et ses yeux verts s'allumèrent dans le noir en la distinguant plus clairement.

— Quelque chose ne va pas ? Dois-je appeler le médecin ? demanda-t-il, soudain parfaitement réveillé.

Amelia secoua faiblement la tête, à présent consciente d'une sensation pâteuse dans sa bouche.

— J'aimerais bien un peu d'eau, dit-elle d'une petite voix éraillée.

Il avait quitté sa chaise et rejoint la commode avant même qu'elle puisse se rendre compte qu'il n'était plus à côté d'elle. Bientôt, une lumière douce baigna la chambre, et le bruit de l'eau résonna dans la pièce. Thomas revint vers elle, un verre dans une main et une bougie dans l'autre. Il posa la bougie sur la table de nuit. À la lueur de la flamme, Amelia put alors distinguer la fatigue sur son visage. Une fatigue qui n'enlevait rien à son attrait viril. Même malade, elle voyait clairement cet attrait et sentait l'inexorable séduction qu'il exerçait sur elle.

Au lieu de lui tendre le verre, Thomas s'assit au bord du lit. Elle sursauta lorsqu'il passa délicatement une main sous sa tête pour la surélever.

— Tenez. Buvez, dit-il en inclinant le verre devant sa bouche.

Amelia entrouvrit machinalement les lèvres, obéissant à son doux commandement. L'eau n'était ni fraîche ni chaude, mais elle s'écoula dans sa gorge comme un divin nectar. Elle finit le verre avant de reposer la tête contre l'oreiller. Thomas ne retira pas immédiatement sa main. Elle sentit la pression de sa paume, le poids de chacun de ses doigts, avec une acuité qui fit frissonner sa peau – une sensation qui n'était pas causée par la fièvre ni par la douleur.

— Avez-vous besoin d'autre chose ? lui demanda-t-il en posant sur elle un regard bienveillant d'une troublante intensité.

— Non, je me sens bien mieux maintenant.

— Votre estomac ne vous fait plus souffrir ?

Il retira sa main. Amelia en sentit le manque comme une fleur regrettant la chaleur du soleil par un jour d'hiver glacial. Heureusement, il ne la priva guère longtemps de son contact, apposant bientôt le dos de sa main contre son front.

—Hmm. Vous avez moins de fièvre, mais vous êtes encore chaude. Cependant, je suis ravi que vous alliez mieux.

Le lendemain, peut-être, elle se dirait que son état de faiblesse l'avait rendue vulnérable à un certain comportement dont tous les médecins auraient dû s'inspirer. Mais ce n'était pas demain, c'était ce soir, et son cœur tambourinait dans sa poitrine. Elle humait avec délice la fragrance masculine qui émanait de tous les pores de Thomas, comme s'il s'agissait d'un élément rare de la nature.

—Oui, mon… mon ventre va mieux, dit-elle dans un murmure à peine perceptible.

Sa gorge n'était plus sèche et elle se sentait moins faible. En revanche, elle semblait souffrir d'un tout autre mal à présent, un mal qui pouvait bien se révéler tout aussi dangereux qu'un nouvel accès de scarlatine. Thomas Armstrong.

Il retira sa main de son front.

—En êtes-vous sûre? demanda-t-il. Vous semblez inquiète. Vous n'êtes pas à votre aise?

Paupières baissées, il caressa du regard la silhouette d'Amelia dessinée par les draps. Eût-elle été nue, elle n'aurait eu davantage conscience de son propre corps qu'en cet instant précis.

—Je vais bien. J'ai simplement besoin de me reposer encore un peu.

Et que vous partiez, pour que je puisse recouvrer mon calme… et ma santé mentale.

—Dans ce cas, je vous laisse.

Il prononça ces mots à voix basse avant de se lever, faisant légèrement grincer le bois du lit. Son visage fut immédiatement plongé dans l'ombre, la lumière de la bougie illuminant seulement le duvet cendré de sa mâchoire.

—Je vous verrai demain matin.

Son regard sembla s'attarder sur elle. Enfin, il tourna les talons et quitta la chambre, fermant délicatement la porte derrière lui.

Ne partez pas. Ces mots hésitèrent longuement au bord des lèvres d'Amelia après le départ de Thomas.

Chapitre 20

$\mathcal{A}$u grand soulagement de Thomas, la fièvre d'Amelia ne dura que vingt-quatre heures. Il lui ordonna malgré tout de rester alitée jusqu'à ce qu'il soit sûr de son complet rétablissement. Elle pouvait gémir et protester autant qu'elle souhaitait – ce qu'elle fit –, il ne céderait pas.

En plus de sa femme de chambre, qui la dorlota comme un nouveau-né, Thomas chargea deux de ses domestiques de pourvoir au moindre besoin d'Amelia et de s'assurer de son confort absolu. Lui-même se fit un devoir d'aller lui rendre visite deux fois par jour – des visites qu'il limita aux heures où il la savait endormie.

Au troisième jour de son alitement, elle sembla parfaitement rétablie, pour le plus grand bonheur de Thomas. Il lui permit alors de s'aventurer hors des murs de sa chambre. Lui, tel un ivrogne résistant à l'appel silencieux de la boisson, passa la journée aux écuries en compagnie de sa dernière acquisition, un majestueux pur-sang gris.

Ce soir-là, elle apparut pleine de vie dans la salle à manger, vêtue d'une somptueuse robe bleu lavande dont le décolleté affolait davantage par ce qu'il dissimulait que par ce qu'il révélait. Thomas se retint d'aller vers elle et de la toucher, tandis qu'en pensée il lui arrachait ses vêtements pour découvrir sa peau nue et ses tétons rosés.

Cartwright, censé quitter le Devon la veille mais ayant insisté pour rester jusqu'au complet rétablissement d'Amelia, s'illumina à son entrée. Thomas se renfrogna ; son antipathie pour son ami venait de se réveiller.

— Bonsoir, Miss Foxworth. Je vous prie d'excuser mon retard.

Elle adressa à l'assemblée un chaleureux sourire.

Cartwright bondit sur ses pieds. Thomas tarda à le suivre, troublé par l'éclat incandescent qu'Amelia projetait autour d'elle et qui faisait de l'ombre à tant de femmes.

Elle lâcha un petit rire.

— Oh, je vous en prie, messieurs, ne faites pas de manières avec moi.

Le second valet la suivit consciencieusement jusqu'à la table et la fit asseoir sur la chaise libre à côté de Cartwright.

— Je ne pensais pas que vous vous joindriez à nous ce soir, dit Thomas.

Il se demanda comment réagiraient les autres convives s'il insistait pour changer de place avec Cartwright. Lorsqu'elle fut installée, Cartwright et son hôte se rassirent.

— Comme je vous l'ai dit ce matin, je me sens parfaitement bien. Si vous n'aviez pas été si borné, je serais debout depuis hier, ajouta-t-elle avec un regard taquin qu'il ne lui connaissait pas.

— Je suis ravie de vous voir en pleine forme, dit Camille en souriant.

Amelia lui sourit en retour. Ce sourire était différent de ceux qu'elle adressait généralement à Thomas. Il n'y avait ni colère ni moquerie dans son expression, seulement d'éclatantes dents blanches contrastant délicieusement avec le rose de ses lèvres. Une dangereuse vibration s'empara de l'entrejambe de Thomas.

— En pleine forme est un euphémisme. Selon moi, lady Amelia est prodigieusement radieuse. L'incarnation de la beauté, de la santé et de la prospérité.

Thomas lança un regard à son ami. *Prodigieusement radieuse ? Beauté, santé et prospérité ?* Bonté divine, il ne manquait à Cartwright qu'un tout petit peu de cirage pour faire étinceler toutes les chaussures de Londres. Quel degré d'intimité avaient-ils donc atteint durant le laps de temps qu'ils avaient passé ensemble ? Manifestement assez élevé pour transformer son ami non seulement en protecteur, mais aussi en prétendant. Cette idée révolta Thomas.

Un son s'échappa des lèvres d'Amelia, comme les vestiges fanés d'un rire franc.

— Vraiment, lord Alex, vous m'attribuez bien trop d'admirables qualités.

Thomas tourna les yeux vers elle. Dieu du ciel, allait-elle tomber dans le piège de ces balivernes ?

— Oui, ne croyez-vous pas que vous en rajoutez un peu ? dit Thomas, incapable d'étouffer la note sardonique de sa voix.

Cartwright se contenta de rire.

— Je suis un fils cadet. Je n'ai pas le privilège de la subtilité.

Amelia baissa la tête pour cacher un sourire. Lord Alex était incroyablement spirituel et charmant. Thomas, au contraire, semblait loin d'être ravi. Il ne fronçait plus les sourcils, mais son visage portait un masque rigide et froid qu'aucun sourire de séduction n'aurait pu décrisper ou réchauffer.

Si elle avait pu prétendre le connaître intimement, elle aurait dit que son comportement s'apparentait à de la jalousie. Mais peut-être surestimait-elle ses propres charmes. Son humeur maussade pouvait avoir de tout autres causes. Peut-être ne la trouvait-il pas digne de son ami.

Cependant, cette idée contredisait son attitude de ces derniers jours. Ne l'avait-il pas veillée, pendant tout le temps de sa maladie ? En proie à la fièvre, elle avait cru rêver de sa présence à ses côtés. Le lendemain, pourtant, son réveil n'avait pas été accueilli que par la lumière blafarde de l'aube, mais aussi par le parfum persistant de la bergamote, preuve qu'Armstrong n'avait pas fait que hanter ses pensées et ses espoirs. Cette prise de conscience avait adouci l'opinion qu'elle avait de lui, de façon irrévocable.

Il n'était pas *exactement* comme son père, puisqu'il était venu à elle lorsqu'elle était souffrante.

Oui, peut-être était-il jaloux. Et, pour qu'il succombe à cette émotion, il fallait que son intérêt pour elle dépasse un tant soit peu leur indéniable et puissante attirance physique.

Tandis que Thomas et Amelia gardaient le silence, Cartwright interrogea poliment Miss Foxworth sur ses projets pour Noël, qui devait arriver un mois plus tard. Depuis la mort de sa mère, Amelia n'aimait guère les fêtes.

—Aujourd'hui, j'ai reçu une lettre de mon frère. Il espère rentrer à la maison pour Noël cette année.

En répondant à lord Alex, Miss Foxworth annonçait cette nouvelle à toute la tablée.

—Foxworth rentre enfin chez lui ? Voilà un événement à fêter, n'est-ce pas, Armstrong ? lança lord Alex. (Il jeta un regard à Thomas puis revint vers Miss Foxworth.) J'imagine que vous êtes très impatiente.

Les joues pâles de Miss Foxworth prirent une teinte abricot, tandis qu'elle hochait la tête, la douleur de l'absence brûlant dans ses yeux.

—Cela fait presque deux ans que je ne l'ai pas vu. Je me demande s'il a changé. Mais mon souhait le plus grand est de le voir rentrer sain et sauf, sans blessure. (Elle tourna alors les yeux vers le visage inexpressif du vicomte.) Lord Armstrong, j'espérais que vous m'accorderiez un peu de temps libre pendant les fêtes de Noël.

Thomas sortit brusquement de sa rêverie.

— Pardonnez-moi. J'étais perdu dans mes pensées, un souci d'ordre professionnel. Avez-vous dit que votre frère rentrait ?

— Il pense regagner le sol anglais trois jours avant Noël. Si vous pouviez m'accorder trois ou quatre jours, ce serait…

— Trois ou quatre jours ? Certainement pas. Restez avec lui autant que vous voudrez. Combien de temps doit-il demeurer à Londres ?

— Il espère rester deux mois, c'est ce qu'il m'a écrit. (Camille se tourna vers Amelia.) Marcus est ma seule famille.

— Oh, il est inutile de vous justifier avec moi. Je trouve merveilleux qu'il ait une sœur aussi dévouée, répondit Amelia, qui avait si souvent regretté de ne pas avoir de frère ou de sœur.

— Missy nous a invités à passer Noël avec elle et sa famille, poursuivit Armstrong. Cependant, j'ai conscience que cela n'est rien en comparaison de vos retrouvailles avec votre frère.

Amelia tourna de grands yeux vers Thomas. Ils passeraient Noël avec sa sœur ? Pourquoi l'apprenait-elle seulement maintenant ?

— Oh, c'est formidable. Sachez que j'avais l'intention de me trouver une remplaçante durant mon absence. Mais si vous allez dans le Berkshire avec votre sœur et lord Windmere…, dit Miss Foxworth d'une voix traînante.

305

—Et comme ma mère et mes sœurs seront de retour pour le nouvel an, il sera inutile de reprendre votre poste. Ainsi, vous pourrez passer autant de temps que vous le désirez avec votre frère.

—Oui, tout est donc pour le mieux.

Miss Foxworth plongea le regard dans son assiette, mais Amelia eut le temps de remarquer la pointe de regret dans ses yeux. Elle aurait aimé revenir, Amelia le comprit. C'était absurde, vraiment ridicule, car, d'après ce qu'elle avait vu, Thomas n'avait jamais manifesté que des égards fraternels envers Miss Foxworth. Elle-même prise d'un soudain accès de jalousie, Amelia eut hâte que son chaperon prenne congé. Dans un effort pour repousser ces sentiments indésirables, elle porta son attention sur lord Alex.

—Et vous, mon cher, où passerez-vous Noël?

Cartwright haussa négligemment les épaules.

—Je ne le sais pas encore. Peut-être vais-je accepter l'invitation de lady Windmere.

—Ma sœur vous a invité, vous aussi? lança Thomas d'un ton sec qu'il regretta.

—En fait, Rutherford m'en a parlé quand il était en ville pour une réunion au Parlement.

En temps normal, Thomas aurait été ravi de la compagnie de son ami pendant son séjour à Rutherford Manor. Il ne comptait plus les fêtes et autres réjouissances que Cartwright avait partagées avec sa famille. Ils s'étaient rencontrés pendant leurs études à Eton, et le jeune homme était devenu un membre à part entière du clan Armstrong.

Mais ce Noël-là devait être différent. Amelia allait être des leurs, et l'idée que ces deux-là passent autant de temps ensemble, et dans une telle proximité, le révulsait au plus au point. Un sévère hochement de tête fut sa seule réponse. Cartwright lâcha un petit rire sec.

— Cela n'a pas l'air de vous enchanter. Ne suis-je plus le bienvenu ?

Il posa sa cuillère dans son bol de soupe, qu'il poussa devant lui pour signifier qu'il avait terminé son plat.

— Bien sûr que si, se reprit Thomas.

Il s'en voulut d'étaler ainsi son mécontentement. Amelia le rendait fou, complètement fou. La laisser se mettre entre Cartwright et lui semblait un fait plus grave encore que l'anéantissement de vingt ans d'amitié.

— J'étais simplement surpris car vous aviez dit que votre père vous réclamait pour les fêtes, cette année.

D'ordinaire, lorsque le duc de Hastings convoquait son fils, Cartwright se pliait à sa volonté, bien que toujours à contrecœur, car leurs relations étaient tendues. L'allusion de Thomas le refroidit ; ses yeux gris argent perdirent leur étincelle. Le duc était la seule personne au monde capable de mettre à l'épreuve la constante bonne humeur de Cartwright. Cette situation durait depuis plus de dix ans. Et Thomas avait appris à ne pas l'interroger sur les motifs de leur différend.

— Jouez-vous aux cartes, lord Alex ? demanda Amelia, mettant fin au silence pesant.

Les traits de Cartwright se détendirent instantanément.

— Pas pour de l'argent, mais je suis plutôt doué au vingt et un et au black-jack, et je tâte un peu de whist également.

Thomas n'aimait ni le tour de la conversation ni la gaieté retrouvée de son ami lorsqu'il posa des yeux indolents sur Amelia.

— Ne serait-il pas préférable de vous reposer ? Vous venez tout juste de vous remettre, objecta le vicomte.

— Oh, je doute qu'une partie de cartes ne mette en danger mon état de santé, se moqua Amelia.

— Malgré tout, il vaut mieux être prudent. Et je suis sûr que Cartwright n'aimerait pas avoir sa part de responsabilité dans votre rechute.

Cartwright tourna les yeux vers son hôte. Pendant un instant, Thomas crut qu'il avait l'intention de le défier, de se moquer de lui en lui objectant le ridicule de son argument. Son ami le sonda quelques secondes avant de se tourner vers Amelia.

— Oui, j'ai entendu dire que les salles de jeu avaient une incidence sur la santé, et je ne voudrais surtout pas que la vôtre en pâtisse.

Formulée ainsi, la moquerie à peine voilée de Cartwright était acceptable. Infiniment préférable à une dispute, pensa Thomas avec la pleine conscience que, en pérorant de cette façon, il ne faisait que se raccrocher aux branches. Il savait aussi que nul n'était dupe autour de la table. Heureusement pour lui, ses convives étaient trop civilisés pour le lui faire remarquer.

— Eh bien, puisqu'il semblerait que je sois trop fragile pour jouer aux cartes, je vais monter me coucher. Je me sens soudain faible.

Cartwright s'apprêta à se lever. Amelia lui fit signe de rester à sa place.

— Oh, ne vous dérangez pas, dit-elle.

Un valet apparut à côté d'elle pour l'aider à se lever de sa chaise. Thomas n'avait pas eu l'intention de l'envoyer au lit aussi tôt, ni de se priver de sa compagnie prématurément. Il resta assis, silencieux – tandis qu'elle lissait les plis de sa jupe de velours – et s'efforça de chasser de son esprit l'image de ses mains fines glissant amoureusement sur sa chair nue et dure, de ses longs doigts s'enroulant autour de lui.

— Je vous verrai demain matin. (Elle posa les yeux sur lui.) Enfin, si je suis encore valide.

Une lueur taquine brillait dans le bleu saphir de ses yeux, et sa bouche esquissa un léger sourire – un sourire dont Thomas ressentit les effets en plein cœur, puis jusqu'au bas des reins.

Quand Amelia eut quitté la salle à manger, elle gravit l'escalier la menant à sa chambre. Elle ne marchait pas, elle lévitait. Jouer aux cartes avec lord Alex ne l'intéressait pas réellement. Elle avait simplement cherché une preuve que Thomas ne voulait pas qu'elle le fasse. Qui aurait cru qu'elle était le genre de femme à s'abaisser aux jeux de la jalousie? Certainement pas elle. Et qui aurait cru qu'en obtenant la réaction attendue elle serait prise de vertiges et d'étourdissements plus violents que ceux provoqués par ses accès de fièvre?

Se lever de table avait été une question de survie. Si elle était restée, son visage aurait trahi ses sentiments grotesques. Il se souciait d'elle, assez pour être jaloux de son ami. Assez pour rester assis à ses côtés lorsqu'elle était malade. Thomas, vicomte Armstrong, se souciait d'elle, point final. C'était tout ce qui comptait à ce moment précis. Le lendemain, décida-t-elle avec une implacable détermination, ils reprendraient leur relation à zéro.

Plongée dans un halo d'euphorie, Amelia était sur le point d'entrer dans sa chambre lorsqu'elle entendit un miaulement. Se tournant vers le son plaintif, elle aperçut une touffe de fourrure qui fonçait vers l'aile opposée.

Stoneridge Hall ne comptait aucun animal domestique, elle en était certaine. Un chat errant avait dû se réfugier dans la maison pour échapper au froid. La pauvre bête était probablement affamée. Amelia entreprit de trouver ce chat.

Après forces cajoleries et appel murmurés – « Minou, minou » –, elle trouva l'animal blotti sous une table du hall dont la lourde base était à quinze centimètres du sol. Elle découvrit un minuscule chaton apeuré au pelage roux. Bientôt, Amelia se trouva à genoux, main droite tendue pour attraper l'animal fuyant, l'appelant d'une voix douce et rassurante.

Quand ses doigts touchèrent la fourrure veloutée, le chaton sortit comme une flèche de sa cachette et franchit la porte ouverte la plus proche.

Amelia soupira et se leva maladroitement. Elle hésita sur le seuil. Puis elle entendit miauler. Elle ferait vite. Miss Foxworth et les hommes étaient occupés en bas et aucun des domestiques ne se trouvait dans les parages.

Laissant toutes ses appréhensions de côté – et elles étaient nombreuses –, Amelia inspira profondément et entra dans la pièce. À l'exception du feu crépitant dans l'âtre, la chambre était plongée dans une obscurité teintée de différentes nuances de gris. Il lui fallut quelques secondes pour ajuster son regard à la pénombre. La pièce était spacieuse. Une soudaine et vive inquiétude s'empara d'elle lorsqu'elle comprit que le destin – avec son funeste sens de l'humour – l'avait conduite dans les appartements du maître. La chambre de Thomas. Si elle avait eu une once de bon sens, elle serait repartie. Un frisson de curiosité la poussa à s'aventurer plus loin dans la pièce.

Le mobilier massif et sombre comptait un immense lit à baldaquin. Elle frissonna de nouveau. Il n'y avait rien de superflu dans ces lieux. Nulle fioriture ni trace féminine. Seulement de l'acajou brillant et un couvre-lit vert foncé étalé sur le matelas.

Une boule de poils sortit de sous le lit et se dirigea à toute allure vers un coin plus sombre de la pièce, arrachant brusquement Amelia à ses rêveries pour lui rappeler la raison de sa présence dans cette chambre.

Avant qu'elle ne puisse faire un pas, elle entendit un léger craquement, puis une petite lueur apparut là où le chaton s'était réfugié. La lumière s'intensifia et s'élargit sur le sol devant elle.

Sans une seconde pour réfléchir, et moins encore pour agir, Amelia fonça vers une zone dénuée d'ombre grise, où régnait la plus totale et la plus rassurante obscurité. Elle se plaqua contre le mur, à côté d'une majestueuse armoire. Son odorat fut immédiatement assailli par le parfum de l'amidon et de quelque chose d'autre… la bergamote.

Le chaton émit un faible miaulement. Amelia osa à peine respirer.

— Comment diable t'es-tu retrouvé là ?

Thomas. Amelia retint son souffle.

— Bonté divine, quelle minuscule créature tu es. Je parie que tu as faim ?

Il fallut un moment à Amelia pour comprendre qu'il s'adressait au chat. Elle se fondit dans le mur autant qu'il était humainement possible.

— Viens, allons te trouver quelque chose à manger. La cuisinière aura peut-être des restes de poisson. Qu'en penses-tu ?

Le chaton ronronna comme s'il exprimait son accord.

Il partait. Doigts écartés et collés au mur, Amelia attendit. Elle perçut des pas étouffés, puis le bruit d'une porte qui s'ouvrait, puis le silence. Elle bénit ce silence. Elle jeta rapidement un regard autour de l'armoire pour s'assurer que la voie était libre. Elle l'était.

Amelia ne s'était jamais déplacée aussi vite de toute sa vie, les semelles de ses chaussures en daim touchaient à peine le sol. Malheureusement, ce n'était pas encore assez rapide.

Chapitre 21

— *P*ourquoi vous obstinez-vous à apparaître dans tous les endroits où vous ne devriez pas être ?

Thomas se tenait dans l'encadrement de la porte, baigné dans la lumière iridescente des lampes à gaz du couloir, et parlait d'une voix suave et amusée.

Amelia s'arrêta, tremblante. Elle trouva refuge contre le pied de lit à barreaux – elle n'avait pu aller plus loin. Le bois était ferme et régulier sous ses doigts, contrairement aux battements erratiques de son cœur. Ce n'était pas du tout ainsi qu'elle avait imaginé leur nouveau départ.

—Je… Je ne vous avais pas vu. Je croyais que vous étiez… Je veux dire, le chat…

Amelia se tut. À quoi bon ? Elle avait entendu dire que les bêtes pouvaient sentir la peur. À ce moment-là, elle fut surprise de ne pas trouver tous les animaux du Devon grognant à ses pieds.

Il lâcha un rire étouffé, refermant lentement la porte avant de se retourner pour s'avancer vers elle d'un pas mesuré.

—Oh, je vous en prie, continuez. J'adore vous entendre bégayer.

Amelia réprima un gémissement de désarroi. Elle quitta la sécurité du pied de lit avec l'intention de regagner la porte, mais estima d'un regard que la sortie était trop loin pour risquer une fuite effrénée.

Thomas jeta un œil à la porte, puis la regarda et s'approcha encore.

—Est-ce vraiment ce que vous voulez faire ? Fuir ? lui souffla-t-il à l'oreille dans un murmure sensuel. Vous savez ce que je crois, Amelia ?

Respirant son parfum masculin de tous ses pores, elle crut suffoquer de désir. Il la narguait. *Qu'il soit maudit !*

—Non, mais je ne tiens pas l'apprendre.

Sa voix nouée démentait ses paroles. Elle secoua deux fois la tête avec détermination, dans le vain espoir d'annihiler la langueur qui avait pris possession de son corps au point de l'engourdir, de l'affaiblir.

—Je crois que vous êtes venue m'attendre.

Il parlait toujours à voix basse. Chacun de ses mots était une brume de caresse contre son oreille. Les tétons d'Amelia se durcirent et tirèrent sur la fine mousseline de sa robe.

—Je suis venue à cause du chat, murmura-t-elle, tête baissée pour éviter son souffle chaud sur son visage.

—Alors pourquoi ne pas faire de véritables efforts pour vous enfuir ?

Il la fit pivoter pour qu'elle le regarde dans les yeux, puis posa délicatement un doigt sur ses lèvres entrouvertes alors qu'elle s'apprêtait à parler. C'était une erreur de commencer de cette façon.

—Non, ajouta-t-il. Ne dites plus rien. Nous savons tous les deux que vous êtes là pour ça.

Sans lui laisser la moindre chance de protester, il abaissa les bras d'Amelia et les tint le long de son corps, puis brisa le barrage de ses lèvres par un baiser profond. Quand la langue de Thomas toucha celle d'Amelia, la jeune femme sentit ses genoux se dérober sous elle. Il avait un goût de luxure et de décadence. Un goût de paradis. Elle l'encouragea en enroulant passionnément sa langue autour de la sienne. Des frissons parcoururent en rafale le corps de Thomas tandis qu'une pulsation brûlante s'éveillait entre les cuisses d'Amelia. Ce baiser n'avait aucune limite. Il éclipsait toute pensée en elle. Seul existait le corps masculin qui s'aimantait à elle et lui faisait basculer la tête en arrière.

Jamais elle n'avait fait l'expérience d'une telle passion, nulle part ailleurs que dans ses bras, leurs deux bouches scellées l'une à l'autre. Il glissa une main sur ses seins, et les multiples couches de tissus qui la recouvraient ne purent étouffer le plaisir d'Amelia. Elle gémit, arracha sa bouche à celle de Thomas pour ensuite en rechercher désespérément le contact, après avoir repris son souffle.

Rien n'avait préparé Thomas au caractère sauvage de leur étreinte. Elle était en feu pour lui, et il ne serait jamais rassasié de ses lèvres, de sa langue, de ses seins, de tout ce qu'elle avait à offrir. Il la plaqua contre son corps, et son érection cogna contre le ventre d'Amelia avec une douloureuse insistance, tandis que ses hanches entreprenaient une danse sexuelle vieille comme le jour.

Amelia répondit par un lent et désespéré roulement du bassin, menaçant de précipiter Thomas dans un gouffre de démence. Avec un grognement sourd, haletant comme s'il venait de parcourir un kilomètre au pas de course, il détacha ses lèvres de celles de la jeune femme et la souleva du sol. Il la porta jusqu'au lit, la déposa sur le matelas, et la rejoignit sans attendre. De ses doigts habiles, tel un homme ayant une connaissance approfondie des vêtements féminins, il la débarrassa de sa robe. Chaque parcelle de soie et de mousseline qu'il retira révéla une peau crémeuse à souhait. Des jambes, longues, minces, délicieusement dessinées. Il en eut le souffle coupé. Puis, découvrant le sombre et soyeux triangle au sommet de ses cuisses, il crut perdre la raison, et tout contrôle.

Son sexe se dressa sous son pantalon, menaçant d'en faire craquer les coutures. Des sensations d'une telle intensité sinuaient en lui que Thomas dut serrer les dents pour ne pas grogner comme une bête sauvage. Il ne pensait plus qu'à une chose : s'introduire en elle, s'enfoncer en elle au plus profond.

Il réussit à décoller ses mains du corps fiévreux d'Amelia, le temps de se dévêtir à son tour. Ses boutons de chemise sautèrent, tandis qu'Amelia, étendue sur le dos, l'observait, médusée. Il s'arrêta, momentanément fasciné par l'expression de la jeune femme, lèvres entrouvertes, pupilles dilatées. Elle humecta ses lèvres gonflées par le baiser, le sortant de sa torpeur pour le ramener au cœur de l'action.

Il jeta sa chemise au sol et se leva rapidement pour ôter son pantalon de laine noir. Il se débarrassa enfin de ses sous-vêtements, qu'il fit glisser sur ses hanches d'un geste impatient. Amelia inspira profondément en voyant surgir l'évidence de son excitation, si gonflée et si dure qu'il en avait mal. Cette douleur exquise l'étourdissait.

Amelia ne put détacher les yeux de son érection, longue, épaisse et veineuse. La panique s'empara d'elle. Il ne croyait tout de même pas pouvoir mettre *ça* en elle. Dieu du ciel, cela ne rentrerait jamais. Elle leva les yeux vers le visage tendu de Thomas. D'instinct, elle tenta de protéger sa nudité de son regard affamé, plaquant une main sur sa poitrine, l'autre sur ses parties intimes.

— Non, ne te cache pas, lui dit-il d'une voix rassurante.

Il écarta délicatement les mains d'Amelia de son corps pour les placer au-dessus de sa tête tout en se faisant une place entre ses cuisses. La chaleur de son érection se posa lourdement sur sa chair tendre, au-dessus de sa toison, et son contact enflamma les sens de la jeune femme. La passion l'étreignait jusqu'à l'intoxication.

Il baissa la tête et lui prodigua de légers baisers, de son épaule à la courbe de ses seins, piégeant un téton entre ses lèvres. Amelia se mordit violemment la lèvre inférieure. Il donna un coup de langue à la pointe tendue, forçant la jeune femme à courber le dos, pour ensuite prendre le mamelon et son aréole dans sa bouche. Avec un grognement sourd, il mit fin à la torture et commença à téter. Amelia laissa échapper un gémissement ; elle haletait à un rythme régulier. Dégageant ses mains, elle plongea les doigts dans les mèches dorées du jeune homme pour l'emprisonner contre sa poitrine.

Pendant d'interminables minutes, il conduisit le corps frissonnant d'Amelia à un état d'excitation extrême. Elle ignorait qu'un plaisir d'une telle intensité existait. Guidée par Thomas, elle entreprenait un voyage de sensations jusque-là inexplorées, ponctué de larmes et de halètements. Écartant les jambes, elle cambra le dos et se tortilla pour piéger sa chair dure là où son corps la réclamait le plus : en son centre.

— Tout doux, Princesse.

Dans les paroles apaisantes de Thomas pointait une tension palpable, comme s'il marchait sur un fil ténu.

— Je vais te donner ce que tu désires, ajouta-t-il.

Si elle avait eu toute sa tête, cette remarque l'aurait horrifiée, tout comme son abandon lascif. Mais le bon sens l'avait quittée. Seul comptait l'incendie qu'il avait allumé et qui à présent faisait rage entre ses cuisses.

D'un dernier coup de langue à son téton rosé, il envoya des décharges de plaisir dans son sein, qui se répandirent jusqu'au creux de son ventre.

Thomas poursuivit son exploration, parsemant le ventre d'Amelia de baisers langoureux. Une bouffée d'air s'échappa brutalement de sa bouche. Encore agrippée à la chevelure de Thomas, elle battit des paupières puis ferma les yeux.

Il atteignit la touffe duveteuse de son entrecuisse, jouissant alors d'une vue des plus intimes sur sa personne – telle que nul autre n'en avait jamais connu. Il s'humecta la lèvre supérieure. Amelia comprit son intention et tenta immédiatement de repousser sa tête. La gêne enflamma son visage.

— Non, non, vous ne pouvez pas. Vous ne devriez pas…

La première pression de sa langue dans les plis gonflés de son sexe lui donna le vertige. Le scandale et l'embarras laissèrent rapidement place au plaisir le plus exquis, le plus insoutenable, un plaisir qui la frappa comme la foudre. Elle laissa tomber ses bras mollement le long de son corps, s'abandonnant aux caresses expertes de Thomas, lui laissant tout contrôle.

De longs et languides coups de langue se poursuivirent sans relâche sur sa chair humide et glissante. Amelia n'était plus capable de penser, elle ne pouvait plus que ressentir. Être aimée de cette façon était vil et honteux… et délicieux. Tandis qu'il se régalait d'elle, elle souleva les hanches pour lui en offrir davantage. Elle eut l'impression d'être un ruban qu'on tendait de plus en plus, et cette sensation refusa de la lâcher. Son corps ondulait, cherchant autre chose. Puis il écarta sa chair rose, appuya sur la petite bosse au creux de son sexe et Amelia laissa échapper un cri perçant tout en se soulevant davantage, délogeant presque sa bouche. Mais il tint bon et, d'un mouvement de langue, lui arracha un cri qui se termina en long gémissement avide. Un plaisir incommensurable la submergea, et elle n'eut d'autre choix que de succomber, béatement, impuissante.

Engourdie par les effets de son premier orgasme, Amelia n'avait plus conscience de ce qui l'entourait, jusqu'à ce qu'elle sente l'axe de sa virilité à sa porte. C'est alors qu'il plongea en elle. La brûlure de la possession la fit grimacer et retenir son souffle. C'était arrivé de façon si inattendue. Elle n'avait pas eu le temps de se préparer à la douleur cuisante, ni à l'étroitesse de son écrin.

Si Thomas n'avait pas été aussi absorbé par le plaisir que lui procurait l'étreinte serrée du corps d'Amelia autour du sien, il aurait arrêté – ou du moins ralenti – en rencontrant la résistance de sa virginité, au lieu de la lui arracher comme une bête sauvage. Mais, avec Amelia, il n'eut pas cette retenue. Et même lorsqu'il prit pleinement conscience qu'il venait de lui ôter son innocence, il ne put se résoudre à cesser les mouvements effrénés de va-et-vient de ses hanches. Il ne put qu'essayer de lui donner un maximum de plaisir, autant que lui en prenait.

Il chercha sa bouche, étouffa le sanglot angoissé de la jeune femme, imitant avec sa langue l'accouplement de leurs corps. Elle s'était d'abord raidie, à cause de la douleur de la pénétration, mais, sous les caresses passionnées de Thomas, son corps se détendit. Alors il abandonna ses lèvres, rentra la tête et s'empara de son téton qu'il suça violemment. Amelia lâcha un gémissement rauque, puis enserra Thomas entre ses jambes pour l'attirer plus loin en elle.

Il accéléra la cadence, s'écrasant à présent contre elle avec une sauvagerie qui ne pourrait que la laisser percluse. Le sachant parfaitement, il ne ralentit pas pour autant. À son grand étonnement, il sentit le corps d'Amelia se tendre, elle lui saisit ses épaules. Elle vivait son deuxième orgasme. Enfin, Thomas fut pris de convulsions et jouit à son tour. L'intensité de sa délivrance le bouleversa. Un son guttural, expression d'une pure satisfaction, s'échappa de ses lèvres.

Il lui fallut un long moment pour se remettre de cette explosion des sens : le plus extraordinaire orgasme de toute sa vie – jusque-là. Il se rendit alors compte qu'il reposait lourdement sur le corps délicat d'Amelia, la bouche contre son sein.

N'étant guère porté sur les câlineries auxquelles tant de femmes aspirent après le coït, Thomas fut troublé de découvrir qu'il n'était pas impatient de quitter le lit. Certes, c'était son propre lit, mais il n'avait aucune envie de renvoyer précipitamment Amelia dans sa chambre. Ce qui, bien entendu, était purement et simplement terrifiant.

Seigneur, qu'ai-je fait ?

Amelia reposait, immobile et raide sous le corps de Thomas, encore enfoui en elle. Il n'y avait eu aucune discussion, aucune promesse de mariage, seulement le plaisir le plus intense que son corps eût jamais connu. Les choses n'étaient pas censées se passer de cette façon.

Lentement, il se dégagea et passa à côté d'elle, éraflant ses mamelons avec les poils de son torse, son abdomen en sueur glissant sur elle dans une danse sensuelle. Une fois de plus, Amelia plongea dans la brume opaque de la passion, une passion vile et décadente.

— Vierge.

Le ton de sa voix, voilé et incrédule, disait tout. Il la ramena brusquement à la dure et tranchante réalité. Non, elle ne l'était plus.

Bientôt, la honte remplaça les vestiges de l'ardeur. Amelia n'osa le regarder, encore moins lui répondre. Elle l'entendit, plus qu'elle ne le vit, sortir du lit, emportant sa chaleur avec lui. Elle saisit le bord du couvre-lit et le rabattit sur elle.

Thomas se dirigea à pas feutrés vers la commode. Amelia savait qu'elle aurait dû détourner le regard, mais la vue de ses fesses, merveilles de muscles et de chair sculptés dans une parfaite harmonie, la fascinait. Il ouvrit le premier tiroir. En sortant une petite serviette de toilette, il entraîna malencontreusement plusieurs enveloppes qui échouèrent sur le tapis.

Serrant le couvre-lit autour d'elle, elle se leva, son attention à présent attirée vers le sol. Thomas lui jeta un rapide coup d'œil, lâcha un bref juron et commença à ramasser les documents.

— Non !

Faisant fi de sa nudité, elle sortit précipitamment du lit en rejetant la couverture à côté d'elle. Elle lui attrapa le poignet, arrêtant sa main en l'air, et examina les deux enveloppes à présent froissées qu'il tenait et la troisième, encore au sol, qui semblait pointer vers lui un doigt accusateur.

— Ce sont mes lettres, dit-elle doucement.

La tête lui tournait, et les battements sourds de son cœur résonnaient à son oreille. À l'encre noire, le nom et l'adresse de Clayborough se lisaient avec une cruelle netteté sur les enveloppes jaune pâle. Son écriture à elle. Il ne lui avait pas menti en lui disant qu'il ne les avait pas reçues. Thomas les avait en sa possession depuis le début.

— Amelia…

Elle lui lâcha le poignet comme si elle tenait un objet dégoûtant dans la main. Elle se retourna, aveuglément, à présent vivement consciente de sa nudité. Elle sonda désespérément le sol à la recherche de ses vêtements. Elle remit sa robe à la hâte, maladroitement, sans perdre de temps avec ses jupons et ses sous-vêtements. Il fallait qu'elle quitte cette chambre au plus vite. Il en allait de sa santé mentale.

Avant qu'elle ne soit hors d'atteinte, Thomas la saisit par l'avant-bras. Amelia s'arrêta mais garda la tête tournée vers la porte. Elle avait appris qu'il était vain de lutter contre sa force.

— Amelia, écoute-moi. J'étais…

— Gardez vos excuses, monsieur.

Son ton formel masquait son hystérie grandissante. Tout ce qu'elle voulait, c'était lui jeter un objet au visage, lui hurler dessus.

Il resserra sa prise autour de son bras. Amelia planta alors ses yeux dans les siens, pour la première fois depuis sa triste découverte. Nulle culpabilité ne se lisait sur ses traits. Il avait l'air d'un homme frustré, en colère, dont la défense à venir ne pourrait avoir qu'une sonorité creuse, aussi creuse qu'il était indigne. L'expression de Thomas était pareille à celle qu'avait arborée son père le jour où elle avait découvert, des semaines après sa tentative de fugue avec Joseph Cromwell, qu'il avait confisqué les lettres que son prétendant lui avait écrites.

— Je suppose que vous avez agi sur ordre de mon père.

Thomas ne répondit pas immédiatement, et ce silence fut pour elle une forme de réponse. Elle libéra son bras. Il capitula, puis ramassa la serviette tombée au sol avant de l'enrouler autour de sa taille.

Amelia lui donna le dos, non pas parce que sa vue lui était insupportable, mais parce qu'il se tenait là, drapé dans son arrogance, ne ressentant visiblement aucune gêne.

— Il serait fier de savoir que vous marchez sur ses pas à tous points de vue.

— Pouvez-vous affirmer honnêtement que vous seriez heureuse avec Clayborough ? grogna-t-il, incrédule. M'auriez-vous offert votre virginité si vous aviez réellement aimé cet homme ? Vous devriez plutôt me remercier de vous empêcher de commettre la plus grosse erreur de votre vie.

Amelia tourna vivement la tête vers lui et lui lança un regard furieux.

— Espèce de sale prétentieux! La plus grosse erreur de ma vie, je viens de la commettre, et loin de m'en avoir empêchée, vous m'y avez incitée et vous en êtes délecté.

— Je n'étais pas le seul à me délecter.

Trop en colère pour avoir honte, la réponse d'Amelia fut féroce.

— Tant que cet épisode restera entre nous, nous serons tranquilles. Plus que tout, je préfère oublier ce qui vient de se passer. Nous n'en parlerons plus jamais, est-ce d'accord?

Pendant un long moment, Thomas la regarda fixement, sans un mot, le visage impénétrable. Il rompit le silence avec un hochement de tête.

— Oui, je suppose que ce sera préférable. Personne n'aime se voir rappeler ses erreurs.

Ces mots furent un coup de massue; ils la libérèrent efficacement de l'emprise qu'il avait sur elle. Amelia sortit à la hâte, ne s'accordant le luxe d'une respiration saccadée qu'une fois réfugiée dans sa chambre, en sécurité entre ses murs épais.

Chapitre 22

Lorsque Hélène la réveilla aux aurores – à 7 heures –, Amelia envisagea de rester au lit. Après ses récents problèmes de santé, Thomas ne pourrait guère lui en tenir rigueur. Malheureusement, il saurait que son absence était directement liée à la nuit précédente… La débauche d'une innocente. Pour cette unique raison, elle se força à se lever.

Du contenu de son plateau de petit déjeuner, elle n'avait touché que sa tasse de thé. À présent assise à son secrétaire, le grondement de son estomac lui signifia que la matinée serait longue. Cependant, son ventre criant famine n'en serait pas la seule cause, car ni le temps ni le sommeil n'avaient chassé de sa mémoire les instants passés dans le lit de Thomas… et dans ses bras. Quand le sommeil l'avait enfin gagnée, ses baisers, ses caresses, le contact de cet homme s'insinuant en elle l'avaient poursuivie dans ses rêves.

Cherchant désespérant à effacer de son esprit l'image du corps nu et excité de Thomas, elle tenta de ne plus voir que sa duplicité. Bien qu'elle eût mentalement rompu tout lien avec lord Clayborough depuis plusieurs semaines, comprenant qu'il n'était pas fait pour elle, rien n'excusait les viles machinations de Thomas. Elle avait besoin d'entretenir sa colère. La colère ne faisait pas fondre son cœur, ne provoquait pas en elle d'ardent désir tel qu'elle n'en avait jamais connu.

Amelia était fermement résolue à oublier l'incident. Elle avait laissé un beau visage, quelques étreintes passionnées et quelques manifestations de sollicitude détruire ses capacités de jugement. Malgré les qualités qu'elle avait découvertes chez lui ces derniers mois, le fait de s'emparer – et non de voler – ses lettres était une preuve de sa véritable nature. Amelia prit également la décision de se plonger corps et âme dans le travail.

Dix minutes plus tard, Thomas entra, et le cœur de la jeune femme se serra. Avait-elle vraiment cru pouvoir fermer les yeux sur son charme, en contrôler les effets ? Le vicomte était le genre d'homme sur lequel les femmes se ruaient comme les chrétiens à l'église. Mais combien d'entre elles savaient que sous ce beau vernis et ce physique ravageur se cachait une âme fausse, malhonnête – un caractère sans aucun doute affûté et perfectionné au contact de son cher père à elle ?

— Bonjour, Amelia.

Il parla d'une voix brusque, lui accordant à peine un regard en se dirigeant à grands pas vers son bureau.

Amelia dissimula sa surprise, ne parvenant qu'à un bref hochement de tête. Nul malaise ne se devinait chez lui ; pas une once de culpabilité ne se lisait sur son visage. Il avait arraché son innocence à une jeune femme. Un honorable gentleman aurait déjà pris les mesures de son doigt, fait polir la bague et obtenu la bénédiction du père. Jamais elle n'aurait pu prévoir qu'il la traiterait avec autant de mépris. Elle leva le menton et se tint droite sur son siège.

— Comme vous pouvez le voir, le travail s'est accumulé en votre absence. (Il semblait distrait par les piles de documents jonchant son bureau.) Je serai dans la bibliothèque si vous avez besoin de moi. (Il la regarda.) Classez cela. (Il désigna d'un geste vague le chaos de papiers de son bureau.) Une fois que vous aurez terminé, je vous donnerai un contrat à traduire. Oh, et tâchez de ne pas trop vous fatiguer.

Sans un regard de plus, il prit son livre de comptes et quitta la pièce.

Amelia ne sut combien de temps elle resta pétrifiée sur sa chaise, le visage décomposé. Elle pesta contre elle-même, se traitant de triple idiote, tout en ravalant le nœud qui s'était formé dans sa gorge. Elle n'allait pas pleurer, il n'était pas question de verser d'amères larmes d'incrédulité et de regret. Elle n'avait pas pleuré la veille, alors elle ne pleurerait pas à présent. Il l'avait dupée une fois, mais elle préférait entrer au couvent que de revivre cette situation. Il ne méritait pas ses précieux sanglots, ni le moindre gaspillage d'émotion. De plus, elle avait elle-même insisté sur ce point : plus vite ils oublieraient l'incident, mieux ce serait. Elle n'attendait rien de lui. Rien.

Un bruit de pas attira son attention vers la porte. *Bon sang! Le revoilà.* Elle saisit à la hâte un tas de contrats et baissa la tête pour feindre la concentration.

— J'espère que je ne vous interromps pas.

Au son de la voix de lord Alex, Amelia leva les yeux. Une vague de soulagement la submergea. Il était plus beau que jamais, fraîchement rasé, vêtu d'un pantalon et d'un gilet vert olive, un foulard assorti noué autour de son cou. Une paire de gants de cuir noir pendait de sa main gauche.

— Bonjour, lady Amelia.

Il lui adressa un franc sourire, avança vers elle et s'arrêta devant le bureau.

— Bonjour, lord Alex.

Elle s'efforça d'adopter un ton amical, soucieuse de ne pas révéler ses tourments intérieurs.

— Et non, ajouta-t-elle, vous ne me dérangez pas. Du moins, mes tâches peuvent attendre.

Ce visage ami était tout ce dont elle avait besoin à ce moment-là.

— Je suis venu vous dire au revoir. Je crois avoir abusé de l'hospitalité de mes hôtes.

Ne partez pas, voulait-elle lui dire, mais, bien sûr, son orgueil ne lui aurait jamais permis de prononcer de tels mots. En voyant le sourire bienveillant se dessiner sur le visage de lord Alex, elle se demanda si l'affliction à laquelle elle était en proie se devinait sur ses traits.

— Si j'avais su quelle agréable compagnie vous seriez, je me serais arrangé pour rester un mois.

Malheureusement, les affaires m'appellent à Londres. Et puisque aucune femme sensée ne semble vouloir de moi, je dois continuer à subvenir à mes besoins.

Amelia pouffa de rire.

— J'ai du mal à croire que la situation soit si terrible.

Son père lui avait autrefois raconté que les seuls profits de la compagnie Wendel's Shipping suffiraient à assurer confortablement l'avenir des Cartwright sur deux générations. De plus, fils cadet ou pas, le charme éblouissant de lord Alex laissait sans doute bien peu de femmes indifférentes.

— J'ai réussi à ne pas me retrouver à la rue, alors j'imagine que les choses pourraient être pires, répliqua-t-il avec un clin d'œil.

— Je vous verrai peut-être encore une fois avant votre départ.

— Cela, lady Amelia, serait mon souhait le plus cher.

Ensuite, il s'inclina devant elle de façon théâtrale, prit la main qu'elle lui tendait et y déposa un baiser aérien.

— J'aurais également besoin de…

Thomas interrompit sa phrase et s'arrêta net sur le seuil.

Instinctivement, Amelia retira vite sa main puis se maudit de se comporter comme un voleur pris sur le fait. Levant les yeux par-dessus la tête baissée de lord Alex, elle croisa le regard de Thomas. Ses yeux verts s'étrécirent et sa bouche se crispa.

—Je vous croyais sur le départ? dit ce dernier à son ami tout en gardant les yeux rivés sur Amelia.

Cartwright se redressa et se tourna vers lui, imperturbable.

—Comment pourrais-je partir sans prendre congé de lady Amelia? demanda-t-il avec une pointe de moquerie et de réprimande dans la voix.

Thomas les observait, le visage grave.

—Ne vous gênez pas pour moi.

Sa voix glaciale, sa posture – pieds fermement plantés au sol – laissaient planer la menace d'un défi. Un silence opaque s'ensuivit, l'atmosphère s'alourdit d'une tension palpable, d'ordre à détruire les amitiés.

Alex rendit son regard à son ami avant de tourner vers Amelia un sourire désabusé.

—J'ai la très nette impression que l'on me pousse vers la sortie. Une fois de plus, ma chère lady Amelia, j'espère que nous pourrons apprendre à mieux nous connaître dans un futur proche.

—J'en serais honorée, lord Alex, répliqua Amelia, consciente que Thomas se dressait derrière eux comme un gardien de prison menaçant. (Peut-être était-ce son attitude qui la poussa à cette politesse excessive.) J'espère que vous serez des nôtres dans le Berkshire pour Noël. Ce serait merveilleux de retrouver un visage aussi amical, pour ne pas dire aussi séduisant.

Comme s'il comprenait la raison de cet audacieux compliment, lord Alex se fendit d'un sourire radieux.

—Comment refuser une telle invitation?

Il lui prit de nouveau la main et la porta à ses lèvres pour un second baiser.

—N'avez-vous pas un train à prendre? martela Thomas, lèvres serrées.

Lord Alex regarda Amelia et, avec un autre clin d'œil espiègle, lui lâcha la main, s'inclina légèrement, puis se tourna vers Thomas.

—Je vois que j'ai largement abusé de votre hospitalité. Ne vous énervez pas, je m'en vais.

—Amelia a beaucoup de travail. Faites vos adieux et partez.

Lord Alex se dirigea vers la porte. Il passa sans un mot devant la silhouette rigide de son ami. Sur le seuil, il tourna la tête vers lui.

—Je suppose que je vous verrai chez les Rutherford.

Sur ce, il disparut.

—Je suis surprise que vous parveniez à avoir des amis, dit Amelia, agacée et paradoxalement ravie de l'attitude cavalière de Thomas.

—Ne vous approchez pas de Cartwright, c'est compris?

Son stoïcisme, tout comme son vernis de civilité, s'était envolé.

—Je crois pouvoir y arriver à présent qu'il est parti.

Les bras le long du corps, Thomas serrait les poings et les secouait nerveusement. Une flamme de colère brillait dans ses yeux verts, comme s'il se retenait de lui briser le cou, pour la seule raison qu'il ne souhaitait pas se retrouver au bout d'une corde au milieu de Trafalgar Square.

— Que vous me trouviez inacceptable pour votre ami après vous être servi de moi est vraiment le comble de l'hypocrisie.

Amelia n'avait pas eu l'intention de revenir sur la nuit précédente, mais le vicomte avait une fâcheuse tendance à la faire parler à tort et à travers.

— Quand je trouve dans ma chambre une femme que je n'avais pas invitée, je fais ce que je veux avec elle, répliqua-t-il avec une rapidité cinglante. Et, comme vous vous en souvenez certainement, mes intentions ont été accueillies avec grand enthousiasme. Mais c'est sans doute la partie que vous souhaitez le plus oublier.

Sale goujat suffisant et arrogant. Il saisirait toutes les opportunités de lui jeter l'incident à la figure.

— Malheureusement, concernant l'attitude convenable à adopter dans ce genre de situation, je n'ai pas votre vaste expérience.

La bouche de Thomas se tordit d'une exaspérante façon : derrière sa suffisance pointait un air taciturne.

— Cela ne vous a pas empêchée de me griffer le dos et de miauler comme une chatte en chaleur.

Par réflexe, Amelia baissa la tête pour cacher les rougeurs enflammant ses joues. Son père lui avait toujours reproché son impétuosité. Voilà une conversation qu'elle aurait aimé ne jamais avoir entamée.

— Ah, je vois que vous n'avez aucune réponse à cela.

Elle percevait l'amusement dans sa voix, comme s'il se frottait mentalement les mains de plaisir.

Amelia leva brusquement la tête et planta sur lui un regard tranchant.

— Vous êtes lamentable.

Il sourit de plus belle.

— Je ne crois pas vous avoir entendue dire ce genre de choses la nuit dernière. Si je me souviens bien, vous arriviez tout juste à parler, au milieu de tous ces halètements, gémissements, petits cris. Qui aurait cru que vous seriez si lascive au lit ? Dieu merci, j'ai découvert avant qu'il ne soit trop tard que la meilleure façon de vous…

Amelia bondit sur ses pieds, renversant sa chaise dans un fracas. Son cœur battait à tout rompre.

— Arrêtez ! Arrêtez ça ! Je ne resterai pas une seconde de plus assise ici à entendre ces horreurs. Vous êtes le plus, le plus…

Elle s'interrompit, échouant à trouver le bon mot. Aucun ne lui paraissait assez fort, assez haineux, pour décrire Thomas Armstrong.

— … doué des amants que vous n'ayez jamais connus ? demanda-t-il innocemment.

— Ah ! hurla-t-elle. Le seul que j'ai connu jusqu'ici ! Et je suis persuadée que vous ne tiendrez pas la comparaison avec le suivant.

La vitesse à laquelle il atteignit son bureau et la tira dans ses bras fut étourdissante. Et la vitesse à laquelle la bouche d'Amelia s'ouvrit pour accepter sa langue le fut davantage. Il l'avait prise au dépourvu. Elle n'avait nulle autre excuse. Comment convoquer ses forces de résistance en si peu de temps ? Et son stupide corps ignorait qu'il n'était pas censé succomber de nouveau à cet homme. Encore et encore.

Elle avait un goût de menthe poivrée. Elle était douce et ferme partout où elle devait l'être : son délicieux postérieur, ses seins splendides. Et, Dieu, comme elle savait embrasser ! Pour une novice, elle savait se servir sa langue. Elle avait une façon de le capturer entre ses lèvres, de le suçoter, de l'amadouer, de s'abreuver de lui comme si elle se délectait d'une exquise crème glacée parfumée.

Thomas ajusta leurs positions de façon à plaquer son membre gorgé de désir contre son mont-de-vénus, suivant en silence les innombrables plis de tissu gris de sa jupe. Son sexe bondit à son contact. Il brûlait de la prendre à même le sol.

Une fois de plus, il perdait tout contrôle. Son intelligence volait en éclats dès qu'il effleurait Amelia. Elle avait ce pouvoir sur lui. Il arracha ses lèvres de celles de la jeune femme et traça sur la courbe de son cou une série de baisers aériens, remontant vers la zone sensible située derrière son oreille. Sous ses baisers, elle commença à haleter et à gémir. Il chercha ensuite le creux de son épaule. Elle gémit de plus belle.

Dans sa noyade, ce son fut sa bouée de sauvetage. Rassemblant toute sa volonté, Thomas la relâcha. D'une façon si abrupte qu'elle recula en chancelant. S'agrippant au bord du bureau pour retrouver l'équilibre, elle leva ses yeux bleus vers lui. Son regard était à nu. La surprise, la luxure, le désir s'y lisaient tout à la fois. Elle lui tourna rapidement le dos, le souffle court, ses jolies épaules se soulevant dans l'épuisement de la passion non consommée.

Thomas voulut dire quelque chose – n'importe quoi. Rien ne lui vint. Il s'éclaircit la gorge ; son cœur cognait dans sa poitrine comme s'il avait retenu sa respiration sous l'eau jusqu'à ce que ses poumons soient au bord de l'explosion. Toutes ces inspirations et expirations ne lui furent d'aucune aide. Lentement, prudemment, il se détourna du corps d'Amelia et se dirigea vers la sortie, comme si cette femme était l'opium, et lui l'intoxiqué.

Amelia se redressa seulement lorsque la porte claqua. Elle lâcha un soupir assourdissant, comme un sifflement heurté. D'un geste hésitant, elle porta une main à sa gorge puis toucha son visage pour s'assurer qu'elle était toujours là. Alors la prise de conscience s'abattit sur elle avec force, telle une vague s'écrasant sur le rivage. C'était lui qui avait mis un terme au baiser, pas elle. Lui qui l'avait repoussée.

Son visage était en feu. Ses mains tremblaient. Cet homme… Qu'était-il en train de lui faire ? Elle avait montré bien peu de résistance lorsqu'il lui avait pris sa virginité. Elle avait aimé cela. Qui essayait-elle de duper ? Elle s'était comportée comme un glouton devant le plus abondant festin que Londres pouvait offrir, s'était gavée jusqu'à satiété, en espérant y revenir pour y goûter de nouveau.

Chapitre 23

*A*melia balaya du regard les figurines de Staffordshire posées sur l'étagère en bois de rose du salon. La pièce n'était guère encombrée en termes d'objets de décoration. Elle-même préférait la simplicité et l'épure à l'étalage de bibelots en surnombre attestant du goût et de la fortune des propriétaires. Oui, lady Armstrong avait fait de Stoneridge Hall un endroit que quiconque aurait été fier d'appeler son foyer. Une raison de plus pour laquelle Amelia avait désespérément besoin de partir, et le plus tôt possible.

Elle n'avait pas eu l'intention de se sentir un jour chez elle dans ce lieu. Par-dessus tout, Thomas et elle avaient franchi une ligne dans leur relation et il était impossible de revenir en arrière. Par ses caresses brûlantes, ses baisers… la façon dont il l'avait possédée, il lui avait fait côtoyer les nuages. Lâchée dans les airs comme un cerf-volant, elle redescendit pourtant bien vite dans les profondeurs les plus noires du désespoir. Jamais personne ne l'avait autant affectée. Elle craignait que, en restant, ce mal ne touche aussi son cœur, un risque qu'elle n'était pas prête à prendre.

Depuis le départ de lord Alex trois jours plus tôt, ils s'ignoraient comme des étrangers. Leur conversation – un bien grand mot – se limitait à des échanges laconiques. *Bonjour. Je serai à l'écurie.* Ensuite, il se volatilisait et ne revenait plus de la journée. Elle travaillait des heures durant dans la solitude. Il lui parlait rarement pendant les repas, choisissant de discuter exclusivement avec Miss Foxworth, qui tendait une oreille captive à ses paroles. Il avait commis le forfait, et c'était elle qui en pâtissait par son indifférence.

— Lady Amelia ?

Amelia sursauta en entendant son nom, découvrant une mince silhouette féminine au teint pâle hésitant sur le seuil du salon. Pensez au diable, et voilà qu'il apparaît.

Depuis son arrivée à Stoneridge Hall, Miss Foxworth avait continué de suivre les conseils d'Amelia, parvenant à dénicher dans sa garde-robe des robes aux couleurs plus vives, flattant davantage son teint. Ce jour-là, elle portait une robe jaune chartreuse à manches raglan et au volumineux jupon.

— Quelque chose ne va pas ? Vous êtes si silencieuse depuis quelque temps.

Miss Foxworth entra dans la pièce à pas feutrés et esquiva gracieusement un repose-pieds placé en travers de sa route.

Amelia se força à un faible sourire.

— Non, tout va bien, je vous assure. J'étais simplement plongée dans mes pensées.

— Votre foyer vous manque ?

— Oui, peut-être un peu.

À ce stade, mentir était plus simple que de subir un interrogatoire… et de dire la vérité.

— Pouvons-nous nous asseoir ? J'aimerais vous parler.

Miss Foxworth désigna d'un geste le canapé bleu nuit flanqué d'un fauteuil carrosse.

Seigneur, tout cela semblait de mauvais augure. Amelia pris place dans le fauteuil et dissimula son appréhension en arrangeant ses jupes autour d'elle.

Miss Foxworth s'assit au bout du canapé, les mains jointes sur les genoux, le visage grave.

— Je voudrais vous assurer que lord Armstrong n'a absolument aucune vue sur moi.

Amelia desserra les mâchoires. De toutes les choses auxquelles elle s'était attendue de la part de cette femme, celle-ci ne lui avait jamais traversé l'esprit.

— Je vous demande pardon ?

Miss Foxworth l'examinait avec des yeux de sage.

— Depuis le début, j'ai le sentiment que vous n'appréciez guère de me voir proche du vicomte. Oh, ne vous méprenez pas, se pressa-t-elle d'ajouter, je ne vous en fais pas le reproche. J'aurais pu adopter la même attitude pour être l'objet de son affection. C'est pourquoi je ressentais le besoin de vous rassurer. Il n'est nullement attaché à moi – du moins pas de façon sentimentale.

Amelia étouffa un rire, s'efforçant de se remettre du choc de cette annonce et de sa pertinence.

—Vous vous méprenez, dit-elle. Rien n'est plus éloigné de la vérité.

Elle retint son souffle, s'attendant à ce qu'un éclair vienne briser le ciel bleu et cristallin de l'hiver. Après une légère pause, et une fois estompé l'échauffement de ses joues, elle poursuivit.

—Et d'ailleurs, la nature de votre relation avec le vicomte ne me regarde absolument pas.

Miss Foxworth semblait perplexe à présent.

—Donc votre mécontentement est causé par lord Armstrong, et non par moi ?

—Non… je veux dire… Oui. Enfin, mon mécontentement n'est causé par personne. Lord Armstrong est libre de fréquenter autant de femmes qu'il le désire. Ce n'est pas mon problème.

De tous les traits de caractère qu'Amelia aurait attribués à Miss Foxworth, la ténacité ne faisait pas partie.

—Vous voyez, nous avions appris à si bien nous entendre depuis notre voyage à Londres. Je ne voulais pas…

—Vraiment, Miss Foxworth, je ne crois pas qu'il soit de mon…

—Votre animosité envers lui a-t-elle un lien avec le discours que vous avez tenu au bal ?

Seigneur, cette femme ne savait-elle donc pas s'arrêter ?

—Si tel est le cas, poursuivit Miss Foxworth, je dois vous détromper, car lord Armstrong n'est pas le genre d'homme à coucher avec toutes les femmes dont il croiserait le chemin. C'était votre hypothèse, n'est-ce pas?

Miss Foxworth avait l'air parfaitement sûre d'elle, comme si Amelia était la pauvre fille ignorante et elle l'experte en comportement humain. Amelia n'aima guère cette impression.

—Cet homme est loin d'être un saint. Si vous aviez l'intention de me convaincre du contraire, il est inutile de gaspiller votre salive.

Miss Foxworth hocha la tête.

—C'est vrai. Ce n'est pas un saint. Mais trouvez-moi un homme qui réponde à cette description. Lord Armstrong est bon, loyal et d'une générosité sans faille. Saviez-vous qu'il a donné à mon frère l'argent pour acquérir son grade? Il paie aussi le bail de notre appartement en ville. Il le fait depuis que Marcus est entré dans l'armée. (L'émotion adoucit sa voix.) Thomas Armstrong s'est comporté en saint avec Marcus et moi, et nous lui devons beaucoup. (Elle lâcha un petit rire, comme pour se moquer d'elle-même.) Ne vous méprenez pas, il me serait très facile de tomber amoureuse de lui. (Elle baissa les yeux sur ses doigts entrelacés.) Mais ce serait stupide de ma part. Même s'il m'apprécie sans aucun doute, son intérêt pour moi n'est pas de cet ordre. Il le nierait, bien sûr, car c'est un gentleman, mais, pour lui, je ne suis rien d'autre que la malheureuse sœur de Marcus, une vieille fille ayant besoin de soutien pendant que son frère est au combat, loin de chez lui. Et cela me va, vous savez. (Elle leva les yeux vers Amelia.) Je ne ferai jamais rien qui puisse nuire à notre amitié.

Pourquoi Miss Foxworth lui avait-elle raconté tout cela ? De tels déversements étaient réservés aux barrages rompus et aux averses, pas aux confidences. Amelia lui avait pourtant dit que la nature de leur relation ne lui importait guère. Cependant, son cœur s'allégea et palpita d'une abominable façon après toutes ces révélations.

Même s'il devait célébrer Noël chez sa sœur dans le Berkshire, Thomas laissa les domestiques décorer la maison comme sa mère l'aurait fait. Un imposant sapin fut exposé dans le petit salon, et ses branches furent chargées à foison de bronze et d'argent. Avec le ciel nocturne en toile de fond, des bougies éclairaient l'arbre comme un fanal en fête devant la fenêtre en arc.

Malgré tous ces joyeux signes, l'esprit de Noël n'avait pas gagné son cœur. Les trois dernières semaines avaient été les plus tendues qu'il eût jamais connues, et Amelia était la cause de cette tension. Comme une blessure ouverte, elle semblait affecter tous les aspects de son existence. Son sommeil – ou plutôt son manque de sommeil – était au mieux intermittent. Il se sentait affreusement coupable de l'avoir déflorée. Le désir inextinguible de la posséder de nouveau le forçait à se tenir éloigné d'elle autant qu'il était physiquement possible.

À maintes reprises, la tentation l'avait saisi d'aller vers elle pour lui expliquer la raison qui l'avait poussé à prendre ses lettres. Mais deux choses l'avaient arrêté. Premièrement, il n'avait pas d'excuse acceptable. Harry ne l'avait pas obligé à contrôler la correspondance de sa fille. Deuxièmement, il voyait clairement dans l'attitude d'Amelia à son égard qu'elle rejetterait toute tentative de paix de sa part. Elle le traitait en paria, et regrettait, de toute évidence, de lui avoir offert son innocence.

Se passant une main dans les cheveux, il se fraya un chemin entre la desserte et le canapé, et se laissa tomber dans le fauteuil damassé faisant face au sapin. Il regarda en silence les flammes vaciller sous le clair de lune. Il était trop nerveux pour aller se coucher, et aucun livre n'aurait pu le distraire de son désir le plus ardent. Même un verre de liqueur avait échoué à calmer ses nerfs et à apaiser la tension de ses muscles. Non, rien n'avait eu d'effet cette dernière semaine.

Thomas appuya sa tête contre le dossier du fauteuil et ferma les yeux. Malheureusement, le beau visage d'Amelia restait fermement gravé dans son esprit.

Dans son douloureux silence, il entendit un bruissement d'étoffe. Ouvrant brusquement les yeux et levant la tête, il dirigea son regard vers la porte. La silhouette reconnaissable entre toutes, celle qui hantait ses rêves la nuit et ses pensées le jour, apparut. Elle se glissa dans la pièce et se tint devant l'arbre. Jetant un regard à la grande horloge près la cheminée de pierre, Thomas remarqua avec surprise qu'il était bien plus tard qu'il ne l'avait cru : 23 h 15.

Que faisait-elle encore debout ? Et, bonté divine, pourquoi n'avait-elle pas eu le bon sens de porter davantage que ce peignoir de soie bleu qui drapait son corps, de ses fines épaules à ses pieds nus, et le faisait souffrir comme un homme privé depuis trop longtemps de contact féminin.

Thomas appuya ses avant-bras sur ses jambes écartées. Ce mouvement la fit sursauter et se tourner brusquement. Elle écarquilla les yeux en le découvrant dans la pénombre au coin de la pièce. Elle porta une main à sa gorge.

— Oh, je ne savais pas que quelqu'un d'autre était encore debout, dit-elle dans un souffle. (Elle reprit immédiatement le chemin de la sortie.) Je… Je cherchais un livre dans la bibliothèque quand j'ai remarqué l'arbre…

Elle s'interrompit pour déglutir, tandis qu'une adorable teinte rosée lui montait aux joues.

— Ne vous dérangez pas pour moi.

Il décida alors qu'il était temps de sortir de cette impasse.

L'instinct d'Amelia lui ordonnait de quitter les lieux sur-le-champ. Mais elle devait être téméraire, car elle s'immobilisa. Thomas avait l'air trop… masculin, ses mains pendant entre ses cuisses musclées, sa mâchoire ombrée par une barbe naissante. Et ses yeux, sombres et intensément verts, la fixaient sous des paupières en berne. Si un homme devait garder son aura en bouteille pour la sécurité de toutes les femmes, c'était bien Thomas Armstrong.

— Je voulais seulement admirer le sapin, bégaya-t-elle comme une enfant apprenant tout juste à parler.

Deux fossettes creusèrent les joues de Thomas et un sourire souleva les coins de sa bouche. Dieu du ciel, aucun homme n'avait le droit d'être aussi beau. Le regard d'Amelia hésita, cherchant un autre point de mire. Elle fit mine de s'émerveiller devant la guirlande ornant le dessus de la cheminée. Elle détestait cette nervosité qui s'emparait d'elle quand il était à proximité.

— Vous commencez à me faire penser à votre père.

Il ne fit aucun effort pour masquer son amusement, et se leva d'un mouvement agile et fluide. Les yeux d'Amelia s'étrécirent. Que diable voulait-il dire ? Elle n'avait rien à voir avec son père, absolument rien.

— Vous avez tous les deux tendance à bégayer quand vous êtes anxieux.

Son père n'était jamais anxieux ; et donc il ne bégayait jamais. Et elle non plus ! Du moins, cela ne lui était jamais arrivé avant de rencontrer le vicomte.

— Je ne bégaie pas, parvint-elle à dire sans buter maladroitement sur les mots. Il fait assez frais ici. J'aurais dû penser que les domestiques auraient déjà éteint les feux.

Elle ne trouva rien d'autre à dire pour ne pas paraître complètement ridicule.

— Pourquoi êtes-vous si nerveuse ?

À chaque mot traversant ses lèvres sensuelles, il fit un pas en avant. L'instinct de survie ordonna à Amelia de fermer les yeux et de ne plus les rouvrir.

—Je…, commença-t-elle.

Elle s'interrompit, comprenant qu'elle était sur le point de faire cela même dont il l'accusait. Elle s'éclaircit la gorge et se dirigea vers la porte.

—Ce que vous prenez pour de la nervosité n'est que de la fatigue, car il est tard et je suis épuisée.

Elle essaya de prendre de la hauteur, mais échoua lamentablement tandis qu'il s'approchait. La gorge d'Amelia se noua, ses derniers mots étaient sortis de sa bouche comme un mince filet sans souffle.

—Vous ne devez pas être si fatiguée si vous cherchiez de la lecture.

Le visage d'Amelia s'enflamma. *Qu'il soit maudit.*

—Vous me fuyez, dit-il doucement.

Encore quelques pas et il serait à portée de main. Amelia se tourna, mais n'eut pas le temps d'atteindre la porte. Il lui avait déjà pris l'avant-bras, qu'il tenait fermement. Sa prise était implacable… et chaude. Des frissons brûlants la parcoururent.

—Que faites-vous? lâcha-t-elle, presque suffocante.

—Je veux savoir pourquoi vous êtes si nerveuse.

Il la tira inexorablement contre lui. Amelia détourna le regard de son torse, de ses épaules et de la courbe de son cou. Elle déglutit.

—Thomas, ne faites pas ça.

Elle grimaça en sentant la faiblesse de sa voix. Faiblesse d'esprit et de corps.

—Quoi donc? murmura-t-il dans un souffle irrésistible.

Quelques millimètres à peine les séparaient à présent, et le parfum viril de Thomas embrouillait les pensées d'Amelia ; une cacophonie de sensations faisait rage dans son corps.

La dernière fois qu'ils avaient été si proches, les mains de Thomas avaient été sur ses seins, leurs deux langues enchevêtrées. Et c'était lui qui avait reculé, pas elle, la faible, faible femme qu'elle était. Mais seulement avec lui. Elle ne pouvait plus lui permettre d'exercer cette emprise sur elle.

Il baissa la tête, et ses yeux plongèrent dans la contemplation attentive des lèvres de la jeune femme. Elle les scella immédiatement et détourna la tête. Ses pieds, cependant, restèrent cloués au sol. *Bouge. Bouge. Bouge.*

Soudain, de légers bruits de pas se firent entendre dans le hall. Un mince rayon de lumière apparut sur le sol à l'extérieur de la pièce. Thomas recula rapidement et se redressa de toute sa hauteur. En un instant, son visage avait repris son masque de sang-froid.

Amelia soupira de soulagement et se tourna, resserrant son peignoir autour d'elle comme si c'était un bouclier la protégeant contre la domination de cet homme. Mais était-il seulement possible de s'en protéger ?

— Bonne nuit.

Elle ne le regarda pas – n'osant pas – et sortit précipitamment.

— Nous partons samedi pour le Berkshire.

Elle s'arrêta brusquement, tourna d'un coup la tête vers lui.

—Dois-je y aller ?

—Pensez-vous que je vous laisserai passer Noël ici toute seule ?

Il prononça ces mots comme si l'idée était absurde. Le propre père d'Amelia n'y avait jamais vu d'inconvénient. Après la mort de son épouse, Noël avait cessé d'avoir de l'importance à ses yeux. S'il se trouvait à la maison ce jour-là, il se terrait immanquablement dans son bureau pour s'occuper de ses papiers et de ses livres de comptes.

—J'aimerais vraiment passer les fêtes toute seule.

Thomas la regarda comme s'il n'était guère plus enthousiasmé qu'elle par la perspective d'un Noël ensemble.

—Vous n'avez pas le choix, Amelia. Vous venez chez ma sœur avec moi.

Amelia hocha nerveusement la tête avant de sortir pour de bon, se demandant comment elle allait survivre à des vacances avec Thomas Armstrong sans perdre complètement la raison.

Qu'est-ce qui n'allait pas chez lui ? Il ne se serait certainement pas contenté de l'embrasser si un domestique ne l'avait pas involontairement sauvé de ses pulsions. Cette satanée fille le rendait fou.

Il revoyait, le cœur serré, l'expression de son visage lorsqu'elle s'était tenue là, fragile et seule, les yeux rivés sur l'arbre. Il avait repéré chez elle une tristesse poignante quand elle s'était tournée vers lui. Il s'interrogea sur les causes de cette mélancolie. Elle avait essayé de lui échapper. Quelque chose en lui, peut-être l'instinct de prédateur qui empêchait l'espèce humaine de s'éteindre, s'était éveillé, et ce désir ancestral d'apprivoiser et de posséder l'autre avait coulé sauvagement dans ses veines.

Il secoua violemment la tête. Il devait se reprendre. Ils allaient passer deux semaines entre les murs de Rutherford Manor avec Missy, sa famille et Cartwright. Il serra les dents à cette idée. Au moins pour sauver les apparences, il lui faudrait contenir ses besoins les plus triviaux. Quel que soit le sort qu'Amelia lui avait jeté, il fallait qu'il y mette fin. Fait non négligeable, il n'avait plus de maîtresse, ce qui, évidemment, le rendait plus vulnérable et plus sensible aux charmes d'Amelia. Combien de fois avait-il eu sous son toit une femme jeune, belle et désirable des mois durant ? Aucune. Il n'était pas étonnant qu'il ait frôlé la démence. Dans le Berkshire, il ne pouvait qu'espérer que ses sentiments se dissiperaient aussi rapidement que des chauves-souris se dispersant au point du jour.

Chapitre 24

La fumée s'élevant en volutes des cheminées bordées de noir de Rutherford Manor semblait se fondre dans les nuages flottant au-dessus – des nuages gris, annonciateurs de fortes chutes de neige. Dans la voiture, Amelia détourna les yeux de la fenêtre en prenant soin d'éviter le regard de Thomas, dont l'intensité silencieuse la brûlait.

— Mademoiselle, vous ne vous sentez pas bien ? demanda Hélène, assise à côté d'elle. Vous avez l'air agacée.

Elle aurait béni le ciel si son état s'était résumé à de l'agacement, mais, en réalité, elle avait appréhendé leur arrivée sur les lieux comme Marie-Antoinette l'avait sans doute fait de son funeste destin : avec une résignation vaillante.

— Vous n'avez aucune raison d'être nerveuse.

Elle tourna brusquement la tête vers Thomas, surprise par le ton étrangement apaisant de sa voix et la sincérité de son regard.

— Je ne suis pas nerveuse, répliqua-t-elle d'une voix exceptionnellement stridente.

Qu'avait-elle donc ? Jamais son si mièvre n'avait traversé ses lèvres. Elle adopta immédiatement une voix plus grave.

— Je suis simplement impatiente d'arriver pour pouvoir me changer. Je me sens moite, après cette longue journée de voyage dans cette robe.

Voilà, elle avait retrouvé le ton normal de sa voix. Une maigre victoire dans son vain combat pour garder la tête froide en présence de Thomas Armstrong.

La portière s'ouvrit de son côté, et un courant d'air glacial s'engouffra dans le véhicule à la température déjà fort basse. Un valet en livrée bleu marine et vert attendait pour les aider à descendre. Amelia lui présenta immédiatement sa main gantée, impatiente de quitter la compagnie troublante du vicomte.

Quelques minutes plus tard, elle se tenait au centre du foyer à trois étages du bâtiment de briques rouges. Amelia confia avec joie son bonnet, son manteau et ses manchons au second valet. Alors que Thomas tendait à l'homme son pardessus, un cri aigu transperça le silence.

— Thomas !

Une femme – mince, grande et pourvue d'une abondante masse de cheveux châtains – se précipita vers eux, dépassa Amelia et se jeta dans les bras du vicomte, qui répondit chaleureusement à son étreinte.

Amelia reconnut immédiatement la jeune femme, pour avoir déjà vu son visage sur des portraits exposés à Stoneridge Hall : lady Windmere ou, comme sa famille la surnommait affectueusement, Missy. Les portraits, cependant, ne lui rendaient pas justice. Il émanait de sa personne une vitalité que l'artiste avait échoué à représenter, accentuant d'autant plus la beauté rare et indéfinissable de son modèle.

— Bon sang, Missy, tu sembles plus mince qu'avant ta grossesse, fit remarquer Thomas.

Il la relâcha après une étreinte prolongée et la reposa devant lui en gardant ses mains autour de sa taille. Amelia n'avait jamais vu un tel sourire éclairer le visage du vicomte – un sourire pouvant rivaliser avec le soleil le plus éclatant, avec le scintillement des étoiles de la nuit la plus noire et la plus pure. Elle sentit son ventre se serrer.

— Essaie donc de t'occuper de deux enfants en bas âge et tu verras le temps qu'il te reste pour d'autres activités. Entre manger et dormir, le choix du sommeil a gagné haut la main, répondit sa sœur en riant. (Elle le tira à lui une nouvelle fois.) Je suis tellement heureuse que tu sois là.

Thomas prit une expression plus sérieuse en se tournant vers Amelia.

— Missy, lady Amelia, je crois que vous vous êtes déjà rencontrées l'année dernière. Sauf que, à cette époque, ma sœur n'était pas encore la comtesse de Windmere.

La beauté aux cheveux châtains se tourna vers Amelia. Les yeux de cette femme, un mélange saisissant de gris ardoise et de bleu, brillaient d'une authentique chaleur humaine. Elle rayonnait de tout son être, de ses joues roses à sa robe de fête vert sapin de laine et de satin. Si la comtesse avait vraiment mis un enfant au monde quelques mois plus tôt, cela restait en effet insoupçonnable, car son tour de taille ne devait pas excéder les cinquante centimètres.

— Lady Windmere.

Amelia lui adressa une discrète révérence. Comme pourrait-elle jamais oublier les circonstances de leur rencontre ? Et Amelia était persuadée que la comtesse se souvenait de la femme qui avait insulté son frère ce jour-là. Un frère, de surcroît, pour lequel lady Windmere semblait avoir une affection immodérée. Devant la chaleur de l'accueil dont elle faisait l'objet, Amelia se sentit d'autant plus mortifiée en repensant à ses actes. Malheureusement, ses regrets arrivaient avec un an de retard.

L'attitude de la comtesse, toutefois, ne dénotait rien de cérémonieux. Elle prit les mains d'Amelia dans les siennes et les caressa avec la familiarité d'une vieille amie.

Perplexe, Amelia ne vit pas d'autre choix que de la laisser faire. Depuis Elizabeth, aucune femme de son âge ne lui avait manifesté une telle gentillesse. Si un geste prouvait que lady Windmere ne lui tenait pas rigueur de son comportement passé, c'était bien celui-ci. Amelia en ressentit un incommensurable soulagement.

— Bien sûr, je me souviens d'Amelia, dit la comtesse en adressant un sourire espiègle à son frère. Je suis ravie que vous soyez des nôtres pour les vacances. C'est tellement mieux qu'un thé, n'est-ce pas, Thomas ?

La bouche de Thomas se crispa à cette question. Le regard d'Amelia passa de l'un à l'autre. *Mieux qu'un thé ?*

— Je vous demande pardon ?

— Après avoir fait votre connaissance l'année dernière, j'ai insisté auprès de Thomas pour qu'il vous invite à prendre le thé. Mais, deux semaines entières, c'est tellement mieux, vous ne trouvez pas ?

Elle esquissa un sourire candide puis donna une dernière petite tape aux mains d'Amelia avant de les libérer.

— S'il vous plaît, pas de « lady Windmere » entre nous. C'est absurde. Je suis Missy pour tous les amis de mon frère, ajouta-t-elle en lançant à ce dernier un regard des plus malicieux.

Tous les amis de Thomas ? Elle n'était certainement pas une amie, elle était sa… Amelia interrompit brutalement sa pensée. Leur situation était bien trop confuse et troublante pour être méditée pour l'instant. Elle esquissa un sourire forcé.

— Je serais plus que ravie que nous nous passions des formalités et laissions les titres de côté.

En entendant cela, Missy sembla rayonner davantage. Thomas, au contraire, haussait les sourcils, visiblement surpris par l'enthousiasme d'Amelia. Elle avait adopté avec lui une ligne de conduite assez dure. Mais pourquoi ne pourrait-elle se réjouir de cette familiarité ? Simplement parce que la comtesse – Missy – était sa sœur ? Elle avait largement dépassé le stade de prendre en grippe toute personne qui lui serait liée. Elle n'était plus aussi… mesquine.

—Dieu merci, vous voilà enfin, Armstrong. J'ai craint que ma femme ne succombe à son impatience.

La voix profonde et masculine qui venait de résonner derrière elle fit sursauter Amelia. Se tournant, elle aperçut un *très* séduisant gentleman, grand, aux cheveux bruns, en tenue décontractée : pan de chemise apparent et pantalon noir. Le comte de Windmere. Le dernier membre du trio à fossettes qu'il lui restait à connaître. Dieu du ciel, Thomas et ses amis avaient dû faire perdre la tête à toutes les Londoniennes. Et c'était sûrement encore le cas.

Les deux hommes se saluèrent comme des amis de longue date. Une fois qu'ils eurent achevé l'équivalent anglais de l'étreinte – une sèche poignée de main et quelques tapes viriles sur l'épaule –, lord Windmere se tourna vers Amelia. Il échangea ensuite un bref et indéchiffrable regard avec Thomas.

—Et voici sûrement la belle lady Amelia.

Dans les yeux du comte – de magnifiques yeux bleu ciel – perçait une lueur taquine.

Un silence s'ensuivit. Amelia se sentit rougir. Si les récits de ses exploits verbaux n'avaient pas atteint les oreilles du comte par la rumeur, Thomas s'était sûrement chargé de l'en informer. Ils avaient dû discuter de son cas, et peu probablement en termes élogieux.

—James, contrôlez-vous. Amelia va vous croire aussi impertinent que moi, le réprimanda gentiment Missy. Puisque mon frère semble avoir oublié les bonnes manières, Amelia, permettez-moi de vous présenter mon époux, James, comte de Windmere, sixième du nom.

— Lord Windmere, dit Amelia avec une nouvelle révérence.

Le comte s'inclina devant elle avec exagération, lui prit la main et la porta à ses lèvres pour y déposer un baiser.

— Tout le plaisir est pour moi, dit-il en relâchant lentement sa main.

— Venez, Amelia. Vous devez être exténuée par le voyage.

Missy s'adressa alors au valet qui se tenait derrière eux, près du double escalier, plusieurs grosses valises à ses pieds.

— Stevens, veuillez porter les bagages d'Amelia dans la chambre rose et ceux de mon frère dans la verte.

— Oui, madame.

Stevens souleva une des valises et s'engagea dans l'escalier.

— Je suis sûre que vous aimeriez quitter ces vêtements et prendre un bon bain chaud, dit Missy en parcourant du regard la tenue chiffonnée d'Amelia, une robe bordeaux à manches longues à la ligne sobre.

Soudain gênée par son apparence, Amelia replaça quelques mèches volantes dans son chignon, dont plusieurs épingles s'étaient échappées lorsqu'elle s'était assoupie au cours du voyage.

— Oui, comme vous pouvez l'imaginer, la journée a été épuisante.

Elle n'allait certainement pas avouer à la comtesse combien le voyage avait été éprouvant à cause de la présence troublante de son frère. Elle avait eu beau s'efforcer de ne pas prêter attention à lui, elle n'avait pu empêcher son regard de glisser vers Thomas à plusieurs reprises, pour tourner rapidement la tête dès que leurs yeux se croisaient.

— Dans ce cas, suivez-moi. Laissez-moi vous conduire, ainsi que votre femme de chambre, dans l'aile des invités. Je suis sûre que les hommes ont beaucoup de choses à se dire.

Missy sourit à son frère puis lança à son mari un regard si ouvertement adorateur qu'Amelia détourna le regard. Le sentiment de faire intrusion dans quelque chose de rare et d'intime la plongea dans un nuage de mélancolie.

Avec une familiarité qu'aucune femme, excepté Elizabeth, ne lui avait manifestée, Missy passa son bras sous le sien et la guida vers l'escalier pour lui montrer la chambre qui serait la sienne pendant les deux semaines à venir.

— Voilà donc la tristement célèbre lady Amelia, commenta Rutherford d'un air pince-sans-rire, une étincelle dans les yeux. Bien que personne n'arrive à la cheville de ma femme, c'est une beauté.

Thomas n'avait jamais connu d'homme aussi épris de sa femme que l'était Rutherford, ce qui était pour le mieux car celle-ci se consumait tout autant pour lui.

—Je ne pouvais pas décemment la laisser seule à Stoneridge Hall, marmonna Thomas.

Rutherford émit un petit rire moqueur.

—Est-ce ce dont vous vous êtes convaincu ?

Avant que Thomas ne puisse émettre une réponse défensive, on sonna à la porte. Un autre valet apparut promptement pour répondre à l'appel du carillon. Armstrong se raidit de tout son être en voyant Cartwright passer nonchalamment la porte, son chapeau à la main.

La présence de son ami de longue date aurait d'ordinaire été la promesse de bons moments, faits de longues conversations enflammées et spirituelles, menées dans la décontraction la plus totale. Cependant, depuis la dernière visite de Cartwright, les choses avaient changé. Qu'avait donc Thomas ? Des années plus tôt, ils s'étaient promis que rien, et surtout pas une femme, ne s'interposerait entre eux. En particulier depuis l'incident avec Louisa. Laissant de côté ses sentiments, Thomas lui adressa un sourire forcé. Et tant pis si ce sourire manquait d'authenticité. Au moins faisait-il l'effort d'être cordial.

Cartwright s'arrêta pour tendre au valet son chapeau et son manteau, puis s'avança vers eux. Rutherford lui tendit la main.

—Missy m'a dit que vous ne deviez pas arriver avant demain.

Les deux hommes sourirent et échangèrent une chaleureuse poignée de main.

—Je suis parti tôt pour éviter la foule, car tous les inconscients de ma connaissance ont l'intention de prendre la route demain. Et je suis bien content de les avoir devancés. J'ai eu pratiquement toute la première classe pour moi seul.

—N'était-ce pas dû à la volonté des autres voyageurs plutôt qu'au hasard ?

Ne sachant comment sa présence serait reçue, Thomas calqua son accueil sur les habitudes sarcastiques qu'avaient les deux amis lorsqu'ils plaisantaient.

Cartwright prit instantanément un air grave quand il tourna les yeux vers lui. Le tic-tac de la grande horloge du salon résonna de façon assourdissante dans le hall. Alors que le sourire de Thomas commençait à faiblir, Cartwright haussa les sourcils.

—Après la façon dont vous m'avez chassé de votre maison, je n'étais pas sûr que vous daigneriez m'adresser de nouveau la parole.

Le regard de Rutherford, dérouté, passa de l'un à l'autre.

—L'un de vous deux serait-il assez aimable pour m'éclairer ? Il est évident que j'ai manqué un épisode.

Les yeux rivés sur Thomas, Cartwright ôta ses gants, un doigt après l'autre, sans précipitation. Il lui tendit ensuite la main droite.

—Il n'y a rien qui ne vaille la peine d'être répété. N'est-ce pas, Armstrong ?

Thomas saisit la main froide de son ami, acceptant cette proposition de paix sans plus de chaleur.

—C'est déjà oublié.

—Mais…

—Laissez tomber, Rutherford. C'est une broutille.

Par le ton de sa voix, Thomas signifiait clairement qu'il n'envisageait en aucun cas de discuter davantage de cette affaire. Le comte les scruta encore pendant quelques secondes avant de refermer la bouche.

Du côté de Thomas, l'incident était bel et bien oublié.

—Le dîner sera-t-il servi à 20 heures ?

Rutherford acquiesça d'un signe de tête.

—Bien, alors je crois qu'un bain et un changement de tenue s'imposent. Je vous verrai tout à l'heure.

Saluant ses amis, Thomas s'éloigna.

—De quoi diable s'agit-il ? demanda Rutherford dès qu'Armstrong eût disparu dans l'escalier.

Cartwright posa sur son ami un regard faussement innocent.

—Où est la charmante lady Amelia ?

—Elle est en haut avec Missy, répondit spontanément Rutherford, avant de soudain s'éclairer. Est-ce cela, ou plutôt cette personne, dont il est question ?

Cartwright fouetta paresseusement sa jambe avec ses gants.

—Disons que la façon la plus efficace de mettre Armstrong en colère est de montrer de l'intérêt pour lady Amelia. Vous n'avez pas idée de ce qu'il m'a fait subir. Préparez-vous à vous défendre. Vous connaissez son caractère.

Rutherford grimaça, se souvenant sans doute du coup de poing qu'Armstrong lui avait assené l'année précédente après avoir découvert qu'il avait compromis Missy. Un épisode qu'Alex non plus n'avait pas oublié. Il n'avait guère envie de se retrouver dans une situation similaire, et du mauvais côté du poing.

— Ah, soupira Rutherford après un silence. J'aurais dû m'en douter. Il s'est toujours montré un peu *trop* virulent à son égard. Il y a bien trop d'ingrédients shakespeariens dans cette histoire.

Cartwright éclata de rire.

— C'est exactement le fond de ma pensée.

— Et quelque chose me dit que vous manigancez quelque chose.

— Eh bien, tout le monde sait que j'aime prendre des risques. Et que serait Noël sans quelques efforts de ma part pour égayer les fêtes ?

— Si vous faites quoi que ce soit pour gâcher notre premier Noël avec nos enfants, c'est moi qui vous passerai à tabac, le prévint Rutherford.

Pourtant, un semblant de sourire adoucit la gravité de son avertissement. La perspective de voir Armstrong ridiculisé à cause d'une femme n'était pas pour lui déplaire, loin de là.

— Oncle Alex gâchant le Noël de ses jumeaux préférés ? Hors de question, dit Cartwright sur un ton mélodramatique et affecté. Je vais juste m'amuser un peu avec leur cher oncle Thomas. Et je suis sûr que vous apprécierez le spectacle.

Rutherford lui accorda ce point avec un ricanement désabusé.

—Vous voulez dire la tragicomédie. Vous n'avez peur de rien, Cartwright.

Alex sourit. On lui avait déjà fait cette remarque à une ou deux occasions, même si les circonstances étaient totalement différentes.

—Je sais.

Après avoir conduit Amelia dans sa chambre, la comtesse avait ordonné à une de ses domestiques d'accompagner Hélène dans la sienne. Quand les trois femmes la laissèrent, Amelia put explorer la pièce. Parmi les meubles en acajou émaillé se trouvaient un grand lit à baldaquin, une gigantesque armoire dont la porte centrale était sertie de verre, et un fauteuil de chintz à fleurs. Une tapisserie de soie gaufrée, à fleurs rose et or, ornait les murs, et de superbes moulures florales décoraient le plafond. Dans ce lieu respirant le confort, chaque élément flattait le regard.

Les projets d'Amelia pour la soirée étaient simples : un bain chaud, une courte sieste et le dîner, dans cet ordre. Pourtant, dès que sa tête toucha l'oreiller, ses projets s'effondrèrent sous le poids de la fatigue. La sieste d'une heure qu'elle s'était accordée se poursuivait sans relâche quand un coup frappé à la porte la sortit d'un sommeil sans rêve.

Deux détails lui apparurent immédiatement : les rideaux étaient ouverts, laissant entrer un flot de lumière hivernale. Et cela, évidemment, conduisit

Amelia à sa deuxième fine observation : c'était le matin.
Le matin !

Elle se redressa brutalement dans son lit au moment même où Hélène entrait dans la chambre.

— Bonjour, mademoiselle, lança joyeusement la femme de chambre.

— Hélène, c'est le matin.

— Oui, mademoiselle, répliqua Hélène comme si sa maîtresse ne venait pas d'émettre une évidence.

— Pourquoi ne pas m'avoir réveillée pour le dîner ?

— Lord Armstrong m'a dit de vous laisser dormir.

Il a dit ça ?

Une demi-heure plus tard, Amelia descendait l'escalier, cherchant toujours des explications au geste de Thomas. Était-ce un acte de gentillesse, ou le fait qu'elle soit exténuée lui avait-il simplement offert l'occasion d'éviter sa compagnie ? Elle n'aimait pas ne pas savoir. Mais, plus que jamais, elle détestait le fait d'être autant préoccupée par les motivations du vicomte.

Tandis qu'Amelia se dirigeait vers la salle du petit déjeuner, lord Alex surgit dans le hall et avança dans sa direction.

Arrivé devant elle, il s'inclina de façon exagérée.

— Bonjour, lady Amelia. Vous êtes ravissante, comme toujours, lui lança-t-il avec un sourire malicieux. J'ai eu le cœur brisé en apprenant que vous ne seriez pas des nôtres au dîner.

Amelia se mit à rire. De telles effusions étaient difficiles à prendre au sérieux.

— Mais si j'avais su que vous seriez ici, aucune maladie ni catastrophe naturelle n'auraient pu m'empêcher d'y participer.

— Dieu merci. La nuit dernière, j'ai craint avoir perdu mon magnétisme.

Ses yeux gris étincelaient d'amusement.

— Ma compagnie au petit déjeuner vous suffira-t-elle, ou sera-t-elle une maigre consolation ? le taquina-t-elle, chose facile avec lui.

— Si vous m'accordez quinze minutes pour me rendre présentable, j'en serai plus qu'honoré, répondit-il en désignant ses habits d'équitation et en ponctuant sa remarque d'un clin d'œil.

— Je crois pouvoir laisser ma faim en suspens le temps que vous vous changiez, mais pas une seconde de plus, répliqua Amelia.

Elle ne plaisantait qu'à moitié. Après tout, elle n'avait rien mangé depuis sa légère collation de la veille, prise au cours du voyage.

— Est-ce que j'interromps quelque chose ?

Le ton de Thomas était froid comme l'acier, teintant la douceur de sa voix d'une sonorité trompeuse.

Amelia sursauta et se retourna. Ce casse-pieds devrait porter une clochette pour avertir de sa présence. Il s'était arrêté sur le seuil du salon, bras croisés, silhouette tendue : l'incarnation de l'ange Gabriel, doré, sublime… et beaucoup trop dangereux. Être *aussi* beau dans des vêtements de laine et de coton à la coupe impeccable défiait l'entendement. Surtout lorsqu'il semblait évident qu'il avait dompté sa crinière soyeuse uniquement à l'aide de ses doigts. Pourquoi fallait-il qu'il ait l'air si… si diaboliquement séduisant ?

Lord Alex, visiblement imperturbable, regardait son ami.

—En réalité, c'est le cas. N'est-ce pas, lady Amelia ?

Il lui lança un regard interrogateur, sourcils levés.

Amelia, circonspecte, fit de son mieux pour étouffer le fou rire qui montait en elle. Elle toussota et s'abstint de répondre.

L'air furieux de Thomas s'aggrava lorsqu'il posa les yeux sur lord Alex. Après un silence, il regarda Amelia.

—Vous devez avoir faim. Permettez-moi de vous accompagner au petit déjeuner.

—Lady Amelia vient d'accepter de se joindre à moi pour le petit déjeuner dès que je me serai rafraîchi.

Que pouvait-il y avoir de pire que deux petits garçons se battant pour un jouet ? Deux hommes traitant une femme de la même manière. À ce moment-là, Thomas était le coupable dans cette petite guerre puérile, quoique lord Alex ne fût pas exempt de tout reproche.

Amelia voulut s'exprimer, pensant avoir son mot à dire dans cette histoire.

—Vraiment, je…

— Dans ce cas, nous veillerons à mâcher lentement, dit Thomas.

Il écarta Cartwright d'un mouvement de tête et fit signe à Amelia de le suivre.

Un lourd silence s'ensuivit. Plus personne ne bougea. Dans cette situation surréaliste, Amelia fut frappée d'hébétude. Les deux hommes la regardaient, comme en attente.

Finalement, lord Alex rompit le silence.

— La décision vous appartient, Amelia. Je comprendrais tout à fait que vous choisissiez d'accompagner Armstrong.

Thomas inspira d'une façon fort audible. Sa colère était à nu : deux traits rouges barraient ses joues, tandis que deux éclats de verre couleur émeraude avaient pris la place de ses yeux. Son torse se soulevait et s'abaissait comme s'il luttait pour garder son calme. Visiblement, il n'appréciait guère la magnanimité de son ami, ni le fait que les manières de lord Alex étaient bien plus courtoises que les siennes.

— Amelia, laissez-nous, je vous prie. J'ai besoin de m'entretenir avec Cartwright… en privé.

Thomas avait les yeux rivés sur son ami.

— Quoi que vous ayez à me dire, je suis sûr que vous pouvez le faire devant lady Amelia.

Lord Alex ponctua sa réponse doucereuse d'un sourire satisfait qui en gâcha les effets.

Une fois de plus, Amelia resta clouée sur place, incapable de se forcer à quitter les lieux pour ne pas assister à l'inévitable confrontation. *Bon sang, ton cerveau doit être sérieusement atteint*, se réprimanda-t-elle, ce qui fut vain, car elle ne bougea pas davantage.

— Croyez-moi, c'est impossible, parvint à émettre Thomas malgré ses dents serrées.

Le comportement primaire d'Armstrong fit poindre en elle une légère excitation, qu'elle tenta vaillamment d'étouffer. Ses yeux passèrent avec embarras de l'un à l'autre. À présent adossé à la balustrade, chevilles et bras croisés, lord Alex affichait un air indolent.

— Vous semblez en colère. Êtes-vous en colère contre moi ?

Une observation et une question parfaitement légitimes si lord Alex possédait le cerveau déficient d'un simple d'esprit.

Les yeux de Thomas s'enflammèrent et un grondement sourd résonna du fond de sa gorge.

— Laissez Amelia tranquille.

Chaque mot, prononcé de façon claire et distincte, fut comme une détonation.

Amelia en eut le souffle coupé. Il l'avait vraiment dit, à voix haute. Une deuxième vague de chaleur la submergea. Thomas se raidit et pinça les lèvres. Il en avait trop dit. La déflagration continua de résonner dans le hall, rendant l'air si dense qu'il en parut solide.

Le rire de Cartwright brisa le silence.

— Si vous revendiquez quelque chose, je vous laisse volontiers la place. Mais si vous jouez simplement aux empêcheurs de tourner en rond, je proteste violemment.

Empêcheur de tourner en rond ? De quoi parlait-il ? Gênée, Amelia n'osa demander un éclaircissement.

Le visage de Thomas se durcit comme du granite. Ses yeux semblaient dire : *Moi, revendiquer quelque chose ?*

Seulement quand il neigera en enfer. Cependant, les mots qui s'échappèrent des lèvres d'Amelia le prirent totalement au dépourvu.

—Vous laisser la place pour quoi, au juste ? Une seule maîtresse ne vous suffit-elle pas ?

À ces mots, Cartwright rejeta la tête en arrière, éclatant d'un rire tonitruant et rauque qui fit sautiller sa pomme d'Adam.

Thomas tourna un visage sévère vers Amelia, comme si la faute lui incombait grandement dans ce conflit. Il réserva toutefois son regard le plus démoniaque à son ami, un regard de sorcier penché au-dessus d'un chaudron bouillonnant, et dont la victime à venir possédait des yeux gris argent et une adorable fossette au menton.

—Vous seriez mal avisé de jouer avec moi en ce moment.

Thomas émit son avertissement avec un aplomb si foudroyant qu'Amelia en eut la chair de poule.

Lord Alex, cependant, n'était pas homme à fléchir devant les intimidations. Son rire se transforma peu à peu en petits gloussements réguliers.

—Quelles intentions vous causent le plus de soucis, les miennes ou les vôtres ?

En un éclair, Thomas avait bondi sur son ami et empoignait le revers de sa veste, écrasant entre ses doigts le tissu de laine et satin vert foncé. Tandis qu'Armstrong semblait le menacer des flammes de l'enfer, lord Alex conservait le calme d'un chirurgien muni de son scalpel.

— Les miennes ne me causent aucun souci, car elles sont de vous mettre une ra...

— Que se passe-t-il, ici ? s'enquit une voix féminine.

Des pas agités – ceux du maître et de la maîtresse de maison – descendirent l'escalier.

— Thomas, que signifie tout ce remue-ménage ? demanda la comtesse.

Elle s'arrêta au pied de l'escalier, son époux à ses côtés, puis écarquilla les yeux en découvrant la scène : son frère agrippé aux revers étincelants de la veste d'équitation de lord Alex.

— Cartwright, grogna le comte comme si le nom de son ami était un juron.

En réponse, lord Alex mit les bras en croix, paumes vers le haut dans un geste de supplication, tout en haussant les épaules d'un air innocent.

— Vous noterez attentivement qui tient qui contre sa volonté.

À ces mots, Thomas le relâcha brusquement et recula d'un pas. Il fulminait. Lord Alex, avec force gestes théâtraux, remit sa veste en place et en défroissa le tissu.

— Quelqu'un pourrait-il me dire ce qui se passe ? exigea la comtesse.

Droite comme un i, les mains sur les hanches, l'étoffe azur de sa robe se reflétait dans ses yeux gris pour les teinter de bleu.

— Allez-y, Armstrong, expliquez à Missy pourquoi vous étiez à deux doigts de me passer à tabac, dit l'imperturbable lord Alex d'une voix sirupeuse.

— Cartwright, prévint de nouveau lord Windmere.

Thomas regarda sa sœur. Comme un moteur en surchauffe, sa respiration sembla prise de soubresauts irréguliers, jusqu'à ce qu'il en reprenne le contrôle.

Puis le silence régna. Tout le monde observait Thomas, qui leur rendait leur regard avec un air renfrogné gâchant son beau visage.

— Allez au diable! marmonna-t-il finalement.

Après un dernier regard assassin à lord Alex, il se dirigea vers la porte d'entrée. Avant que quiconque n'ait pu protester, il avait disparu.

Amelia, totalement médusée, se tourna vers lord Alex, qui lui répondit par un clin d'œil espiègle. Bien que diaboliquement séduisant, il lui était apparu, lors de leur première rencontre, aussi inoffensif qu'un membre du clergé. Mais, en le fréquentant de plus près, elle comprit que cet homme était capable de la dévorer crue puis de la recracher avec une telle finesse qu'elle n'en sentirait même pas la morsure – un talent que seuls les vrais hommes dangereux détenaient. Elle était doublement ravie qu'il la compte parmi ses amis.

Le comte s'approcha à pas feutrés de lord Alex tandis que la comtesse, le visage grave, avait toujours les yeux tournés vers la porte qui s'était refermée sur son frère.

— Je vous ai dit que je ne tolérerais pas que vous gâchiez notre Noël. Arrangez cela avec Armstrong, et tout de suite. Gardez vos fourberies pour d'autres occasions, quand il rendra visite à *votre* famille, notamment.

Amelia échangea un regard d'incompréhension avec la comtesse.

— Maintenant, je dois sortir dans le froid et ramener cet homme avant qu'il n'attrape la mort, ajouta le comte.

Il tourna alors le dos à son ami, hurla le nom de « Randolph » et exigea deux manteaux. Quelques secondes plus tard, un homme chauve et trapu apparut avec deux pardessus noirs. Le comte en enfila un précipitamment et mit l'autre sur son bras avant de quitter la maison en claquant la porte.

Chapitre 25

*T*homas ne sentait pas le froid. Son sang en surchauffe le protégeait du vent mordant qui lui fouettait les cheveux. Il marchait sans but, cherchant simplement à apaiser la colère qui le rongeait de l'intérieur, le besoin primaire de blesser physiquement son ami d'enfance.

Il n'aurait pas dû laisser Cartwright l'énerver. Mais, dès qu'il s'agissait d'Amelia, Thomas se transformait en bête sauvage. De plus, il détestait que Cartwright l'ait provoqué en lui jetant la vérité au visage.

Alors qu'il contournait les haies bordant la maison, une rafale de vent glacial lui transperça finalement les os. Être dehors par ce temps et sans manteau aggravait le caractère impétueux de ses actes. S'il avait possédé une once de bon sens, il aurait fait demi-tour. Mais les circonstances étant ce qu'elles étaient, grelotter lui semblait préférable à rentrer affronter Missy, Rutherford, Cartwright et… Dieu du ciel, Amelia. Ce bougre d'imbécile aurait pu tout aussi bien lui accrocher une pancarte indiquant « Propriété privée ».

Des pas retentirent derrière lui. Thomas jeta un regard par-dessus son épaule. *Rutherford. La guigne!*

La dernière chose qu'il désirait était de la compagnie – aussi bienveillante fût-elle. Il voulait être seul. Puis un frisson soudain le parcourut tandis que le froid s'insinuait sous son col de chemise. Certes, il ne refuserait pas le manteau que son ami lui apportait.

Sans un mot, Rutherford le rejoignit et lui tendit le vêtement chaud. Thomas s'arrêta pour l'enfiler, satisfait de pouvoir contrer les éléments hivernaux par une épaisse étoffe. Il reprit alors sa route vers nulle part.

Rutherford marcha à ses côtés.

— Allez-vous enfin me dire de quoi il s'agissait ? demanda-t-il calmement.

Ils marchèrent une bonne minute en silence, leur souffle créant des volutes glaciales dans l'air.

— Ce n'est rien, répondit finalement Thomas.

Même s'il avait voulu s'expliquer, comment aurait-il pu s'y prendre ?

— S'agit-il de lady Amelia ? demanda Rutherford en contemplant son profil.

Thomas refusait de le regarder, maintenant un rythme régulier tandis que leurs pas troublaient la tranquillité immaculée de la neige fraîchement tombée.

— C'est entre Cartwright et moi. Ne vous en mêlez pas, répondit-il sèchement.

Enfonçant ses mains dans les poches de son manteau, Rutherford garda les yeux rivés au sol.

— Je comprends tout à fait pourquoi vous préfériez refuser la demande de Harry. Lady Amelia a l'air d'une jeune femme bien difficile à gérer. Je parie qu'elle est même encore plus désagréable et gâtée que vous ne le pensiez.

Thomas lança à son ami un regard dur et réprobateur. Quelque chose en lui protesta instinctivement contre les critiques du comte à l'égard d'Amelia.

— Je ne dirais pas qu'elle est désagréable ni gâtée.

— Mais vous l'avez affirmé. La dernière fois que vous êtes venu ici. Vous avez également utilisé les mots de « grossière » et « insolente », si ma mémoire est bonne, ajouta le comte avec un regard innocent.

Certes, il avait dit tout cela. Mais cela ne donnait pas à Rutherford le droit de la calomnier. Bonté divine, son ami ne la connaissait même pas.

— Elle n'a pas si mauvais caractère, grommela-t-il, quelque peu agacé de se mettre à la défendre.

Rutherford esquissa un sourire désabusé.

— En tout cas, elle est d'une beauté indéniable, concéda-t-il.

— Ma mère et mes sœurs l'adorent. Et elle est aussi intelligente que belle.

Le comte lâcha un son étranglé avant de s'éclaircir la gorge.

— Vraiment ? C'est une véritable déesse, on dirait.

Un second rire étouffé secoua les épaules du comte.

Bon sang, le bougre se moquait de lui.

— Si je dois subir également vos sarcasmes, je ferais mieux de rentrer dans le Devon.

Thomas pivota brusquement pour prendre le chemin opposé.

— Vous êtes amoureux de cette femme. Pourquoi ne pas l'admettre ?

Ce furent les paroles de Rutherford qui le firent s'arrêter, et non la main qu'il avait posée sur son bras. Thomas se tourna lentement pour lui faire face. Il eut l'impression d'avoir reçu un coup violent à la tête. La franchise de la question l'avait étourdi, tout comme la crudité de ce mot. Amoureux.

— J'ai fui Missy pendant quatre ans. Et où cela m'a-t-il mené ? Me voilà aujourd'hui lié à elle pour la vie – et plus heureux que je ne l'aurais jamais cru possible. Il faut admettre une chose des femmes belles, obstinées, entêtées, exaspérantes : elles peuvent se révéler franchement irrésistibles.

Comme chaque fois qu'il parlait de sa femme, l'amour illuminait le regard de Rutherford et adoucissait ses traits.

Il était inutile d'être un génie pour comprendre ce que son ami avait en tête.

— Je vous en prie, ne comparez pas votre mariage avec ma sœur avec ma relation avec Amelia. Pour autant que l'on puisse parler d'une relation. Je dirais plutôt une lutte permanente.

Et une passion si ardente qu'elle pourrait embraser des hectares de forêts.

Leur expédition impromptue les avait laissés à l'arrière de la maison, où s'étendait une dernière rangée de haies avant que la terre laisse place à de douces collines recouvertes d'un étincelant manteau blanc. Thomas regardait fixement un amas de nuages suspendus de façon incongrue dans le bleu cristallin du ciel.

—Quels que soient les sentiments qui vous lient à elle, ils doivent être forts pour que vous vous mettiez dans cet état.

Autrement dit – et tous deux le savaient – pour qu'il perde tout contrôle à cause de cette fille.

—C'est à cause de Cartwright, grogna Thomas en fourrant les mains dans les poches de son manteau.

Rutherford émit un petit rire sec.

—Oui, disons qu'il aime s'amuser.

—Vous a-t-il traversé l'esprit que cet amusement auquel il tient tant à s'adonner se fait à mon détriment ? Qui vous a dit de l'inviter pour Noël, d'ailleurs ? lui lança Thomas avec un regard accusateur.

—Vous savez pertinemment que je n'ai pas mon mot à dire dans ces invitations. Et votre sœur l'adore.

Oui, Cartwright tenait une place toute particulière dans le cœur sensible de Missy, qui le connaissait avant même de savoir marcher.

—Alors, allez-vous à présent admettre que vous êtes amoureux de lady Amelia ?

Thomas tourna brusquement la tête vers son ami. Il entrouvrit les lèvres pour émettre un violent démenti, mais l'expression de sympathie sur le visage de Rutherford l'arrêta net. Même si les mots s'étaient évanouis dans sa gorge, l'essence même de son identité d'homme le suppliait de fanfaronner, d'user de faux-fuyants – de n'importe quel stratagème pouvant faire croire qu'il était immunisé contre cet aliénant sentiment.

Comme s'il sentait le tourment de Thomas, Rutherford posa une main ferme sur son épaule.

— Si cela peut vous réconforter, sachez que vous l'avouer à vous-même est l'étape la plus difficile. Ensuite, il ne s'agira plus que de fixer une date de mariage et de se présenter à l'église.

Épouser Amelia ? Une douleur sourde enserra la poitrine de Thomas. Il déglutit.

— Il faudrait que je sois complètement fou pour envisager un mariage avec cette femme.

— Peut-être pas *complètement* fou, répliqua Rutherford avec un sourire en coin.

Le froid engourdissant ses pieds avait également atteint son esprit, car il ne faisait plus qu'envisager d'épouser Amelia, il était à présent résigné à le faire. Quel autre choix un honorable gentleman avait-il lorsqu'il ôtait à une jeune fille sa virginité ? Quelle importance, que l'incident se soit produit des semaines plus tôt ? Il se trouvait assez honorable. Elle était déjà sienne, mais le mariage légaliserait l'union. Soudain, ce qui représentait un poids incommensurable glissa de ses épaules. Il n'admettrait pas que c'était de l'amour, mais le sentiment lui paraissait suffisamment fort pour justifier un mariage.

— Eh bien, voyons si la dame voudra de moi.

Thomas se tourna et reprit le chemin de la maison. Derrière lui, il entendit Rutherford marmonner :

— J'ai le sentiment très net que c'est déjà le cas.

Une fois la porte fermée derrière le comte, Amelia regarda lord Alex : la candeur incarnée. Cependant, elle savait très bien que, si la perversion était une vertu, il serait de loin considéré comme l'être le plus vertueux céans.

Missy leva les yeux vers lui ; son beau visage arborait un air sévère.

— Pouvez-vous m'expliquer ce que signifie ce sourire ? Qu'avez-vous fait à mon frère ?

La comtesse ponctua sa question d'un franc coup de poing à l'épaule de lord Alex. Il répondit par une grimace affectée. Missy possédait la légèreté d'une danseuse et avait une demi-tête de moins qu'Alex, mais Amelia ne douta pas une seconde qu'elle n'hésiterait pas à lui donner la leçon qu'il méritait.

— Je n'ai rien fait, protesta-t-il, feignant l'innocence. Votre frère doit vraiment apprendre à contrôler sa colère.

— Il peut mourir de froid là-dehors.

Un autre coup de poing à l'épaule fut suivi d'une autre grimace peu convaincante.

— Vous l'avez vu vous-même, Rutherford lui apporte un manteau, la raisonna-t-il en continuant de sourire.

La comtesse leva les yeux au ciel.

— Vous êtes impossible, dit-elle, profondément exaspérée. Ne venez pas vous plaindre à moi quand Thomas vous aura roué de coups. (Elle se détourna de lui comme on le ferait d'un insupportable petit frère.)

Venez, Amelia, allons déjeuner pour qu'Alex puisse réfléchir à la meilleure façon de désenfler sans utiliser de cataplasme.

Si, comme le suggérait la comtesse, Cartwright s'exposait à un échec cuisant, il n'eut pas l'air le moins du monde préoccupé par son destin. Il les salua d'un geste théâtral, une lueur espiègle au fond de ses yeux gris.

La comtesse conduisit Amelia de l'autre côté du hall, lui prenant le bras comme si elles étaient deux amies de longue date tout en bougonnant contre ce malotru et cet effronté de lord Alex. Amelia, peu coutumière de ce genre d'intimité partagée avec une jeune femme de son âge, se laissa faire, quelque peu décontenancée et trop polie pour réagir autrement.

Elles pénétrèrent dans la salle du petit déjeuner. Des bougies y étaient allumées, car seuls de faibles rayons de soleil traversaient les trois grandes fenêtres.

— Je vous en prie, servez-vous. Nous ne faisons de manières que pour le dîner, l'encouragea Missy.

D'un geste du menton, elle lui désigna le buffet, sur lequel étaient disposés des plateaux d'argent de dimensions différentes. L'estomac d'Amelia grogna d'impatience devant tant de promesses, tandis qu'un festival de parfums délicieux l'assaillait.

La comtesse se mit à rire.

— J'ai dit à mon frère qu'on aurait dû vous réveiller hier soir, mais il a insisté pour que l'on vous laisse vous reposer.

Amelia ne sut que répondre. Même si la comtesse avait sans doute émis cette affirmation sans sous-entendu, l'attitude de Thomas se révélait presque… protectrice.

— J'étais très fatiguée, dit-elle.

En parlant, elle remplit son assiette de petites crêpes, d'œufs pochés, de bacon et de pain chaud. Inutile de feindre la délicatesse féminine lorsque la faim vous tenaille.

Leurs assiettes bien remplies, les deux femmes se dirigèrent vers la table couverte de lin, où un valet – un grand et robuste jeune homme à l'épaisse chevelure rousse – les fit asseoir. Quand il tendit le bras vers la théière, lady Windmere lui tapota gentiment la main.

— Nous nous débrouillerons, Stevens. Allez donc vous assurer que lord Alex n'ait pas d'eau chaude pour sa toilette. (Elle remplit deux tasses de thé avant de regarder Amelia.) Un bain glacé lui fera du bien.

Comme si ce genre d'ordre était tout à fait banal, Stevens acquiesça d'un signe de tête, s'inclina et quitta la pièce.

La comtesse lâcha un petit rire en voyant les yeux ronds d'Amelia.

— Même si la punition serait parfaitement appropriée, Stevens me connaît depuis suffisamment longtemps pour savoir que je ne suis pas sérieuse.

La beauté et le sens de l'humour. Par le passé, Amelia n'aurait pas cru ses deux traits compatibles. D'ordinaire, l'absence du premier rendait le second nécessaire.

Elles commencèrent à manger, Amelia attaquant son assiette avec ardeur. Après une minute de masticage collectif, lady Windmere reprit la parole.

— Et vous, me diriez-vous ce qui a causé ce tumulte dans le hall ? Y a-t-il quelque chose entre Alex et vous ?

— N-Non !

— Entre mon frère et vous, alors ? demanda-t-elle aimablement en portant sa tasse de thé à ses lèvres.

Compte tenu de la première question, la seconde n'aurait pas dû surprendre Amelia. Pourtant, ce fut le cas. Elle en fut si gênée qu'elle put à peine articuler un démenti.

— Euh…

— Vous devez me trouver terriblement directe, n'est-ce pas ? Mon mari vous le dira, c'est un de mes pires défauts.

Pourtant, il n'y avait ni embarras ni excuse dans l'aveu de la comtesse.

Amelia ralentit le masticage de son scone beurré pour se donner le temps de rassembler ses esprits. Comment expliquait-on à une femme les complexités de la relation que l'on entretenait avec son frère ? *Il m'a conduite dans son lit, où nous avons eu des rapports sexuels passionnés et torrides, mais l'entente n'est toujours pas au beau fixe entre nous.* Elle eut le sentiment que ce n'était pas la façon la plus judicieuse de formuler les choses. Du moins pas à la table du petit déjeuner.

— Lord Alex a été gentil avec moi. Nous sommes amis, du moins je crois qu'il me considère comme telle.

Voilà, il était bien plus facile de commencer par répondre à la première question. La relation qu'elle comprenait. Quel que fût le jeu auquel jouait lord Alex, elle savait qu'il ne s'intéressait pas à elle en tant qu'épouse potentielle, ni même en tant que possible conquête. Il semblait pourtant que seule la résurrection du Christ aurait pu en convaincre Thomas.

— Et mon frère? Pourquoi étions-nous sur le point d'assister à une rixe au milieu de mon hall?

— Je crois que lord Alex aime bien provoquer Thomas.

Ce qui était aussi visible que la trompe d'un éléphant.

La comtesse esquissa un énigmatique sourire en prenant une deuxième gorgée de thé.

— Alex peut être provocant, c'est un fait entendu. Cependant, seuls ses proches en sont conscients. Mais il parvient rarement à jouer avec les nerfs de Thomas. Ils se connaissent depuis trop longtemps. Je me demande pendant combien de temps vous essaierez d'éluder ma question à propos de mon frère et vous, ajouta-t-elle.

Elle lui adressa un regard candide avant de fourrer un morceau de jambon dans sa bouche. Cette femme était décidément infatigable, un trait de caractère répandu chez les Armstrong, de toute évidence.

— Il n'y a rien entre moi et Thom… lord Armstrong, se reprit-elle.

La comtesse haussa innocemment les sourcils.

Amelia poursuivit.

—Mon père et lui sont très proches. D'autre part, lui et moi n'avons pas de très bons rapports d'ordinaire, mais nous ferons un effort pendant notre séjour.

Si Amelia s'attendait à voir abdiquer la comtesse, elle aurait été bien avisée de ne pas retenir sa respiration. Un franc éclat de rire s'échappa de lady Windmere. Elle rit et rit encore. Et plus elle riait, plus Amelia se renfrognait intérieurement. Fichtre, elle n'avait rien dit de *tellement* amusant.

—Oh, mon Dieu, dit la comtesse.

Elle essuya une larme de son œil, tandis que ses gracieuses épaules étaient toujours prises de soubresauts.

—L'espace d'un instant, j'ai cru que vous alliez me faire croire que tous les deux n'aviez aucun sentiment l'un pour l'autre.

Elle hoqueta une dernière fois de rire, reprenant lentement un visage sérieux. Puis sa bouche s'arrondit.

—Oh, souffla-t-elle, vous attendez vraiment de moi que je croie ces balivernes.

Amelia blêmit. Certaines personnes pensaient qu'elle avait du toupet, mais il semblait que la comtesse la battait à plate couture dans ce domaine. Soudain, elle se sentit abusée et sur la défensive. Cependant, elle n'allait pas s'emporter et sortir en claquant la porte, comme elle l'aurait fait par le passé. À la place, elle prit sa serviette sur ses genoux et tamponna les coins de sa bouche, retrouvant, par ce petit geste, un peu de son calme.

—Je ne suis pas sûre de saisir ce que vous voulez dire par là, dit-elle enfin.

D'ordinaire, une situation de cet ordre aurait provoqué chez elle une réponse rapide et cinglante. Malheureusement, elle ne trouva rien d'autre à dire.

Les yeux bleu ardoise de la comtesse s'adoucirent, un air contrit apparut sur son visage.

—Amelia, je ne voulais pas vous embarrasser.

Amelia secoua la tête, hébétée, essayant de ne pas tenir compte de l'expression de la comtesse. Cet air de dire « Pauvre petite fille, vous vous leurrez complètement », un air qu'elle connaissait pour l'avoir si souvent adopté devant d'autres femmes sujettes au délire.

Tournant de nouveau son attention vers son assiette, la comtesse enfourna son dernier morceau de tartine à la confiture, qu'elle fit passer avec le reste de son thé. Amelia l'imita, son estomac presque vide exigeant d'elle qu'elle consomme un maximum de nourriture.

—Mon frère était connu pour son caractère colérique, mais c'est terminé maintenant. (La comtesse rangea ses couverts dans son assiette pour signifier qu'elle avait terminé.) La dernière fois que je l'ai vu frôler la violence physique, c'était avec James.

Ses yeux s'éclairèrent lorsqu'elle prononça le nom de son époux. Un léger soupir s'échappa de ses lèvres.

—Mais il fallait s'y attendre puisque Thomas venait d'apprendre que le comte m'avait compromise.

Amelia cligna des yeux pour refouler sa deuxième vague de surprise. Pendant un bref instant, elle se demanda si la comtesse lui avait fait cette révélation pour la choquer, mais la franchise de son regard lui indiquait le contraire. Le souvenir semblait l'amuser.

— Malheureusement – ou peut-être heureusement –ma détermination à prendre James pour époux n'était pas à négliger. J'étais amoureuse, et terriblement naïve. Mais, comme vous pouvez le voir, tout s'est bien terminé, puisque je ne pourrais être plus heureuse.

Son sourire révéla des dents d'une blancheur éclatante, et le bonheur sans faille d'une femme comblée par le destin.

— Revenons-en plutôt à ce que j'essaie de vous démontrer. J'ai eu l'intuition, dès que nous nous sommes rencontrées l'année dernière, que vous joueriez un rôle important dans sa vie.

Amelia ouvrit la bouche pour parler, mais la comtesse leva une main pour l'en empêcher.

— Et quand j'ai entendu ce qui s'était passé au bal de lady Stanton en août, j'en ai été certaine. Votre attitude à son égard est trop inconstante. Au lieu de vous balayer d'un revers de la main comme le fait mon frère des femmes qui ne l'intéressent pas, il vous laisse lui taper sur les nerfs. Je n'ai *jamais* vu mon frère permettre à une femme de lui taper sur les nerfs. C'est tout le contraire, d'habitude.

Amelia resta assise sur sa chaise, silencieuse, essayant de refréner la vague de peur qui montait en elle. Elle subissait une terrible mise à nu. Quelle réponse donner à cette femme qui – tout comme son frère – semblait capable de lire en elle comme dans un livre et se moquerait sans aucun doute de tous les démentis ou tentatives de défense qu'elle pourrait mettre en œuvre ?

—Êtes-vous amoureuse de mon frère ?

Plusieurs mois plus tôt, cette question l'aurait secouée de violents éclats de rire tant elle l'aurait trouvée ridicule. Ou bien l'audace de cette interrogation l'aurait fait pointer en l'air son joli petit nez en signe de mépris. Mais plusieurs mois s'étaient écoulés. Suffisamment de temps pour qu'elle n'ait plus le cœur à rire. Amelia ne rit pas. Elle resta assise, les yeux ronds, horrifiée. Avaler devint un délicat processus que seuls ceux possédant la coordination adéquate étaient capables d'exécuter. Ou ceux dont le cœur n'était pas remonté dans leur gorge.

Non. Non. Non. Je ne l'aime pas. Et surtout je ne veux pas l'aimer. Mais les mots avaient beau résonner avec force en elle, elle ne parvint pas à convaincre ses lèvres de les articuler. Pourquoi ?

Je ne peux pas l'aimer, continua-t-elle de gémir intérieurement. *Je ne pourrais jamais me contrôler avec lui.* Amelia cligna des yeux et déglutit. La révélation la frappait avec une violence supérieure à la plus dévastatrice des tempêtes.

—Je vois que je vous ai contrariée, dit la comtesse. Je vais arrêter de vous harceler. Peut-être que vous-même n'en avez pas encore pris conscience. Ainsi vous pourrez réfléchir à ce que je vous ai dit. (Elle lui tapota la main avec sollicitude.) Puisque nous avons terminé notre petit déjeuner, aimeriez-vous monter avec moi dans la nursery pour faire connaissance avec mes jumeaux ?

— Je serais enchantée de les rencontrer, dit Amelia, désirant plus que tout changer de sujet.

Elle était prête à se jeter corps et âme dans n'importe quelle activité la détournant de toute pensée, de tout sentiment, de toute conversation ou de toute situation impliquant Thomas Armstrong.

La comtesse rassembla ses jupes et se leva avec grâce.

— Alors venez avec moi.

Amelia passa le reste de la journée avec Missy – comme elle avait été sommée de l'appeler après avoir malencontreusement utilisé le nom de lady Windmere. En effet, la comtesse se sentait terriblement vieille lorsqu'une femme de son âge la nommait par son titre.

Elles s'occupèrent pendant de longues heures de Jason et Jessica, les jumeaux de quatre mois. Au cours de sa vie, Amelia avait eu peu d'occasions de côtoyer des enfants, encore moins des nourrissons. Pourtant, et cela ne la surprit guère, elle se prit d'amour pour eux avec le naturel d'une mère dont il serait le destin de s'occuper un jour des siens. Elle adora tout chez eux : leurs joues roses, leurs petits corps potelés, leurs sourires innocents, la simplicité de leurs attentes. Elle aurait pu cajoler les bébés pendant plusieurs heures encore si Jason ne s'était pas endormi dans ses bras. Ce fut à ce moment-là que Missy et elle replacèrent les deux enfants dans leurs berceaux.

Missy lui présenta ensuite les sœurs jumelles de seize ans du comte – la maisonnée Rutherford semblait compter une flopée de jumeaux –, Catherine et Charlotte, deux jeunes filles absolument ravissantes. «Exotique» était le mot qui venait spontanément à l'esprit pour les décrire, avec leurs tresses blondes comme le miel et leur teint doré. Leurs yeux étaient du même bleu iridescent que ceux de leur frère, avec les mêmes pupilles noires et larges. Amelia imagina l'effet dévastateur que produirait leur entrée dans le monde sur les gentlemen de la bonne société.

Les sœurs l'accueillirent d'abord avec la réserve, la politesse et la déférence qu'on leur avait enseignées à l'école des bonnes manières. Cependant, pendant le thé de l'après-midi, elles perdirent une grande partie de cette retenue pour laisser paraître leur pétillante vitalité.

Tandis qu'elle sirotait son chocolat chaud, Catherine révéla un autre aspect de sa personnalité lorsqu'elle informa gaiement Amelia que sa sœur et elle étaient en réalité les demi-sœurs de Rutherford, les enfants illégitimes du regretté comte de Windmere, cinquième du nom. La fille se plut à raconter ce scandale. Lorsqu'il apprit leur existence, un an plus tôt, leur frère, saint parmi les saints, les accueillit immédiatement sous son toit. Leur vie avait alors complètement changé, conclut Catherine avec un sourire. Amelia exprima la surprise attendue, bien qu'ayant déjà eu vent de cette histoire, sous différentes versions.

Charlotte, de son côté, semblait davantage préoccupée par les relations entre Amelia et lord Alex. Toutefois, son approche fut subtile. Une question par ci, un commentaire par là. S'étaient-ils rencontrés ? Savait-elle qu'il était arrivé de Londres un jour plus tôt que prévu ? Non, Amelia l'ignorait. Parfait. Alex et Thomas avaient toujours été si gentils avec elles. Savait-elle qu'Alex était extrêmement doué pour réparer des objets ? Elle ne connaissait pas beaucoup d'hommes avec de tels yeux. Charmants, en toute objectivité. La jeune fille s'exprimait de façon académique. Même si elle ne fit aucune révélation directe, ses sentiments étaient évidents. Mais la malheureuse n'avait aucune chance. Sa beauté, et même la promesse du diamant qu'elle était destinée à devenir, ne pouvait compenser sa jeunesse et son innocence.

Le thé terminé, Amelia se retira dans sa chambre pour se reposer avant le souper. Qu'avait-elle d'autre à faire ? Thomas avait brillé par son absence depuis sa sortie fracassante du matin. Elle avait passé presque toute la journée à attendre et à espérer l'apercevoir, retenant son souffle, le cœur battant, à chaque pas résonnant dans le hall. Mais chaque fois il ne s'agissait que des domestiques s'affairant à leurs tâches quotidiennes.

Missy avait eu la gentillesse de ne pas lui faire remarquer ses inattentions répétées, se contentant de la regarder, un sourire de sympathie chatouillant la commissure de ses lèvres, comme si elle-même avait fait l'expérience du processus incertain, angoissant et paralysant de l'amour.

Allongée sur son lit, en chemise et jupon, Amelia contemplait sans le voir le tissu bleu du baldaquin. Elle était amoureuse de Thomas Armstrong. Voilà, elle l'avait admis. Et si ce n'était pas de l'amour, c'était un terrifiant fac-similé d'un autre sentiment déchirant.

Seul l'amour pouvait vous projeter au sommet de la plus haute des montagnes pour ensuite vous faire plonger dans les abysses de la vallée la plus profonde. Seul l'amour pouvait vous faire perdre le nord de cette façon, faire hurler tout votre être pour que cessent de vous dévaster ces émotions voraces : le désir, la colère… la passion brûlante.

Jamais un tel déferlement de sensations ne s'était emparé d'elle, et avec une telle intensité. Jamais depuis… oui, depuis la mort de sa mère. Quelque temps après cet événement, et la prise de conscience d'avoir perdu, non pas un, mais deux parents, l'engourdissement l'avait saisie. Elle s'y était abandonnée. Elle avait cédé à cette libération, pour ne plus sentir la douleur qui lui déchirait le cœur chaque fois qu'elle pensait à cette mère qu'elle ne reverrait plus jamais. Cette douleur qui lui transperçait le crâne comme de minuscules couteaux chaque fois que son père la regardait dans les yeux, pour autant qu'il daignât la regarder.

Glissant sur le côté, elle plaça ses deux mains jointes sous sa joue et lâcha un soupir saccadé. Ressentir de nouveau était exaltant, comme revenir à la vie. Mais ce n'était pas sans risque, à présent qu'elle avait donné son cœur à un homme dont elle n'était pas sûre des sentiments. Il était capable de lui faire passionnément l'amour et de la traiter, l'instant d'après, comme si sa vue lui était insupportable. Si elle avait eu le choix, elle aurait agi en dépit du bon sens. Un homme comme lord Clayborough – affable, courtois et bien élevé – lui aurait apporté la tranquillité d'esprit. Il l'aurait placée sur un piédestal et traitée comme la Vierge Marie. Il n'y aurait pas eu de passion lascive, ni de baisers enflammés, ni d'étreintes brûlantes. Avec lui, elle aurait été à l'abri de toute véritable souffrance. Mais, après avoir goûté aux pulsations de la vie, pouvait-elle revenir en arrière et étouffer pour toujours ses émotions ? En oublier de vivre ?

La question la poursuivit dans son sommeil troublé.

Pendant toute cette journée, Thomas n'avait guère été disposé à la compagnie des autres. D'une humeur déplorable, il n'avait fait que broyer du noir. De retour à la maison, Rutherford et lui avaient pris des chemins différents, son ami ayant probablement rejoint sa femme, ou ses enfants, ou les deux. Thomas, submergé par son besoin de solitude, avait décidé de se retrancher dans sa chambre.

Tandis qu'il s'y rendait, des rires féminins et des gazouillis de bébés l'avaient détourné de son chemin. Ces bruits l'avaient mené aux portes de la nursery. Il était resté sur le seuil de la pièce joyeusement décorée, pour observer en silence la scène depuis le palier.

Amelia était occupée à câliner son neveu ; elle roucoulait et couvrait son petit visage de tendres baisers. Il ne l'avait jamais imaginée sous cette lumière. En mère. Plus tôt, quand il s'était résolu à l'épouser, il avait pensé à l'aspect physique des choses, au fait qu'il disposerait d'un accès libre et infini à son corps. La perspective de fonder une famille n'aurait été, au mieux, que l'inévitable résultat de cette passion inextinguible.

Mais la voir ainsi lui fit prendre conscience de la profondeur de ses sentiments. Une profondeur océanique. Il n'imaginait aucune autre femme devenir la mère de ses enfants. Pas seulement parce qu'il la voulait dans son lit, mais parce qu'il la voulait pour toujours dans sa vie. Et il s'était montré injuste envers elle. Elle méritait mieux qu'une culbute, aussi explosive et extraordinaire fût-elle. Elle méritait une cour en bonne et due forme, digne d'une jeune femme de son rang. D'autant plus parce qu'elle était sienne.

Chapitre 26

Le dîner de ce soir-là aurait pu se résumer à un mot : tension. Une tension existant du moins entre Thomas et Amelia, à moins que ce mot ne fût trop ambivalent pour décrire l'électricité qui crépitait entre eux.

Thomas traita lord Alex avec une politesse grincheuse. Autrement dit, il ne lui parla que lorsque son ami s'adressa spécifiquement à lui, et lui répondit par de sèches monosyllabes. Amelia ne fut guère surprise de constater que lord Alex ne se montra nullement offensé par ce traitement.

Thomas lui parla deux fois au cours du repas. La première pour s'enquérir de sa journée, et la seconde pour lui demander si tout était à sa convenance. Elle répondit respectivement par « Excellente » et « Oui », en adoptant une voix aussi naturelle que possible, tâche ardue étant donné qu'elle avait cru suffoquer en le voyant entrer dans la pièce : élégant, nimbé dans son parfum exquis, mélange de virilité fraîche, de romarin et de bergamote. Le parfum de Thomas. S'il était mis en bouteille, elle en achèterait des caisses entières.

Leur dernier échange fut suivi d'un assourdissant silence, chargé d'une impatience indéfinissable, car, à partir de cet instant, il se mit à l'observer. Il n'y avait rien de familier, d'agréable, ni même de courtois dans ce regard. Il l'observait comme s'il mourait d'envie d'en faire son dîner, au lieu de la volaille rôtie contenue dans son assiette. Amelia eut le plus grand mal à ne pas en faire autant, lui jetant quelques discrètes œillades quand elle avait le sentiment que personne ne prêtait attention à elle.

Dieu merci, les autres membres de la tablée – les jumelles, la comtesse, le comte et, bien sûr, lord Alex – ne furent jamais à court de sujets de conversation.

À la fin du repas, les hommes se levèrent promptement quand la comtesse quitta sa chaise. Amelia la suivit sans tarder, pressée de s'enfuir avant de faire quelque chose de stupide qui pourrait la trahir. Personne d'autre qu'elle ne devait savoir qu'elle était totalement éprise de Thomas, et surtout pas le principal intéressé. Il était évident qu'il la désirait physiquement, mais elle l'aimait. Et, comme toujours, l'amour faisait toute la différence. Elle en devenait la plus vulnérable des deux.

—J'espère que vous me permettrez de vous escorter jusqu'au salon, lady Amelia, dit lord Alex, faisant déjà un pas vers elle.

Le regard de Charlotte se tourna instantanément vers Amelia, puis vers Cartwright, et son joli visage se teinta de désarroi. Amelia eut un pincement au cœur.

Lord Alex avait-il idée qu'il venait de briser les espoirs de cette pauvre fille?

—Amelia, j'aimerais vous parler en privé, si vous êtes d'accord, dit Thomas.

Se moquant éperdument de l'invitation de lord Alex, il attendait visiblement d'Amelia qu'elle en fasse de même.

La jeune femme s'immobilisa tandis que son pouls s'accélérait au-delà du possible.

—Dans le bureau, peut-être? demanda-t-il.

Il dépassa lord Alex pour se placer devant elle. Elle céda à sa demande d'un léger hochement de tête et quitta la pièce à ses côtés tandis que les autres les suivaient des yeux en silence.

—Armstrong! cria lord Alex au moment où ils atteignaient le seuil.

Thomas s'arrêta – tout comme elle – et tourna la tête pour regarder par-dessus son épaule. Il ne semblait guère apprécier cette interruption, mais ses bonnes manières eurent raison de son dédain.

—Vous m'exprimerez votre gratitude éternelle plus tard, ironisa lord Alex, tout sourires et pétri d'autosatisfaction.

Le comte toussota pour s'empêcher de rire, et la comtesse baissa la tête pour cacher son air amusé. Les jumelles les regardaient, médusées. Loin d'apprécier la scène, Thomas grommela quelques mots inaudibles. Il fit un mouvement brusque de la tête, saisit le coude habillé de satin d'Amelia et la conduisit hors de la pièce.

Dans un silence tendu, ils gagnèrent le bureau, où Thomas la libéra. Amelia repéra le siège le plus proche. Elle se laissa tomber mollement dans un sofa de laine fine, d'une couleur indéfinissable – entre le beige et le vert – et tripota sa robe pour éviter de le regarder.

Une horloge sous verre ponctuait de son tic-tac l'interminable silence. *Si tu le regardes, tu es perdue.* Amelia garda les yeux rivés sur ses genoux, faisant glisser ses doigts avec indolence sur la broderie de ses volants.

—Comment pourrai-je vous parler si vous refusez de me regarder ?

Étrangement, la douceur de sa voix la mit à l'aise, alors qu'elle pensait que rien ne l'y aiderait. Elle inspira de façon saccadée et leva la tête pour croiser son regard. Un léger sourire éclairait le visage de Thomas, et ses fossettes donnaient un caractère enfantin à ses traits excessivement séduisants. Seigneur, il était plus enivrant que n'importe quel alcool.

—Je suppose qu'il s'agit de lord Alex.

Elle ignorait totalement pourquoi il l'avait fait venir, mais parler de son ami lui sembla une façon comme une autre d'entamer la conversation.

Thomas abandonna son poste près de la porte et prit place au bord du fauteuil à côté d'elle. Se penchant en avant, il appuya ses avant-bras sur ses jambes écartées.

—J'espère que vous ne prenez pas sa cour au sérieux. Cartwright a parfois un sens de l'humeur assez déplacé.

Amelia eut envie de rire devant cette gravité. Le visage de Thomas n'était plus qu'angles et lignes droites, sa bouche formait un trait raide. Il pensait vraiment qu'elle prenait la cour de son ami au premier degré. Peut-être pensait-il aussi qu'elle-même s'intéressait à lord Alex. Seigneur, si seulement il savait que, à ce moment précis, elle parvenait à peine à respirer, encore moins à concevoir une pensée cohérente, pour la simple raison qu'il était assis tout près d'elle et l'enveloppait dans son doux parfum. Si seulement il savait cela, si elle lâchait la bride à ses émotions, elle lui sauterait dessus comme une femme droguée aux aphrodisiaques.

—Je peux vous assurer que je n'ai aucune vue sur votre ami, pas plus qu'il n'en a sur moi, à mon sens.

Elle s'arrêta un instant pour regarder ses doigts entrelacés sur ses genoux. Puis elle leva timidement les yeux vers lui.

—Cela vous dérangerait-il si de tels sentiments existaient entre nous ? ajouta-t-elle.

Thomas inspira profondément, sans s'en rendre compte. Le déranger ? Si elle s'était armée du tisonnier de la cheminée pour le piquer violemment, il aurait moins souffert qu'en pensant à cette éventualité.

Se débarrassant de la boule qu'il avait dans la gorge, il examina le visage stupéfiant d'Amelia, sa peau parfaite, ses lèvres roses et pulpeuses.

L'imaginer embrasser un autre homme mit tous ses sens en révolte. Elle était à lui, et plus vite elle le comprendrait, mieux ce serait pour tous les deux.

—Oui, cela me dérangerait.

Il émit son aveu à voix basse, tout en plantant sur elle un regard lui indiquant à quel point il en serait chagriné.

Les yeux saphir s'écarquillèrent et les mains d'Amelia se perdirent dans les plis pourpres de sa jupe.

—Et je crois que vous savez pourquoi, poursuivit-il doucement.

Il refusa de la laisser détourner le regard, cacher ses sentiments derrière le masque qu'elle portait depuis si longtemps. Il connaissait la passion bouillonnant sous cette superbe façade. Il avait senti l'étreinte chaude et humide de son sexe autour du sien tandis que l'orgasme la faisait se tordre de convulsions. Ce souvenir suffit à réveiller son désir. Son membre se raidit, le pressant de satisfaire son appel.

—Je ne suis pas complètement sûre de ce que vous attendez de moi. J'ai d'abord pensé que vous cherchiez à me séduire par vengeance, mais, à présent, les choses sont si différentes entre nous…

La vulnérabilité qui perçait dans la voix d'Amelia était déchirante. Le remords piqua la conscience de Thomas. Pour mener à bien sa cour, il ne pouvait admettre que tel était son dessein initial. Il attendrait que leur relation soit plus solide. Peut-être même pourraient-ils en rire à l'avenir.

— Pensez-vous vraiment que je coucherais avec une femme par vengeance ?

Ce n'était pas un mensonge. Il n'avait pas eu l'intention de vraiment la mettre dans son lit. Il lui avait fait l'amour car il n'avait pu s'en empêcher.

Elle le sonda un instant du regard avant d'esquisser un sourire.

— Mais cette idée a dû vous traverser l'esprit. Je vous ai donné toutes les raisons de ne pas m'apprécier.

Il rit de cet euphémisme.

— Je crois vous avoir démontré que je vous appréciais assez.

Il prit les doigts agités d'Amelia dans sa main pour les immobiliser, puis plongea dans ses yeux.

— Je vous ai fait l'amour parce que je vous désirais terriblement, et pour nulle autre raison. Cela répond-il à votre question ?

En recevant la caresse apaisante et chaude de son pouce sur la paume de sa main, Amelia sentit tout son être le réclamer à grands cris. Elle hocha la tête tandis qu'un feu se propageait entre ses cuisses.

— Bien, dit-il, d'une voix douce et hypnotique. Je ne veux pas qu'il y ait de malentendu entre nous. Puis-je vous accompagner dans votre chambre ?

Sa demande avait un goût de décadence et d'interdit. La saveur exquise du péché. Amelia ne dit rien. Son silence parla pour elle. Il se leva, tenant toujours sa main, fermement mais délicatement. Vacillante, elle le laissa l'aider à se mettre debout, puis frôler de sa main le creux de ses reins tandis qu'ils gravissaient les marches menant à l'étage.

— Et votre sœur ? Et les autres ? Ils m'attendent dans le salon.

C'était plus une pensée après coup qu'une protestation.

Thomas émit un rire rauque et se pencha vers son oreille.

— Mon beau-frère est marié depuis trop peu de temps pour passer sa soirée à boire du porto avec Cartwright. Il a déjà passé toute la journée avec lui. Croyez-moi, tout le monde s'est déjà retiré dans ses appartements.

Amelia ne dit plus rien et se laissa guider jusqu'à sa chambre. Tout son corps bouillonnait d'impatience. Devant la chambre, elle se tourna pour lui faire face, et il fit un pas en avant, la forçant à se plaquer contre la solide porte en bois. Quand il baissa la tête, son intention était claire et attendue avec une telle intensité qu'elle tendit les bras pour l'attirer à elle. Elle n'avait pas sa patience.

La flamme de la lampe murale vacilla. Amelia cligna des yeux, soudain frappée par le lieu où ils se trouvaient : sur le palier, où n'importe qui pouvait passer et les surprendre.

Ses bras se raidirent et elle pencha la tête en arrière.

— Attends, dit-elle d'une voix éraillée. Et si quelqu'un… ?

Il la fit taire par un baiser. Levant les mains, il enfonça les doigts dans son chignon, délogea plusieurs épingles. Son souffle était chaud contre son visage, ses lèvres l'effleuraient de leur caresse.

—Cette aile de la maison est réservée aux personnes extérieures à la famille, et Missy considère Cartwright comme un membre de la famille. Personne d'autre que toi ne dort ici. Mais tu as raison, il nous faut un lieu beaucoup plus intime pour ce que j'ai en tête.

La sensation de ses doigts sondant sa chevelure et caressant son crâne l'aurait fait glisser au sol s'il ne l'avait pas soutenue avec ses bras.

Quand les lèvres de Thomas entrèrent enfin en contact avec les siennes, elle y alla de tout son cœur. Elle le voulait, en avait un besoin urgent, absurde, insensé. Elle n'attendit pas, ne put attendre que sa langue trouve la sienne, entame son exploration passionnée. Mais il rejeta légèrement la tête en arrière, lui mordilla avec une extrême délicatesse les coins de la bouche, la courbe de son menton, et la ligne ultrasensible de son cou.

Puis il la souleva dans ses bras et elle se retrouva dans sa chambre. Il referma la porte du pied. Amelia resserra son étreinte autour de son cou, attirant sa bouche contre la sienne, se scellant à lui dans un baiser. Le contact de ses lèvres fermes et sensuelles sur les siennes tira un gémissement de sa gorge. Le choc se produisit quand langue et dents se touchèrent. Le désir la traversa comme un coup de poignard, elle eut envie de pleurer. Ses tétons perlèrent, la brûlure descendit en elle pour s'échouer au bas de son ventre.

Le matelas s'affaissa sous leur poids quand Thomas l'étendit dans toute sa splendeur au milieu du lit. Il continuait de sonder sa bouche, cherchant chaque coin et recoin avec avidité. Amelia pencha la tête en arrière pour lui permettre une exploration plus profonde, plus complète – si une telle chose était possible. Elle fit glisser ses mains jusqu'au torse de Thomas pour défaire les boutons de sa chemise, poussée par le besoin de sentir sa chair, chaude et ferme, sous ses doigts.

Il la lâcha momentanément pour s'asseoir et l'aider à le déshabiller. Ensemble, ils furent d'une efficacité implacable.

Il la voulait. Si ses baisers enflammés n'avaient pas rendu son désir assez évident, son érection ne laissait plus aucun doute. Elle était dure et épaisse, jaillissant au milieu d'une touffe de poils blonds. Amelia serra les cuisses, comme pour arrêter le flux humide qui s'écoulait d'elle. L'instant d'après, il la chevauchait. Son érection effleurait le bas-ventre de la jeune femme tandis qu'il défaisait rapidement les boutons de sa robe. Un plaisir vertigineux la submergea par vagues successives, transformant chaque souffle en halètement puis en suffocation.

Baleines, jupons, chemise et culotte cédèrent sous les doigts habiles de Thomas. Le sentir glisser, dur et brûlant, le long de son bas-ventre, déclencha en elle une véritable tornade. Elle vibrait, palpitait, partout où elle désirait qu'il la touche.

— Tu es si belle, murmura-t-il, le souffle court.

Ses yeux se délectèrent du doux arrondi de ses seins. Les prenant tous les deux dans ses mains, il appuya sur les pointes jusqu'à ce qu'elle n'en puisse plus. Mais elle attendrait s'il le fallait. Elle cambra le dos pour lui offrir une prise plus ferme ; son corps le suppliait de prendre davantage de libertés. Elle appelait sa bouche à cet endroit. Elle brûlait d'envie qu'il pose ses lèvres sur son sein, qu'il en lèche et suce le téton.

Il l'observait, les paupières lourdes de passion et de désir. Elle attrapa sa nuque et attira sa tête vers le bas. Thomas comprit le message, ses lèvres rencontrèrent la pointe rouge avec une précision infaillible.

— Thomas, souffla-t-elle.

La tension atteignit son comble, et elle écarta les jambes pour lui faire une place à cet endroit.

Il leva la tête. Ne sentant plus sa bouche, elle se tortilla sous lui, le cherchant, le voulant, le désirant ardemment, l'exigeant.

— Dis-moi ce que tu veux.

Sa voix était un murmure profond et rauque, le désir non comblé tordait ses traits.

Amelia répondit en se cambrant ; elle souleva les hanches de sorte que la pointe de son érection se niche dans la soie de ses parties intimes. Le grognement de Thomas fendit l'air. Tout en continuant à mordiller, lécher, suçoter son téton, il glissa une main le long de son ventre, jusqu'à la fente de ses cuisses, et ses doigts impatients et tendres écartèrent les lèvres vulnérables de son sexe.

Elle était humide au point d'en être gênée. Un souffle saccadé s'échappa de ses lèvres entrouvertes. L'air lui manquait. Rien ne pouvait arrêter le plaisir incitant ses hanches avides à se soulever et à onduler inexorablement.

Thomas lécha une dernière fois, langoureusement, les contours de son téton avant de descendre sur la peau frissonnante de son ventre, pour rejoindre ses doigts l'appelant vers d'autres délices.

Il bougea son doigt dans la petite ouverture et fut récompensé par son fluide passionné. Il eut un soubresaut et frotta son érection contre la cuisse d'Amelia, comme si son excitation s'en trouvait décuplée.

— Tu es tellement serrée… J'espère y arriver, grogna-t-il avant de poser sa bouche sur elle.

Il l'avait comblée de cette façon la fois précédente, par le contact râpeux de sa langue, ferme et tendre, contre sa chair glissante, provoquant en elle un plaisir si sauvage et si parfait elle aurait pu en pleurer. Écartant davantage les cuisses, elle souleva les hanches pour lui offrir un meilleur accès à ses replis humides. Elle s'abandonnait en toute conscience à l'impudeur et au vice, faisant fi de toute moralité, car la faim qui l'assaillait suffisait à vaincre des années de refoulement sexuel, principalement infligé par elle-même. Thomas utilisa son autre main, pour le plus grand plaisir d'Amelia. Sa langue trouva la petite bosse cachée dans la chair rose et tendre, et elle fut perdue. Elle monta en flèche, frissonna, fut prise de convulsions. Elle n'avait jamais su, avant de connaître Thomas, qu'un plaisir d'une telle intensité pouvait exister.

Amelia redescendit sur terre en flottant, confuse, exténuée. Puis Thomas se trouva à genoux, tenant chacune de ses cuisses indolentes dans une main, prêt à s'y loger. Il entra en une seule poussée. Il eut le sentiment de l'emplir au-delà du possible, sentant le sexe d'Amelia vibrer, revenir à la vie. À chaque poussée et retrait, le corps de la jeune femme semblait en réclamer davantage, à grands cris : encore plus, plus fort, plus profond. Commençant par de longues, lentes et douloureuses poussées qui firent se contracter et vibrer les parois d'Amelia, il la pénétra ensuite avec frénésie.

Le plaisir, d'une intensité qu'il n'avait connue nulle part ailleurs qu'imbriqué dans le corps d'Amelia, le parcourut et se solidifia comme un bloc de roche gagnant de la vitesse en dégringolant sur une pente escarpée. Elle secoua la tête sur son oreiller, ses yeux saphir étincelaient. Il accentua la cadence, mit davantage d'énergie dans ses poussées. Le son de la chair en collision imprima une pulsation régulière et puissante à la fraîcheur nocturne de la chambre.

Amelia lâcha un cri aigu et se raidit sous lui, hanches levées pour l'accueillir plus profondément en elle tandis qu'elle s'agrippait à son dos. Thomas ressentit l'exquise douleur de ses ongles s'enfonçant dans sa chair au moment où elle jouit en une série de convulsions. Son écrin féminin se resserra autour de son membre ; la pression, l'aspiration de sa masculinité le fit tournoyer, l'envoya au bord du précipice, où il ne put davantage retenir son orgasme. Il atteignit l'apogée, et son plaisir se prolongea délicieusement jusqu'à le consumer tout entier. La chute fut vertigineuse, presque effrayante par son intensité.

Laissant tomber sa tête dans le creux de l'épaule d'Amelia, il lutta pour reprendre son souffle tout en la maintenant serrée dans ses bras. Il chercha ses lèvres pour un langoureux baiser qu'elle lui rendit avec la même avidité. Il fit bouger son membre en elle, et, par une ondulation des hanches et un cambrement du dos, elle lui fit comprendre qu'elle était plus que disposée à reprendre leurs activités.

Le matin aurait pu survenir dans un ciel voilé de noir, accompagné de grenouilles, de sauterelles et de grêle, Amelia l'aurait accueilli avec le même sourire. Un sourire égalant la lumière du soleil à son zénith dans un ciel sans nuage.

Thomas. Elle soupira. Un véritable soupir de pâmoison. Il avait quitté son lit à contrecœur, s'était rhabillé avant de sortir de la chambre. Bien sûr, avant de se décider enfin à partir, il avait partagé avec elle un long baiser passionné. Ce baiser avait naturellement évolué en caresses des fesses et des seins. Lorsqu'il parut évident qu'il allait finir exactement où il avait commencé – pour la quatrième fois de la nuit – c'est-à-dire dans une nudité indécente et enfoui entre ses cuisses, il rassembla toutes ses forces et mit fin à l'étreinte avec un juron étouffé et un grognement.

— Si je ne pars pas maintenant, je ne partirai jamais. Et nous ne pouvons nous permettre d'être surpris ensemble par ta bonne ou un des domestiques.

Après un dernier baiser énergique et bref, il avait rapidement quitté la chambre.

C'était quatre heures plus tôt. Pourtant, l'impatience de le revoir la fit essuyer ses mains moites contre sa jupe avant d'entrer dans la salle du petit déjeuner.

Thomas était là, debout devant le buffet, une assiette généreusement garnie dans la main. Il s'immobilisa dès qu'il la repéra et lui lança un regard qui fit se tourner toutes les têtes vers elle.

Une vague de chaleur submergea son visage ainsi que d'autres parties de son corps auxquels elle n'osa penser. Consciente d'avoir des spectateurs, elle lui adressa un hochement de tête silencieux et fugace avant de se tourner pour saluer le comte et la comtesse. Ce fut rapide, mais ses yeux eurent le temps d'enregistrer l'exacte nuance de vert de son gilet et de son pantalon. Elle jalousa sa chemise et sa veste, qui jouissaient d'un contact direct avec ses épaules musclées, son torse et son abdomen. Jamais un homme n'avait envoyé en elle de telles décharges de chaleur.

— Et comment s'est passée votre soirée ?

La question du comte se termina par un grognement de douleur.

— Pourquoi ? protesta-t-il.

Missy accabla son mari d'un regard sévère.

— Bonjour, Amelia.

La douceur de sa voix contrasta avec le coup de coude dont elle venait de gratifier son époux. La réaction de la comtesse suggérait qu'elle savait exactement comment et *avec qui* Amelia avait passé sa soirée.

— Bonjour, lord Windmere, lady..., je veux dire, Missy, se corrigea Amelia après un regard faussement réprobateur de la comtesse.

Sans doute conscient de la maladresse de son approche, le comte se reprit rapidement.

— Et vous pouvez m'appeler James, ou Rutherford, si vous préférez, puisqu'il est évident que nous allons être amenés à faire plus ample connaissance.

Il but une gorgée de café, tout en jetant par-dessus sa tasse un regard furtif à Thomas, qui continuait malgré tout de la regarder avec intensité.

— Je vous avais dit que nous n'étions pas très protocolaires, carillonna Missy.

Amelia contourna la table pour accéder au buffet, sentant trois paires d'yeux la transpercer. Plus que tout, elle sentait la chaleur du regard de Thomas.

Quand elle eût fini de se servir et eût rejoint la table, Thomas se précipita vers elle, lui prit son assiette, la posa à la place contiguë à la sienne et installa lui-même la jeune femme. Sous les effets conjugués de sa sollicitude et de sa proximité, le cœur d'Amelia bondit dans sa poitrine. Elle inhala son parfum et se demanda comment elle avait pu y être hostile. Être hostile à cet homme. Il aurait fallu un miracle pour qu'elle survive à cette journée sans se jeter sur lui comme une veuve assoiffée de sexe.

Pour cacher son embarras, Amelia se concentra sur sa nourriture, n'osant à aucun moment croiser le regard oblique de son amant. Si respirer lui était difficile, manger lui demanda des efforts surhumains. Thomas lui avait fait cela. L'amour lui avait fait cela.

—Avez-vous des projets pour aujourd'hui, Amelia?

Une fois de plus, Missy s'adressa à elle comme à une vieille connaissance: d'une voix chaleureuse et familière. Même si elles se connaissaient depuis peu de temps, l'attitude de Missy semblait naturelle et sincère aux yeux d'Amelia.

—Je…

—Oui, j'ai l'intention d'emmener Amelia en ville. J'ai pensé qu'elle apprécierait les boutiques de Windsor, surtout à la haute saison, intervint Thomas.

Elle s'autorisa alors à le regarder. Il projetait de passer une journée entière avec elle. La joie la saisit et ne la lâcha plus. Elle en eut le vertige.

Thomas lui adressa un demi-sourire. Ses paupières s'abaissèrent tandis que ses yeux glissaient vers les lèvres d'Amelia. Elle sentit ses tétons se durcir et sa peau frissonner; son corps réagissait comme s'il l'avait touché physiquement.

—Oui, j'en serais enchantée.

Elle s'efforça de ne pas prendre une voix d'idiote en pâmoison.

James s'éclaircit la gorge et Missy tenta vainement de cacher un sourire derrière sa serviette.

— Je suis sûre que Catherine et Charlotte seraient ravies de se promener en ville. Catherine en particulier, car elle adore faire les boutiques.

Missy dirigea cette affirmation vers son frère, en haussant ses sourcils bruns. Amelia comprit immédiatement ce regard. La comtesse ne faisait pas confiance à Thomas, ne *leur* faisait pas confiance. Si dans sa maison ils disposaient de leur intimité, en public, ils devaient se montrer prudents, adopter une certaine forme de bienséance, même si cette bienséance consistait à se faire chaperonner par deux jeunes filles de seize ans.

Les traits de Thomas se crispèrent momentanément, signifiant son dépit, mais il donna son accord d'un bref hochement de tête. De toute évidence, ils allaient devoir se contenir, garder de la distance. Amelia ressentit une pointe de déception, son corps déjà impatient de recevoir ses prochaines caresses, son prochain contact, son prochain baiser torride. La journée s'annonçait longue. Elle pensait déjà à leur retour à la maison. Sa seule consolation résidait dans le fait qu'elle passerait ces longues heures en compagnie de Thomas.

Une heure et demie plus tard, Amelia, Thomas et Catherine montèrent dans le coupé laqué de noir. Le temps était idéal. De doux et légers flocons voletaient paresseusement dans l'air avant de retomber pour déposer un voile blanc sur les chemins de graviers et le feuillage. Catherine bondissait sur son siège, ses yeux bleus pétillaient d'excitation.

— La neige est si jolie, s'exclama-t-elle en regardant par la vitre.

Thomas s'assit en face d'elles, regardant furtivement le visage aux joues roses de Catherine et s'attardant sur celui d'Amelia. Il fallait qu'elle tourne la tête. C'était trop. Le manque, le désir, ne pas pouvoir le toucher.

Elle avait besoin d'une distraction.

— Votre sœur ne souhaite pas se joindre à nous ?

Elle pensait que toutes les filles de cet âge ne vivaient que pour les emplettes, les babioles et autres colifichets.

Catherine enfonça ses mains dans son manchon, arrachant son regard à un paysage d'arbres nus aux branches chargées de neige. Elle esquissa une moue.

— Elle dit qu'elle préfère rester pour finir son livre. Mais c'est parce qu'Alex est ici, je le sais. Tout le monde le sait. C'est la même chose chaque fois.

Thomas sourit sèchement.

— Et vous trouvez cela contrariant ?

— Je trouve cela totalement idiot. Alex ne fera jamais attention à elle. De toute façon, il est beaucoup trop vieux pour elle.

Sourcils froncés, lèvres pincées, on aurait dit une poupée blonde en colère. Amelia comprenait qu'une jeune fille comme Charlotte pouvait s'éprendre du lord aux cheveux de jais. Ce fils cadet était un véritable danger pour les femmes de Londres, alors elle n'osait imaginer les ravages qu'il aurait provoqués s'il avait hérité du titre de duc.

— Ce n'est pas que je l'encourage, mais, autrefois, je pensais la même chose de Missy et de Rutherford. À présent, regardez-les. À dix ans seulement, elle le convoitait déjà.

Thomas s'enfonça nonchalamment dans le siège de velours, jambes écartées, une lueur d'amusement au fond des yeux.

Était-ce ce qui expliquait leur familiarité, la facilité de leur relation, l'affection qui les liait et que toute personne extérieure aurait pu repérer au bout de quelques secondes d'observation ? Une pointe d'envie la transperça. Elle ne pouvait quitter Thomas du regard et lui ne pouvait détacher le sien d'Amelia.

— Je trouve cela idiot, voilà tout, marmonna Catherine en se tournant vers la fenêtre. Oh ! s'écria-t-elle après une minute de pause. Regardez comme les rues sont jolies.

À contrecœur, Amelia tourna la tête vers la fenêtre. Leur véhicule avançait en cahotant sur une route pavée menant à la rue principale, flanquée de vitrines. Des couronnes miniatures et de scintillants nœuds rouges décoraient les réverbères : un parfait tableau de Noël.

Ils passèrent les heures suivantes à écumer presque toutes les boutiques de Peascod Street. Thomas prit soin d'adopter un comportement irréprochable avec elle, l'escortant comme un prétendant modèle, du moins si l'on excluait les quelques regards brûlants ou effleurements occasionnels qui firent bouillonner les sens d'Amelia déjà en éveil. Catherine ne sembla rien remarquer de tout cela, bavardant sans cesse et s'émerveillant du moindre colifichet et du moindre ruban qu'elle découvrait.

Amelia achetait rarement – ou avait rarement besoin d'acheter – des cadeaux de Noël. Son père était généreux avec les domestiques, s'assurant qu'ils étaient largement récompensés en étrennes. L'année de ses quatorze ans, elle avait acheté avec son argent de poche des présents pour Mrs Smith, leur gouvernante, et pour Reese, leur majordome, car ils avaient toujours été gentils avec elle. Tous deux avaient pris leur retraite depuis. La concernant, le marquis appréhendait cette journée comme n'importe quelle autre. Il y avait, bien entendu, les présents symboliques, achetés pour elle par la gouvernante du moment.

Ce Noël serait le premier depuis la mort de sa mère qu'elle passerait avec une famille. Une vraie famille. La pensée la réchauffa, la submergea d'une vague de joie. Ce jour-là, elle achèterait des cadeaux pour tout le monde.

Elle chuchota quelques mots à l'oreille de Thomas et ce dernier attira rapidement Catherine dans la boutique la plus proche. Une fois seule, elle put acheter le cadeau de la jeune fille. Elle profita également de cette liberté pour trouver quelque chose à Thomas.

Amelia prit rapidement conscience de la difficulté toute particulière de cette tâche, car il fallait absolument que son présent lui plaise. C'est alors qu'elle repéra une figurine de bateau. Sculptée dans un magnifique acajou, elle comportait de subtils détails et brillait d'un éclat discret. Pensant à l'implication de Thomas dans la fabrication de modèles réels, Amelia se réjouit de son choix. Il ne pourrait qu'apprécier ce genre d'objet.

Lorsqu'elle eut réglé ses achats, le valet qui les accompagnait porta les paquets dans le véhicule tandis qu'elle rejoignait Thomas et Catherine.

Ils s'attardèrent une heure de plus dans les magasins, renvoyant plusieurs fois le valet pour ranger leurs emplettes dans la voiture. Amelia fut soudain lasse de piétiner. Elle avait faim et était exténuée.

Comme s'il sentait sa fatigue et son impatience, Thomas lui prit le coude.

— Nous devrions peut-être rentrer ? lui demanda-t-il.

À son contact, les couches de laine et de coton d'épaisseurs diverses ne purent empêcher l'étincelle de désir de parcourir son corps. Elle eut l'impression d'avoir passé toute sa vie dans le brouillard et d'être soudain catapultée tête la première dans la lumière la plus crue.

Amelia se tourna vers Catherine, principalement pour se ressaisir.

— Qu'en pensez-vous ?

La jeune fille hocha la tête.

— J'ai hâte de montrer à Charlotte les rubans que j'ai achetés.

— Alors rentrons.

Elle osa lever les yeux vers lui. Les yeux de Thomas lui dirent ce qu'il voulait. Il la voulait, elle. Ce fut à ce moment-là que quelque chose enfoui en elle émergea. La facette insouciante et lascive de sa personne, celle qui avait conscience de ses propres charmes et de son pouvoir de séduction. Elle en avait non seulement conscience, mais s'en délectait et voulait en faire étalage.

Sur le chemin du retour, ils gardèrent le silence, tandis que Catherine les abreuvait du compte rendu de leur excursion, de chaque boutique visitée et des détails de toutes les merveilles qu'elle avait vues mais qu'elle n'avait pas les moyens d'acheter, et qui se révélèrent nombreuses.

Amelia ne l'écoutait que d'une oreille, ne parlant que lorsqu'une question lui était posée. Elle concentra le reste de son attention sur Thomas, croisant son regard avec une égale intensité, un égal désir. Si ses yeux vert émeraude la consumaient, ceux d'Amelia le dévoraient. Absorbée par son monologue, Catherine ne semblait rien deviner de cette brûlure mutuelle. Alors à quoi bon cacher son désir ou en être gênée ? Il avait exercé sur elle son pouvoir, lui avait fait connaître la passion, et elle le lui avait rendu au centuple. Ce qui passait entre eux était indéfinissable, mais elle aurait voulu que cela ne cesse jamais. Une nouvelle route s'ouvrait à elle, et elle avait la ferme intention de profiter pleinement du voyage, où qu'il la menât.

Chapitre 27

Ce soir-là, Thomas entra dans la chambre d'Amelia comme s'il le faisait toutes les nuits. Comme s'il en avait le droit. Il avait passé la journée entière en laisse, à jouer au saint. Il n'avait rien d'un saint, alors se maîtriser avait été une véritable épreuve.

Le feu crépitant dans l'âtre tenait le froid à l'écart. Amelia, assise bien droite sur le lit, vêtue d'une chemise de nuit rose pâle, ses tétons pointant sous le tissu soyeux, l'enflamma littéralement. Son membre, qu'il avait maintenu dans un état de semi-excitation toute la journée, reprit vie, telle une locomotive à vapeur vrombissant au moment de prendre de la vitesse.

Ne montrant plus aucune réticence, elle débordait de cette puissante sexualité, les paupières lourdes, le désir à nu, offert au regard de son amant. Il ne pouvait pas attendre une minute de plus.

— J'ai cru que ce soir n'arriverait jamais, dit-il.

Le ton de sa voix révélait la torture que cette journée avait représenté pour lui. Il se hâta de lui ôter sa chemise de nuit pour prendre ses seins dans ses mains. Il les pressa, les pétrit, s'abandonna à leur douceur et leur fermeté. Il passa lentement ses pouces autour de ses tétons.

Amelia lâcha un rire étouffé.

—Déshabille-toi.

Elle émit un gémissement avant de se mettre elle-même à la tâche. Pendant qu'il se débattait avec ses boutons de chemise, elle s'attaqua à son pantalon, effleurant sans cesse son érection croissante.

De caresses pressantes en baisers si brûlants qu'il fut stupéfait que le matelas n'eût pris feu, leurs efforts conjugués vinrent à bout de la totalité de ses vêtements. Alors seulement il put se mettre au-dessus d'elle, la faisant gémir et haleter de plaisir extatique. Ses délectables seins, ses splendides cuisses et son écrin promettant une douloureuse félicité le poussaient toujours plus loin, vers une satisfaction que seul le vertige des sommets procurait.

Amelia n'existait plus que pour l'homme qui se trouvait entre ses cuisses, son corps offert, humide, attendant d'être comblé, de le sentir, dur et chaud en elle. Elle agrippa des deux mains le dos en sueur de son amant pour l'attirer encore plus près. Mais il recula et se redressa, tout en gardant les mains sur les hanches d'Amelia. Des mèches de cheveux blonds étaient plaquées contre son front, ses épaules et son torse se soulevaient sous l'effort passionné.

Écartant les cuisses pour l'accueillir, Amelia cligna des yeux de surprise quand les mains de Thomas, qui étaient sur ses hanches, se déplacèrent vers ses fesses et pétrirent brièvement la chair offerte avant de la retourner sur le ventre avec soin.

Déconcertée, elle jeta un regard par-dessus son épaule et aperçut son visage sombre et concentré tandis qu'il glissait un oreiller sous ses hanches pour les surélever. Un grognement sauvage émergea de sa gorge, et des perles de sueur coulèrent sur ses tempes. Il lui écarta les cuisses, puis lui saisit les fesses à pleines mains, les massa, les caressa. Amelia laissa mollement retomber sa tête contre l'oreiller. Les doigts de Thomas s'aventurèrent dans son écrin humide et douloureux. Amelia voulait pleurer et hurler pour exiger plus, mais, sous la torture, ne parvint qu'à émettre des sanglots étouffés. Soulevant les hanches, elle tendit les bras vers l'arrière pour le rapprocher.

D'un seul mouvement du bassin, il plongea en elle, plus profondément que la fois précédente, plus délicieusement aussi. Il accéléra la cadence à chaque fabuleuse poussée. Bientôt, sous les va-et-vient effrénés de son amant, elle en oublia son propre nom. L'orgasme était si intense qu'elle crut perdre connaissance. Un grognement, suivi d'un long sifflement, déchira l'air, moite de passion : il venait de jouir à son tour.

Ils restèrent ainsi, lui encore enfoui en elle, le sexe d'Amelia se contractant autour du sien, chacun reprenant son souffle tandis qu'ils redescendaient de leur nuage euphorisant. Quand elle en trouva la force, elle se tourna sur le dos et tendit les bras vers lui. Il obéit immédiatement à sa demande, l'étreignant, l'embrassant comme s'il ne la lâcherait jamais. Cette nuit-là, elle dormit comme elle n'avait jamais dormi.

Amelia contemplait le parfait tableau d'un matin de Noël : une famille réunie autour d'un sapin somptueusement décoré. La comtesse berçait sa fille dans ses bras tandis que le comte portait son fils. Catherine, à genoux, poussait des exclamations en découvrant une robe vert mousse à volants qu'elle sortit d'une boîte volumineuse et plaqua contre sa poitrine. Charlotte, quant à elle, était assise bien droite sur un des fauteuils. Elle dénouait le ruban d'une petite boîte tout en lançant des regards timides à lord Alex, qui observait les festivités avec la bienveillance du Père Noël en personne.

— C'est pour vous.

Thomas avait fouillé sous l'arbre avant d'en retirer un paquet joliment emballé. Il le tendit à Amelia ; son sourire et ses yeux verts perçants respiraient la tendresse et la passion mêlées.

Il lui avait acheté un cadeau. La gorge de la jeune femme se noua et les yeux commencèrent à lui piquer. *Tu n'as pas intérêt à pleurer.* Elle ne pleurerait pas. Elle ne pouvait pas pleurer. Elle déglutit, bloqua ses larmes naissantes d'un battement de cils et accepta la boîte cylindrique avec des mains tremblantes. Leurs doigts s'effleurèrent. Les pupilles de Thomas se dilatèrent, et Amelia dut lutter pour se concentrer sur le moment présent et ne pas repenser à la nuit précédente.

Concentre-toi. Ses doigts manquaient de coordination ; il lui fallut un temps anormalement long pour ouvrir le paquet. Quand elle y parvint enfin, elle y découvrit un fabuleux collier de saphirs. Elle retint son souffle et porta une main à sa bouche, puis tourna de grands yeux ronds vers lui.

— C'est magnifique, mais je ne peux pas l'accepter, murmura-t-elle, la voix chargée d'émotion.

— Mais bien sûr que vous pouvez l'accepter.

Sa voix était caressante, mais son ton indiquait qu'elle ne gagnerait pas cette bataille.

— Mais tout le monde va penser…

— Qui ? (Sourcils haussés, il balaya rapidement la pièce du regard.) Ce sont mes amis et ma famille, pas des étrangers. Et croyez-moi, Missy et Rutherford ne se permettraient pas de juger notre relation.

Amelia regarda de nouveau le collier. Que voulait dire, au juste, un tel cadeau ? Ce n'était pas une bague de fiançailles. Voulait-il qu'ils continuent à être amants ? Pouvait-elle vivre ainsi si c'était tout ce qu'il avait à lui proposer ?

— Merci, c'est magnifique, dit-elle dans un souffle.

Même si l'émotion la submergeait, ses yeux restèrent secs, car les larmes de bonheur étaient une chose que son cerveau n'avait pas assimilée.

— Laissez-moi faire.

Il se rapprocha, l'enveloppant de son parfum enivrant. Son souffle chaud fit frémir les mèches de sa nuque. Avec la cérémonie d'une demande en mariage, il sortit le collier de sa boîte et le passa autour du cou d'Amelia. Le saphir était lourd et froid contre sa peau nue. Thomas lui effleura le cou et les épaules des doigts, et ce geste lui parut plus intime qu'un baiser. Amelia sentit son cœur se gonfler de jubilation contenue.

On aurait pu dire beaucoup de choses d'elle, et peut-être avait-elle une ou deux fois senti ses jambes se dérober en présence de Thomas, et oui, il provoquait bien souvent en elle cette euphorie vertigineuse, mais elle n'était certainement pas le genre de femme à tomber en pâmoison. Ce jour-là, cependant, elle risquait de le faire si elle osait croiser son regard, car, devant lui, le sang-froid d'Amelia était plus vulnérable qu'une cabane en bois délabrée un jour de grand vent.

S'ils s'étaient trouvés seuls, elle l'aurait embrassé, mais si elle s'autorisait ne serait-ce qu'un baiser chaste, elle en voudrait davantage. Tous deux en voudraient davantage.

Sentant son regard torride sur elle, Amelia fit tout pour l'éviter. Lord Alex attira son attention. Ses dents d'un blanc étincelant tranchaient avec la teinte sombre de sa peau. Un sourire indolent se lisait sur son visage. Il inclina la tête comme pour prendre note du nouveau tour que prenait la relation entre Thomas et Amelia, et l'approuver. Puis il se tourna et se dirigea vers Missy d'un pas nonchalant pour la libérer de son bébé.

— Tu me remercieras comme il se doit ce soir.

La voix mystérieuse et voilée de Thomas promettait une soirée de plaisirs inavouables, ses mots évoquaient une image de draps entremêlés, de peau nue, d'accouplement brûlant et effréné. Une vague de chaleur la parcourut des pieds à la tête. Dieu du ciel, il fallait vraiment qu'elle se contrôle. Il leur restait toute la journée à traverser avant la tombée de la nuit.

— J'ai aussi quelque chose pour vous.

Amelia le laissa pour sonder l'océan de boîtes recouvertes de papier cadeau s'étalant au pied de l'arbre. Elle revint vers lui et lui tendit le paquet, se permettant alors de croiser son regard. Il la dévorait des yeux.

Thomas accepta le présent et l'ouvrit sans attendre. Quand il découvrit le bateau miniature, il resta en arrêt pendant une longue minute. Il leva les yeux vers elle. Une telle intimité émanait de son regard que les genoux d'Amelia fondirent comme de la mélasse.

— J'espère qu'il te plaît.

Missy, ne résistant pas à la curiosité, s'était postée à côté de son frère. Elle jeta un coup d'œil dans la boîte.

— Oh, comme c'est charmant. Enfin un bateau à ta mesure.

Thomas ne prêta pas attention à sa plaisanterie, comme seul un frère peut le faire, et sortit l'objet de son rembourrage de papier. Il le leva en l'air et le fit tourner lentement plusieurs fois, admirant le travail de l'artisan. De toute évidence, le bateau avait été sculpté par des mains expertes et avec une attention extrême aux plus menus détails.

Tenant toujours sa filleule dans les bras, Alex s'aventura dans leur direction.

— Et à moi, le Père Noël n'a porté qu'un gros morceau de charbon. Dites-moi, Armstrong, qu'avez-vous fait pour mériter un tel joyau?

Missy tenta d'étouffer son rire, sans succès.

Thomas lui répondit avec un calme olympien.

— Je ne l'ai pas encore méritée, mais j'espère que ce n'est plus qu'une question de temps.

À ce moment précis, Amelia s'avoua qu'elle était peut-être, tout compte fait, le genre de femme sujette aux pâmoisons.

Ce soir-là, après le dîner, les femmes laissèrent les hommes dans le hall pour monter à l'étage vérifier que les jumeaux allaient bien. Thomas, Cartwright et Rutherford gagnèrent le salon.

Cartwright, avec son tact insubmersible, n'y alla pas par quatre chemins.

— Alors, Armstrong, quand pourrez-vous fixer la date de vos noces? Mon emploi du temps est plutôt chargé au printemps.

Rutherford se dirigea vers le buffet pour servir le porto de rigueur sans faire de commentaire, mais Thomas comprit à son expression que lui aussi attendait la réponse à cette question.

Thomas prit place sur le canapé et croisa le regard espiègle de Cartwright.

— Votre emploi du temps n'aura aucune incidence sur ma décision. Je l'épouserai que vous soyez libre ou pas.

— Vous vous rendez compte que cela va jaser. Tout le beau monde est déjà en effervescence après votre scandaleuse confrontation publique au bal de lady Stanton.

—Qu'ils parlent. En réalité, notre union devrait faire taire la rumeur selon laquelle de l'acrimonie existerait entre nous, répliqua Thomas avec un rire sec.

Rutherford les rejoignit pour leur tendre leurs verres. Thomas accepta le sien avec joie et le porta immédiatement à ses lèvres. Le comte prit place sur le fauteuil attenant tandis que Cartwright restait debout et immobile, comme un bateau sans gouvernail.

—Bonté divine, je viens de me rendre compte que vous serez tous les deux mariés.

Il prononça le dernier mot comme s'il s'agissait d'une infection mortelle plus que d'un état de félicité.

Thomas savoura le dépit de son ami.

—Avez-vous peur d'être le prochain sur la liste?

Cartwright agita la main avec dégoût.

—Que Dieu m'en préserve, c'est là le dernier de mes désirs. Mon père remercie chaque jour le ciel d'avoir Charles pour perpétuer son nom.

Et comme chaque fois qu'il faisait référence à son géniteur, sa voix prit une sonorité acerbe.

—Bon, quand la demande tant attendue va-t-elle se produire? Missy insistera pour participer aux préparatifs, c'est inévitable.

Thomas regarda son beau-frère. Rutherford avait raison. Sa sœur transformerait ses projets simples et sans prétention en événement digne de la royauté, ce qui signifiait que son seul et maigre espoir résidait dans le caractère expéditif de l'affaire.

— Je parlerai à Harry dès son retour d'Amérique.

— Une simple formalité, dit Cartwright avec un nouveau geste dédaigneux de la main.

— Alors buvons à votre mariage à venir, dit Rutherford en levant son verre.

— Bravo !

Cartwright semblait résigné à devenir le seul célibataire du groupe.

— À votre bonheur, dit Rutherford.

— À mon bonheur, répéta Thomas en trinquant avec ses amis.

Le séjour dans le Berkshire toucha bien trop vite à sa fin. Si Amelia avait pu le prolonger d'un mois, elle l'aurait fait sans hésiter. Mais, les vacances terminées, la réalité reprit le dessus. Thomas avait ses affaires à gérer, tout comme lord Alex et le comte.

Pendant ces deux semaines, elle avait forgé avec Missy un lien très fort. Et ce n'était pas seulement de la jeune femme qu'elle se sentait proche, mais de toute la famille Rutherford. C'est pourquoi leur départ fut si douloureux. Les adieux lui serrèrent le cœur.

Le trajet de retour à Stoneridge Hall se déroula sans encombre. Il fut aussi calme et serein qu'une traversée en gondole de la Riviera passée à siroter le plus subtil des champagnes français drapés dans des peignoirs de soie… mais avec un chaperon. Hélène était assise, silencieuse mais satisfaite, à côté de sa maîtresse, ignorant visiblement que ses deux compagnons de voyage auraient préféré qu'elle se trouve n'importe où ailleurs que parmi eux. Car entre

Thomas et Amelia existait une alchimie qu'aucun mot ne pouvait décrire. Leur intimité était chose acquise à présent, et chargée de passion et de luxure comme toute relation naissante entre deux amants. Ils n'avaient pas besoin de se regarder pour allumer la flamme qui les avait menés aux caresses, aux baisers et à l'exploration mutuelle. Cela était arrivé plus d'une fois au cours des dernières semaines.

Il était 22 heures passées quand ils arrivèrent à Stoneridge Hall. Malgré l'heure tardive, lady Armstrong, vêtue d'une robe de soie jaune pâle indiquant qu'elle ne s'était pas encore changée pour la nuit, était là pour les accueillir.

Les yeux verts de la vicomtesse brillaient et ses joues étaient roses comme celles d'une jeune fille venant de visiter pour la première le Crystal Palace. De toute évidence, son séjour en Amérique lui avait été fort profitable.

— Les filles ont attendu aussi longtemps que possible, mais les pauvres chéries ont commencé à piquer du nez dans le petit salon.

Thomas retira sa main du dos d'Amelia et avança vers sa mère. Ils s'étreignirent chaleureusement ; la vicomtesse embrassa son fils sur les deux joues.

— Je suppose qu'un « joyeux Noël » est de rigueur. J'ai la nette impression que vous avez apprécié votre voyage, dit-il en reculant et en serrant les deux mains de sa mère dans les siennes. Je ne me souviens pas de vous avoir déjà vue aussi heureuse. Dieu du ciel, je dirais même que vous êtes resplendissante, ajouta-t-il, le regard plein de joie. Auriez-vous fait une heureuse rencontre pendant votre séjour ?

Un rose profond rehaussa la mine déjà superbe de la vicomtesse.

— Tu es encore plus impertinent que tes sœurs, le gronda sa mère avec un sourire.

Elle esquiva la question gênante en se tournant vers Amelia.

— Bonsoir, ma chère. J'espère que ma fille vous a bien reçue.

Comment mettre en mots l'amitié qui s'était développée entre elle et Missy ?

— Missy et James ont été des hôtes exquis. Et les filles m'ont adoptée comme si j'étais un membre de la famille. Quant à vos petits enfants, je pourrais passer des heures à vous décrire leurs qualités.

La comtesse prit la main gantée d'Amelia dans les siennes et la tapota plusieurs fois.

— Eh bien, vous serez heureuse d'apprendre que vous pourrez bientôt rentrer chez vous. Votre père nous a accompagnées. Il est actuellement à sa résidence en ville. Il a l'intention de venir lui-même vous chercher.

Amelia tourna immédiatement le regard vers Thomas.

— Harry est en ville ? demanda celui-ci avant qu'elle ne puisse formuler sa réponse.

Il semblait agréablement surpris.

— Oui, il est parvenu à boucler ses affaires deux jours avant le départ de notre bateau.

Son père. Pour la première fois depuis des années, penser à lui ne lui serra pas le cœur et ne la fit pas bouillonner de colère. Elle aurait eu du mal à définir précisément son sentiment.

— Je dois dire qu'en effet je suis étonnée, dit-elle en toute honnêteté.

— Bien. Vous devez être épuisés par le voyage, tous les deux. Je vais vous souhaiter bonne nuit. Nous nous verrons demain matin.

— Dans ce cas, je conduis Amelia à sa chambre. Bonne nuit, mère.

— Bonne nuit, lady Armstrong.

Amelia avait conscience du regard spéculatif de la vicomtesse.

Thomas l'accompagna dans l'escalier, une main posée délicatement dans le creux de son dos, les yeux brillant d'une possessivité qui l'électrisa. Tout dans son attitude semblait clamer au monde que leur relation était davantage qu'une liaison. Davantage que la rencontre furtive, derrière une porte close, dans une chambre aux fenêtres calfeutrées, de deux amants débordant de chaleur et de passion. Il la traitait comme s'il lui faisait la cour. Il la couvrait de fleurs, de chocolats et de livres, de nombreux livres, sachant combien elle les aimait. Amelia se dit qu'elle n'avait jamais été aussi heureuse de toute sa vie.

Devant la porte de sa chambre, elle lui fit face, s'humecta les lèvres dans l'impatience du baiser.

Il soupira et fit un pas en arrière.

—Si je t'embrasse maintenant, je ne pourrai pas m'arrêter. Je ne saurai me contenter d'une faible dose.

—Je ne veux pas que tu t'arrêtes, dit-elle dans un souffle.

Elle réduisit rapidement la distance entre eux, passant les mains autour du cou de son amant.

—Amelia, grommela-t-il en ramenant les bras de la jeune femme à leur place. Ma mère et mes sœurs sont ici.

—Alors allons dans ta chambre.

—C'est impossible, dit Thomas, dont les yeux réclamaient le contraire.

—Pourquoi ? Tu n'as pas montré une telle réticence dans la maison de ta sœur, murmura-t-elle.

Elle leva la tête pour la blottir dans son cou, aimant sentir sa barbe naissante contre sa peau.

Il ferma brièvement les yeux en lâchant un nouveau grognement.

—Crois-moi, je suis plus que tenté.

Il enserra ses hanches entre ses mains et la plaqua contre son début d'érection.

Une chaleur liquide serpenta dans le bas-ventre d'Amelia tandis qu'une moiteur se formait entre ses cuisses. Cela faisait moins de vingt-quatre heures qu'il l'avait prise pour la dernière fois, et pourtant elle se frottait contre son désir comme une femelle en rut.

—Missy n'était plus innocente quand elle a épousé Rutherford et, malgré toute l'affection que j'ai pour Charlotte et Catherine, ce ne sont pas mes sœurs.

Alors, par respect pour ma mère et mes sœurs, nous ne devrions vraiment pas.

Il prononça ces derniers mots d'une voix hésitante.

Amelia savait qu'elle pouvait avoir l'avantage si elle le voulait. Il était tout autant qu'elle vulnérable au frémissement torride qui les parcourait. Cependant, les raisons de Thomas eurent pour conséquence ce qu'un seau d'eau glaciale n'aurait pu entraîner : elles piquèrent sa bonne conscience. L'attitude de Thomas prouvait son intégrité et sa moralité tandis que l'insouciance qu'elle montrait vis-à-vis de sa famille montrait quelle dévergondée elle était devenue.

Lentement, elle se détacha de la chaleur solide de son corps. Les mains de Thomas s'attardèrent sur ses hanches, comme rechignant à la laisser partir, avant de retomber.

— Alors je te verrai demain matin, dit-elle doucement.

Les pupilles dilatées, il serra les poings. Pendant un instant, elle crut qu'il allait changer d'avis. Mais il se contenta de lui caresser la joue du pouce.

— Rêve de moi, lui murmura-t-il d'une voix ténébreuse.

Autant demander à un poisson de nager ou à un oiseau de voler. Rêver de lui était inévitable, comme un destin gravé dans la pierre depuis la nuit des temps. Amelia ne put que hocher la tête. Elle lui lança un dernier regard langoureux avant d'entrer dans sa chambre et de fermer la porte, laissant sa plus grande tentation debout et immobile de l'autre côté.

Chapitre 28

Le lendemain de son arrivée à Stoneridge Hall et seulement un mois après leur dernière confrontation, Thomas se trouva dans la détestable situation de devoir s'entretenir avec Louisa. (Il remercierait sa mère pour cela plus tard ; elle aurait pu congédier le valet de la duchesse à la porte.) Apparaître chez lui à l'improviste était un manquement au respect et à la politesse les plus élémentaires. L'audace de cette femme ne connaissait aucune limite.

Ils filèrent dans la bibliothèque, où Thomas choisit de rester debout, se dispensant du voile de courtoisie à revêtir en société. Louisa, l'incarnation de la sérénité, prit place dans le fauteuil carrosse bleu près de la cheminée.

— Je vous accorde dix minutes.

Il était amoureux et sur le point de se marier. Il pouvait se permettre cette générosité car Amelia se trouvait dans le petit salon avec ses sœurs, écoutant Emily qui jouait du piano.

— Mon Dieu, vous êtes devenu si froid… J'espère ne pas être la cause de votre grossièreté.

Le sourire de cette femme révélait la haute estime qu'elle se portait et la conscience de son propre pouvoir sur le sexe opposé. Pourquoi n'avait-il pas détecté ce trait chez elle sept ans plus tôt ?

— Ne vous flattez pas car rien n'est plus éloigné de la vérité. Réjouissez-vous plutôt que je vous accorde de mon temps.

Il se tourna et se dirigea vers le buffet. D'un coup sec, il ôta le bouchon de la carafe en cristal, puis s'empara d'un verre et le remplit de rhum – un remontant nécessaire pour affronter les dix minutes à venir.

Louisa se leva avec grâce et contourna la table.

— Ce mépris des bonnes manières signifie-t-il que je n'aurai pas droit à un verre ?

Thomas se tourna vers elle et la regarda approcher. Ses lèvres rouges formaient une moue boudeuse. Il préférait les lèvres roses. D'un rose profond. Comme la délicieuse bouche d'Amelia.

— La brièveté de votre visite ne s'y prête pas.

— Comme vous êtes cruel, le gronda-t-elle sur un ton mielleux. Dieu seul sait pourquoi j'ai fait ce voyage. C'est une chance que je possède une maison dans le Somerset, car il semblerait que je n'aurai pas droit non plus à votre hospitalité.

Elle s'arrêta devant lui, effleurant son pantalon de ses jupes volumineuses. Un parfum assaillit ses narines. Excessivement floral et sucré, tout comme celle qui le portait.

— Oui, ainsi je suis sûr que vous en viendrez rapidement au fait, répondit-il sèchement.

Désireux de mettre de la distance entre eux, il la contourna et s'assit dans le fauteuil le plus éloigné de celui qu'elle avait choisi plus tôt.

Nullement découragée et ne comptant pas se laisser dominer, Louisa le suivit et s'assit sur le canapé contigu.

— J'ai beaucoup pensé à vous pendant toutes ces années, vous savez. Je me suis demandé ce qu'aurait été la vie conjugale avec vous. J'imaginais que Jonathon était votre fils.

Elle avait un fils ? Il l'ignorait. Vivre avec Louisa aurait été infernal, mais être lié à cette femme à vie par la naissance d'un enfant aurait été un désastre absolu. Il bénit silencieusement son père d'avoir mal géré son domaine et de l'avoir laissé sans le sou. Autrement, son erreur de jeunesse aurait bien pu lui être fatale, en l'enchaînant pour toujours à celle qui devint à la place la duchesse de Bedford.

— En réalité, votre mariage avec le duc est la meilleure chose qui pouvait m'arriver.

La duchesse fronça les sourcils et sa bouche forma une ligne droite. Enfin un aperçu de la véritable personne qu'elle était sous cette débauche de velours noir et bordeaux.

— Je vois que je n'arriverai pas à vous raisonner, dit-elle d'une voix acide. (Elle avait changé de ton en conséquence.) Ce qui est vraiment dommage après ce que j'ai appris. Une information dont je suis sûre qu'elle vous intéressera grandement.

— Je doute sincèrement que vous puissiez avoir quoi que ce soit d'intéressant à me dire – hormis au revoir, *goodbye* ou *adiós*. N'importe quelle langue me conviendra, pourvu que ce soit sincère, ajouta-t-il sèchement.

Une lueur malveillante brillait dans les yeux bruns de la duchesse, donnant à son visage un air sinistre et dur.

— Oh, je crois vraiment que cela vous intéressera. C'est en rapport avec l'invitée de votre mère, la fille du marquis de Bradford.

Soudain sur le qui-vive, Thomas s'assura toutefois de ne pas trahir son émotion.

— Alors dites-moi.

Il énonça sa demande avec désinvolture avant de prendre une lampée de rhum.

Le sourire de Louisa réapparut instantanément.

— Je savais bien que ce sujet ne vous laisserait pas indifférent. Mais je dois vous avertir que vous n'aimerez pas ce que j'ai à vous dire.

— Je ne suis pas assez naïf pour croire que vous avez fait tout le trajet jusqu'au Devon pour m'apporter de bonnes nouvelles concernant lady Amelia.

— Eh bien, j'ai le sentiment qu'il est de mon devoir de vous informer que la jeune femme vivant sous votre toit possède une réputation. Même si ce n'est pas de notoriété publique, elle a été liée en secret à plusieurs gentlemen. Le premier est – si vous pouvez le croire – le fils de quelque commerçant de la campagne. Un commerçant, vous rendez-vous compte ! (Elle s'arrêta pour attendre sa réaction et, ne la voyant pas venir, poursuivit.) Et beaucoup plus récemment, lord Clayborough. Et par liée, je veux dire à la manière dont nous l'étions autrefois tous les deux.

— C'est tout ? demanda Thomas d'une voix traînante, un sourcil levé.

Louisa sembla décontenancée par son flegme. Pendant un instant, elle resta parfaitement immobile, les sourcils froncés et les lèvres pincées. Mais l'obstination la fit poursuivre son but.

— Oui. Le marquis aurait réussi jusqu'à présent à déjouer les projets de mariage de sa fille. Quoi qu'il en soit, son innocence n'est plus qu'une illusion, c'est évident. Même si je ne doute pas que son père ait déboursé une somme conséquente pour étouffer ces affaires.

Thomas esquissa un sourire désabusé. Une somme conséquente aurait bien arrangé les affaires de Clayborough, cela ne faisait aucun doute, car l'homme était criblé de dettes. Concernant Cromwell, il savait que Harry avait menacé de financer une loi augmentant considérablement les taxes pour les compagnies faisant du commerce à l'étranger, ce qui aurait réduit les bénéfices que Cromwell père tirait de ses usines.

— Et qu'est-ce que ces informations sont censées m'apporter au juste ?

Espèce de mégère machiavélique. Dans quelles bassesses était-elle prête à tomber ?

Louisa remua sur son siège, comme doutant de la réponse à apporter à cette question purement rhétorique. Plusieurs secondes s'écoulèrent en silence tandis qu'elle l'observait attentivement. Lui la regardait d'un air ennuyé. Soudain, elle pointa le menton en l'air.

— Eh bien, j'imagine que si une telle chose venait à être sue…

Jamais voix féminine n'avait trahi autant de fourberie ni autant de vice, songea Thomas.

— Êtes-vous venue ici pour proférer des menaces, Votre Grâce, ou bien est-ce l'heureuse conséquence de votre visite ?

— Mon cher Thomas, comment pouvez-vous penser cela de moi ? répondit-elle en feignant d'être atterrée. Je faisais référence à d'autres personnes qui pourraient déjà détenir cette information. Vous savez à quel point la bonne société raffole des scandales.

Thomas finit son verre et se leva.

— Votre Grâce, si tel est l'objet de votre visite, il était inutile de vous déranger. Maintenant, je vais vous dire adieu et prier pour ne plus jamais vous revoir dans ma maison.

Louisa bondit de son fauteuil dans une violente collision de velours et de brocart, levant sur lui des yeux étrécis.

— Comprenez-vous qu'elle sera la honte du milieu ?

— La société aura suffisamment de matière à commérages quand notre mariage sera annoncé.

Louisa blêmit et plaqua sa main contre sa gorge.

— Mon Dieu, vous avez vraiment l'intention d'épouser cette fille ?

— Non seulement j'ai l'intention de l'épouser, mais en plus je défierai quiconque d'oser mettre en doute son innocence. Je peux vous assurer à cent pour cent qu'aucun homme ne l'a jamais touchée.

Une flamme de compréhension passa dans le regard de la duchesse.

— Si vous pensez que je vais croire…

— Je me fiche éperdument de ce que vous croirez. Maintenant, il me semble que vos dix minutes se sont écoulées depuis une minute.

Il se tourna et lui fit signe de prendre congé au moment même où la porte de la bibliothèque s'ouvrait.

— Thomas, je…, s'interrompit Amelia en découvrant une femme à ses côtés. Excusez-moi, j'ignorais que vous aviez de la compagnie.

Surtout une compagnie féminine d'une telle beauté, pensa-t-elle avec un pincement de jalousie tout en se tournant pour partir.

— Non, Amelia, restez, je vous prie. Sa Grâce s'apprêtait à partir.

La dureté de sa voix indiquait que sa dernière phrase était un ordre plus qu'une information.

Sa Grâce ? Cette fois-ci, Amelia sonda la femme d'un regard plus curieux. Elle se souvenait vaguement d'avoir entendu dire que la duchesse de Bedford était rentrée de France. Toutes les rumeurs la disaient blonde, belle et jeune. Une description correspondant à la femme qui lui faisait face.

— Voyons, Thomas, vous avez les manières d'un docker. N'allez-vous pas faire les présentations ?

La duchesse le réprimanda d'un sourire mais toisa Amelia avec des yeux froids lui signifiant une totale absence de sympathie envers elle.

Amelia se raidit. Les femmes l'avaient déjà gratifiée de ce genre de regard par le passé. Cependant, la situation était différente à présent. Thomas lui appartenait. Duchesse ou non, cette femme n'avait pas le droit de la considérer comme une rivale, ni de la jauger pour évaluer ses chances de gagner l'affection d'un homme.

— Oui, Thomas, je crois que des présentations s'imposent, répliqua Amelia en avançant vers eux.

Elle s'arrêta à côté de lui et passa sa main sous son avant-bras. *Il est à moi.* Un geste intime et ouvertement possessif.

— Lady Amelia, la duchesse de Bedford. Votre Grâce, lady Amelia Bertram.

Thomas semblait réprimer un fou rire. Elle se réjouit qu'il trouve cela si amusant.

La duchesse inclina à peine la tête. Sans retirer sa main du bras de Thomas, Amelia lui fit une révérence avec la même subtilité.

— Si vous voulez bien m'excuser, ma chérie, j'allais juste accompagner Sa Grâce à la porte.

Il prit la main d'Amelia dans la sienne, la leva vers ses lèvres et déposa un baiser à l'intérieur de son poignet.

— Je ne serai pas long.

La duchesse outragée inspira profondément. Amelia l'entendit à peine, car le contact des lèvres de son amant sur sa peau mettait ses sens en émoi.

Thomas se dépêcha alors de faire sortir la femme blonde de la pièce, par des gestes brusques et impatients indiquant qu'il avait bien mieux à faire. La duchesse essuya l'affront avec la souveraineté d'une reine en train de perdre sa couronne : dans un silence courageux tandis qu'elle ourdissait sans nul doute sa vengeance.

— De quoi s'agissait-il ? demanda Amelia dès que Thomas réapparut dans la bibliothèque quelques minutes plus tard.

Après avoir refermé soigneusement la porte, il avança vers elle d'un pas nonchalant, un sourire diabolique aux lèvres.

— Je pourrais te demander la même chose. J'ai la très nette impression que tu viens de marquer ton territoire.

Amelia ne démentit pas son impression car telle avait été son intention.

— J'aimerais savoir pourquoi la duchesse de Bedford avait l'air de désirer plus que tout m'expédier sur un autre continent, ou sur quelque toundra glaciale ou dans une forêt tropicale humide.

Arrivé devant elle, Thomas l'enveloppa lentement dans la chaleur de ses bras.

— Je ne veux pas gaspiller un instant de plus à parler de la duchesse. Je me contenterai de dire que cette personne n'est d'aucun intérêt ni pour toi ni pour moi. Dieu merci, nous ne la reverrons plus jamais, murmura-t-il en titillant la zone sensible située derrière l'oreille d'Amelia.

La jeune femme secoua faiblement la tête pour essayer de déloger sa bouche.

— N'essaie pas… de me… distraire, Thomas…

Elle termina sur un gémissement quand il lui mordilla le cou avant d'apaiser la morsure avec sa langue.

Peut-être eut-il pitié d'elle en la voyant réduite à des halètements et des gémissements de plaisir, car il leva la tête et la regarda d'un air sombre.

— Je te le jure, elle n'est rien pour moi. Une erreur de jeunesse, rien de plus. À son retour en Angleterre, je ne l'avais pas revue depuis sept ans. Mon Dieu, Amelia, tu dois savoir à présent que je n'aime que toi.

Amelia retint son souffle, oubliant totalement la duchesse. Confuse, elle se demanda si elle l'avait bien entendu. Ensuite, il l'embrassait, l'aspirant dans un tourbillon de passion. *Oh, Thomas, moi aussi je t'aime*, voulait-elle dire, mais elle fut incapable de prononcer ces mots à voix haute. Elle s'abandonna à ses baisers, ses caresses et à la promesse d'autres plaisirs à venir. Elle lui avouerait ses sentiments plus tard. Oui, très vite. Après le baiser, peut-être.

Chapitre 29

*M*ademoiselle, le baron est ici !
— La voix affolée d'Hélène rompit les
rêveries d'Amelia.

Elle n'avait pas avoué ses sentiments à Thomas
après leur baiser, qui avait rapidement évolué en
effleurements sensuels puis en caresses passionnées.
Thomas s'était arrêté avant de perdre tout contrôle.
Après s'être séparés au pied de l'escalier, leurs corps
encore vibrants de désir non satisfait, elle se retira
dans sa chambre pour se reposer en attendant le dîner.

— Le quoi ?

— Lord Clayborough. Ici. Là-bas, ajouta Hélène
avec un geste en direction de la fenêtre.

— Mais…

Amelia s'interrompit. Lord Clayborough était
à Stoneridge Hall ? Dieu du ciel, pourquoi ? Elle se
rappela alors une des dernières choses qu'elle lui avait
dites lorsqu'elle était en ville : « La prochaine fois,
n'attendez pas une invitation écrite. Vous savez où
je suis. » Eh bien, il avait choisi le bon moment pour
commencer à l'écouter.

Elle eut l'impression qu'une éternité s'était écoulée depuis, comme si ces événements avaient touché une autre femme, à une époque lointaine et malheureuse. Elle n'était plus cette femme, et elle n'avait plus l'intention d'épouser le baron depuis longtemps. Diable, elle aurait dû lui écrire dès qu'elle l'avait compris. À présent, il était là – dans la maison de Thomas. Une vague de terreur la submergea. Si Thomas découvrait… Elle chassa violemment ces pensées de son esprit. Il fallait qu'elle réfléchisse. Il fallait qu'elle trouve une issue à cette déplorable situation.

— Et où l'avez-vous vu ?

— Je… euh… Eh bien, Johns me montrait le domaine avant qu'il fasse trop sombre, et il nous a vus près de la maison du gardien. Il est là-bas maintenant.

Les joues d'Hélène s'embrasèrent tandis qu'elle baissait les yeux.

Si les circonstances avaient été différentes, Amelia se serait amusée de l'embarras de sa femme de chambre, obligée d'avouer son rendez-vous galant avec un des valets, mais la situation ne prêtait pas à rire.

Réfléchis, Amelia, réfléchis. Oserait-elle prendre le risque de l'affronter maintenant ? Ou, pire encore, oserait-elle s'y soustraire ? Elle pensa à Thomas et sut que son bonheur futur dépendait de sa décision.

Tout le monde s'était retiré dans ses appartements pour la nuit, et dix ou quinze minutes lui suffiraient à congédier lord Clayborough. Il serait évidemment déçu, mais ce n'était pas comme s'ils étaient amoureux.

— J'aurai besoin de ma cape.

Sa décision prise, Amelia ne désirait plus qu'une chose : en finir au plus vite avec toute cette affaire.

Thomas ne trouvait pas le sommeil, ce qui ne le surprit guère. Après leur baiser dans la bibliothèque, c'était un miracle qu'il ait pu marcher droit. Il avait passé le reste de la soirée dans un état de semi-excitation.

Le dîner avait constitué une épreuve de sang-froid. Se nourrir était nécessaire à la vie et pouvait procurer du plaisir, mais il n'avait jamais imaginé que cela pouvait être sensuel également. Car jamais auparavant il n'avait observé Amelia en train de savourer un mets et rêvé en même temps que les lèvres de la jeune femme s'emparent de lui. En la voyant se délecter d'une fraise trempée dans le chocolat, il s'était durci comme un tisonnier. Un véritable festin pour le palais, en effet.

Ils s'étaient séparés devant la chambre d'Amelia. Se sachant sur le fil, il s'était même privé d'un chaste baiser sur la joue. La toucher aurait été pure folie, un manquement à ses nobles intentions de ne pas délaisser sa mère et ses sœurs pour la prendre sauvagement.

Une heure plus tard, pourtant, tandis qu'il était étendu dans son lit, soulageant de sa main son infatigable désir, les draps en désordre autour de lui, il réexamina cet empoisonnant code moral qu'il s'était fixé, et qui consistait à le tenir éloigné du lit d'Amelia. Après tout, il comptait l'épouser. Ce qu'ils vivaient n'était pas une liaison torride et illicite. Et, bien sûr, ils seraient discrets. Sa mère et ses sœurs n'en sauraient jamais rien, leurs chambres se trouvant dans une aile différente de la maison.

Sa décision prise et sa conscience suffisamment apaisée, Thomas bondit hors de son lit. Il saisit sa robe de chambre et sortit.

Dix minutes plus tard, il s'arrêta devant la fenêtre de la bibliothèque pour tenter de réfléchir calmement. L'impatience qui lui avait noué les entrailles se déployait à présent comme des tentacules d'inquiétude. Où était-elle ? Il s'était rendu dans sa chambre et l'avait trouvée vide. Il avait ensuite exploré le bureau et la bibliothèque, le petit salon et la salle à manger, son affolement grandissant à chaque minute. Même la salle de billard – où elle ne s'aventurait que très rarement – reçut une inspection approfondie. Toujours sans résultat.

Il était retourné à la bibliothèque avec l'espoir de la croiser sur son chemin. Elle adorait lire sur le rebord de la fenêtre donnant sur l'arrière du domaine. Tandis qu'il regardait par cette même fenêtre, l'esprit en ébullition, les hypothèses fusant en lui, un mouvement au-dehors attira son attention. Un instant plus tard, une silhouette émergea d'un taillis, à gauche de la maison du gardien.

À la lueur de la lune, pleine cette nuit-là, Thomas reconnut cette silhouette. *Amelia.* Il lâcha un profond soupir de soulagement. Il l'aurait reconnue même vêtue d'une robe de bure à un kilomètre de distance.

Comme la maison du gardien n'était guère éloignée de la demeure principale, sa position actuelle lui offrait une vue imprenable sur la zone en question.

À peine son angoisse fut-elle apaisée qu'une autre silhouette – masculine cette fois, cela ne faisait aucun doute – rejoignit la jeune femme. L'homme penchait la tête vers elle comme s'ils avaient une conversation intime. Ces deux-là n'échangeaient certainement pas des civilités.

Lorsque le baiser se produisit, Thomas eut l'impression de vivre un mauvais rêve. Rien ne lui sembla réel. L'homme s'approcha d'elle jusqu'à ce que leurs lèvres se touchent. Une, deux secondes passèrent avant qu'elle recule d'un pas, regarde rapidement autour d'elle, puis le saisisse par la manche pour l'attirer derrière l'abri.

— Monsieur.

Thomas se retourna en sursaut en entendant la voix de son majordome. Il le regarda à travers un brouillard de colère rouge teinté du vert de la jalousie. Alfred se tenait bien droit sur le seuil de la bibliothèque, l'air plus grave que d'ordinaire.

— Il y a un problème, Alfred ?

Thomas fut sincèrement surpris par le calme de sa voix, alors qu'en lui hurlait une rage incontrôlable.

— Monsieur, un des domestiques a découvert un véhicule inoccupé sur la propriété. Derrière les arbres, près de l'étang. Comment souhaitez-vous que je procède ? Dois-je alerter la police ?

Thomas assimila les paroles du majordome comme un homme tombé en mer, avalant des litres d'eau, se débattant en se rendant compte qu'il ne savait pas nager. Mais si ses yeux pouvaient nier la scène qu'il venait de voir, son esprit ne pouvait ignorer les faits prouvant la trahison d'Amelia. La seule question était : qui était-ce, cette fois-ci ? *Traîtresse, menteuse, sorcière.*

— Les chevaux ?

— Oui, ils sont toujours là, attachés tous les deux à un arbre.

Thomas hocha lentement la tête.

— Je m'en occupe.

Son majordome d'ordinaire stoïque le regarda avec de grands yeux en haussant les sourcils, puis reprit vite son flegme de rigueur.

— Comme vous voudrez, monsieur.

Alfred tourna les talons pour sortir, puis s'arrêta et se retourna vers son maître.

— Monsieur, voulez-vous que j'allume les lampes ?

Thomas était dans le noir, au sens propre comme au figuré. Trop impatient d'explorer la pièce, qu'il avait trouvée vide et silencieuse, il n'avait pas pris la peine de l'éclairer.

— Non, je vais sortir, dit-il.

Pourtant, il ne bougea pas, et continua de regarder fixement par la fenêtre.

Alfred sortit aussi discrètement qu'il était entré. Elle avait l'intention de le quitter. Ce soir. Sinon, comment expliquer la scène à laquelle il venait d'assister ?

Comment expliquer la présence d'une voiture sur sa propriété ?

Tandis que l'avenir qu'il avait envisagé avec Amelia volait en éclats autour de lui – une débâcle qui n'était pas sans rappeler leur toute première rencontre –, elle émergea du buisson et remonta au pas de course le chemin menant au quartier des domestiques.

Thomas tourna les talons et quitta rapidement la pièce, bien décidé à l'accueillir.

Chapitre 30

*L*a poignée échappa aux doigts d'Amelia et la porte s'ouvrit si brusquement qu'elle faillit perdre l'équilibre. De ses mains gantées, elle se rattrapa à l'encadrement.

Thomas se tenait sur le seuil, arborant un regard de granite, froid comme un hiver sibérien.

— Thomas.

À bout de souffle, la gorge nouée et la bouche soudain sèche, elle fut tout juste capable d'articuler son prénom.

— N'est-il pas un peu tard pour sortir dans le froid ?

Sa voix n'avait pas d'inflexion particulière, mais ses yeux auraient pu tailler du verre. Amelia frissonna, d'autant qu'une rafale de vent glacial traversa l'ouverture, comme pour s'associer au regard fixe et déterminé de Thomas. Lui, au contraire, pieds fermement plantés dans le sol, mains sur les hanches, semblait insensible aux éléments extérieurs.

— De qui s'agit-il, cette fois-ci ? Un nouveau ? À moins que tu ne reviennes aux classiques. Cromwell ou Clayborough ?

Il parlait comme s'ils échangeaient de prosaïques politesses.

Amelia ouvrit la bouche, mais rien ne ressemblant à des mots n'en sortit. Le froid traversait son manteau et lui transperçait la chair. Elle fit un pas nerveux en avant, craignant qu'il ne lui barre la route, mais il se rangea sur le côté pour la laisser entrer. Une fois dans l'alcôve mal éclairée, envahie de courants d'air, elle tira la porte derrière elle.

— Qui était-ce ? insista-t-il d'une voix plus basse.

— Je… Ce n'est pas ce que tu…

— Je t'ai vue, alors je te prie de ne pas insulter mon intelligence. (Un léger grondement appuyait à présent son accusation.) Ou, si tu préfères, je peux demander à l'un de mes hommes de l'arrêter avant qu'il ne sorte du domaine. Je crois bien que l'intrusion est un crime.

Dis-lui la vérité, lui ordonnait une voix stridente. *Comprends-moi s'il te plaît. Comprends-moi s'il te plaît.*

— C'était lord Clayborough, dit-elle d'une voix étranglée. Mais je l'ai renvoyé, se dépêcha-t-elle d'ajouter. Il pensait encore que nous… que nous allions nous marier.

En entendant le nom du baron, Thomas ne bougea pas. Son expression était indéchiffrable.

— Et pourquoi penserait-il une telle chose ?

Parce que j'étais trop sotte et trop étourdie par mon amour pour toi pour me rappeler son existence, a fortiori pour penser à l'informer que mes sentiments avaient changé.

— Nous n'avons pas correspondu depuis le bal de lady Forsham. Il croyait que rien n'avait changé.

— Tu es donc en train de me dire qu'il est entré furtivement sur mes terres contre ta volonté et sans invitation ?

Dis-lui la vérité, continuait de claironner sa voix intérieure. Comme une idiote, elle lui obéit aveuglément, désespérément.

— Pas exactement. Ce que je…

— Lui as-tu, oui ou non, donner la permission d'entrer dans le domaine ?

Un minuscule mensonge aurait suffi à résoudre l'affaire. Mais la dernière chose qu'elle souhaitait était de lui mentir.

— J'ai peut-être fait cela, mais pas comme les choses le laissent penser. Je…

Une fois de plus, il ne lui permit pas de finir sa phrase, ni de compléter sa défense.

— J'exige que tu fasses tes valises et que tu quittes cette maison dès demain.

Il fallut un moment à Amelia pour saisir ce qu'il venait de dire, ce qu'elle venait d'entendre, avant qu'une douleur paralysante lui enserre le cœur, la mettant presque à genoux.

— Thomas, je t'en supplie, laisse-moi t'expliquer, l'implora-t-elle.

Elle tendit le bras pour toucher la manche de sa robe de chambre. Il arracha son bras à son contact comme s'il en avait un soudain dégoût.

— Demain.

Ce mot unique la condamnait à un avenir sinistre et vide. Une vie sans lui.

Son regard glissa, impuissant, sur le corps de son amant, embrassant sa longue et ferme silhouette, ses cheveux blonds en bataille, sa barbe naissante. Elle maudit intérieurement lord Clayborough pour avoir si mal choisi son moment, Thomas pour son implacable obstination, mais surtout elle se maudit elle-même pour s'être cru capable de gérer cette affaire sans impliquer celui qu'elle aimait.

— Je ne l'aime pas. Je ne l'ai jamais aimé. Depuis le bal, je savais que je ne l'épouserais jamais. Je veux être avec toi. Je t'en supplie, ne me chasse pas, implora-t-elle d'une voix abattue.

Ce qu'elle mourait d'envie de dire, c'était «Je t'aime», mais ces mots lui étaient encore trop étrangers.

Il ne répondit pas immédiatement. À la place, il la toisa, de ses bottes à sa coiffure défaite par le vent.

— Tu l'as laissé t'embrasser.

Ses mots étaient une cuisante accusation, chargée de violence contenue.

— Il l'a fait contre mon gré.

Elle avait été la première surprise par cette soudaine manifestation de passion et avait mis un terme au baiser après avoir repris ses esprits.

— J'exige que tu sois partie dès demain, insista-t-il d'une voix intransigeante.

— Thomas, tu ne peux pas être sérieux, tu…

— Très bien. Alors reste.

Sur ce, il tourna les talons et partit.

Ce fut seulement lorsqu'il s'engagea dans le couloir principal qu'Amelia fut violemment tirée de son état de confusion. Venait-il vraiment d'acquiescer ?

Instinctivement, elle avança pour le suivre mais s'arrêta au bout de trois pas. Elle le regarda disparaître de sa vue. Ce soir-là, rien de ce qu'elle pourrait dire ne saurait percer sa colère. Même une déclaration verbale de son amour serait mal reçue.

Serrant son manteau contre son corps tremblant, elle gravit l'escalier des domestiques et acheva la route sinueuse la menant à sa chambre sans entendre ni apercevoir une seule âme.

Thomas pourrait considérer la situation plus calmement le lendemain. Et si ce n'était pas le lendemain, ce serait le jour suivant. D'ici là, il accepterait sûrement de l'écouter. Bercée par cette prière fervente, elle parvint enfin à trouver le sommeil – un sommeil agité.

Amelia ne trouva que la vicomtesse dans la salle du petit déjeuner le lendemain matin. Elle était assise en bout de table, buvant son thé dans une tasse de porcelaine.

— Bonjour, lady Armstrong.

Amelia la salua poliment. Trop poliment étant donné l'intimité qu'elles avaient acquise.

La vicomtesse l'observa attentivement, une légère ride barrant son front.

— Thomas est reparti à Londres.

Amelia se figea dans un frisson d'horreur, tandis que son univers tout entier éclatait en mille morceaux, comme du verre se fracassant sur un sol en marbre. Ses yeux se mirent à lui brûler. Respirer devint pénible.

— Il est parti ? s'étrangla-t-elle.

Elle eut l'impression d'être une pauvre imbécile perdue dans le labyrinthe des Royal Gardens.

Lady Armstrong se leva immédiatement de sa chaise et vint à ses côtés. Son visage exprimait un mélange de compassion et d'inquiétude.

— S'est-il passé quelque chose entre vous deux hier soir ?

Amelia était trop stupéfaite pour répondre. Elle avait anticipé maintes réactions de la part de Thomas – le silence, la froideur, la colère, peut-être même le mépris – mais pas cela. Jamais.

Parce qu'elle avait refusé de partir, il l'avait fait. Comme ça. Sans prévenir. Elle s'était convaincue que son « Très bien, reste » signifiait qu'il lui laisserait finalement une chance de s'expliquer. Mais à présent il était parti. Il en avait fini avec elle alors qu'elle découvrait à peine qu'une vie sans lui était inconcevable. L'ironie de la situation lui noua l'estomac.

— Je n'ai plus d'appétit. Si vous voulez bien m'excuser, lady Armstrong, je vais retourner dans ma chambre, murmura Amelia d'une voix rauque.

La vicomtesse posa une main sur son bras pour la retenir.

— Ma chère, êtes-vous sûre de ne pas vouloir m'expliquer…

Amelia retira son bras et secoua vigoureusement, puis violemment la tête.

—Non, non, j'ai seulement besoin de m'étendre. Si vous voulez bien m'excuser.

Elle sortit précipitamment de la pièce et remonta dans sa chambre, où elle pourrait faire le deuil de son amour, sans larmes ni témoins.

Trois jours après le départ de Thomas, et au troisième jour de l'auto-emprisonnement d'Amelia dans sa chambre, la vicomtesse l'informa personnellement qu'un visiteur l'attendait dans le salon. Elle ne révéla rien de l'identité de l'homme, car c'était la volonté du gentleman, lui expliqua-t-elle.

À cette nouvelle, Amelia sentit son cœur bondir dans sa poitrine, puis la lucidité éteignit sa faible lueur d'espoir. La vicomtesse n'aurait pas fait de mystère avec elle si Thomas était rentré.

Elle pensa alors à lord Clayborough, mais cette hypothèse ne lui parut guère plus plausible. Leur dernière rencontre n'avait laissé aucune place au doute concernant ses sentiments pour lui, ou plutôt son absence de sentiments à son égard. De plus, après l'avoir entendu se plaindre du temps passé à lui faire la cour en se ruinant, elle doutait fort qu'il refasse le voyage jusqu'au Devon.

Amelia entra dans le salon sans savoir à quoi ni à qui s'attendre. Peut-être Thomas avait-il envoyé lord Alex ou James pour lui parler. La vue de son père assis dans le fauteuil de cuir réduisit tous ses espoirs à néant.

Il se leva.

—Amelia.

Il prononça son nom d'une voix douce, presque respectueuse, ce qui n'était pas du tout dans ses habitudes. D'ordinaire, il n'était que brusquerie et efficacité.

— Bonjour, père.

Elle s'adressa à lui sans éprouver sa rancœur ni son indifférence habituelles. Ses sentiments-là, pour une raison mystérieuse, s'étaient envolés.

Le marquis s'avança, tendit les bras vers elle avant de les laisser mollement retomber, comme s'il venait de saisir l'incongruité de son geste.

En apparence, il était irréprochable, vêtu des étoffes les plus raffinées et les plus onéreuses, mais il avait les traits tirés et semblait vieilli.

— Tu as bonne mine.

Il mentait. Elle savait qu'elle avait une mine épouvantable. Le manque de sommeil avait creusé de vilains cernes sous ses yeux et elle était pâle. Toutefois, elle ne discuterait pas de ce point.

— Êtes-vous venu pour me ramener à la maison ? demanda-t-elle avec désinvolture en se dirigeant vers la cheminée.

— Veux-tu rentrer ?

Amelia lui lança un regard par-dessus son épaule. Quand son père lui avait-il déjà demandé si… demandé quoi que ce soit, en fait ?

— Ai-je le choix ?

— Lady Armstrong aimerait beaucoup que tu restes jusqu'au bal de l'hiver.

Elle hocha la tête pour signifier sa reconnaissance et ne dit rien. Elle voulait rester jusqu'au retour de Thomas.

— J'ai vu Thomas hier, dit-il, changeant soudainement de sujet.

La gravité de sa voix indiquait que la rencontre n'avait pas été festive.

Le pouls d'Amelia s'accéléra. Elle cacha son émotion sous un masque d'indifférence.

— Oui, je m'en doutais.

— Il semble penser que je t'ai négligée toutes ces années.

Cette fois-ci, Amelia se tourna brusquement pour lui faire face.

— Il vous a dit cela?

Son père, le marquis de Bradford, aristocrate jusqu'au bout des ongles, détourna les yeux comme s'il trouvait soudain difficile d'affronter le regard de sa fille.

— Il a fait cette insinuation et m'a ensuite reproché d'avoir omis de lui dire que tu avais eu la scarlatine dans ton enfance.

Il leva les yeux vers elle, et elle put voir, au sérieux de son expression, que ce reproche l'avait offensé.

— C'est pour cette raison que je suis venu. Que je devais venir.

Amelia médita en silence le fait que Thomas ait réprimandé le marquis à cause d'elle. Cette nouvelle raviva ses espoirs en une seconde, pour les anéantir la suivante.

Au cours des derniers mois, elle avait appris beaucoup de choses sur Thomas Armstrong : il pouvait être un ennemi redoutable, était d'une loyauté féroce envers les chanceux qui avaient su gagner son affection, et d'une intégrité vertigineuse n'ayant d'égal que les insondables profondeurs de l'océan Atlantique. C'était sans aucun doute ce dernier trait qui l'avait poussé à cet accès de colère. Il avait défendu la fillette de treize ans qu'elle avait été alors, et non la femme qu'elle était devenue. La femme qu'il méprisait dorénavant.

— Et c'est seulement après avoir écrit à Reese que j'ai appris la vérité. Il m'a avoué que Mrs Smith et lui m'avaient caché ta maladie. Même si je comprends qu'ils aient eu des doutes sur ma capacité à y faire face si peu de temps après la disparition de ta mère, ils auraient dû me consulter.

Il lâcha un rire sinistre et dur puis secoua la tête d'un air perplexe.

— S'ils avaient cru tes jours en danger, alors seulement m'auraient-ils tenu au courant. Comment ont-ils pu imaginer que je n'aurais pas été mort d'inquiétude en sachant que tu souffrais seule… sans moi ?

L'émotion fut trop forte ; ses deux derniers mots se coincèrent dans sa gorge.

Aguerrie aux discours de son père, Amelia avait appris à ne pas réagir. L'image qu'elle se faisait de lui avait germé à partir de cet incident précis. Au fil des ans, elle avait arrosé ces graines, créant des racines si puissantes et si fermes que seule une tornade aurait pu déloger cette idée fausse de son esprit.

—Mais… mais…

Toute parole ou pensée cohérente lui fit défaut.

—J'ai sûrement beaucoup de torts, je veux bien l'admettre, mais j'espère que tu ne me crois pas capable de te laisser combattre la maladie sans moi. Je t'implore d'écrire à Reese si tu n'es pas convaincue. Il pourra étayer tout ce que je t'ai dit.

Amelia secoua lentement la tête. Elle n'avait pas besoin d'écrire à Reese. Son père avait ce regard désespéré qui ne mentait pas. Sa nouvelle foi en lui était le point culminant d'une année de brouillard. Il disait la vérité.

—Je vous crois, dit-elle à voix basse.

Les épaules du marquis se soulevèrent et s'abaissèrent dans un long et profond soupir de soulagement. Pendant plusieurs secondes, il la regarda avec une tendresse dans les yeux qu'elle ne lui connaissait pas. Il tendit la main vers elle et la posa sur son bras. Elle accepta son geste comme un cataplasme posé sur une blessure ouverte depuis longtemps.

—Les petites filles ont besoin de leur mère, et tu ne faisais pas exception. Quand elle est morte, je… j'ai été un piètre substitut. En regardant en arrière, je me rends compte à présent que j'ai agi avec égoïsme, je me suis enfermé dans mon chagrin comme dans une prison. Il y avait tout juste assez de place pour moi dans cette cellule, encore moins pour toi. Tu avais besoin… tu méritais bien mieux que moi.

— J'avais besoin du seul parent qui me restait, et c'était vous.

Pendant des années, elle avait refoulé la vérité, mais à présent elle ne voulait plus se cacher, ne plus faire semblant. Elle était lasse de la forteresse de pierre qu'elle avait érigée autour d'elle.

Il esquissa un sourire triste.

— Ma croix la plus lourde à porter était ta ressemblance avec elle. Avec ta mère. Et pendant les mois qui ont suivi sa mort, tout ce qui me la rappelait m'était insupportable. Je voulais me perdre dans un monde qui n'aurait eu aucun lien avec notre vie ensemble. Seigneur, je me souviens que tu me regardais comme si tu attendais de moi que j'arrange tout alors que je luttais pour ne pas perdre la tête.

Pour la première fois, Amelia sentit la profondeur du chagrin de son père après la mort de sa femme. Toute sa vie, elle l'avait vu comme un père, infaillible et indestructible. Mais il avait aussi été un époux, qui avait probablement perdu une parcelle de lui quand la femme qu'il aimait s'était éteinte. Et ce chagrin avait été aggravé, et non soulagé, par un rappel vivant de son inconsolable perte. Sa gorge se noua. Elle ne put prononcer un seul mot.

— Mais tout cela n'excuse pas la façon dont je t'ai élevée. Après ta maladie, tu es devenue froide et distante. J'aurais dû comprendre que ce n'était pas seulement à cause de la mort de ta mère. J'aurais dû chercher plus loin. Cependant, je l'admets sans fierté, j'étais soulagé que tu ne t'adresses plus à moi pour trouver des réponses ou une consolation. Les problèmes de Thomas – d'ordre financier – étaient plus de mon ressort. Avec toi, comme je l'ai dit, j'étais mal armé, mal préparé, et totalement défaillant.

Thomas. Ces deux syllabes lui brûlèrent les oreilles. Le souvenir des moments passés avec le jeune homme lui déchira le cœur, son cœur déjà faible et cabossé.

—J'ai toujours cru que vous aimiez Thomas plus que moi.

Dans le silence qui suivit, son père eut l'air dévasté. Lentement, il leva la main vers son visage et lui caressa délicatement la joue.

—Tu peux douter de toutes les choses que je t'ai dites, excepté une : je t'aime plus que n'importe qui.

Alors il l'attira à lui et la prit dans ses bras. Elle se laissa faire docilement. Cela faisait si longtemps qu'il n'avait pas eu ce geste. Bientôt, elle lui rendit son étreinte et la resserra peu à peu.

Une minute plus tard, il recula et la tint à bout de bras.

—Je m'efforcerai de me rattraper. Pour tout cela.

Amelia esquissa un sourire tremblant.

—Je préfère que nous prenions un nouveau départ.

Il l'enlaça une nouvelle fois, brièvement, avant de lui répondre.

— Alors c'est d'accord : un nouveau départ.

Ce qu'Amelia aurait donné pour entendre ces mêmes mots de la bouche de Thomas…

Chapitre 31

Thomas aurait dû pousser un soupir de soulagement en franchissant le seuil de Stoneridge Hall ; sachant Amelia partie, il eut au contraire un sentiment de vide.

Trois semaines et quatre jours s'étaient écoulés depuis leur séparation. À minuit, une journée de plus rejoindrait cette éternité.

Harry l'avait ramenée chez eux, à Fountain Crest. Il en avait informé Thomas par courrier, une lettre que ce dernier avait reçue trois jours plus tôt, à sa résidence londonienne. Ce départ tombait à point nommé, puisque le bal d'hiver de sa mère était programmé pour le soir même. Au moins, il ne risquait pas de la croiser.

— Thomas, tu es en retard, lui dit sa mère.

Elle avança vers lui, sa robe de taffetas et de tulle flottant autour d'elle, puis l'embrassa sur la joue, à la manière d'une mère réprimandant son enfant avec affection.

— Bonsoir, mère.

Il voulut protester, lui dire qu'il n'était pas tellement en retard. Un regard circulaire lui apprit qu'il était même un des premiers arrivés.

—J'ai tellement de petits détails à régler avant l'arrivée des invités et tous les domestiques sont occupés. Mon chéri, cela te dérangerait-il de chercher le bol de punch ? Je l'ai rangé quelque part mais n'arrive plus à mettre la main dessus. Oh, et tu peux déposer ton manteau ici. J'ignore où tous les valets ont bien pu passer.

Thomas regarda autour de lui, remarquant l'affairement général dans la lumineuse salle de bal de Stoneridge Hall. Il semblait que sa mère ait dévalisé le plus grand magasin de bougies de la ville.

—Tu devrais commencer par la bibliothèque. Je crois y être allée tout à l'heure pour une raison quelconque.

Elle ponctua sa phrase d'une caresse maternelle sur la main de son fils avant de tourner les talons pour se replonger immédiatement dans ses préparatifs.

Son grand manteau sur le bras, Thomas traversa le couloir menant à la bibliothèque. Malgré les rideaux fermés, cette pièce était elle aussi aveuglante de lumière. Il se dirigea vers le fauteuil de cuir brun. Son manteau glissa sur le sol au moment même où la surprise le laissa bouche bée.

Amelia, les yeux écarquillés, le regardait depuis le canapé. Vêtue d'une robe lavande dont le décolleté offrait à la vue une généreuse étendue de peau crémeuse, elle était éblouissante. Après trois longues semaines de manque, sa vue suffit à l'exciter. Et à réveiller sa colère contre elle. Mais, par-dessus tout, il déplorait sa propre incapacité à se contrôler.

— Thomas, murmura-t-elle comme une prière qui venait de s'exaucer.

Il sentit son cœur marteler sa poitrine.

— Je te croyais partie, dit-il froidement en se penchant pour ramasser son manteau.

La flamme brillant dans les yeux d'Amelia s'éteignit.

— Je ne vois pas qui a pu te dire une telle chose, répondit-elle en se levant.

— Ton père.

Et l'idiot qu'il était l'avait cru. Il aurait dû comprendre. Diable, il aurait dû s'en douter. Harry Bertram s'était déjà révélé un manipulateur de première.

— Par chance, tu n'aurais pas vu le bol à punch de ma mère?

Amelia secoua la tête, le regard vide.

« Tu devrais commencer par la bibliothèque. Je crois y être allée tout à l'heure pour une raison quelconque. »

Vraisemblablement, sa mère était entrée en lice pour détrôner Harry.

— Alors je n'ai plus rien à faire ici.

Il s'inclina devant elle et se tourna pour partir.

— Thomas, s'il te plaît. Puis-je te parler?

Il n'avait entendu Amelia le supplier qu'à une seule occasion. La seconde fois, il lui fut beaucoup plus difficile de la rejeter.

Il s'arrêta, lui donnant toujours le dos. Tandis que son cœur faible le poussait à aller vers elle, son orgueil lui ordonnait de poursuivre son chemin. Il lui avait avoué son amour et elle n'avait rien répondu. Son orgueil – comme toujours – l'emporta. Arrivé à la porte, il entendit un son étouffé, comme un sanglot. Non. C'était impossible, car Amelia ne pleurait jamais. Jamais elle ne s'abandonnait à cette faiblesse de l'âme.

De l'autre côté de la porte, il se rendit compte qu'il était toujours en possession de son manteau.

— Tu vas retourner là-dedans et parler à cette fille.

La présence de la vicomtesse à quelques mètres de distance le fit sursauter. Le ton de sa voix, plus encore. Cela faisait longtemps qu'elle ne l'avait pas réprimandé aussi sévèrement.

— J'ai dit à Amelia tout ce que j'avais à lui dire. Et je vous demanderai de rester en dehors de ma vie privée. Je suis parfaitement capable de la gérer sans votre intrusion ni celle de son père.

Il était rare qu'il s'adresse à sa mère sur ce ton, car elle lui en donnait peu l'occasion.

Elle s'approcha de lui, lèvres pincées.

— J'ignore quel crime Amelia a commis pour mériter que tu la traites de cette façon, et je ne tiens pas à le savoir. Je sais, en revanche, que depuis presque un mois elle est l'ombre d'elle-même, elle n'a plus rien en commun avec la femme qui est rentrée de Rutherford Manor avec toi. Elle erre dans la maison comme une âme en peine. Elle sursaute à chaque visite, pensant que tu es peut-être revenu. Un air hagard apparaît sur son visage dès que ton nom est prononcé. Si ce n'est ni pour elle ni pour toi, fais-le au moins pour moi.

Retourne lui parler. Écoute-la. Peut-être le bon sens t'aidera-t-il à ravaler ton orgueil.

Thomas ne sut pas exactement pour qui il rebroussa chemin et poussa de nouveau la porte de la bibliothèque, mais il le fit.

La gorge d'Amelia se noua, elle eut des picotements aux coins des yeux. Un nouveau sanglot étouffé la secoua. Mais aucune larme ne coula.

Elle s'attarda une minute de plus à ruminer son désespoir, puis se leva pour partir quand la porte s'ouvrit soudain. Thomas traversa la pièce, s'arrêta devant le buffet. Sans la regarder, il se servit un verre, qu'il but d'un trait avant de le reposer. Ensuite seulement il se tourna vers elle.

Amelia mourait d'envie de se renfoncer dans la stabilité du fauteuil, mais les yeux perçants de Thomas, ses yeux verts de glace, étrécis, sa bouche dessinant un trait net sous son nez la figèrent sur place. Elle resta debout, les mains moites et froides.

— Je suis revenu sur ordre de ma mère, dit-il sèchement.

— Merci, murmura-t-elle d'une voix rauque.

Un lourd silence s'installa.

— J'attends, dit-il d'une voix impatiente et agacée.

Seigneur, voulait-il qu'elle rampe à ses pieds ? Elle doutait que cela leur soit bénéfique.

— Mon père était là. Nous avons parlé.

— Oui, et alors ? Je sais bien que ton père était là.

Amelia déglutit, puis, avant que son courage s'échoue lamentablement à ses pieds, tenta une réponse, dans un murmure.

— Il m'a dit que tu voudrais peut-être me revoir. Que peut-être tu étais malheureux depuis que tu m'as… quittée.

Un rire sec et sinistre fendit l'air.

— Et dans ton arrogance tu l'as cru ? Eh bien, laisse-moi éclaircir la situation. En admettant que j'étais malheureux, ce n'était pas à cause de notre séparation, mais à cause de ma propre crédulité. Comment ai-je pu croire une seule seconde que tu étais autre chose que la créature égoïste et inconséquente que j'ai rencontrée l'année dernière ?

La tête d'Amelia plongea en avant comme si son cou ne pouvait plus en soutenir le poids. Elle ferma brièvement les yeux et poussa un soupir tremblotant.

— Depuis Noël, je voulais m'excuser pour mon comportement à ton égard. J'ai pris conscience, il y a longtemps, de l'horrible personnage que j'ai pu être. Mais comme je pensais que nous étions devenus proches…

À ces mots, Thomas fit brusquement volte-face. Amelia leva la tête et vit la veste noire couvrant son large dos. Le désespoir forma un nœud serré dans sa gorge. Il fallait qu'elle parte. Elle l'avait perdu. S'il avait eu des sentiments pour elle, ils s'étaient de toute évidence envolés depuis longtemps. Cependant, elle ne partirait pas avant de lui avoir dit tout ce qu'elle avait sur le cœur. Elle refusait de marcher sur les traces son père, de vivre une vie entière de regrets. Regret de ne pas avoir fait davantage d'efforts, regret de ne pas avoir cherché à comprendre pourquoi sa fille était devenue froide et distante, regret de ne pas s'être battu pour conserver son affection. Il ne s'était pas battu pour l'amour de sa fille.

— J'ai cru à un moment que tu avais l'intention de demander ma main à mon père.

Thomas se tourna lentement pour lui faire face. Il la regarda en silence, le visage fermé, les yeux en berne. Une veine sautilla sous sa tempe.

— Manifestement, une terrible erreur de jugement de ma part.

Son froid mépris lui transperça le cœur.

— Mr Cromwell, lord Clayborough, aucun n'a jamais compté pour moi. Ils n'étaient que des prétextes pour m'enfuir, pour m'éloigner de mon père. Des hommes qui auraient peu exigé de moi, et dont je n'aurais pas attendu grand-chose en retour.

Le visage de Thomas restait imperturbable. Il ne sourcilla pas. Il continuait de la regarder d'un œil froid et vide.

— Plus rien de tout cela n'a d'importance à présent, puisque je n'ai plus l'intention de faire cette demande, comme je l'ai dit. (Il marqua un arrêt.) Je suis sûr que tu auras bientôt d'autres projets de mariage.

Une pointe de sarcasme brisa la glace de sa voix.

Amelia s'avança vers lui en le regardant fixement dans les yeux pour le forcer à révéler la plus infime trace de tendresse, la plus infime preuve qu'il n'était pas indifférent, du moins pas totalement. Il ne fit que se raidir, serrer la mâchoire et se redresser de toute sa hauteur.

— Je ne pouvais pas épouser lord Clayborough. Je ne peux épouser personne d'autre. Sais-tu pourquoi ? Parce que je suis amoureuse de toi.

Elle prononça ces mots rapidement, avant que son courage ne l'abandonne tout à fait. Elle s'arrêta devant lui, le menton levé pour croiser son regard.

— Je t'aime, Thomas.

Pendant un instant, Thomas ne dit rien, ne fit rien. Il luttait pour contrôler ses émotions. Elle était si belle, si vulnérable. Il mourait d'envie de la prendre dans ses bras. Comme son contact, sa saveur lui manquaient… Comme son insatiable passion lui manquait… Mais elle l'avait laissé partir, ce soir-là. Elle n'avait pas tenté de le retenir. Il s'était déjà ridiculisé à cause d'une femme par le passé, et pour rien au monde il ne revivrait la même humiliation.

— Est-ce ce que tu voulais me dire ? lança-t-il d'un ton volontairement froid. Si c'est le cas, tu as perdu ton temps et m'as fait perdre le mien.

— Alors tes sentiments pour moi se sont envolés ? En un mois, envolés ? répliqua-t-elle d'une voix étranglée, brute d'émotion.

La douleur qu'il contenait depuis son départ explosa. Envolés ? Comme il aurait préféré qu'il en soit ainsi. Incapable d'articuler une réponse, il acquiesça d'un bref signe de tête.

Le regard d'Amelia s'éteignit. Elle lui tourna le dos, les bras serrés autour de son buste gracieux. Il crut qu'elle se reprenait, qu'elle recouvrait la maîtrise de ses émotions, quand soudain ses épaules se soulevèrent. Des sanglots désespérés, déchirants secouèrent son corps. Elle appuya ses poings fermés contre ses yeux. Il savait ce que ces larmes lui coûtaient. Les derniers vestiges de sept ans de contrôle. Elle les versait uniquement pour lui. Parce qu'elle l'aimait, le voulait. Lui seul.

Thomas crut que sa tête allait éclater, que la douleur dans son cœur ne se calmerait jamais. La regarder était insoutenable, c'était plus qu'aucun homme ne pouvait supporter, surtout un homme qui l'aimait au plus profond de lui.

— Je t'aime, Thomas, répéta-t-elle.

Elle pleura ces mots. Les chanta. Leur douce mélodie résonna dans la pièce.

C'en était trop. La faisant pivoter vers lui, il l'attira dans ses bras, absorbant ses larmes avec sa veste.

— Mon Dieu, ne pleure pas, je t'en supplie, Amelia. Veux-tu me désarmer totalement ? demanda-t-il, la voix rauque d'émotion.

Elle lui répondit en passant ses bras autour de son cou, en attirant son visage vers le sien pour un baiser désespéré. Il goûta ses larmes, la douceur de ses lèvres. Ni l'un ni l'autre ne fut capable de se savourer, tant leur besoin mutuel était terrifiant d'intensité. Leurs langues se touchèrent, leurs dents se cognèrent, leurs corps se cherchèrent.

Il glissa ses mains sur ses hanches, saisit ses fesses, la pressa contre son érection vibrante. Il ne pensait plus qu'à une chose : l'étendre sur le tapis, se perdre dans sa chaleur humide, la prendre encore et encore.

Libérant la bouche d'Amelia, il fit glisser ses lèvres le long de sa joue pour titiller l'arrière de son oreille. Amelia lâcha un gémissement.

— Je te veux maintenant, dit-il dans un grognement. Montons.

Elle leva vers lui des yeux avides, ivres de passion.

— Mais le bal…

Il l'interrompit par un violent baiser.

— Je me fiche du bal. J'ai dû survivre presque un mois sans toi. Ce soir, je vais te faire l'amour jusqu'à plus soif, si une telle chose est possible.

Il ne serait jamais rassasié d'elle. Sans un mot de plus, il la fit monter rapidement dans sa chambre.

En un éclair, ils s'étaient débarrassés de leurs vêtements. Laine noire, soie lavande, mousseline blanche jonchaient le sol. Ils se rejoignirent dans une explosion de passion, impatients de sentir le contact brûlant de leur chair nue. Il l'embrassa profondément, plongeant en elle sans aucune retenue, ayant perdu depuis longtemps tout contrôle. Elle accueillit chaque délectable caresse de son amant, tout en enserrant ses hanches entre ses cuisses. Quand Thomas sentit l'exquise contraction se produire autour de lui, il poussa une dernière fois pour la mener à la jouissance suprême. Puis il se libéra à son tour. Son propre orgasme le projeta dans un plaisir indicible, insondable, pour le laisser frémissant de satisfaction. Fourbu et las, il resta sur elle, avant de déplacer son poids sur le côté, toujours enfoui confortablement en elle.

Amelia aurait voulu ne jamais quitter cette position. Se tournant légèrement sur le côté, elle l'attira plus près, bras serrés autour de son torse en sueur.

— Je suis donc pardonnée ?

Thomas émit un son entre le grognement et le rire.

— Pour cela, je serais prêt à presque tout te pardonner. (Il la regarda d'un air plus sérieux.) Veux-tu m'épouser ?

Amelia ressentit des picotements dans les yeux. Elle ne parvint qu'à hocher la tête, tandis que les larmes coulaient à flots sur ses joues.

— Par pitié, Princesse, ne pleure pas, dit-il d'une voix ennuyée.

Il passa les pouces sur les joues d'Amelia pour sécher ses larmes avant de déposer un baiser tendre et passionné sur ses lèvres entrouvertes.

— Je t'aime. Plus jamais nous ne nous fuirons.

Amelia voulut rire de sa remarque taquine, mais les larmes continuaient de couler sans relâche, comme libérées de leurs sept ans d'emprisonnement.

— Me crois-tu quand je te dis que je n'ai jamais aimé Mr Cromwell ni lord Clayborough ? Aucun des deux. Jamais.

— Oui, parce que tu t'es réservée pour moi.

Souriant à travers les larmes, Amelia acquiesça.

— Et tu en valais la peine. Si tu veux, je peux attester publiquement de la supériorité de tes compétences sexuelles, le taquina-t-elle à son tour en déposant un baiser sur sa joue soyeuse.

— Je me réjouis de savoir que la seule femme ayant osé juger mes performances est plus que comblée.

Il lui adressa un sourire malicieux.

— « Plus que comblée » est un euphémisme, murmura Amelia, la voix rauque de désir.

Elle entreprit alors de lui montrer comment une femme satisfaite *exprimait* sa satisfaction.

PEMBERLEY

Découvrez aussi chez Milady Romance :

En librairie ce mois-ci

Pamela Aidan	Darcy Gentleman : *Un mot de vous*
Jane Ashford	*En secondes noces*
Robyn DeHart	Fruit défendu : *Un soupçon de malice*

Le 21 mars 2014

Elizabeth Aston	*L'Autre Mrs Darcy*
Robyn DeHart	*Un soupçon de scandale*
Mary Jo Putney	La Confrérie des Lords : *Pour l'amour d'une lady*

Achevé d'imprimer en janvier 2014
Par CPI Brodard & Taupin - La Flèche (France)
N° d'impression : 3002980
Dépôt légal : février 2014
Imprimé en France
81121149-1